KRYSTYNA KUHN

Wintermörder

Buch

Frankfurt an einem eiskalten Winterabend im Januar 2006: Henriette Winkler, die fünfundachtzigjährige Patriarchin der angesehenen Firma Winklerbau, ist allein zu Hause, als sie Besuch von einem fremden Mann bekommt. Am nächsten Tag wird sie von ihrer Haushälterin auf der Terrasse gefunden: mit gebrochenen Knochen und von oben bis unten mit Eis überzogen. Der Mörder hat sein Opfer in der frostigen Nacht nach draußen geschleppt und es dann mit Wasser übergossen. Wie sehr muss er die alte Frau gehasst haben. Staatsanwältin Myriam Singer fährt mit Hauptkommissar Henri Liebler zu Denise, der Enkelin der Ermordeten, um ihr die traurige Nachricht zu überbringen. Sie finden Denise völlig aufgelöst vor Sorge. Ihr kleiner Sohn Frederik ist nicht von der Schule nach Hause gekommen. Schon bald wird klar: Frederik Winkler wurde entführt.
Damit beginnen für Myriam, die ebenso erfolgreiche wie umstrittene Staatsanwältin mit dem wenig schmeichelhaften Spitznamen »eiserne Lady«, die schwersten Ermittlungen in ihrer bisherigen Karriere. Denn Denise Winkler und Myriam waren Freundinnen, bis sie sich in denselben Jungen verliebten. Und dann gibt es noch den abgehalfterten Journalisten Udo Jost, der Karrierefrauen hasst, allen voran Myriam Singer. Ausgerechnet Jost erhält in der Redaktion einen Anruf des Entführers und wittert die Story seines Lebens. Ohne Zögern geht er auf die seltsamen Forderungen des extrem entschlossenen Täters ein. Als Jost der Polizei ein Foto zuspielt, weiß Myriam, dass sie das Motiv für den Mord und die Entführung in der Vergangenheit suchen muss. Denn das Foto, das während des Krieges in Krakau aufgenommen wurde, zeigt Henriettes verstorbenen Mann Oskar Winkler – zusammen mit einer berüchtigten Nazigröße …

Autorin

Krystyna Kuhn, 1960 als siebtes von acht Kindern in Würzburg geboren, studierte Slawistik, Germanistik und Kunstgeschichte, zeitweise in Moskau und Krakau. Sie lebt mit Mann und Tochter im Spessart. »Wintermörder« ist ihr vierter Roman.

Krystyna Kuhn

Wintermörder

Roman

GOLDMANN

FSC
Mix
Produktgruppe aus vorbildlich bewirtschafteten Wäldern und anderen kontrollierten Herkünften

Zert.-Nr. SGS-COC-1940
www.fsc.org
© 1996 Forest Stewardship Council

Verlagsgruppe Random House FSC-DEU-0100
Das FSC-zertifizierte Papier *München Super* für Taschenbücher aus dem Goldmann Verlag liefert Mochenwangen Papier.

2. Auflage
Originalausgabe Februar 2007

Umschlaggestaltung: Design Team München
Umschlagfoto: Masterfile/Wrobleski
BH · Herstellung: Str.
Druck und Bindung: GGP Media GmbH, Pößneck
Printed in Germany
ISBN: 978-3-442-46241-4

www.goldmann-verlag.de

Für
Roman und Iwona

Zofia
Mittwoch, 31. Dezember 1941, Krakau

Die Krähen tauchten auf, nachdem mein Vater auf offener Straße erschossen worden war. Seitdem sitzen sie Tag für Tag auf den Dächern, auf den Fenstersimsen, in den kahlen Bäumen. Als ob alle, die verschwunden sind, sich in Krähen verwandelt haben und in deren Gestalt in die Stadt zurückkehren.

Nach den Lebensmitteln, der Seife und Hautcreme sollen wir jetzt auch Pelze, warme Stiefel, Handschuhe und Mützen bis fünf Uhr in den Tuchhallen abliefern. Meine Mutter ist darüber so erbittert, dass sie im Bett bleibt und sagt, sie wird erst wieder aufstehen, wenn alles vorbei ist. Daher muss ich gehen. Auf der Grodzkastraße sucht eine Schar Krähen im Müll nach Essbarem. Da sitzen sie mitten im Dreck, und als ich an ihnen vorbeigehe, putzen sie gleichgültig ihr schwarzes Gefieder, das glänzt wie die Nacht, die im Winter schon am frühen Nachmittag hereinbricht.

Als ich zu Hause bin, erzählt meine Mutter, dass am nächsten Tag Schreibmaschinen und Grammophone abgeholt werden. Also vergrabe ich die Schreibmaschine unter den Kohlen im Keller. Leszek will mir dabei helfen, doch ich schicke ihn nach oben, als er nicht aufhört zu husten. Am Abend hat er Fieber und möchte, dass ich ihm wieder die Geschichte von den sieben Raben vorlese.

Es ist spät, als ich zu Bett gehe. Kurz nachdem ich eingeschlafen bin, werde ich durch ein Brummen geweckt. Unruhe auf der Straße. Ich springe auf und beobachte durch die Verdunkelung eine lange Kolonne Lastwagen, auf denen Soldaten mit Helm und in voller Ausrüstung sitzen. Sie sind völlig mit Schnee bedeckt und sehen aus wie Gespenster.

Ich bin dreizehn, und es ist Krieg.

Sieben Tage

I

Als der Nachrichtensprecher an diesem Sonntagabend im Januar von »Russenkälte« sprach, schaltete Henriette Winkler den Fernseher aus und griff mit zittriger Hand nach dem Bordeaux, der seit vierzig Jahren direkt aus Frankreich geliefert wurde.

Da war sie wieder, diese Unruhe, die sie Abend für Abend überfiel. Immer dieses Gefühl, etwas vergessen zu haben. Und die Angst, die sie nicht loswurde. Nacht für Nacht dieser grauenhafte Traum, in dem sie durch einen langen Tunnel lief und Menschen begegnete, die schon längst gestorben waren.

Um sich abzulenken, schlug sie energisch den Deckel des Flügels nach oben, lehnte den Stock daneben und setzte sich. Chopin, Polonaise fis-Moll, op. 44.

Sie schlug die erste Taste an, doch die Finger rutschten ab, so sehr zitterten ihre Hände. Sie sollte sich damit abfinden, dass sie kein Klavier mehr spielen konnte, und es nicht Abend für Abend versuchen. Wie sie sich damit abfinden musste, dass sie nicht mehr arbeiten konnte. Seit Monaten hatte sie das Haus nicht mehr verlassen, weil sie so unsicher auf den Beinen war, dass sie Angst hatte zu stürzen.

Und wie ihre zunehmende Hilflosigkeit sie erbitterte, machte sie auch die Stille, die im Haus herrschte, ungeduldig.

Sie erhob sich vom Klavierstuhl, um hinüber zum Regal zu gehen. Ihre Hand griff unwillkürlich nach der Aufnahme von Chopins Balladen von Artur Rubinstein aus dem Jahr 1960. Sie hatte sie jeden Abend gehört, wenn sie vom Büro nach Hause gekommen war. Sie mochte seine klaren, entschiedenen Melodien, den perfekten, pointierten Rhythmus. Doch dann entschied sie sich anders. Sie brauchte jetzt Stimmen, die den Raum füllten, die zu ihr sprachen, damit sie vergessen konnte.

Denise hatte ihr zu Weihnachten einen CD-Player geschenkt, den zu benutzen sie sich weigerte, obwohl die Musik reiner und klarer klang. Aber die Stimmen der Sänger waren ihr fremd. Sie brauchte die Callas. Die Callas war mit ihr gealtert. Keine junge, energiegeladene Stimme, oder die lebendige Schönheit einer Anna Netrebko konnte die Callas ersetzen. Sie brauchte das Rauschen der Schelllackplatten.

Schließlich entschied sie sich für Tannhäuser. Der Geigen wegen, und natürlich das Lied über den Abendstern, das zu der Januarnacht passte. Wagner hatte es immer geschafft, ihre Ängste zu bändigen. Vorsichtig nahm sie die Schallplatte aus der Hülle. Sie aufzulegen war eine Kunst, wenn die Hand zitterte. Die Nadel rutschte ab. Sie musste sich konzentrieren. Die linke Hand hielt die rechte fest, bis die Nadel auf der Platte auftraf.

Rauschen.

Die Ouvertüre.

Es war Viertel nach neun.

Sie griff nach dem Stock, ging hinüber zu dem Ledersessel und setzte sich. Das Holz im Kamin glühte nur noch. Als sie ein neues Scheit in die Glut warf, schoss eine kleine Flamme nach oben, griff jedoch nicht auf das Holz über. Ungeduldig stocherte sie mit dem Schürhaken in der Glut, bis es endlich Feuer fing. Eine Weile schaute sie zu, dann erhob sie sich nervös, um zu prüfen, ob die Terrassentür wirklich verschlossen war.

Durch die Scheibe sah Henriette den Vollmond, den Sieger über eine sternklare Nacht. Noch vor wenigen Tagen hatten der Nebel und die Regenfälle an den November erinnert. Jetzt kam verspätet der Frost. Das Außenthermometer zeigte bereits zwölf Grad unter null. Die Arme verschränkt, starrte sie auf den dunklen Garten. Wenn die Vorhersagen eintrafen, würden die Temperaturen weiter fallen. Auf minus achtzehn Grad.

Sie konnte froh sein, dass Denise Oliver geheiratet hatte, ohne den die Firma verloren wäre. Und es war gut, dass er den Namen Winkler angenommen hatte. Wenigstens noch einer in der Familie hatte Mut und Visionen für das Große. Er würde die Firma in das 21. Jahrhundert führen. Für seinen Sohn und ihren Urenkel Frederik.

Etwas riss Henriette aus den Gedanken.

Wie lange stand sie schon hier?

Hatte sie schon vorher gespürt, dass etwas anders war? Bevor sie das Geräusch hörte? War es überhaupt ein Geräusch gewesen? Oder etwas anderes? Hatte etwas anderes sie aus den Gedanken gerissen als Schritte im Kies?

Nein, bei dieser Kälte trieben sich keine Tiere im Garten herum.

Henriette wandte sich um, ging zum Flügel, holte die Brille und kehrte zur Terrassentür zurück.

Das Mondlicht war weiß. Wie gefroren. Sie konnte zunächst nichts erkennen. Ihre Hand griff zum Rollo. Doch bevor sie es herunterließ, bemerkte sie wieder etwas.

Eine Bewegung.

Dort hinten am Gartenhaus. Jemand stand davor. Nicht mehr als ein Schatten.

Nein, sie täuschte sich nicht. Jemand stand vor dem Gartenhaus und schaute zu ihr herüber. Augenblicklich wurde ihr Körper steif vor Angst. Die Fingernägel gruben sich in die brüchige Haut ihrer Hände.

Angst! Sie hatte sie nie geduldet. Sie würde sie auch heute nicht zulassen. Alles hatte mit dem Brand angefangen. Er hatte etwas angefacht, das sie glaubte vergessen zu haben. Es war nicht schwer zu erraten, wer dort stand. Sie war nicht dumm. Der Mann, der die letzten Monate diese Briefe geschrieben hatte. Sie hatte gedacht: Unverschämtheit, bodenlose Frechheit. Dann hatte sie sie verbrannt.

Sollte sie die Polizei rufen? Da ist ein Mann in meinem Garten, der mich belästigt?

Warum hatte sie die Pistole nicht hier?

Ganz einfach: Weil sie sich unantastbar fühlte.

Henriette drehte sich um und machte die Musik lauter.

Tannhäuser sang für Venus.

… die Nachtigall hör ich nicht mehr,
die mir den Lenz verkünde.

Warum nur hatte sie ausgerechnet diese Oper gewählt?

Zu viel Romantik, zu viel Liebe, zu viel ekelhafte Leidenschaft.

Wieder erhob sie sich und trat zur Terrassentür. Die Gestalt wartete noch immer und starrte in ihre Richtung.

Unverschämt!

Das Licht! Sie sollte das Licht löschen!

Doch stattdessen atmete sie tief durch.

Die eiskalte Luft schlug ihr ins Gesicht, als sie die Tür öffnete. Sie würde der Sache ein für alle Mal ein Ende bereiten.

Der Mann legte eine alte Ledertasche auf den Flügel. Ein ausgebeultes Ding, verdreckt, mit gerissenen Nähten.

Er packte alles aus, sprach nicht viel, nur ab und zu sagte er »Da« oder »Hier«.

Damals waren die Fotos nur Schnappschüsse gewesen und ohne Bedeutung. Den Großteil hatte sie vergessen, seit Jahren nicht mehr daran gedacht.

Alles war so lange her.

»Junger Mann«, sagte sie. Sie meinte nicht sein Alter, sondern seine Naivität. »Was Sie von mir wollen, werde ich Ihnen nicht geben. Es ist sinnlos, mir immer wieder diese Briefe zu schreiben, Fotos zu schicken oder eines dieser abscheulichen Dokumente, die Sie weiß Gott wo aufgetrieben haben. Fahren Sie nach Hause und vergessen Sie die Sache. Sie werden damit nicht durchkommen. Arbeiten Sie, wenn Sie Geld brauchen. Arbeit ist das Einzige, was hilft.«

Sie saß in dem grauen Seidenkostüm vor ihm, bemüht, dieselbe Würde auszustrahlen wie hinter dem Schreibtisch.

Nichts, nichts würde sie preisgeben! Die Spitze des Stockes stieß hart auf dem Parkett auf.

»Lassen Sie mich in Ruhe!«

Er zog das Foto eines hübschen, fröhlich lachenden Mädchens in einem Matrosenkleid hervor, das am Türrahmen eines Hauses lehnte.

»Wer soll das sein?« Sie zwang sich zur Ruhe, doch das Zittern ließ sich nicht verbieten.

»Kalt«, stellte der Mann fest. »Ihnen ist kalt, aber die Kälte hat gerade erst begonnen. Sie werden für den kümmerlichen Rest Ihres Lebens frieren.«

Immer noch um Haltung bemüht, erhob sie sich. »Ich breche dieses Gespräch ab. Gehen Sie. Wenn ich Sie noch einmal auf meinem Grundstück sehe, werde ich die Polizei verständigen.«

Er blieb sitzen.

»Gehen Sie, oder ich rufe sofort die Polizei.«

Wieder keine Reaktion.

»Ich kenne dieses Mädchen nicht.« Verächtlich zuckte sie mit den Schultern.

Bevor sie wusste, was geschah, holte er aus und schlug ihr mit der Hand ins Gesicht. Die Wucht des Schlages war stark. Sie spürte, wie der Kiefer brach, und konnte sich nicht auf den Beinen halten. Hart schlug der Kopf an der Marmorplatte des Tisches auf.

Weit entfernt hörte sie Tannhäuser singen.

Das Holz im Kamin hatte Feuer gefangen. Die Kälte wich, und sie fühlte sich plötzlich leicht.

Sie sollte ihm dankbar sein, er ersparte ihr das lange Sterben.

Doch er gab keine Ruhe.

Sie wurde an den Füßen gezogen. Der Kopf schleifte auf dem Boden. Blut lief übers Gesicht, in die Augen. Es drang aus dem Mund. Die Hüfte stieß an den Fuß des Klaviers, und der Rock blieb hängen. Der Mann zog fester, bis der Stoff nachgab und zerriss.

Vor der Terrassentür ließ er sie los.

Hart fielen die Beine auf den Steinboden. Ein Krachen, als die Knochen splitterten. Der Schmerz war unerträglich. Er schob die Terrassentür auf. Wieder wurden die Füße hochgehoben. Mit einem Ruck zog er sie hinter sich her über die Schwelle nach draußen in die Kälte der Nacht, wo er sie wieder losließ. Erneut brachen die Knochen. Ein Geräusch, wie wenn Holz im Feuer bricht.

Dann ließ er sie liegen, das Gesicht auf die eisigen Steine

gepresst. Sie atmete auf, bis ihr plötzlich der Atem vor Kälte stockte. Eine Hand griff nach ihren Lungen, presste sie fest zusammen, bis sie sich hustend in die Nachtluft entluden. Gleichzeitig lief das Blut die Kehle hinunter. Ihr wurde eiskalt. Sie begann zu zittern. Die Zähne klapperten im Takt ihres Herzschlags, im Takt der Hände, die keine Ruhe fanden.

Wieder war er über ihr. Warum bog er ihre Finger auseinander? Wütend schloss sich ihre Hand. Die Finger krallten sich in den Stoff des Rockes. Während sie so dalag, wurde die Zeit zu einem schwarzen Tuch, auf dem Schatten auf und ab tanzten. Sie fühlte deutlich den Spott, und es war ihr peinlich, dass sie beobachtet wurde.

Ihr Mund war trocken. Immer wieder fuhr die Zunge über die Lippen, um sie feucht zu halten.

»Durst«, stöhnte sie. Keine Antwort.

Sie zog den Rock nach oben, um sich zu befreien und abzukühlen, während langsam und unmerklich die Kälte ihr Leben auffraß. Henriette Winkler spielte Klavier. Die Polonaise fis-Moll, op. 44. Ihr Finger berührte die Fis-Taste. Doch jemand war schneller, kam ihr zuvor. Ärgerlich schaute sie zur Seite. Es war Denise, deren Hände sich nach dem Schlusstakt hoben. In der Luft hing ein Hauch von Schwermut.

Dann blieb ihr nur noch die Kraft, die Augen offen zu halten und auf den hellen Mond zu starren.

Nein, kein Licht am Ende des Tunnels. Eher ein Loch.

Ein helles Loch am dunklen Himmel.

Es beruhigte nicht und es war auch nicht schön.

Doch nun war es zu spät, um zu beten.

Zofia
Donnerstag, 1. Januar 1942, Krakau

Als ich aufstehe, ist die Wasserleitung eingefroren. Meine Mutter schickt mich in das Haus gegenüber, das leer steht, um Wasser zu holen. Sie selbst sitzt im Bett, raucht und sagt: »Jetzt geht auch noch das Wetter zum Angriff über.«

Während ich mich in der Kälte anziehe, schimpft sie heiser über die Soldaten, die die ganze Nacht hindurch laut lärmend durch die Straßen gezogen waren, um sich zu betrinken. Auch ich habe ihr Gelächter durch die geschlossenen Fenster bis in mein Schlafzimmer gehört und bin um Mitternacht von ihren Schüssen aufgewacht, mit denen sie den Jahreswechsel ankündigten.

Es ist schrecklich, bei dieser Kälte hinauszumüssen. Alle im Haus schlafen noch, selbst Frau Lipska im Erdgeschoss, der sonst nichts entgeht. Ich trage den einzigen Mantel, den wir noch haben. Meine Zehen, vor allem sie, fühlen sich an wie gefroren.

Im Keller ist es dunkel. Das einzige Licht dringt durch ein schmales, vergittertes Fenster. Der Boden ist mit einer glitschigen Eisschicht bedeckt. Ich fülle das Wasser aus dem Brunnen in die Eimer, beeile mich, steige vorsichtig die Treppen hoch. Die Eimer sind schwer. Das Wasser schwappt leicht über. Immer wieder muss ich anhalten, um mich auszuruhen. Der Schnee der letzen Tage ist gefroren, sodass jeder Schritt unter den Schuhen knirscht.

Das Auto höre ich schon, bevor ich es sehe.

Der Motor knattert laut.

Ich stehe mitten auf der Straße, greife nach den Eimern, will weitergehen, da höre ich, wie der Wagen hält.

Sofort ist die Angst da. Sie lauert immerzu. Wie der Hunger, und das Gefühl, dass mir kalt ist.

Ich gehe schneller. Die beiden Eimer werden von Minute zu Minute schwerer, als ob das Wasser in ihnen Tropfen für Tropfen gefriert.

Warum drehe ich mich um?

Ich blicke in die Lichter des Wagens, schaue ihm in die Augen.

Nicht mehr umdrehen! Nicht auffallen!

Weiter!

Endlich erreiche ich den Bürgersteig vor unserem Haus. Jetzt muss ich den Schlüssel aus der Manteltasche nehmen. Die Handschuhe sind dick gefüttert und unförmig.

Die Autotür knallt zu.

Ich ziehe den Handschuh mit dem Mund aus, fühle nichts außer Panik. Der Schlüsselbund ist feucht. Er fällt zu Boden. Rutscht einfach durch die Finger. Ich bücke mich, um ihn aufzuheben.

Das Leder der Stiefel knirscht.

Ein Hund bellt laut.

Er ist direkt hinter mir.

»Dreh dich nicht um! Gleich hast du es geschafft. Du schließt auf und bist in Sicherheit.«

Da sehe ich aus den Augenwinkeln die Uniform.

Klein ist der Deutsche und dick. Die mit grauen Strähnen durchzogenen braunen Haare sind in der Mitte gescheitelt. Die Pomade glänzt. Außerdem stinkt er aus dem Mund. Nach Alkohol. Er trägt keinen Mantel. Vielleicht frieren Soldaten nicht.

Hässlich ist er. Das ist gut. Hässliche Menschen kann man leichter hassen.

Er leuchtet mir mit der Taschenlampe in die Augen und brüllt:

»Name?«

»Zofia Lisowska.«

Er blickt auf unser Haus, auf das Blatt in seiner Hand, dann auf mich. Sein Finger geht die Zeilen entlang, als ob er nicht lesen kann.

»Wenn sie es könnten, wären sie nicht so«, sagt meine Mutter immer und dass Bücher das Einzige sind, woran man jetzt noch glauben kann.

»Fuchs, Heinrich Fuchs. Das ist doch dein Vater?«

Nein, mein Vater heißt Henryk, Henryk Lisowski.

Doch ich nicke.

»Das ist sie«, ruft er dem anderen zu, der rauchend am Auto lehnt und Mühe hat, den Hund zurückzuhalten, der laut bellend an der Leine zieht. Nachher werde ich noch einmal nach unten gehen, um die Kippe meiner Mutter zu holen.

Der Soldat kommt auf mich zu. Die Stiefel knirschen.

»Na Kleene«, sagt er, während er gleichzeitig die Mütze von meinen Haaren zieht, anschließend mit dem Finger mein Kinn in die Höhe schiebt und grinst. Fast freundlich. »Da haste nun Pech.«

Das verstehe ich sofort. Das Wort gibt es auch im Polnischen. Erst haben wir das Wort aus dem Deutschen übernommen und dann das Pech selbst.

Er lässt den Hund los, der mich anknurrt. Ich rühre mich nicht. Die Schnauze riecht zunächst an meinen Füßen, wobei ihm der Sabber aus dem Maul läuft. Er kriecht immer weiter unter den Mantel. Die Schnauze fährt in meine Kniekehle, unter das Nachthemd, bis hoch zwischen die Beine, sodass ich zu schwanken beginne. Das Wasser aus den Eimern schwappt über und ergießt sich über meine Beine. In Sekundenschnelle gefriert die Feuchtigkeit an meinem Körper. Mir wird eiskalt.

»Was wollen die denn mit der?«, fragt der Dicke. »Die macht sich ja jetzt schon in die Hosen.«

»Geht dich nichts an«, antwortet der Zweite, wirft die Zigarette zu Boden und tritt die Glut in den Schnee.

Das Auto fährt los, als die erste Straßenbahn an diesem Morgen vor unsrem Haus zum Stehen kommt.

Sechs Tage

2

Wie immer verließ Staatsanwältin Myriam Singer auch an diesem Montag den Gerichtssaal mit dem Gefühl, erfolgreich gewesen zu sein. Nicht nur das. Sie war unantastbar.

Aus diesem Hochgefühl wurde sie durch das Klingeln des Handys gerissen. Die Verbindung war schlecht. Sinnloserweise versuchte sie das zu ändern, indem sie das Telefon fest an ihr Ohr presste. Doch dann merkte sie, dass es nicht am Netz oder der veralteten Technik ihres Handys lag, sondern am hessischen Dialekt von Hauptkommissar Henri Liebler. Der Mann neigte zur Schlampigkeit, nicht nur was die Kleidung betraf. Dennoch zog Myriam es vor, mit ihm zusammenzuarbeiten und nicht mit seinem Kollegen Ron Fischer. Dieser neigte nämlich seit der Geburt der Zwillinge vor einem halben Jahr dazu, schnell die Geduld zu verlieren.

»Liebler«, schrie der Hauptkommissar erneut.

»Ja, ja, das habe ich schon verstanden. Wo sind Sie denn? Ich dachte, Sie sind in Urlaub?«

»Klar, Frau Staatsanwältin«, lachte er laut. »Ich stehe hier auf den Bahamas, in Badehose vor einer Leiche.«

Genervt verdrehte Myriam die Augen und seufzte innerlich. Sie hatte keine Ahnung, weshalb Liebler ausgerechnet an sie seine Ironie verschwendete, da sie doch allgemein als humorlos galt. »Was ist los?«

»Sie wollten doch immer jeden Tatort mit Ihren eisblauen

Augen sehen, oder ...« Die letzten Worte verloren sich in den Löchern des Mobilfunknetzes von D2 Vodafon.

Natürlich wäre es einfacher, sie würde Lieblers Bericht abwarten. Doch manche Urteile könnten anders ausfallen, würden sich Richter, Anwälte und Staatsanwälte die Tatorte anschauen, um den Opfern in die Augen zu blicken. Tatortfotos waren nur ein Abklatsch der Realität. Man sollte die Toten selbst gesehen haben. Kundenkontakt hatte ihr Strafrechtsprofessor das ironisch genannt.

Lieblers Stimme meldete sich erneut. Mit Mühe verstand sie, was er sagte: »Sie sollten so schnell wie möglich hier erscheinen, bevor die Leiche im Plastikbeutel verschwindet.«

»Wo sind Sie?«

»Kennedyallee 23. Hier wohnt der Bauunternehmer Winkler.«

Für einen Moment schwieg sie. Henri Liebler wartete in einem Haus auf sie, das Myriam Singer kannte. Ein leichtes Gefühl von Panik machte sich in ihr breit.

»Sind Sie noch dran?«, hörte sie ihn jetzt schreien.

»Ja.«

Nervös sah sie auf die Uhr. »Die Presse wartet auf mich im Foyer. Dr. Veit soll warten.«

»Die Leiche hat ja Zeit«, schrie Liebler erneut ins Telefon, »aber Veit nicht. Der friert sich den Arsch ab, sagt er, und er braucht ihn noch. Ich frag mich nur, wofür. Der kann doch sowieso keine fünf Minuten auf einem Stuhl sitzen bleiben.«

Myriam Singer zog eine Grimasse. Lieblers Humor war nicht immer ihr Niveau. »Er soll noch ein paar Minuten durchhalten. Ich komme in jedem Fall.«

»Na denn«, hörte sie Liebler noch, bevor seine Stimme endgültig in ein Zischen überging, wie es nicht einmal sein Dialekt zustande brachte.

Myriam Singer war Staatsanwältin aus Berufung. Das Gesetz und sie waren Seelenverwandte. Für die meisten war die Sprache der Juristen so leidenschaftslos wie die lateinische Klassifikation der Säugetiere. Doch Myriam liebte sie, die Spitzfindigkeiten des Gesetzes. Provokant verkündete sie immer wieder, dass ein Wort wie Tötung in der juristischen Sprachwelt mehr Bedeutungen aufwies, als sogar ein Goethe hineinlegen könnte. Bei dieser Auffassung war es leicht zu verstehen, dass man ihr Hybris nachsagte. Außerdem nannte man sie hinter ihrem Rücken »eiserne Lady«.

Andererseits bedeutete ein Spitznamen, dass man es geschafft hatte. Man wurde wahrgenommen. Respektiert.

Okay, geliebt wurde sie nicht. Weder von Kollegen noch von gegnerischen Anwälten, schon gar nicht von der Polizei, von den Angeklagten ganz abgesehen, und ihr eigener Abteilungsleiter Hillmer hasste sie. Einzig die Richter schätzten sie, denn bei aller Leidenschaft waren ihre Plädoyers immer begründet und ersparten diesen bei der Urteilsfindung eine Menge Arbeit. Eine ganze Menge. Wie heute.

Myriam zog die Robe zurecht, ein Kleidungsstück, das sich wirklich gelohnt hatte. Ebenso wie die extravaganten grünen Lackstiefel, die darunter hervorschauten. Richter Salm hatte sie misstrauisch beäugt. Der Anwalt der beiden Angeklagten hätte sie gerne gegen sie verwendet, doch wo im Strafgesetzbuch stand geschrieben, dass man unter der Robe keine grünen Lackstiefel tragen durfte?

Myriam schob die Brille mit den Gläsern aus Fensterglas zurecht, die sie bei Verhandlungen trug, um konzentriert zu wirken. Sie hatte eine Technik entwickelt, sie in den Momenten auf- und abzusetzen, wenn sie gerade zum Höhepunkt ihres Plädoyers kam.

Unglaublich. Höchststrafe!

Ihre Beweisführung war stichhaltig gewesen und messerscharf. Sie hatte dem Strafgesetzbuch zu seinem Recht verholfen.

Langsam schritt sie die Treppe hinunter, wo sich im Foyer die Frankfurter Presse nach dem Prinzip ihrer bewährten Truppenaufstellung aufgereiht hatte. Wie immer führte sich Udo Jost vom Privatsender NDNS – Neuer Deutscher Nachrichtensender - als Feldherr über seine Kollegen auf. Er musste gewaltig unter Druck stehen, so wie er sich jetzt den Schweiß von der Stirn wischte.

»Sind Sie mit dem Urteil zufrieden?«, schrie er ihr entgegen.

Mein Gott, er hielt ihr das Mikrofon so nahe ans Gesicht, als wollte er es in ihren Mund stoßen. Sie schob es mit der Hand fort und versuchte, an ihm vorbeizukommen. Er stank aus dem Mund nach halb verdautem Alkohol.

»Der Richter ist meinem Antrag gefolgt.«

Er rannte ihr nach.

»Sie gelten als Hardlinerin unter den deutschen Staatsanwälten.«

»Das ehrt mich.«

»Zwei Jugendliche lebenslänglich hinter Gitter zu bringen ehrt Sie?«

Sie blieb stehen und schob die Brille gerade.

»Die beiden Täter waren zur Tatzeit über achtzehn Jahre. Einer von ihnen ist Vater einer zweijährigen Tochter. Mit achtzehn sollte man die volle Verantwortung für sein Handeln tragen. Richter Salm ist mir in diesem Punkt gefolgt. Wie Sie wissen, nicht nur in diesem.«

»Brauchen Sie diese Härte? Als Frau?«

»Kein Kommentar.«

»Missbrauchen Sie nicht Angeklagte für Ihre Karriere?«

»Kein Kommentar.«

Jost versuchte sie zu reizen. War ihm eigentlich nicht klar, mit welchen Typen sie es im Gerichtssaal zu tun hatte? Sie verfolgten sie nicht nur mit Blicken. Wenn niemand hinsah, hoben sie unmerklich den Mittelfinger oder ließen die Zunge zwischen den Lippen auf- und abschnellen. Das war noch harmlos. Immer wieder wurden ihre Reifen zerstochen. Es gab Anrufe, obwohl sie die Geheimnummer öfter wechselte als diese Typen ihre Unterhosen. Nein, sie hatte keine Angst. Zu einer wahren Bestimmung gehörte, dass man dafür durchs Feuer ging.

»Gibt es eine Fangquote? Kopfgeld für jede Verurteilung?« Josts Stimme klang wie die eines CNN-Reporters. Er schrie, als müsste er Panzerlärm übertönen. Er war einfach zum Kotzen. Allein schon sein Glatzkopf. Die beiden rasierten Schädel im Gerichtssaal heute reichten ihr völlig.

»Das Kopfgeld bekommen doch Sie! Ihr Jagdinstinkt wird durch Prämien geweckt.« Sie versuchte erneut, an ihm vorbeizukommen, aber er ließ nicht locker.

»Und Sie glauben nicht, dass das harte Urteil die Sache nur aufpuscht und damit den Neonazis Aufwind gibt?«

»Allein für die Tatsache, dass die beiden in der S-Bahn ›Sieg Heil‹ gerufen haben, kann eine Freiheitsstrafe bis zu drei Jahren verhängt werden. Paragraph 86 a, wenn Sie es nachlesen wollen.« Langsam verlor sie die Geduld.

»Die Jugendlichen waren betrunken. Das Ganze war nach einem Spiel der Eintracht gegen Schalke. Das Frankfurt gewonnen hat. Wenn das kein Grund für mildernde Umstände ist.«

Tatsächlich lachten einige seiner Kollegen.

Sie biss die Zähne zusammen vor Wut. Bald würde sie nicht nur eine falsche Brille, sondern auch falsche Zähne tragen müssen. Weil sie ihre eigenen durchgebissen hatte.

»Sie waren doch in der Verhandlung!«, sagte sie. »Sie haben gehört, wie die Geschichte endete! Arman Bazman ist aufgestanden, um die drei zu bitten, das nazistische Gegröle zu unterlassen! Daraufhin haben sie ihn getreten. Mehrfach. Zwischen die Beine. Wollen Sie die Fotos aus dem rechtsmedizinischen Gutachten sehen? Das Gesicht, in das sie mit den Fäusten geschlagen haben? Wollen Sie es sehen? Zeigen Sie das doch einmal in Ihrer Sendung.« Bevor Myriam das Risiko einging, die Kontrolle zu verlieren, legte sie eine Kunstpause ein, zählte innerlich bis zehn, um sich zu beruhigen. »Dann haben sie ihn aus der fahrenden S-Bahn geworfen, verstehen Sie … im Tunnel … zwischen Galluswarte und Hauptwache. Die Kopfverletzungen … wollen Sie das auch noch wissen? Ja, Sie wollen es wissen, denn Sie brauchen ja Material. Arman Bazmann erlitt so starke Kopfverletzungen, als er gegen die Mauer geschleudert wurde, dass … nein, ich schone Sie. Sie sind ja jetzt schon ganz blass.«

Myriam drängte sich an ihm vorbei. So einer wie Jost war ihr natürlicher Feind. Er wollte nach den Gesetzen des Dschungels leben, war aber der Erste, der sich beschwerte, wenn die Deutsche Bahn Verspätung hatte.

Am Eingangsportal wandte sie sich noch einmal zu ihm um. »Sie sollten nicht Schwarz tragen, wenn Sie die Wahrheit nicht verkraften. Es bekommt Ihrem Teint nicht.«

Einige der Journalisten, die um sie herumstanden, lachten.

Der Weg zur Kennedyallee führte mitten durch die Stadt, und auf der Friedensbrücke, der wichtigsten Verbindung zwischen der City und Sachsenhausen, kam der Verkehr ins Stocken, weil die Schneedecke auf der Fahrbahn zahlreiche Autos mit Sommerreifen ins Rutschen gebracht hatte. Myriam war kurz davor, sich über die Ignoranz und Unfähigkeit von Autofahrern aufzuregen, als der Verkehr wieder zum Laufen kam. Dennoch erreichte sie die Villa später als geplant und konnte nur hoffen, dass der Gerichtsmediziner Henning Veit den Tatort noch nicht verlassen hatte.

Als sie die Wagentür öffnete, fiel ihr auf, dass sie noch immer die schwarze Robe trug. Sie zog sie aus und verstaute sie sorgfältig auf dem Rücksitz. Beim Aussteigen dachte sie, dass die extravaganten grünen Stiefel für dieses Wetter völlig ungeeignet waren. Dann bemerkte sie den Kratzer im Lack des roten Chryslers. Er reichte von der Fahrertür bis nach hinten zum Kofferraum und war so breit und tief, dass das Grau der Karosserie zum Vorschein kam.

Verflucht, das Auto war gerade erst drei Monate alt.

Es tat weh. Idioten taten verdammt weh. Doch angesichts dessen, was sie hier erwartete, hatte sie keine Zeit, sich über einen Kratzer aufzuregen.

Die Villa mit den hohen weißen Fenstern und der zweiflügeligen Eingangstür lag auf einem Grundstück von circa tausend Quadratmetern. Wie durch ein Wunder hatte das Gebäude den letzten Krieg überstanden und würde es vermutlich auch die nächsten hundert Jahre. Tatsächlich hatte sich seit ihrem letzten Besuch von außen nichts verändert. Nur war das ehemalige Rosé des Anstrichs zu einem lachsfarbigen Farbton verblasst. Schon von weitem sah Myriam durch das Fenster links den Kronleuchter mit den handgeschliffenen Bleikristallen. Das Wohnzimmer, erinnerte sie sich.

Was erwartete sie hier? Wem würde sie begegnen? Denise? Sie war auf diese Begegnung nicht vorbereitet und hatte keine Ahnung, was sie ihrer ehemaligen Schulfreundin sagen sollte. Nein, sie hatte es nicht eilig, das Haus zu betreten, und ging daher nur langsam den Kiesweg hoch.

Eine junge Frau in weißem Plastikoverall beugte sich über

die Haustür. Die Spurensicherung gehörte einer anderen Spezies an als Juristen. Das akribische Sammeln von Spuren, die Konzentration auf noch so kleine Details entsprang einem Urinstinkt, vergleichbar mit dem stoischen Hämmern eines Spechtes auf Holz.

Sie blieb stehen und reichte der jungen Beamtin, die sie um einen Kopf überragte, die Hand. »Myriam Singer, zuständige Staatsanwältin. Haben Sie schon etwas?«

»Katja Weiss.«

Myriam schaute in ein junges, mit Sommersprossen übersätes Gesicht, das von einer avantgardistisch geschnittenen Frisur aus drahtigen roten Haaren umrahmte wurde, ein Gesicht, das sie aufatmen ließ, weil es Energie versprach und Engagement für die Sache.

Katja Weiss lachte kurz auf. »Spuren? Wir haben so viele, dass wir mit Sicherheit Überstunden machen müssen. Was in dem Typen vorgegangen ist, würde mich wirklich interessieren. Entweder ein Täter aus Überzeugung oder einfach ein Idiot. Noch nie habe ich einen Tatort gesehen, an dem jemand so wenig versucht hat, Spuren zu verwischen.«

Mit dieser Antwort hatte Myriam nicht gerechnet.

Als sie den Flur betrat, wurde ihr Herzschlag schneller. Wann war sie das letzte Mal hier gewesen? Zu Denise achtzehnten Geburtstag am 3. Juli. Sechs Wochen vorher war die Sache mit Mike passiert. Doch nichts hatte sich in diesem Haus verändert. Alles war noch so wie vor zehn Jahren. Dieselben Fliesen, dieselben Möbel, dieselben Bilder. Sogar der Geruch war noch der gleiche. Denise' Großmutter sammelte Porträts von Musikern. Über der Louis-Seize-Kommode hing das Profil von Richard Wagner mit der martialischen Ausstrahlung großformatiger Schlachtenmalerei.

»Vermutlich direkt aus Bayreuth!«, hörte sie jemanden

hinter sich sagen. Erschrocken drehte sie sich um. Vor ihr stand Henri Liebler mit dem für ihn typischen Grinsen, das sie immer wieder irritierte.

Hatte der Hauptkommissar abgenommen? Ausgerechnet er, der Rotwein für ein Grundnahrungsmittel hielt und dessen einziger Sport neben Angeln es war, die Spiele der Eintracht im Waldstadion zu verfolgen.

Seit der Weihnachtsfeier im Polizeipräsidium hatte Myriam ihn nicht mehr getroffen. Wie damals, nein, sie hatte es nicht vergessen, fühlte sie auch jetzt seine jeansblauen Augen direkt auf sich gerichtet. Dieser Blick, der stets eine Spur von Spott enthielt.

Auch die Frisur hatte er geändert. Statt der ewig zerzausten blonden Haare trug er sie jetzt länger, sodass er jünger wirkte. Myriam musste zugeben, dass er durch diese Veränderungen gewann. Was war mit ihm los? War er verliebt? Dieser Gedanke versetzte Myriam einen Stromschlag, den sie sich nicht anders erklären konnte, als dass sie einfach neidisch war. Sie wünschte ihren Mitmenschen, Gott war ihr Zeuge, nur das Beste. Aber nicht in der Liebe. Warum sollte sie großherzig sein? Wenn ihre eigenen Beziehungen zum Scheitern verurteilt waren? Wie bei Thomas, mit dem die Beziehung nicht länger als zwei Jahre gehalten hatte. Ihr Ziel aber war lebenslänglich, keine Bewährungsstrafe.

Vierundzwanzig Monate lang hatte Thomas erklärt, auf keinen Fall heiraten zu wollen. Und schon gar keine Kinder. »Damit das von Anfang an klar ist«, betonte er bereits am ersten Abend. »Der Satz ›Ich will ein Kind von dir‹ brächte mich sofort dazu, dich zu verlassen.« Und dann packte er eines Tages die Koffer, um zu einer Krankenschwester zu ziehen, weil sie schwanger von ihm war. Monatelang hatte er Myriam betrogen, ohne dass sie etwas bemerkte. Schwanger!

Mein Gott, sie war tatsächlich in das Klischee getappt wie in einen riesigen Kuhfladen.

»Hey«, hörte sie Liebler rufen. »Sind Sie noch in der Leitung?«

»Was ist mit Fischer? Ist er schon hier?«, versuchte sie sich auf die Gegenwart zu konzentrieren.

»Sie wissen doch. Die Zwillinge.«

Überall Kinder, dachte Myriam, überall wo man hinsieht, vermehren sich alle.

»Warum hat er nicht gleich Erziehungsurlaub genommen?«

»Berit verdient als freischaffende Künstlerin nicht so viel wie er als Beamter. Wenn man da überhaupt von viel sprechen kann. Zwillinge sind ja in der Anschaffung billig, aber im Unterhalt ... Übrigens geht es hier entlang!«

Liebler drehte sich um und ging mit diesem leicht wankenden Gang, der an einen Pinguin erinnerte, voraus. Nur dass der Pinguin nicht Frack, sondern Jeans und unter der Lederjacke ein orangefarbenes Sweatshirt trug.

»Das Ganze hat sich im Wohnzimmer, oder besser im Salon, wie die Haushälterin es nennt, abgespielt«, erklärte er über die Schulter gewandt.

»Wie ist Ihre erste Einschätzung?«

»Tja, da ist irgendeine Geschichte gelaufen.«

»Geht es auch genauer?«

»Genauer können Sie es haben, wenn der Fall gelöst ist.«

Der so genannte Salon, der von dunklen Regalen in Deckenhöhe dominiert wurde, hatte mehr als fünfzig Quadratmeter. Doch es war nicht nur die Größe, die ihn kalt erscheinen ließ. Daran hatte auch die Terrassentür Schuld, die offen stand, außerdem waren alle Wände kahl.

»Was ist mit den Bildern?«

»Er hat sie abgenommen.« Liebler deutete nach rechts. »Sie stehen hier am Flügel.«

Bei Myriams Eltern hatte Kunst nur in Form von Kalenderblättern hinter billigen Rahmen stattgefunden. Dürers »Betende Hände« und »Der Hase«. Das war es. Hier aber standen aufgereiht Porträts in Öl von Chopin und seiner Familie. Sie erinnerte sich, dass Denise sie ihr einmal gezeigt hatte.

Was das Chaos in dem Raum betraf, konnte Myriam nur hoffen, dass es nicht die Spurensicherung verursacht hatte. Sämtliche Schranktüren waren aufgerissen, Regalbretter mit Büchern zu Boden gestürzt, Schubladen hingen in den Angeln. Fast wäre sie über eine zerbrochene Schallplatte, die am Boden lag, gestolpert. Artur Rubinstein, Chopins Balladen.

»Was ist denn hier passiert?«, wandte sie sich an Liebler.

»So sieht es im ganzen Haus aus, sogar im Dachgeschoss. Entweder hat jemand etwas gesucht, oder er hatte eine Scheißwut. Vermutlich beides.«

»Was wollte er denn finden? Geld?«

»Hinter Dachbalken?«

In dem Durcheinander hätte Myriam fast die klein gewachsene, weißhaarige Frau übersehen, die zusammengesunken auf dem abgewetzten Ledersessel vor dem Kamin saß. Sofort erkannte sie die Haushälterin wieder, die für Denise' Eltern gearbeitet und so gut wie zur Familie gehört hatte. Doch nichts in dem vom Weinen verquollenen Gesicht verriet, ob sie Myriam wiedererkannte.

»Josefa Hirschbach«, stellte Liebler sie vor. »Sie hat die Tote gefunden, als sie heute Morgen gegen halb elf Uhr kam.«

Myriam reichte ihr die Hand.

»Ich kann es nicht glauben. Ich bin gestern Abend wie immer gegen acht Uhr gegangen und heute …«

Frau Hirschbach presste ein zusammengeknülltes Taschentuch auf die Augen. Eigentlich müssten die Tränensäcke bereits leer sein, so wie sie erneut in Schluchzen ausbrach.

Für die Trauer der alten Frau gab es keinen Trost. Dafür das dringende Bedürfnis nach einer Zigarette. Das Jahr war erst zwanzig Tage alt. Myriams Vorsätze ebenfalls.

Sie starrte Richtung Terrasse, wo sie die zahlreichen Beamten der Spurensicherung bemerkte. In ihren weißen Anzügen liefen sie durch den Garten wie lebende Schneemänner.

»Dort draußen?«

Liebler nickte. »Ja, die Leiche lag die ganze Nacht im Freien. Henning, ich meine Dr. Veit, der Gerichtsmediziner …«

»Ich weiß, wer Dr. Veit ist. Um wen handelt es sich bei der Leiche?« Besser, Myriam war vorbereitet. War es Denise, die dort draußen lag?

»Henriette Winkler, die Seniorchefin der Firma Winklerbau. Sie wissen schon, das Bauunternehmen in Frankfurt, das …«

Myriam unterbrach Liebler mit einer ungeduldigen Handbewegung. »Ich kenne die Familie. Denise, die Enkelin, ist mit mir zur Schule gegangen.«

Das Erste, das Myriam registrierte, war ein schwarzer Samtpantoffel, dessen Absatz nach oben ragte. Der unnatürlichen Haltung, in der der Körper vor ihr lag, entnahm Myriam, dass zahlreiche Knochen sich unter der Haut verschoben hatten. Als hätte jemand eine Marionette achtlos fallen lassen, sodass die Fäden sich verwirrten. Dennoch erkannte sie in der missgebildeten, deformierten Gestalt sofort Henriette Winkler, Denise Winklers Großmutter. Der Wunsch, laut zu stöhnen, war so stark, dass sie die Zähne fest zusammenbiss. Unwillkürlich hielt sie sich die Hand vor den Mund.

Dunkle Falten durchzogen das bläulich verfärbte Gesicht, in dessen Vertiefungen Wasser und Blut in der eiskalten Nacht gefroren waren. Wie auch der graue Rock und die weiße Bluse, die in bizarren Formen vom Körper abstanden. Unter dem Rock, bis zur Taille hochgeschoben, sah Myriam den Spitzenbesatz der Seidenstrümpfe, die knapp unter dem Mieder endeten. Es wirkte aufreizend, geradezu obszön. Ja, es schien, als seien die feingliedrigen, mit Altersflecken übersäten Hände in dem Moment in der nächtlichen Kälte erstarrt, als die alte Frau versucht hatte, den Rock wieder nach unten zu ziehen. Durch die dünne blasse Haut, die sich über den Knochen spannte, glaubte sie das deformierte Skelett zu erkennen.

»Wurde sie vergewaltigt?«, fragte Myriam laut.

Dr. Veit, der sich mit einem Föhn über die Leiche beugte, drehte sich abrupt um. Seine Nase war weiß von der Kälte, und die Hände steckten in dicken Handschuhen. Wie immer war sein Bart, nach den strengen Regeln des biologischen Landbaus gezüchtet, im Winter länger als im Sommer. »Wie kommst du denn darauf?«, fragte er. Veit hatte neuerdings die Angewohnheit, jeden zu duzen.

»Der Rock wurde nach oben geschoben.«

Er schüttelte den Kopf und fuhr fort, mit dem Föhn im Kreis zu laufen.

»Vermutlich ist er nach oben gerutscht, als sie versucht hat, sich zu bewegen«, erklärte er.

Myriam schaltete ihr Gehirn auf *sachlich*, ging in die Knie und betrachtete die Leiche wie einen weit entfernten Gegenstand. Es gab keinen Grund, sich vor dem Tod zu fürchten, und, redete sie sich ein, eine gefrorene Leiche hat etwas Hygienisches an sich. Zumindest war sie nicht ansteckend.

»Was machen Sie da? Wollen Sie sie etwa ... auftauen?«

»Der Stoff ist am Boden festgefroren. Ich muss ihn von den Steinplatten lösen. Was den Körper betrifft - du weißt doch, wie lange es dauert, ein Tiefkühlhähnchen aufzutauen. Vor ein paar Stunden hätte ich es vielleicht noch geschafft, sie wieder ins Leben zurückzuholen. Da wäre sie allenfalls scheintot gewesen.«

Er beugte sich hinunter, der Föhn surrte, bald würde aus der Leiche eine weiche Masse werden.

»Scheintot?« Myriam erhob sich. »Ich dachte immer, dabei handelt es sich um ein Gruselmärchen.«

Dr. Veit richtete erst den Föhn einige Minuten auf die weißen Hände, deren Knöchel geschwollen und verkrümmt waren wie bei Rheumakranken, bis er ihn ausschaltete, um zu antworten.

»Mein Professor hat immer gern von der Frau auf dem Dresdner Friedhof erzählt. Die lag nach einem Selbstmordversuch stundenlang im Freien und wurde sofort für tot erklärt. Und dann, als der Bestatter gerade den Sargdeckel schließen will, hebt sie den Kopf.«

Liebler befürchtete wohl nicht, dass Henriette Winkler den Kopf heben und ihm zuzwinkern könnte. Im Gegenteil, sein Mund verzog sich zu einem spöttischen Grinsen: »Glauben Sie ihm nicht. Henning erzählt gerne solche Geschichten.«

»Vierzehn Stunden«, fuhr Dr. Veit ungerührt fort, »hat die Frau ohne Herzschlag bzw. Atmung überlebt.« Er schaltete den Föhn wieder an.

»Sie ist also erfroren«, schrie Myriam.

Der Föhn ging wieder aus. »Wollt ihr es genau wissen?«

»Nein«, antwortete Henri.

»Ja,« erwiderte Myriam, obwohl ihre Zähne bereits klapperten.

»Der Mensch«, erklärte Dr. Veit, »ist ein Warmblütler, das heißt, für ihn ist eine konstante Körpertemperatur lebenswichtig, wobei sein Spielraum sehr gering ist. Sinkt die Temperatur unter 35 Grad, wird es gefährlich. Zunächst versucht der Körper noch, Wärme zu produzieren, einfach indem er zittert. Was allerdings zu Lasten der Durchblutung der äußeren Körperregionen geht. Ab 34 Grad beginnt das Erschöpfungsstadium, verbunden mit Wahnvorstellungen. Das Bewusstsein trübt immer mehr ein. Kälteidiotie nennen wir das. Wir haben leider nur wenig Berichte von Überlebenden.«

»In der Tat«, bemerkte Liebler spöttisch, »eine höhere Überlebensrate bei Mord wäre hilfreich.«

»Wie kalt war es heute Nacht?«, wandte sich Myriam an Dr. Veit.

»Mindestens zwölf Grad unter null. Aber dass es so schnell ging, ist einfach zu erklären.« Er bückte sich, um die Leiche, so gut es ging, anzuheben. »Unter ihr hat sich eine Eisplatte gebildet. Sonst findet sich das nirgends auf der Terrasse.«

»Was bedeutet das?« Myriam begriff nicht.

»Der Täter oder die Täterin hat die Frau mit Wasser übergossen. Dadurch kühlte sie natürlich rasant aus.«

Auch das Schweigen, das jetzt einsetzte, war kalt. Myriam versuchte trotz des Schocks, ihre Körpertemperatur stabil zu halten, indem sie zitterte.

»Eine hübsche Methode«, sagte Veit schließlich, »um eine alte Frau zu ermorden.«

Wie hatte Liebler es formuliert? Da ist irgendeine Geschichte gelaufen. Sie war geneigt, ihm recht zu geben. Irgendetwas stimmte hier nicht. Kein Einbrecher, der auf Geld aus war, beging so eine Tat. Einbrecher waren gierig, aber feige. Wollten den Tatort so schnell wie möglich verlassen.

Hier hatte jemand eine alte Frau bei Eiseskälte mit Wasser übergossen. Das hatte etwas von Sadismus und Genuss.

Jeder bekommt den Tod, den er verdient, hatte einmal ein Angeklagter zu ihr gesagt und getreu dieser Aussage seiner Frau heißes Wachs in die Augen gegossen, weil er, blind vor Liebe, nicht bemerkt hatte, dass sie ihn seit Jahren betrog.

Warum hatte der Täter Henriette Winkler erfrieren lassen?

»Offenbar hat der Täter einen Hang zum Sadismus«, bemerkte Liebler ungerührt. Konnte ihn nichts aus der Fassung bringen?

»Jemand, den sie kannte?«, überlegte Myriam »Wie ist das, hat sie ihn selbst ins Haus gelassen?«

»Laut Spurensicherung müssen wir davon ausgehen.«

»Er muss sie sehr gehasst haben. Eine alte Frau?«

»Liebe«, philosophierte Liebler und warf ihr einen amüsierten Blick zu, »wird vielleicht mit den Jahren schwächer, aber nicht der Hass.«

Er hatte einen Hang zu kurzen Weisheiten. Leider fiel Myriam keine ironische Antwort ein, stattdessen konzentrierte sie sich wieder auf die Tote.

»Wurde die Familie benachrichtigt?«

»Niemand zu erreichen. Ich habe in der Firma angerufen. Ihr Sohn, Carl Winkler, ist in Berlin, sein Schwiegersohn in Hongkong und seine Tochter, Denise Winkler, nicht zu erreichen. Da läuft nur der Anrufbeantworter.«

Nicht irgendeine Leiche, sondern jemand, den sie kannte, wenn auch nur flüchtig. Myriam hatte Denise seit Jahren nicht mehr gesehen, doch von Sarah, ihrer Schwester, gehört, dass sie geheiratet, ein Kind bekommen hatte. Ob es sich um einen Sohn oder eine Tochter handelte, daran konnte sie sich nicht mehr erinnern.

Liebler schaute auf seine Armbanduhr. »Ich hatte vor,

Hannah Roosen, die Psychologin aus dem Vermisstendezernat, zu Denise Winkler mitzunehmen.«

»Nein, ich begleite Sie.«

»Nicht gerade eine schöne Gelegenheit, um sich wiederzusehen.«

Myriam zuckte anstelle einer Antwort mit den Achseln.

»Es fällt auch nicht gerade in Ihre Kompetenz.«

»Ehrlich gesagt«, erwiderte Myriam, »ist mir das scheißegal.« Sie wandte sich Richtung Wohnzimmer. Draußen auf der Terrasse war es verdammt kalt.

»Das Telefon«, rief Liebler ihr hinterher.

»Was?«

»Ihr Handy!«

Sie schaffte es gerade noch, auf den grünen Hörer zu drücken, bevor die Mailbox sich meldete.

»Singer.«

Kindergeschrei am anderen Ende.

»Hallo!«, wiederholte Myriam ungeduldig.

»Ich bin's.«

Sarah, fünf Jahre älter, war mit Bernhard verheiratet, dem dünnen, schmallippigen Direktor der Leibnizschule in Höchst. Zwischen 1995 und 2000 hatte sie drei Kinder zur Welt gebracht. Robin, Raffael und Vera.

Das Geschrei am anderen Ende der Leitung steigerte sich. Es war ganz offensichtlich Vera. Das Aussehen eines Engels, bei gleichzeitigem Verdacht auf Hyperaktivität.

»Myriam, bist du es? Ich habe heute bei dieser Organisation angerufen. Du weißt schon … Nein, Vera, du kannst jetzt nicht mit Myriam telefonieren.«

»Und?«

»Moment, ich muss schnell erst mal … ja, Mami kommt gleich.«

Mit einer Mutter zu telefonieren, war ebenso sinnlos wie der Versuch, einen resistenten Angeklagten zu einem Geständnis zu bewegen.

»Wir können innerhalb von drei Tagen eine polnische Pflegekraft bekommen«, meldete sich Sarah wieder. »Mit Geldrückgabegarantie, wenn es nicht funktioniert.«

»Aber nicht illegal. Wenn das herauskäme.«

»Vera, lass die Vase in Ruhe!«

Myriam hörte im Hintergrund, wie etwas zerbrach. Dann ein zweifacher Aufschrei. Schließlich brüllte Vera. Sarah schrie. Der Hörer wurde aufgeknallt und Ruhe.

»O Gott.« Sie schaltete das Telefon ab.

»Ärger?«, fragte Liebler und hatte wieder diesen fixierenden Blick.

»Wir suchen eine Pflegekraft für meinen Vater. Er hatte vor einem Jahr einen Schlaganfall.«

Warum erzählte sie ihm das?

Er nickte. »Mein Vater ist vor zwei Wochen gestorben. Ich komme gerade von seiner Beerdigung aus Österreich.«

»Das tut mir leid.«

»Muss nicht. Ich habe ihn über zwanzig Jahre nicht gesehen.« Er lachte kurz auf. »Damals habe ich ihn aufgesucht in dem Wahn, ich müsste wissen, woher ich komme, um zu wissen, wohin ich will.«

Er holte die blaue Schachtel Gauloises aus der Jackentasche, schüttelte eine Zigarette heraus und zündete sie an, während er Myriam mit zur Seite geneigtem Kopf neugierig beobachtete.

Myriams Hals wurde trocken. Sie konnte sich genau erinnern, wie sie sich fühlte, wenn sie rauchte. Verdammt leicht. Weltraumartig leicht. Das Bedürfnis wurde immer dringender. Wenigstens einmal ziehen. Sie seufzte.

»Wollen Sie auch eine?« Liebler streckte ihr die Packung entgegen.

»Hab aufgehört!« Ihre Stimme krächzte.

»Neues Jahr?«

Sie nickte.

»Shit«, antwortete Henri Liebler. »Aber trösten Sie sich. Mein Arzt hat mir geraten abzunehmen. Das ist mir gelungen, aber dafür rauche ich jetzt. Beides ist ungesund. Aber das ganze Leben ist ungesund.«

Henri Liebler fuhr auf der schneebedeckten Straße sicher und ohne Nervosität. Der einzige Grund, weshalb sie nur langsam vorankamen, waren die anderen Autos. Sonntagsfahrer schoben sich genetisch gesteuert wie Lemminge die Saalburg hoch, um sich oben am Scheitelpunkt in die Tiefe zu stürzen.

Erneut begann es zu schneien. Große Flocken schlugen an die Windschutzscheibe. Seit Wochen war Myriam nicht aus der Stadt herausgekommen. Die weiße Pracht machte sentimental. Dazu Blues. Lieblers Hand schlug im Takt auf das Lenkrad. Sein Kopf bewegte sich im Rhythmus der Musik. Sie warf ihm einen Blick von der Seite zu. Ein leises Lächeln lag in seinen Mundwinkeln. Es hatte sich dort offenbar für alle Zeiten eingenistet.

Nein, sie hatte nicht vergessen, dass sein alkoholisierter Atem ihr an der Weihnachtsfeier ein schönes Fest gewünscht hatte. Mit diesem hormonell aufgeladenen Blick, als ob er schielte. Fand er sie etwa attraktiv? Lächerlich, dass sie ausgerechnet bei Liebler der Gedanke an die Liebe überkam. Das konnte nur am Nachnamen liegen.

Der Anblick von Henriette Winklers verdrehten Beinen ging Myriam nicht aus dem Kopf. Tiefes Mitleid erfüllte sie.

Nach einem langen, erfüllten Leben so zu sterben, war schrecklich. Sie hatte die alte Frau nicht besonders gut gekannt, war ihr nur einige Male begegnet. Dennoch empfand sie Trauer. Offensichtlich starben jetzt Menschen, die jahrelang zum festen Bestandteil ihres Lebens gehört hatten. Die Reise nach Jerusalem hatte begonnen. Sie musste lernen, auch damit klarzukommen.

Je näher sie dem Dorf hinter Bad Homburg kamen, desto nervöser wurde Myriam. Denise. Nach dem Abitur war der Kontakt abgebrochen. Es war nicht nur die Sache mit Mike gewesen. Sondern auch Neid ihrerseits, gepaart mit dem Gefühl der Unterlegenheit. Eine ekelhafte Mischung aus der Giftküche der Emotionen. Als sie in der Fabrik jobbte, um Geld zu verdienen, war Denise nach dem Abitur nach Hamburg gegangen, dann nach New York. Eine Wohnung direkt an der Alster, dann mitten in Manhattan. Während Myriam ihr Jurastudium an der Goethe-Universität in Frankfurt aufnahm. Warum sollte ihr Vater eine Wohnung in Berlin oder München zahlen, wenn sie bei ihren Eltern kostenlos wohnen konnte?

Mehr als fünf Jahre hatte es gedauert, bis sie den Absprung aus Frankfurt endlich geschafft hatte. Wenn auch nur vorübergehend. Und Kassel war nicht Hamburg, Frankfurt nicht New York, Deutschland nur Provinz. Warum nur hatte sie sich als Beamtin auf Lebenszeit an dieses Land gekettet? Wie das Leben so spielt, wenn man die Regeln einhält.

Liebler hatte inzwischen begonnen mitzusummen. Seine Stimme war tief und voll. Dennoch zerrte die Musik an ihren Nerven. Sie waren gespannt wie die Saiten der Gitarre. Elvis Presley spielte auf ihren Nerven *Love Me Tender.*

Wie würde Denise reagieren, wenn sie sie sah?

»Haben Sie keine andere Musik?«, fragte Myriam gereizt. »Die raubt einem ja den letzten Nerv.«

»Wie wollen Sie eine Mordermittlung überstehen, wenn Sie noch nicht einmal Elvis ertragen?«, antwortete Liebler. Schon wieder dieses Grinsen. Er sollte es sich patentieren lassen.

3

Denise Winkler war völlig ausgepowert, als sie nach etwa zwei Stunden wieder vor ihrem Haus ankam. Um besser Luft zu bekommen, bückte sie sich, wobei sie die Hände flach auf die Oberschenkel stützte. Langsam und gleichmäßig pumpte sie frische Luft in ihre Lungen, und ihr Puls erholte sich schnell.

Ein Blick auf die Uhr zeigte ihr, dass sie im Durchschnitt zwei Minuten langsamer pro Kilometer gewesen war. Aber bei dieser Kälte und dem vereisten Boden war es schwierig, ein konstantes Tempo zu halten. Es war einfach anstrengender als bei normalen Temperaturen. Aber gelohnt hatte es sich. Sie spürte, wie frische Energie durch ihren Körper rann. Das konnte man niemandem erklären, man musste es einfach selbst erleben.

An der Haustür zog sie die Handschuhe aus, an deren Außenseite sich eine dünne Eisschicht gebildet hatte. Auch die Mütze fühlte sich an, als sei sie gefroren. Weil sie keine Lust hatte, den Schlüssel aus der Garage zu holen, klingelte sie. Frederik hatte mit Sicherheit Riesenhunger. Denise verdrängte das schlechte Gewissen, dass es wieder nur Fertigpizza zu Mittag gab, und nahm sich vor, ihm morgen etwas Richtiges zu kochen, kein Fertiggericht. Doch wenn sie sich nicht strikt an den Trainingsplan hielt, dann konnte sie den New-York-Marathon vergessen.

Erneut drückte sie auf die Klingel.

Niemand öffnete.

Bestimmt war er in seinem Zimmer. Wenn er allein zu Haus war, stellte er den CD-Player so laut, dass er nichts mehr hörte. Ehrlich gesagt wusste sie nicht, ob es an der Lautstärke lag oder daran, dass er die Fähigkeit hatte, vollständig in seine Phantasie abzutauchen. Nicht nur einmal hatte sie ihn an der Schulter rütteln müssen, damit er überhaupt bemerkte, dass sie im Zimmer war. Natürlich fand Oliver das nicht gut. Phantasie schafft Illusionen. Geschichten verweichlichen und versprechen eine Welt, die es nicht gibt.

Als sich im Haus immer noch nichts rührte, öffnete Denise das Garagentor, wo sie den Haustürschlüssel unter einer alten Farbdose deponiert hatte. Wenigstens einen Vorteil hatte das Landleben. Die Nachbarn haben ein Auge auf dich und dein Grundstück.

Nachdem sie aufgeschlossen hatte, registrierte sie als Erstes, dass Frederiks Schultasche, Jacke und Schuhe nicht an ihrem Platz standen.

»Frederik?«

Keine Antwort.

Sie zog die Schuhe aus, ging die Treppe hoch zu seinem Zimmer und öffnete die Tür. Das Rollo war noch unten wie am Morgen und das Bett nicht gemacht. Frederik war nicht hier. Die Schule war bereits seit einer halben Stunde zu Ende, und Frederik verspätete sich so gut wie nie, da er wusste, welche Sorgen sie sich sofort machte.

Es läutete an der Tür. Na also, da war er. Erleichtert rannte sie nach unten und riss die Haustür auf.

»Wo bleibst du denn? Du sollst doch gleich nach der

Schule …« Sie brach ab. Nicht ihr siebenjähriger Sohn stand vor der Tür, sondern ein großer Mann, der in Begleitung einer hochgewachsenen, schlanken Frau war, die ihr bekannt vorkam.

»Henri Liebler«, sagte der Mann und hielt einen Ausweis in die Höhe.

Denise' Herzschlag setzte aus. Etwas musste passiert sein, wenn die Kriminalpolizei vor der Tür stand. Sie musste sich festhalten, um nicht zu fallen. »Was ist los? Was ist mit Frederik?«

»Frederik?«, fragte der Mann »Wer ist das?«

»Mein Sohn. Er ist noch in der Schule. Ich war bis jetzt joggen. Normalerweise müsste er um diese Uhrzeit schon zu Hause sein. Wo bleibt er nur? Er ist schon zwanzig Minuten überfällig.«

Die Frau neben dem Beamten schaute besorgt. Dieses Stirnrunzeln kam Denise irgendwie bekannt vor. Konnte das sein?

»Myriam?«, fragte sie. »Bist du das? Myriam Singer?«

»Es hat ja gedauert, bis du mich erkannt hast.«

»Es ist ja auch schon lange her.«

»Seit dem Abitur.«

»Kommt doch herein.« Denise hielt die Eingangstür auf. Myriam betrat mit ihrem Begleiter den Flur. Verlegen standen sie einige Minuten herum.

»Moment«, sagte Denise. »Ich schaue nur schnell um die Ecke.«

Ohne Schuhe rannte sie bis vor auf die Straße, doch von Frederik war nichts zu sehen. Stattdessen lag die Stille über der Straße wie ein unsichtbares Tuch, das alles erstickte. Sie spürte nicht, wie der feuchte Schnee durch ihre Socken drang.

Atemlos kam sie zurück, wo Myriam neben dem großen blonden Mann im Flur wartete.

»Kommt er öfter zu spät von der Schule?«, fragte Myriam.

»Du weißt doch, wie Kinder sind«, versuchte Denise sich zu beruhigen. »Zwanzig Minuten. Es ist nur zwanzig Minuten über der Zeit. Sie stehen irgendwo und erzählen sich was.« Sie bemühte sich, ruhig zu bleiben, doch spürte sie, wie die Nervosität von ihr Besitz ergriff wie eine leichte Übelkeit, von der man glaubt, dass man sie sich nur einbildet.

»Kommt mit in die Küche, ich muss etwas trinken.«

Der Kühlschrank hatte die Größe eines Kleiderschrankes, war aber weitgehend leer. Denise zog die Wasserflasche heraus, goss sich ein Glass voll und trank es gierig leer. Dann richtete sie den Blick auf die Besucher. »Möchtet ihr auch?«

Myriam und der Mann schüttelten den Kopf.

In alter Gewohnheit zog Denise an ihren Haaren, wie immer wenn sie nervös war. Dann fiel ihr etwas ein. Sie nahm die Fertigpizza aus dem Gefrierfach.

»In welchem Verhältnis stehen Sie zu Henriette Winkler?«, fragte plötzlich der Mann, dessen Name sie vergessen hatte.

»Henriette? Sie ist meine Großmutter. Ist etwas passiert?«

Natürlich war etwas passiert. Doch das Wichtigste war, sie waren nicht wegen Frederik hier.

Myriam sprach es schließlich aus: »Sie ist tot.«

»Tot? Das kann nicht sein, ich habe doch gestern noch mit meinem Vater telefoniert. Da war alles in Ordnung.«

»Sie ist erfroren.«

»Erfroren?«

Vor Schreck stieß ihre Hand gegen die Wasserflasche. Myriam konnte sie gerade noch fangen. Denise griff nach dem Küchenhandtuch, um die Arbeitsfläche trocken zu reiben. Der Schreiner hatte versprochen, dass das Holz robust sei, doch die ersten Flecken zeigten sich bereits. Oliver hatte schon alles in die Wege geleitet, um den Handwerker zu verklagen.

Wo blieb nur Frederik? Verdammt.

»Frau Hirschbach hat sie auf der Terrasse gefunden«, erklärte Myriam. »Sie wurde überfallen.«

»Überfallen?« Denise' Herzschlag wurde zu einem dumpfen Pochen, ähnlich den Hammerschlägen in einer Schmiede. Funken der Angst flogen durch die Luft.

Von weitem hörte sie Myriam sprechen. »Der Täter hat sie im Wohnzimmer niedergeschlagen und anschließend ins Freie gezerrt, sie dort mit Wasser übergossen und in der Kälte liegen lassen.«

Die Übelkeit war nun keine Einbildung mehr. Sie war nicht zu ignorieren. Sie war ein Vorbote der Panik.

Ihre Großmutter war überfallen worden? Warum?

Wo blieb nur Frederik? Schluss mit dem Reden. Sie musste ihm entgegengehen. »Der Schulhort ist doch jetzt schon eine halbe Stunde geschlossen.« Sie ließ die Armbanduhr nicht mehr aus den Augen. »Er müsste längst hier sein.« Sie murmelte mehr, als dass sie Worte formulierte.

»Kommt er alleine aus der Schule?«, fragte der Mann.

»Bis zur Bushaltestelle geht er mit seinem Freund Daniel. Die restlichen zweihundert Meter allein.«

»Vielleicht ist er mit seinem Freund nach Hause? Oder er hat seinen Schlüssel vergessen. Er hat sicher angerufen«, versuchte Myriam sie zu beruhigen.

»Natürlich.« Denise fiel ein Stein vom Herzen. »Er hat angerufen.«

Sie rannte in den Flur auf das Telefon zu. Tatsächlich blinkte das rote Signal des Anrufbeantworters.

Sie drückte die Abhörtaste.

Eine Kinderstimme: *Frederik Winkler.* Dann eine Pause. *Nein, ich bin nicht zu Hause.* Wieder Stille. *Und meine Eltern auch nicht. Aber Sie können auf das Band sprechen.*

Dann die blecherne Automatenstimme: *Sie haben drei neue Anrufe.*

Montag, 23. Januar, acht Uhr und fünfzehn Minuten. Oliver Winklers Stimme klang gehetzt. *Hier Oliver. Habe es gestern nicht mehr geschafft anzurufen. Das Projekt läuft gut. Morgen wollen wir die Verträge unterschreiben. Alles in Ordnung mit Frederik?*

Montag, 23. Januar, acht Uhr und dreißig Minuten. Hier spricht die Grundschule. Ihr Sohn Frederik Winkler ist heute nicht zum Unterricht erschienen. Ich möchte nur nachfragen, ob er krank ist.

Und schließlich erneut die gelangweilte Stimme der Schulsekretärin, die lediglich ihre Pflicht erfüllte, ohne zu ahnen, was diese Nachricht bedeutete: *Noch einmal die Grundschule. Bitte rufen Sie zurück wegen der Krankmeldung Ihres Sohnes.*

Denise war nur wenige Sekunden ohne Bewusstsein gewesen. Nicht lange genug, um zu vergessen. Sobald sie zu sich kam, war die Übelkeit wieder da. Sie begann zu zittern, und ihre Zähne schlugen aufeinander. Ihr wurde warm, als jemand ihr eine Wolldecke um die Schultern legte. Es war dieser Beamte … wie war sein Name?

»Sie waren für kurze Zeit weg.«

Er hatte eine angenehme Stimme, beruhigend und fürsorglich. Sie stellte fest, dass ihre Hand in seiner lag und er langsam begann, einen Finger nach dem anderen zu massieren.

Erst nach einigen Minuten brachte Denise einen Laut hervor. Kein Wort, keinen Schrei, kein Weinen. Nur einen einzigen Ton, als ob jemand ihr die Worte zurück in den Rachen stieß, um sie zum Schweigen zu bringen. Sie rang nach Luft. Erneut gaben die Knie nach, während bittere Galle aus dem Mund schoß wie in den ersten Wochen der Schwangerschaft.

Danach war sie erschöpft und schloss die Augen. Ihr Kopf schmerzte. Sie versuchte zu begreifen. Frederik, ihr Sohn, war verschwunden. Er war aus dem Haus gegangen wie jeden Morgen, doch nicht in der Schule angekommen. Das war nicht möglich. Das konnte nicht sein.

»Wie heißen Sie?«, brachte sie stockend hervor.

»Liebler. Henri Liebler.«

Sie hörte die Antwort nur weit entfernt, wie sie mehr zu ahnen schien, als es wirklich sah, dass er den Fußboden von ihrem Erbrochenen reinigte. Genauso gut könnte sie in einer Luftblase schweben.

Dann telefonierte er flüsternd. »Fünf Stunden, Ron. Das Kind ist seit fünf Stunden verschwunden. Du weißt, was das bedeutet. Mann, beweg endlich deinen Arsch hierher.«

Ihr Körper wurde jetzt endgültig zu einer weiche Masse, durch die sich Telefondrähte zogen. Er zerfloss auf dem Fußboden, verteilte sich im Raum. Ihre Beine waren plötzlich zweidimensional. Nur Schatten, die sich abzeichneten. Sie war dabei, sich aufzulösen. Jemand musste ihr Halt geben.

»Oliver«, sagte sie laut. »Ich muss ihn anrufen.«

Jemand beugte sich über sie. »Wie geht es dir?«

Myriam. Es war Myriam. Sie war nicht allein. »Ich muss ihn anrufen«, wiederholte sie.

»Ich hole dir das Telefon.«

Das Handy lag schwer in Denise' Hand. Es rutschte ihr durch die Finger und fiel zu Boden. Myriam hob es auf. »Welche Nummer?«

»Die Zwei«, antwortete Denise. »Drück einfach die Zwei.«

Endlich hielt sie den Hörer in der Hand. Fest presste sie ihn an ihr Ohr.

»Oliver?«

Seine Stimme klang ganz nah.

»Oliver?«

»Was gibt es denn?«, hörte sie ihren Mann fragen.

»Er ist verschwunden. Frederik ist nicht von der Schule nach Hause gekommen.«

»Wo ist er denn?«

»Ich weiß es nicht.«

»Mach dir doch nicht immer gleich Sorgen. Er wird schon wiederkommen. Ich muss jetzt aufhören.« Ungeduld schlug ihr aus dem Hörer entgegen.

»Verstehst du nicht? Er ist nicht von der Schule zurückgekommen, er ist nicht einmal dort angekommen. Es ist schon fünf Stunden her, dass er verschwunden ist«, schrie sie.

»Hast du bei Daniel angerufen?« Er schien sich keine Sorgen zu machen.

»Nein.« Denise hörte jetzt ihre eigene Stimme wie ein Echo. Myriam hatte den Lautsprecher angestellt.

»Dann mach das doch«, Olivers Stimme sprach in diesem gereizten, ungeduldigen Ton, wie es für ihn in letzter Zeit typisch war. »Es wird schon nichts passiert sein. Ich kann nicht sprechen, ich sitze hier mit den Chinesen beim Abendessen.«

»Aber er ist nicht in der Schule gewesen. Er ist dort nicht angekommen.«

Denise brach in Tränen aus. Wie nannte man dieses stoßweise Atmen? Hyperventilieren?

»Er glaubt es nicht«, wandte sie sich an Myriam. »Er glaubt mir nicht.«

Myriam nahm ihr den Hörer aus der Hand. »Hier spricht

Myriam Singer, die ermittelnde Staatsanwältin. Ich muss Sie bitten, sofort zurückzukommen.«

»Ich kann mich hier nicht einfach in einen Zug setzen und ...«

»Hören Sie nicht zu? Ihr Sohn ist verschwunden. Interessiert Sie das überhaupt nicht?«

»Was geht Sie das an?«

»Alles«, antwortete Myriam. »Wir haben Anlass, an ein Verbrechen zu denken.«

»Ein Verbrechen, aber wer sollte ...«

»Heute Morgen wurde Henriette Winkler ermordet auf ihrem Grundstück aufgefunden.«

»Henriette? Henriette tot? Das ist ja ....«

»Kommen Sie sofort zurück!«

Sprachen sie weiter? Denise wusste es nicht. Wie immer hielt sie den Schmerz besser aus, wenn sie ihn kommen ließ. Auch wenn er sie auslöschte, bis sie sich unsichtbar fühlte und an dem Ort war, den Mike immer die vierte Dimension nannte, in der man die Außenwelt abdreht wie einen Fernseher.

Doch eine energische Stimme holte sie zurück.

»Denise.«

Sie schlug die Augen auf.

Myriam streckte ihr die Hand entgegen. »Steh auf. Ich bringe dich ins Schlafzimmer. Du musst dich ausruhen. Du brauchst deine Kraft.«

Mühsam erhob sie sich. Die Decke rutschte herunter. Als Myriam sie ihr wieder um die Schultern legte, hörte sie das Martinshorn.

»Es gilt mir«, dachte sie. »Es ist für mich.«

Der Mann – wie war sein Name? – öffnete die Haustür. Menschen betraten ihr Haus, standen in ihrem Flur.

Als sie den ersten Fuß auf die Treppe stellte, hörte sie jemanden ihren Namen rufen. »Frau Winkler, ist es wahr, dass Ihre Großmutter, die Seniorchefin der Firma Winklerbau, ermordet wurde?«

Denise hörte den Auslöser einer Kamera. Sah das Objektiv wie die Mündung einer Waffe.

Würde sie diesen Alptraum überstehen?

4

Udo Jost war schlechter Laune, als er schließlich wieder in seinem Büro im Messeturm Frankfurt saß. Das Hemd klebte schweißnass an seinem Körper. Er hatte zugelassen, dass Myriam Singer, die Staatsanwältin, ihn abgekanzelt hatte, nachdem es ihm, verdammt noch mal, nicht gelungen war, sie aus der Reserve zu locken. Stattdessen war sie in ihren grünen Lackstiefeln davonstolziert wie die blasse, blonde Nicole Kidman, die ebenso wie die Singer hinter ihrem unergründlichen Gehabe nichts als die Arroganz einer karrieregeilen Diva verbarg.

Dass Tobler den Bericht mit einer Handbewegung vom Tisch gewischt hatte, wunderte Jost nicht.

Tobler gehörte die Produktionsfirma TV-Konkret. Sie hatte vor einem halben Jahr das Format *Brandheiß* aus dem Boden gestampft, das von Montag bis Samstag um 20:30 Uhr gesendet wurde. Die Zuschauer wussten, dass jeden Tag fünf Journalisten mit einem Spezialbericht darum kämpften, die Sendezeit für sich zu gewinnen. Dafür gab es eine Prämie, die sich prozentual erhöhte, je nachdem wie hoch die Einschaltquote war. Ein hartes Geschäft. Er, Jost, riss sich den Arsch auf, und Tobler entschied erst vier Stunden vor

Sendebeginn, wessen Bericht an diesem Tag gewonnen hatte. Die Sendung war ein Erfolg. Das neue Programmformat brach alle Zuschauerrekorde. Doch Jost hatte in den letzten Wochen nur eine einzige Sendung für sich gewonnen. Er merkte, dass seine Tage gezählt waren. Er spürte es. Da waren die Blicke der Kollegen auf dem Flur. Gespräche, die abgebrochen wurden, wenn er den Raum betrat. Die Arroganz von Toblers Sekretärin, wenn er einen Termin wollte. Er träumte schon von Toblers verrauchter Stimme: »Haben Sie was?« Und bevor er noch antworten konnte, kam schon das Urteil. »Dann machen Sie was.«

Jost stieß den Bleistift in den Handrücken, bis die Miene abbrach. Jüngere Kollegen, es waren immer die jüngeren Kollegen. Sie hatten gerade erst ihr Volontariat abgeschlossen und bekamen wertvolle Sendezeit für Berichte, die nur Effekthascherei waren, ohne politische Relevanz. Ganz zu schweigen von den Prämien, die sie kassierten.

Tag für Tag war er in diesem Neonaziprozess gesessen, um sich die Argumente der Verteidiger und dieser Myriam Singer anzuhören. Dabei sah ihr doch jeder an, dass ihr einfach nur ein Mann fehlte, der es ihr besorgte. Er sollte einen Bericht über Staatsanwältinnen in Deutschland machen. Wie viele von ihnen waren verheiratet, wie viele hatten Kinder, wie viele waren noch Jungfrau?

Jetzt zitterten seine Hände vor Wut.

»Sie sollten kein Schwarz tragen«, hatte sie gesagt.

Vor den Kollegen, vor den Besuchern des Gerichts. Die ihn aus dem Fernsehen kannten, die sich jedes Mal, wenn sie ihn am Bildschirm sahen, fragen würden, ob dieser Racheengel von Myriam Singer Recht hatte.

Sie würden mit dem Finger auf ihn zeigen: »Den hat neulich diese junge Staatsanwältin abblitzen lassen.«

Jost zog den roten Aktenordner aus dem Sideboard und griff nach der halbleeren Flasche Whisky. Zu spät bemerkte er, dass die Tür zum Nebenzimmer offen stand. Das Großraumbüro war leer bis auf Ramona Neuberger, deren Bericht über die Schneekatastrophe in den Schweizer Bergen heute gesendet wurde, während sein Bericht über den Neonaziprozess im Müll gelandet war. So waren die Prioritäten.

Er stand auf, um demonstrativ die Tür ins Schloss zu werfen, doch die Neuberger blickte nicht auf. Dann öffnete er den Verschluss der Flasche. Der erste Schluck brannte. Der zweite machte ihn ruhiger.

Vier Wochen, vier Wochen war es her, dass Ramona Neuberger in sein Büro gekommen war, ohne anzuklopfen, und er sich gerade den Mund abwischte. Die Flasche noch in der Hand. Sie hatte ihn angewidert angeschaut. Trotz des Schweißausbruches hatte Jost es geschafft zu sagen: »Belohnung für einen Coup, den ich gelandet habe. Willst du auch einen Schluck?«

Sie hatte nicht einmal eine Antwort gegeben, sondern sich nach vorne gebeugt, um einen Stapel Unterlagen auf dem Schreibtisch abzulegen. Dabei war ihre Brust nach vorne gekippt, sodass er direkt auf den getigerten BH unter dem braunen T-Shirt mit dem Riesenausschnitt starren musste, der wirkte wie der Rahmen zu einem Aktgemälde. Als er sich daran erinnerte, nahm Jost noch einen Schluck.

Gerade als er die Flasche zuschrauben wollte, klingelte das Telefon. Das Display zeigte die Zentrale, die Anrufe für die Redaktion an freie Plätze weiterleitete. Jost hatte gehört, wie der Anruf von einem Apparat zum anderen gewandert war. Er wusste, dass eine Reihenfolge programmiert war, in der er auf dem letzten Platz rangierte. Er war erst achtundvierzig und stand schon auf der Abschussliste.

Er nahm den Hörer ab: »Jost.«

Die junge Mitarbeiterin, nicht älter als neunzehn und erst seit Jahresanfang in der Telefonzentrale, klang aufgeregt. Obwohl sie sich um Professionalität bemühte, war die Unsicherheit nicht zu überhören. Ihre schrille Stimmlage verstärkte den Pfeifton, der seit einigen Wochen in Josts Ohren lauerte: »Ich habe hier einen Anrufer. Ich habe nach seinem Namen gefragt, aber er antwortet nicht. Was soll ich mit ihm machen?«

»Was will er denn?«

»Er sagt, er hat …« Sie stockte. »Er hat eine Geschichte zu verkaufen.«

»Eine Geschichte zu verkaufen?«

»Ja.«

»Geben Sie ihn an den Sicherheitsbeauftragten. Sie wissen doch, dass hier immer irgendwelche Spinner anrufen, die sich wichtig machen wollen.«

»Da ist niemand.«

Jost hielt inne. Sein Bericht war eindeutig im Arsch. Er war pleite, was seine Geschichten betraf.

»Stellen Sie durch. Ich kümmere mich darum.«

Auch als ihre grelle Stimme schon aus der Leitung verschwunden war, blieb immer noch der Pfeifton in seinem rechten Ohr. Er verschwand auch nicht, als der Anrufer sagte: »Sie wollen eine Geschichte kaufen?«

»Mit wem spreche ich?«

»Wollen Sie?«

Scheiß drauf, wie der Typ hieß. Die Nummer wurde schließlich angezeigt. Ein Handy. 0175 … Während Jost antwortete, notierte er gleichzeitig die Nummer.

»Geschichten will ich immer hören. Sind sie gut, kaufe ich sie auch.«

Der Mann war nicht der Erste, der dachte, er hätte eine Sensation. Bevor diese Spinner sie preisgaben, verhandelten sie normalerweise um den Preis, doch der Anrufer kam gleich zur Sache.

»Sie kennen die Familie Winkler?«

»Was?«

»Wenn Sie nicht zuhören, ist alles vorbei. Sie haben nur eine Minute.«

Der Mann klang nicht wie ein Spinner. Die waren immer geschwätzig. Jost fühlte, wie das Adrenalin in ihm hochschoss. Winkler, Winkler … der Name kam ihm bekannt vor.

»Ich höre.«

»Winklerbau. Frankfurt.«

Schlagartig wusste Jost, wer gemeint war. Das Frankfurter Bauunternehmen. Hatte es nicht im letzten Jahr vor dem Konkurs gestanden? Sein Gedächtnis arbeitete. Ja, und dann hatte man mehrere Tochterfirmen abgestoßen. Eine Pleite nannte er so etwas, doch der Geschäftsführer hatte etwas von Konsolidierung und Konzentration auf Kernaufgaben gefaselt.

»Kenne ich.«

»Ich habe den Enkel entführt.«

»Was?«

»Ich habe ihn entführt. Rufen Sie die Polizei an. Am Schlüsselbund von Henriette Winkler hängt ein Schlüssel.«

»Ein Schlüssel, was für ein Schlüssel?«

»Zu einem Schließfach.« In die Stimme kam jetzt ein ungeduldiger Unterton.

Josts Herz klopfte. Seine Hand zitterte, während er mechanisch die Worte schrieb. *Schlüssel, Schließfach.*

»Ich habe verstanden.«

»Am Bahnhof finden Sie etwas. Es gehört Ihnen.«

»Bahnhof? Welcher Bahnhof?« Das Adrenalin überspülte

jetzt seinen Körper. Er spürte es, als sei er auf diesem Trip wie damals mit zwanzig. Das LSD hatte sein Bewusstsein nicht nur erweitert, sondern ihn in eine erregende Welt katapultiert, wie er sie nie wieder erleben würde.

»Wie weit gehen Sie?«, hörte er den Mann fragen. Jost spürte die leichte Ironie in dessen Stimme.

»Wie weit ich gehe?«

»Ja, wer sind Sie? Ein Mann, der stopp sagt, oder sind Sie ein Profi? Gehen über Grenzen?«

Fehler konnte er sich nicht leisten. »Im Zweifelsfall darüber.«

Der Mann am anderen Ende lachte. »Wie heißen Sie?«

»Jost. Udo Jost.«

»Geben Sie mir Ihre Handynummer. Ab sofort sind Sie mein Mann. »

Jost fiel die Nummer nicht ein. Mit zitternder Hand griff er nach seiner Geldbörse. Münzen rieselten auf den Tisch.

»Noch fünfundzwanzig Sekunden«, sagte der Mann am anderen Ende.

Er durfte jetzt keinen Fehler machen. Er musste sich konzentrieren. »0173 …«, Jost las die Nummer von der Karte ab. »Soll ich noch einmal wiederholen?«

»Sie haben noch sechs Tage, um die Geschichte zu erzählen.«

Ein Knacken in der Leitung. Das Gespräch war beendet.

Benommen hielt Udo Jost den Hörer einige Minuten in der Hand. Er war unfähig zu handeln. Als er endlich auflegte, griff er als Erstes zur Flasche, ließ den Whisky die Kehle hinunterrinnen. Der erste Schluck war Panik, der zweite Erkenntnis. »Das ist deine Geschichte«, sagte er laut zu sich selbst. »Das passiert nur einmal im Leben. Diesmal darfst du es nicht vermasseln.«

Udo Jost surfte im Internet.

Er wusste nicht, wie viel Zeit vergangen war, bis Ramona Neuberger sein Büro betrat und in ihrem Kommandoton sagte: »Wir brauchen jemanden, der die Felsstürze in den Alpen recherchiert.«

»Keine Zeit«, antwortete Jost. Seit Wochen konnte er ihr wieder einmal offen auf den Ausschnitt starren, ohne Abhängigkeit zu empfinden. Im Gegenteil, er hatte endlich wieder Macht über ihre Brüste, geradezu Anspruch darauf. »Ich glaube, es ist besser«, meinte er ruhig, »wenn du mich mit der Polizei verbindest. Wir haben eine Entführung.«

In dem Moment, als er das Wort *Entführung* aussprach, fiel ihm auf, dass etwas fehlte, etwas unvollständig war. Der Mann hatte ihm eine Story angeboten, doch warum musste er nicht dafür bezahlen?

5

Myriam Singer fror, obwohl der Heizkörper in ihrem Büro auf Hochtouren lief. Noch nie war ihr, wie heute, so bewusst gewesen, wie glücklich ihr Leben verlaufen war. Alles, was sie bisher als Drama empfunden hatte, war harmlos gegen das Unglück, das Denise getroffen hatte. Natürlich hatte sie Angst empfunden, als ihre Mutter an Knochenkrebs erkrankt war, sie hatte befürchtet, auch ihr Vater könnte sterben nach seinem Schlaganfall. Doch ein Blick in Denise' Gesicht, und Myriam wusste, sie hatte nicht die geringste Vorstellung davon, was Panik bedeutet: der totale Verlust der Kontrolle und das völlige Ausgeliefertsein an den eigenen Körper.

Sie hätte Denise fast nicht wiedererkannt. Wäre sie ihr in der Stadt begegnet, hätte sie sie nicht einmal wahrgenommen. Die ehemalige Schulfreundin war völlig abgemagert auf dem Boden gesessen, die Kleidung vom Erbrochenen verschmiert. Myriam war ebenfalls schlecht geworden. Im Händchenhalten war sie noch nie gut gewesen.

Liebler hatte das Erbrochene aufgewischt, er hatte die Kollegen angerufen, den Suchtrupp organisiert und Frau Hirschbach, die Haushälterin, angerufen, damit diese sich um Denise kümmerte. Er hatte auch die Presse vertrieben, die in einer Schnelligkeit von der Sache erfahren hatte, als verbreiteten sich schlechte Nachrichten mit Lichtgeschwindigkeit. Energisch hatte er sie vom Grundstück verwiesen, doch sie waren nur bis auf den Gehsteig zurückgewichen. Als Myriam zwei Stunden später aufbrach, tauchten sie scheinbar aus dem Nichts wieder auf. Drei Kameraleute rannten gleichzeitig los, als sie die Staatsanwältin erkannten. Bevor Myriam es überhaupt registrierte, begannen die Kameras bereits zu surren, die Fragen brachen über sie herein.

Was ist passiert?

Gibt es Tote?

Wie alt ist der Junge?

Denken Sie an ein Gewaltverbrechen?

Ein gewaltsamer Tod. Ein verschwundenes Kind. Wenn das nicht eine Pressekampagne auslöste, was dann?

Und die Familie war bekannt. Ihnen gehörte eines der traditionsreichsten Unternehmen in Frankfurt.

Myriam seufzte. Sie verspürte den dringenden Wunsch nach einer Zigarette, ein Bedürfnis, das immer stärker wurde, je mehr sie daran dachte. Um sich abzulenken, nahm sie die oberste Akte in die Hand. Der Fall, der am nächsten Montag zur Verhandlung kam. Agim Kadare, ein seit seinem fünfzehnten Lebensjahr in Deutschland lebender Albaner, hatte seiner früheren Freundin und deren Ehemann nachts aufgelauert, um das im Auto sitzende Paar mit zahllosen Schüssen zu töten. Myriam war Kadare begegnet, als er dem Haftrichter vorgeführt worden war. Ein weinerlicher, von Selbstmitleid triefender Achtundzwanzigjähriger, der immer wieder behauptete, dass er die Tat bereue.

Doch Myriam Singer war sicher:

Er bereute gar nichts.

Das war keine Verzweiflungstat gewesen, wie der Anwalt behauptete, sondern ein kaltblütiger Racheakt. Seit langem geplant. Entschlossen klappte sie die Akte wieder zu. Es hatte keinen Sinn, sie konnte das Gespräch mit Oberstaatsanwalt Hillmer nicht länger hinausschieben. Er würde mit Sicherheit davor zurückschrecken, ihr die Ermittlungen zu übertragen. Seine Angst, es sich mit den Kriminalbeamten zu verderben, war groß. Mehrfach hatte sich Ron Fischer, bevor er in das Familienleben mit neugeborenen Zwillingen abgetaucht war, über sie beschwert.

Doch wenn Myriam Singer eines gelernt hatte, dann immer einen Schritt schneller zu sein, damit die anderen hinterherhinkten.

»Kommen Sie herein!«

Der Abteilungsleiter wandte sich nicht um, als Myriam das Büro betrat. Demonstrativ blieb er, die Hände auf dem Rücken verschränkt, am Fenster stehen und verharrte in dieser scheinbar nachdenklichen Pose, die durch die Tatsache, dass der Kragen des dunklen Anzugs weiß von Schuppen war, an Wirkung verlor. Der Anzug hing an seinem Körper. Sein Blick, als er sich umdrehte, war verschleiert, als ob er gerade erst an einem Joint gezogen hätte.

Ein Altachtundsechziger, der die Welt in ihren Grundfesten hatte erschüttern wollen, doch Jahre und Berufsleben hatten ihn zum Bürokraten mutieren lassen. Zu viele Verbrechen, Prozesse, Konflikte und der Verlust der letzten Illusionen hatten ihn müde werden lassen. Mein Gott, das Wort amtsmüde war für Hillmer geradezu erfunden worden. Nur die Zeit würde ihn ablösen. Da draußen in Deutschland wartete, verdammt noch mal, eine neue Generation junger Juristen wie sie, Myriam.

Leicht gebeugt trat Hillmer an den Schreibtisch, um sich zu setzen. Mit ausgestreckter Hand bedeutete er ihr, Platz zu nehmen.

»Warum haben Sie nicht sofort Bericht erstattet?«

An seinem Hemd fehlte in der Höhe des Bauchnabels ein Knopf. Unwillkürlich wurde ihr Blick davon angezogen.

Er wusste es, und sie wusste es auch. Dieses Gespräch war eine Farce. Ein Aufbäumen seiner Autorität. Ihm ging lediglich der Arsch auf Grundeis, weil die Presse diesmal nicht so einfach mit ein paar einstudierten Hinweisen abgespeist werden konnte.

»Ich habe diese Woche Rufbereitschaft, sodass die Sache automatisch bei mir landete.«

»Diese Sache, von der Sie sprechen, ist von höchster Brisanz. Es geht um ein Kind und einen Mord. Und das Ganze betrifft eine bekannte, angesehene Frankfurter Familie.«

»Ob es Mord ist«, betonte Myriam, »wissen wir erst, wenn der Prozess entschieden ist.«

Hillmer zuckte zusammen.

»Wer einen anderen Menschen tötet«, fuhr sie fort, »ist im Auge des Gesetzes nicht automatisch ein Mörder. Das sollten Sie als Jurist wissen.«

Seine Autorität immer wieder zu untergraben, machte ihr Freude. Sie höhlte ihn aus. Stück für Stück. Bis er seinen Platz zu ihren Gunsten räumte.

»Ich würde die Sache lieber einem Staatsanwalt geben, der … der …« Der Versuch, entschieden zu klingen, misslang völlig. Stattdessen geriet er ins Stottern. »Also einem … bei dem eine … gute, gute Zusammenarbeit, eine gute Zusammenarbeit mit der Kriminalpolizei gewährleistet ist.«

Dass in diesem Moment ihr Handy klingelte, war bühnenreif. Sie zog das Telefon aus der Handtasche. Ein Blick genügte. Es war Sarah.

Hillmer hasste es, wenn man ihn zu lange aufhielt. Und Sarah konnte lange Gespräche führen, sehr lange.

»Kann ich?«, wandte sie sich an den Abteilungsleiter. »Vielleicht gibt es etwas Neues?«

Hillmer nickte und erhob sich ächzend, um wieder seine Position am Fenster einzunehmen, die im Gericht nur die Hillmer'sche Amtsstarre genannt wurde.

»Was gibt's?«, fragte Myriam.

»Ich habe versucht anzurufen, aber er meldet sich nicht.«

»Wer?« Myriam bemühte sich um einen geschäftsmäßigen Tonfall.

»Dein Vater, wer sonst«, antwortete Sarah ungehalten.

»Hier ist die Hölle los.«

»Was denkst du denn? Dass ich hier im Paradies lebe? Auf der Insel der Seligen? Robin hat einen Termin beim Zahnarzt. Wenn der den rechten Eckzahn nicht endlich herauszieht, dann durchstößt er noch die Oberlippe, so spitz wie er ist. Erinnerst du dich? Du hattest auch so einen. Mein Gott, hast du immer ein Theater beim Zahnarzt gemacht.«

»Ich bin hier in einem wichtigen Gespräch mit Oberstaatsanwalt Hillmer.«

Sarah hörte wie immer nicht zu.

»Und Vera. Ausgerechnet jetzt. Wenn ich sie wecke … weißt du, was dann los ist? Du hast sowieso bald Feierabend.

Fahr also einfach kurz vorbei, schau, ob alles in Ordnung ist.«

Myriam beobachtete Hillmer, der ungeduldig die Hände auf seinem Rücken verschränkte. Idiot, dachte Myriam boshaft, du willst mich los sein?

»In Ordnung«, sagte sie laut. »Ich komme sofort.« Sie beendete das Gespräch, ohne Sarahs Antwort abzuwarten, und wandte sich an Hillmer. »Die Suche nach dem Kind läuft. Liebler hat das Grundstück weiträumig absperren lassen. Sie lassen niemanden näher als fünfhundert Meter heran. Außerdem hat er eine Leitstelle in der örtlichen Turnhalle eingerichtet. Er möchte die Dorfbewohner befragen. Wir müssen auch entscheiden, wer sich um Henriette Winkler kümmert oder ob beide Fälle zusammengefasst werden. Liebler will wissen, wie viele Leute er bekommen kann.« Sie atmete nur kurz durch, um dann fortzufahren: »Ach ja, und die Presse versucht ständig, Denise Winkler zu erreichen. Das Telefon klingelt ununterbrochen.«

Hillmer drehte sich um. Selbst ein brillanter Schauspieler hätte große Mühe, diese Panik im Gesicht aufzubringen. Für einen Moment hatte Myriam das Gefühl, er würde die Hände auf seine Ohren pressen, weil er nichts mehr hören wollte.

»Ich gebe Ihnen den Fall nur ungern«, sagte er. »Ungern. Aber ich habe niemand anderen. Halten Sie sich also einfach an die Dienstvorschriften.«

»Ich kenne sie in- und auswendig.« Myriam konnte kaum den Triumph in ihrer Stimme unterdrücken.

Als Myriam die Haustür aufschloss, roch sie es sofort. Der Geruch hing im Flur. Obwohl täglich die Pflegerinnen der Caritas vorbeikamen, um ihren Vater zu duschen, dauerte es nur wenige Stunden, bis er wieder nach Urin roch. Sie verdrängte diesen Gedanken, atmete tief durch und rief betont fröhlich: »Ich bin's.«

Sie erhielt keine Antwort. Als sie die Tür zum Wohnzimmer öffnete, wusste sie, warum. Er war vor dem Fernseher eingeschlafen. Den Kopf zur Seite geneigt, saß er in dem alten grünen Sessel, und – der Gedanke überfiel Myriam blitzartig – vielleicht war er tot. Erschöpft wie sie war, stellte sich die Angst nicht wirklich ein. Stattdessen schaltete sie den Fernseher aus. Sofort hörte sie ihren Vater laut atmen.

Dieser Job frisst mich auf, dachte sie. Es ist offensichtlich. Er frisst meine privaten Gefühle auf. Eine erfrorene Frau mit fünfundachtzig. Ein spurlos verschwundenes Kind. Und warum ist es mir egal, ob mein Vater tot im Sessel sitzt, wenn ich komme? Vielleicht bin ich wirklich eiskalt, wie Thomas immer betonte. Vielleicht war sie wirklich hart geworden mit den Jahren, wie alle Staatsanwälte, weil sie Tag für Tag Strafe einfordern musste. So etwas wirkte sich auf die Psyche aus und hinterließ irreparable Schäden bis hin zum Autismus.

Als sie seufzte, schlug ihr Vater die Augen auf. Er erkannte sie sofort. Das war vor einem halben Jahr noch nicht der Fall gewesen. »Ach, du, Myriam.« In gewohnter Weise strich er mit zitternder Hand die graue Haarsträhne nach hinten. Weißer Speichel hing in seinen Mundwinkeln.

»Heb das bitte auf«, sagte er dann und deutete auf den Boden, wo die Fernbedienung lag. Die Batterien waren herausgerollt, und Myriam legte alles zusammen auf den kleinen Nähtisch, an dem ihre Mutter am Abend stets ihre Handarbeiten erledigt hatte.

»Hast du etwas gegessen?«, erkundigte sie sich besorgt.

Er schüttelte den Kopf. »Ich weiß nicht, aber das ist auch nicht so wichtig. Wie geht es dir?«

Wie immer lenkte er von sich ab, wenn es um seine Gesundheit ging. Er hatte darin dieselbe Raffinesse entwickelt, wie er sie früher hatte, wenn es um seine Interessen ging. Er war kein Vater zum Anfassen gewesen. Und noch immer hatte Myriam Hemmungen bei Tätigkeiten, die Körperkontakt erforderten.

»Ich mache dir ein Brot«, sagte sie.

»Isst du auch?« Er schaute sie fragend an.

Myriam nickte, obwohl sie keinen Hunger hatte. Sie würde ein Brot auf ihren Teller legen, einmal hineinbeißen, um es anschließend wegzuwerfen. Er würde es nicht bemerken.

In der Küche stapelte sich altes Geschirr. Myriam zog Haushaltshandschuhe über. Sarah hatte Recht, so ging es nicht weiter, nicht nur, was den Haushalt betraf, sondern auch weil die Einsamkeit ihren Vater depressiv machte. Früher hatte sie sich über sein dominantes Wesen ereifert, doch jetzt belastete sie ebenso stark, dass er so gefügig war. Er war erst fünfundsiebzig. Er hatte noch das Recht auf einige Jahre selbstbestimmten Lebens. Ein Recht, dachte Myriam, das ich nicht einklagen kann.

Sie ließ heißes Wasser ins Spülbecken laufen, um das Geschirr einzuweichen. Angeekelt goss sie verdorbene Milch aus einer Tetrapackung in den Abfluss und kratzte die Essensreste von den Tellern. Die einfachsten Tätigkeiten waren die schwersten. Lieber eine Anklage gegen einen Serientäter führen, als dem eigenen Vater die Windeln wechseln.

Unwillkürlich sah sie auf die Uhr. Sie hatte das Gefühl, schon ewig hier zu sein, dabei war nicht mehr als eine halbe Stunde vergangen. Ungeschickt belegte sie zwei Brote mit Käse, schnitt sie in kleine Vierecke, um dem Vater das Essen zu erleichtern. Zusammen mit dem Tee trug sie alles auf dem Tablett ins Wohnzimmer, während sie krampfhaft überlegte, worüber sie sich unterhalten könnten.

Alles, was sie schließlich sagte, war: »Es ist kalt heute. Und es schneit.«

»So«, antwortete ihr Vater, »es schneit.« Langsam schob er ein Stück Brot in den Mund, um anschließend lange darauf herumzukauen. Er war zurückgekehrt zu dem, was als Einziges noch wichtig war im Leben.

Sie blieb über eine Stunde bei ihrem Vater. Wartete, bis er gegessen hatte. Aber sie brachte es einfach nicht übers Herz, ihm von der polnischen Pflegerin zu erzählen, die in drei Tagen in sein Haus einziehen würde. Sie war feige. Einfach feige.

Als sie den Mantel überzog, fragte er mit diesem traurigen Gesichtsausdruck: »Musst du schon gehen?«

Sie seufzte. »Noch ein paar Minuten. Bis die Nachrichten vorbei sind.« Sie zog den Mantel wieder aus, wobei sie vermied, auf die Uhr zu sehen.

Zufrieden lehnte er den Kopf zurück aufs Kissen. Manchmal glaubte sie, dass er einfach nur die Strategie gewechselt hatte, weil er so seinen Willen besser durchsetzen konnte. Als hätte er erkannt, dass er mit Forderungen und Befehlen nicht weiterkam, war er dazu übergegangen, ihr Mitleid einzufordern.

Sobald die Titelmelodie der Nachrichten erklang, schloss er die Augen und schlief von einer Sekunde zur anderen ein. Der Atem ging hörbar in ein lautes Schnarchen über. Der Sprecher erschien. Sie setzte sich in den Sessel. Es begann mit den neuesten Todeszahlen im Irak und der Schneelast auf deutschen Flachdächern.

Ihr Blick fiel auf die Uhr. Sie könnte sich davonschleichen. Sarah würde gegen neun Uhr kommen und ihm ins Bett helfen. Myriam stand bereits, als ihr Blick wieder auf den Fernseher fiel.

Dieses Haus kam ihr bekannt vor. Ebenso die grauen Fensterrahmen.

Dann schwenkte die Kamera auf einen Mann mit Mikrofon in der Hand: Jost. Was war da los? Verdammt noch mal, wieso stand Jost vor dem Haus von Denise Winkler? Die Anordnung hatte doch eindeutig gelautet: weiträumige Absperrung. Niemand an das Haus lassen. Kein Kontakt der Presse zur Familie. Warum stand jetzt dieser glatzköpfige Parasit dort? Der sich an den Wunden der Gesellschaft satt fraß, sie brauchte, um zu überleben.

Myriam sprang auf, rannte zum Fernseher, suchte die Fernbedienung. »Ich muss das lauter machen.«

Erschreckt wachte ihr Vater auf.

»Wo ist die Fernbedienung?«, rief sie ungeduldig.

Mühsam hob er die rechte Hand, hielt sie mit der linken fest und deutete auf den kleinen schwarzen Kasten.

Verflucht. Die Batterien ließen sich nicht einlegen. Immer wieder verklemmten sie sich, bis sie es endlich geschafft hatte und Josts Stimme das Wohnzimmer füllte.

»Normalerweise kommt der Junge pünktlich um ein Uhr aus der Schule«, erklärte er. »Er hat einen Schlüssel. Doch heute wartete seine Mutter vergeblich auf ihn. Stattdessen erreichte mich der Anruf des Entführers gegen fünfzehn Uhr in der Redaktion.«

Entführer! Das Wort blieb in Myriams Kopf hängen. Frederik Winkler war entführt worden?

Der Supergau.

Zuerst wurde Henriette Winkler getötet und tags darauf ihr Enkel entführt.

»Er sagte wörtlich: ›Frederik Winkler, der Enkel von Carl Winkler‹«, hörte Myriam Josts Stimme. »›Ich habe seinen Enkel bei mir. Und Sie sollen darüber berichten.‹«

Udo Jost blickte weder ernst noch erschüttert in die Kamera. Er machte sich noch nicht einmal die Mühe, seinen Triumph zu verbergen. Ihm war etwas Außergewöhnliches zugestoßen. Etwas, das einem Journalisten nur einmal im Leben passiert. Die Story fiel ihm direkt in den Schoß. Sie wurde ihm geschenkt. Einfach so. Er war ein glücklicher Mann. Myriam versuchte erneut, sich darauf zu konzentrieren, was Jost mit selbstzufriedener Miene von sich gab.

»Weiter sagte der Mann: ›Sie haben sechs Tage Zeit.‹ Bisher gibt es noch keine Lösegeldforderung. Die Motive des Täters liegen völlig im Dunkeln. Die Staatsanwaltschaft wurde eingeschaltet. Udo Jost live für *Brandheiß*.«

Sein Bild wurde ausgeblendet. Myriam starrte auf den Bildschirm, wo nun die Sportnachrichten liefen.

Der Entführer hatte sich direkt an die Presse, an Jost gewandt. Das konnte nur eines bedeuten: Er wollte die Medien für sich. Er wollte, dass die Öffentlichkeit erfuhr, welche Geschichte er zu erzählen hatte.

Ihr Vater sagte irgendetwas.

»Was?«

»Dein Fall?«

Myriam nickte.

»Schlimme Sache.«

Der Schlaganfall hatte das Sprachzentrum ihres Vaters beschädigt. Es fiel ihm schwer, komplizierte Wörter richtig auszusprechen, doch wie er *Schlimme Sache* herausquälte, schien Myriam die einzig angemessene Art, darüber zu sprechen.

»Ich muss gehen.«

Sie strich ihm über das dünne Haar. Schuppen rieselten heraus wie der Pulverschnee draußen vom Himmel. Die nächsten Tage gab es viel zu tun. Sie würde keine Zeit haben, seine Haare zu waschen. Doch er, der früher so viel Wert auf sein Äußeres gelegt hatte, würde es nicht bemerken.

6

Die Einsatzzentrale des neuen Polizeipräsidiums Frankfurt gehörte zu den am besten ausgestatteten in Deutschland. Wenn hier Besprechungen stattfanden, dann aus einem Anlass, der dies in den Hintergrund treten ließ. Wer diesen Raum betrat, empfand keinen Stolz, sondern die Anspannung, die große Ermittlungen mit sich brachten.

Die Luft im Raum war warm und stickig. An die dreißig Beamte hatten sich hier versammelt. Die Stühle reichten nicht aus. Die Leute saßen auf den Tischen, lehnten an den Schränken.

Myriam blieb an der Tür stehen und sah sich um. Die meisten der Beamten kannte sie nur vom Sehen.

Liebler stand ganz vorne, die rechte Hand in der Hosentasche, die linke umklammerte eine Wasserflasche. Er warf ihr einen seiner Sphinxblicke aus den blauen Augen zu. Übernächtigt und blass saß Hauptkommissar Ron Fischer daneben und hielt sich an einer Tasse Kaffee fest.

Nervös krallte Myriam die Fingernägel in die Handfläche. Hatten die beiden sie mit Absicht nicht über die neuesten Entwicklungen informiert?

»Die Beamten, die sich um das Schließfach kümmern, sind auf dem Weg hierher. Sie haben einen Umschlag gefunden«, erklärte Liebler, nachdem endlich Ruhe eingekehrt war. »Das Fach wurde gestern Abend gegen zehn Uhr gemietet. Der Entführer ist offenbar direkt von Henriette Winkler zum Bahnhof gefahren. Heute Morgen gegen halb acht hat der Nachbar von Denise Winkler, ihm gehört der Bauernhof, einen dunkelgrauen VW-Sharan vor dem Haus stehen sehen. Er dachte, dass Frau Winkler Frederik zur Schule bringt. Doch fünf Minuten später hat er sie in demselben Wagen aus der Garage kommen sehen. Ein dunkelgrauer Sharan wurde außerdem gestern vor Henriette Winklers Haus gesehen. Auch er fiel nicht auf, weil Denise Winkler denselben Wagentyp fährt. Aber gestern war sie nicht bei ihrer Großmutter. Auch vorgestern nicht. Schon vier Wochen nicht mehr.«

Er nahm einen langen Schluck aus der Wasserflasche und wischte sich anschließend den Mund ab.

»Gibt es schon Ergebnisse der Spurensicherung?«

Myriam stellte sich auf die Zehenspitzen, konnte jedoch nicht erkennen, wer die Frage gestellt hatte.

»Jede Menge«, antwortete diesmal Fischer. »Vandalismus wie bei einem Einbruch. Wir kennen seine Schuhgröße, sein Auto, seine Fingerabdrücke, und ich kann mir vorstellen, dass er nicht zumindest ein Haar im Wohnzimmer von Henriette Winkler verloren hat.«

»Außer er hat keine mehr«, sagte Liebler, ohne eine Miene zu verziehen.

Vereinzelt war Lachen zu hören. Es war die Nervosität. Jeder hier wusste, was in nächster Zeit auf ihn zukam. Überstunden, lange Nächte, ein Wettlauf gegen die Zeit. Sie hatten fünf Tage. Mehr nicht. Aber was war dann?

»Er hatte es nicht eilig«, sagte Fischer. »Es ging ihm nicht um einen schnellen Tod. Während Henriette Winkler auf der Terrasse langsam erfror, hat er alles durchwühlt. Er hat nach etwas gesucht. Im ganzen Haus.«

Schweigen setzte für einen kurzen Moment ein. Ein Schweigen, das entsteht, wenn es zu viele Fragen gibt, und das schließlich dieselbe ruhige Stimme aus der ersten Reihe brach: »Was ist mit der Presse? Werden wir die überhaupt aus der Sache heraushalten können? Jost erzählt im Fernsehen, der Entführer hätte ihn als Kontaktperson genannt. Der Inhalt des Schließfachs sei ausdrücklich für ihn bestimmt gewesen. Er wüsste, was er der Polizei schuldig sei, nur erwarte er jetzt auch von uns, dass wir ihm mit Informationen entgegenkämen. Er möchte quasi die Exklusivrechte.«

Spöttisches Gelächter erklang im ganzen Raum. Liebler nahm erneut einen langen Schluck aus der Wasserflasche und fuhr fort: »Ich habe ihn gefragt, weshalb es eigentlich fast eine Stunde gedauert hat, bis er uns den Anruf meldete. Daraufhin er: *Aber nein, er habe sofort angerufen.* Aber ich konnte ihm das Gegenteil beweisen. Daraufhin meinte er seelenruhig: *Er habe gedacht, es sei ein Verrückter gewesen, sei aber dann unsicher geworden.*«

Liebler traf den singenden Tonfall des Journalisten perfekt.

»Was, wenn der Entführer sich wieder an Jost wendet und nicht an uns? Wir müssen ihn unbedingt dazu bringen, mit der Familie oder der Polizei zu verhandeln. Andernfalls …« Fischer brach ab und schaute Liebler an, der mit der Wasserflasche in der Hand auf und ab ging. Doch dies war kein Zeichen von Nervosität, sondern dieser schien lediglich im Gehen besser nachdenken zu können.

»Warum ausgerechnet diese Familie?«, fragte er. »Was steckt dahinter? Was macht sie so interessant?«

»In verschiedenen Zeitungsartikeln vom letzten Jahr stand, dass die Firma Winklerbau fast Konkurs anmelden musste. Sie hat circa hundert Mitarbeiter entlassen. Vielleicht ein Racheakt?«

Myriam stellte sich auf die Zehenspitzen und erkannte

endlich Christian Fuchs, den Leiter der Psychologengruppe aus dem Vermisstendezernat. Immer wieder forderte sie sein Team bei schwierigen Ermittlungen an, um das Gespür der Kriminalbeamten für psychologische Zusammenhänge zu schulen.

Anstelle einer Antwort sagte Fischer: »Wir haben zwei Fälle gleichzeitig. Ich weiß nicht, wie wir das bewältigen sollen bei der Personalknappheit.«

»Ich schlage vor, dass du dich um Henriette Winkler kümmerst, und ich übernehme die Entführung«, antwortete Liebler. »Jeweils zwei Beamte werden sich ständig im Haus aufhalten. Wir arbeiten in zwei Schichten.«

Als Staatsanwältin spielte Myriam in den Augen der Kriminalpolizei lediglich eine repräsentative Rolle. Doch sie würde das nicht akzeptieren. Nicht in so einem Fall. Ihre Kompetenzen waren im Strafgesetzbuch eindeutig festgelegt. Sie war die Herrin der Ermittlungen, nicht Liebler oder Fischer.

»Wenn Ihre Leute nicht reichen«, sagte sie daher laut, »warum wenden Sie sich dann nicht an das LKA?«

Allgemeines Stöhnen. Hier und da traf sie ein genervter Blick.

»Damit die dann die Leitung übernehmen?« Ron Fischer bemühte sich, ihr ruhig zu antworten, was ihm sichtlich schwerfiel. »Das läuft doch immer so, dass wir zu deren Handlangern werden. Wir brauchen keine Aufpasser.«

Bevor Myriam ihm erwidern konnte, dass sie sich kein Risiko leisten konnten, nur weil die Beamten vom LKA die Angewohnheit hatten, FBI zu spielen, öffnete sich hinter ihr die Tür. Der Polizist, der den Raum betrat, hielt das in der Hand, worauf sie alle gewartet hatten: den Umschlag mit einer Nachricht des Entführers, seinen Bedingungen, der Lösegeldforderung. Schweigen lag über dem Raum. Kein Atmen, kein Räuspern, kein Husten war zu hören.

Fischer zog Handschuhe über und reichte Liebler ein weiteres Paar. Dann nahm er die Schere in die Hand und begann vorsichtig, den Umschlag zu öffnen. Mit einer Pinzette zog er anschließend ein einzelnes Blatt Papier hervor.

Zum Teufel mit euch, fluchte Myriam innerlich. Zeigt schon!

Fischer gab Nina Vatana ein Zeichen. »Wir brauchen eine Kopie. Das Original bitte sofort zur Spurensicherung.«

Nina Vatana, deren Vater ein thailändisches Restaurant in der Innenstadt besaß, war EDV-Spezialistin und galt als unnahbar und intelligent wie Jodie Foster im »Schweigen der Lämmer«. Ihr schönes Gesicht, eine Kombination aus europäischen Gesichtszügen und asiatischem Teint, wirkte hochkonzentriert, als sie an Myriam vorbei zur Tür hinausging.

Niemand im Raum schien sich zu rühren, bis sie wieder zurück war. Alle saßen wie versteinert auf ihren Stühlen und starrten in die Luft. Die Spannung löste sich erst, als Nina Vatana erneut vorne neben Liebler ihren Platz einnahm. Zusammen beugten sie sich über den Bildschirm des Computers. Sie machten einen vertrauten Eindruck. Hatte Liebler wegen Nina Vatana abgenommen und seinen Kleidungsstil geändert?

Nach und nach wurde das Bild vom Scanner eingezogen. Zentimeter für Zentimeter, bis langsam die ersten Grautöne auf der weißen Wand erschienen.

Was sollte das?

Myriam hatte etwas anderes erwartet, ja erhofft. Einen Brief, Bedingungen, Forderungen, eine hohe Geldsumme. Vielleicht aus Zeitungspapier ausgeschnittene Buchstaben, doch auf keinen Fall das, was vor ihr auf der Leinwand erschien!

Nur eine Fotografie? Eine alte Schwarz-Weiß-Aufnahme aus der Zeit, als die Ränder noch wellenförmig zugeschnitten waren!

Sie versuchte zu erfassen, was sie sah. Es war nicht viel. Lediglich zwei Männer mit dem Rücken zur Kamera und nur im Profil zu erkennen. Den Körper in Brusthöhe abgeschnitten, standen sie vor einer Brüstung, den Blick nach links auf die Silhouette einer Stadt gerichtet, die sich unterhalb vor ihnen ausbreitete. Der Mann rechts hielt den Arm ausgestreckt und zeigte auf das Panorama. Sightseeing vor Jahrzehnten!

Das Schweigen im Raum hielt an, während Fischer den Umschlag erneut öffnete, um ihn genau zu untersuchen. Doch da war nichts mehr. Nur dieses Foto von zwei Männern in dunklen Anzügen, in den besten Jahren ihres Lebens. Ihre Körperhaltung sprach davon, dass sie sich auf dem Höhepunkt von Macht und Einfluss fühlten. Sie waren oben angekommen.

»Ist es ein Original?«, brach schließlich Fuchs das Schweigen.

»Das muss das Labor prüfen«, antwortete Nina Vatana.

»Auf jeden Fall ist es alles, was der Entführer uns schickt.« Fischer begann seine Unterlagen zusammenzupacken. »Mehr haben wir nicht. Er lässt uns am ausgestreckten Arm verhungern.« Er schüttelte den Kopf. »Nur ein altes Foto.«

»Die Nachricht richtet sich an die Familie Winkler.« Liebler blieb ruhig. »Sie werden etwas damit anfangen können und wissen, wer die beiden Männer sind.«

»Viel Spaß. Das ist dein Job.« Fischer reichte ihm das Foto und stürzte, die Unterlagen unter den Arm geklemmt, an Myriam vorbei durch die Tür.

Henri Liebler steckte langsam das Foto in den Umschlag

zurück. Im Gehen zog er die braune mit Schaffell gefütterte Wildlederjacke über. Als er auf Myriams Höhe war, beugte er sich zu ihr hinunter und fragte: »Begleiten Sie mich?«

Seit über einer halben Stunde saß Carl Winkler in Lieblers Büro, ein Glas Wasser vor sich, das er noch nicht ein einziges Mal angerührt hatte.

»Hatte Ihre Mutter Feinde?«, fragte Liebler.

»Feinde?« Carl Winkler wischte die Brille zum dritten Mal sauber.

»Jemand, der einen Grund hatte, ihr das anzutun?«

»Sie war kein einfacher Mensch, weiß Gott. Aber Feinde? Seit dem Armbruch im letzten Sommer hat sie doch das Haus kaum noch verlassen. Mein Gott, sie ist fünfundachtzig Jahre alt.«

Myriam konnte sich kaum an Denise' Vater erinnern. Mit Sicherheit war sie ihm früher begegnet. Auf den Schulfesten, bei den Konzertabenden, an denen Denise Klavier spielte, Chopin interpretierte. Sein schmales, blasses Gesicht war glatt rasiert. Das Dunkelblond der dünnen Haare ging fast unmerklich in ein dunkles Grau über. Er wirkte unscheinbar, nicht nur wegen des farblosen Anzugs und der zur Unsichtbarkeit tendierenden Krawatte, die wie ein Chamäleon die Farbe des Hemdes angenommen hatte.

»Ich bin mit Denise zur Schule gegangen«, sagte sie, um eine vertraute Atmosphäre zu schaffen, doch Winkler schaute lediglich durch die Brille über sie hinweg, schien ihre Bemerkung nicht einmal gehört zu haben.

»Sie kommen gerade aus Berlin?« Liebler setzte sich direkt vor ihn. »Hatten Sie einen guten Flug?«

»Wir hatten Verspätung. Die Startbahn war vereist.« Winkler griff nervös zum Glas. Seine Hand zitterte, doch er trank keinen Schluck.

»Wer hat Sie über den Tod Ihrer Mutter informiert?«

»Frau Hirschbach.«

Liebler nickte mehrfach, um Verständnis zu signalisieren. »Sie arbeitet schon lange für Ihre Mutter?«

»Seit meiner Geburt.«

»Es ist gut, dass Sie jemanden haben, der sich um Sie und Ihre Tochter kümmern kann.«

»Ja, sie ist eine große Hilfe.«

»Die Entführung Ihres Enkels muss ein großer Schock sein.«

»Ja«, antwortete Winkler. Das Glas in seiner Hand zitterte. Er stellte es zurück auf den Tisch, wobei das Wasser überschwappte und auf Lieblers Schreibtisch einen nassen Fleck hinterließ.

»Was haben Sie in Berlin gemacht?«

»Wir bauen dort ein Bürohochhaus.«

»War es bekannt, dass Sie verreisen würden?«

»Es war kein Geheimnis. Einfach eine normale Geschäftsreise.«

»Wie lange war die Reise geplant?«

»Wie lange sie geplant war … mein Gott … da müsste ich meine Sekretärin fragen, aber seit einigen Wochen. Vielleicht seit Ende November. Spielt das eine Rolle?«

Wieder nickte Liebler mehrfach. »Der Täter wusste, dass Ihre Mutter allein zu Hause war. Wenn er mit dem Entführer identisch ist, wovon wir ausgehen müssen, hat er Ihre Familie schon länger beobachtet. Er hat Sie ausgesucht.«

»Ausgesucht? Uns? Warum sollte er uns aussuchen? Weil wir etwas Besonderes sind? Denkt er, wir sind reich? Das sind wir nicht. Wissen Sie, wie es derzeit auf dem Bau aussieht? Natürlich wissen Sie es. Jeder weiß es. Aber was es bedeutet, in diesen Zeiten ein Unternehmen zu führen, das schon seit zweihundert Jahren in Familienbesitz ist ...«

Seine Hände hoben sich kurz, dann ließ er sie einfach fallen. Sie hingen neben dem Stuhl, als seien sie abgestorben.

»Sie haben gesagt, dass der Entführer eine Nachricht geschickt hat?« Es war die erste Frage, die er an Liebler richtete. »Wie viel Lösegeld verlangt er? Ich werde bezahlen. Und wenn ich alles verkaufen muss, was ich besitze.«

Liebler schob sich mit dem Stuhl näher, beugte sich nach vorne und sagte fast gleichgültig: »Das genau ist das Problem, Herr Winkler. Der Entführer verlangt kein Lösegeld.«

»Noch nicht«, entgegnete Carl Winkler verwirrt »Aber er wird es doch noch verlangen, oder?«

»Vielleicht«, erwiderte Liebler und hob die Schultern. »Vielleicht aber auch nicht. Ehrlich gesagt glaube ich nicht, dass er an Geld interessiert ist. Er hat zwar die Wohnung Ihrer Mutter durchsucht, aber er hat keine Wertgegenstände mitgenommen. Und die Nachricht enthielt keine Lösegeldforderung, sondern den Schlüssel zu einem Schließfach, in dem wir das gefunden haben.«

Er nahm den Umschlag vom Schreibtisch, zog langsam das Foto hervor. Carl Winklers Hand zitterte, als er das Bild entgegennahm. Er schaute es lange an. Schloss kurz die Augen. Die Farbe seines Gesichtes wurde grau. Seine Stimme war kaum noch vorhanden, als er fragte: »Was soll das bedeuten? Ich verstehe es nicht.«

»Kennen Sie das Foto?«

»Nein.« Er schüttelte den Kopf. »Ich habe es nie gesehen. Aber der Mann hier links, das ist mein Vater.«

Myriam beugte sich herüber und betrachtete die beiden Männer auf dem Bild. Eine Ähnlichkeit zwischen Vater und

Sohn war vorhanden, nur war der Mann auf dem Foto um einiges jünger. Sie hätten auch gleich darauf kommen können.

»Und der andere Mann?«, wandte sich Liebler wieder an Winkler.

»Keine Ahnung.«

»Sind Sie sicher?«

»Ich kenne ihn nicht.«

»Wo könnte das Foto entstanden sein? Erkennen Sie die Stadt im Hintergrund?«

Winkler schüttelte den Kopf.

»Haben Sie irgendeine Idee, weshalb man Ihnen diese Aufnahme schickt?«

»Nein, ich verstehe es nicht.«

»In welchem Jahr könnte das Foto entstanden sein?«

Carl Winkler rückte die Brille zurecht und betrachtete das Bild erneut: »In jedem Fall vor meiner Geburt.«

»Wie können Sie das so genau wissen?«

»Mein Vater hatte kurz zuvor den rechten Arm verloren.«

»Ein Unfall?«, fragte Myriam.

»Wenn Sie es so nennen wollen. Es war im März 1945. Der letzte Bombenangriff auf Frankfurt.«

Müde und durchgefroren umkreiste Myriam bereits zum dritten Mal erfolglos das Haus, in dem scheinbar unerreichbar ihre Wohnung lag. Aus der bleischweren Erschöpfung, die seit dem Verlassen des Präsidiums ihren Körper befallen hatte, wurde Ungeduld, sodass sie nach der vierten Runde endgültig aufgab und den Chrysler in die enge Parklücke zwängte, die streng genommen keine war, weil ein Ahornbaum dort stand. Einige Male hatte sie bereits für diesen illegalen Parkplatz Strafe zahlen müssen, doch auch für eine

Staatsanwältin gab es Situationen, in denen sie sich nicht an Gesetze halten konnte.

Im Wagen neben ihr, einem alten Opel, saßen drei junge Männer. Sie hörten so laut Musik, dass Myriam jedes Wort verstand. Der Text jagte ihr kalte Schauer über den Rücken. Sie wollte nicht wissen, was sie sonst noch dort trieben. Deshalb schaute sie einfach weg. Irgendwann war es auch für sie zu anstrengend, darauf zu achten, dass die Gesetze eingehalten wurden.

Sobald sie ausgestiegen war, aktivierte sie die Zentralverriegelung und ging bereits die Stufen hoch, als sie plötzlich hörte, wie hinter ihr eine Wagentür zuschlug und sich ihr Schritte näherten. Gerade wollte sie sich umdrehen, als sich die Haustür öffnete und Dr. Beck, der Allgemeinmediziner, der im ersten Stock seine Praxis hatte, vor ihr stand.

»Wieder spät geworden«, sagte sie.

Er schaute auf die Uhr. »Bei diesem Wetter fühlt sich jeder krank. Und Sie? Ich habe Sie im Fernsehen gesehen.«

»Sie hätten umschalten sollen.«

Hinter ihr sprang ein Wagen an. Reifen quietschten. Sie drehte sich um. Schneematsch spritzte, als der Opel Gas gab. Die Musik dröhnte aus dem geöffneten Fenster, und der Fahrer hatte vergessen, das Licht einzuschalten.

Sie nickte Dr. Beck zum Abschied zu, der noch immer kopfschüttelnd dem Opel nachsah.

Oben in ihrer Wohnung schaltete Myriam das Licht ein, legte ihre Tasche auf das Bücherregal im Flur und sah sich um. Das Ergebnis war ernüchternd. Im Gegensatz zu Denise' Haus war ihre Wohnung ein besserer Schuhkarton mit Möbeln aus schwedischen Streichholzschachteln.

Sie schleuderte die grünen Stiefel von sich. Jemand hatte einmal gesagt, sie hätte perfekte Füße. Nicht jemand. Thomas. Er war Arzt. Er musste es wissen. Auch wenn er sie betrogen hatte, das mit den schönen Füßen hatte er ehrlich gemeint. Er hatte sie immer zuerst geküsst. Wie hatte sie sich nur einbilden können, er liege ihr zu Füßen. Dein sonst so scharfer Verstand, Myriam, grenzt in Liebesdingen an Blödheit.

Ihre Kleider, ihre Unterwäsche fielen zu Boden. Sie stellte das Wasser der Dusche auf heiß! Die einzige Möglichkeit, dass ihr warm wurde. Ihre Hand strich über ihren Körper. Sie war völlig ausgelaugt. Hinter dieser Haut war nichts. Nichts außer Organen, Muskeln, Knochen. Wann endlich war sie an der Reihe? Wann endlich begann ihr eigentliches Leben? Wann endlich würde sie aufhören, nur im Kopf zu leben?

Das Telefon hörte sie erst, als sie die Dusche verließ. Fast wäre sie auf dem feuchten Boden ausgerutscht. Sie konnte sich gerade noch an der Toilette abfangen. Im Flur schaltete sich der Anrufbeantworter an.

Vergeblich wartete sie, dass der Anrufer sich meldete.

Doch niemand sprach.

Da war nur Stille.

Eine Stille, die zu hören war.

Zofia

Freitag, 2. Januar 1942

Der Zug rattert die Schienen entlang. In dem vollgepferchten Viehwagon liege ich auf dem blanken Boden und brenne vor Fieber und Durst. Vor Schmerzen beginne ich zu wimmern.

»Hast du Angst?«, fragt das Mädchen neben mir. Sie ist hochgewachsen und trägt die langen, schwarzen Haare offen, was meine Mutter nie erlauben würde.

»Du hast Fieber. Und aus deinen Ohren kommt Eiter. Du musst sie warm halten.« Ihre Stimme ist laut, obwohl sie flüstert. In den letzten Stunden ist die ganze Welt lauter geworden. »Hier, nimm das.« Sie nimmt den Schal von ihren Schultern und wickelt ihn um meinen Kopf.

Irgendwann schlafe ich ein. An jeder Schwelle schlägt mein Kopf auf den nackten Boden. Das Rattern wird lauter und lauter.

Ich träume. Wir stehen auf dem Bahnhof in Krakau. Meine Mutter hält Leszek fest im Arm. Ich möchte ihn ihr wegnehmen, doch sie lässt ihn nicht los.

»Wir warten hier, bis dein Vater kommt«, sagt sie streng, zieht an ihrem Zigarettenstummel und bläst Leszek den Rauch in den Mund, bis er hustet.

Ich spüre einen Luftzug, höre ein Flattern, und als ich den Kopf hebe, sehe ich zwei schwarze Vögel davonfliegen.

Jemand rüttelt mich an der Schulter. Verwirrt schlage ich die Augen auf.

»Du musst aufstehen.« Das Mädchen steht über mich gebeugt. »Wir sollen aussteigen.«

»Wo sind wir?«

Sie zuckt nur mit den Schultern.

Die Menschen um mich herum stehen auf und drängen sich nervös und aufgeschreckt vor den Ausgang, wo ein eisiger Wind durch die Schiebetür des Wagons weht.

Von hinten werde ich nach vorne gestoßen. Als ich an der Schiebtür stehe, ruft jemand: »Schnell, schnell!«

Mit letzter Kraft springe ich in den Schnee hinunter, doch ich bin zu müde, um mich aufrecht zu halten. Das Mädchen zieht mich hoch und hält mich fest. Im weißen Schnee stecken aufgereiht dunkel gekleidete Menschen wie Pfähle. Endlos erstrecken sie sich über eine Reihe von Wagons.

Ich bücke mich, um mit einer Handvoll schmutzigen Schnee den Durst zu löschen und meine heiße Stirn zu kühlen.

Dann werden wir in einen riesigen, fensterlosen Raum geführt. Wir müssen uns alle ausziehen. Als sich die Tür schließt, tritt eine unheimliche Stille ein, die andauert, bis plötzlich tatsächlich Wasser auf uns herabströmt. Wir alle haben Durst und stellen uns mit offenem Mund darunter. Manche lachen erleichtert.

Nachdem wir die Dusche verlassen haben, gehen wir in den Nebenraum. Krankenschwestern übergießen unsere Köpfe mit einer stinkenden Flüssigkeit. Sie dringt in die Augen, in den Mund und in meine Ohren, bis ich vor Schmerzen schreie. Ich spüre, wie sie den Hals hinunterläuft, und schlucke. Es schmeckt nach Benzin.

Eine der Frauen in Uniform deutet auf mich, lacht und ruft auf Deutsch: »Die Läuse kommen ihr sogar aus dem Mund.«

Das Wort verstehe ich nicht. Ich habe es weder auf dem Lyzeum gelernt noch später bei Frau Kusiakowa, die uns in ihrer kleinen dunklen Wohnung in der Kopernikusstraße unterrichtete. Wir müssen die Sprache unserer Feinde kennen. Wie oft habe ich sie das sagen hören.

Deutsche Frauen in Uniform treiben uns in der Reihe weiter, an einer Männergruppe vorbei, die sich nach uns Richtung Dusche bewegt. Einer der Soldaten starrt in meine Richtung, direkt auf meinen nackten Körper. Ich habe nur zwei Hände, um meine Brust und meine Scham zu bedecken. Und schließe die Augen, um seinen gierigen Blick nicht sehen zu müssen.

Als die Männer verschwunden sind, dürfen wir uns wieder anziehen. Dann scheuchen sie uns aus der Baracke hinaus in den Schnee, wo wir warten müssen. Bei klirrender Kälte sitzen wir auf vereisten Baumstämmen. Wir wissen nicht, was mit uns passieren wird.

Irgendwann kommt der nächste Zug.

Und wieder in den Wagon.

Die Türen werden zugeschoben und verriegelt. Das Mädchen sitzt wieder neben mir. Als ich vor Schmerzen weine, legt sie meinen Kopf auf ihren Schoß. Ich falle in einen unruhigen Schlaf.

Wir fahren weiter.

Kilometer um Kilometer.

Viele Frauen beten.

Einige Männer stehen an der Wagontür und starren durch den Spalt, durch den der Wind pfeift. Wenn sie den Namen eines Bahnhofs erkennen, rufen sie ihn laut. Inzwischen ist der Lärm und der Gestank in dem überfüllten Wagon schlimmer als die Kälte und der Hunger.

Ich wache davon auf, dass jemand Warszawa ruft. Warszawa, Warszawa.

»Wir fahren durch die Stadt«, ruft der Mann vorne an der Wagontür aufgeregt. Wir alle hoffen, dass der Zug hält, doch er fährt und fährt. Wir starren auf ihn in der Hoffnung, dass er noch etwas sagt. Doch er schweigt. Und als er sich endlich umdreht, ist sein Gesicht von Tränen überströmt.

»Übrigens«, flüstert das Mädchen neben mir. »Ich heiße Magda. Und du?«

Ich antworte nicht, sondern frage: »Was hat sie damit gemeint, dass sie mir aus dem Mund kommen? Was kommt mir aus dem Mund?« Ich wiederhole das Wort, das die Aufseherin in der Dusche gesagt hat.

»Läuse«, lacht Magda fröhlich. »Sie haben vor den Läusen mehr Angst als vor uns.«

Fünf Tage

7

Als Myriam Singer Dienstagmorgen die Augen aufschlug, schaltete sie als Erstes den Fernseher ein. Sie war eine Stunde, bevor der Wecker klingelte, mit einem Gefühl der Unruhe aufgewacht, das sie mit dem Lifestylemagazin auf dem Bildschirm zu verdrängen suchte, was ihr nicht gelang.

Wieder war eine Nacht vergangen, die Zeit stahl. Zeit, die sie nicht hatte. Zeit, in denen der Entführer sich Frederiks weiter bemächtigte.

Was hatte er mit dem Jungen vor? Wie weit würde er gehen?

Nein, sie wollte es sich nicht vorstellen. Myriam gab sich keinen Illusionen hin. Ihre Phantasie stützte sich auf Akten, die akribisch alle Grausamkeiten aufzeichneten, zu denen Menschen fähig waren. Zwar hatte die Menschheit unzählige Quadratmeter Wälder gerodet, Städte gebaut und Autobahnen, aber sie hatte die Prinzipien des Dschungels nicht aufgegeben. Der Urwald war verschwunden, aber geblieben waren Wilde. Die es eigentlich nicht mehr nötig hatten, aus Hunger zu töten oder Schädeldecken als Trinkgefäße zu benutzen.

Sie lag im Bett und starrte die nackte Glühbirne an, die verstaubt und trostlos an der kahlen Schlafzimmerdecke hing.

Hatte der Entführer den Jungen in einen Keller eingesperrt?

In ein Erdloch?

Eine Kiste?

Hatte er ihn gefesselt? An die Wand gekettet?

Ihn geschlagen? Ihn missbraucht?

Ließ er ihn hungern?

Gab er ihm zu trinken?

Sie hatten keine Lösegeldforderung, sondern nur ein Foto, auf dem der Urgroßvater des Jungen abgebildet war.

Man konnte jemanden mit der Ungewissheit quälen. Der Frage, warum? Der Frage, wo ist mein Kind? Der Frage, ist es schon tot? Wurde es gequält? Warum ich? Wird er sich melden? Wird er anrufen? Jetzt? Oder nie?

Dazu noch Udo Jost. Ausgerechnet Jost. Etwas Schlimmeres konnte der Entführer den Ermittlungen nicht antun, als die Medien für die eigenen Zwecke zu nutzen. Sie waren der moderne Pranger. Die Opfer wurden in der Öffentlichkeit zur Schau gestellt.

Als es an der Wohnungstür klingelte, dachte sie, es sei der Briefträger, der ihr demonstrativ morgens die Post an der Wohnungstür übergab, weil ihr Briefkasten wieder vollgestopft war von Fachzeitschriften und Werbebroschüren. Während sie bei den Akten im Gericht auf peinlichste Ordnung achtete, war sie bei ihren eigenen Unterlagen, Bankauszügen, Steuerbescheiden ausgesprochen schlampig. Schon alleine deswegen hatte Thomas nicht Recht gehabt mit seinem Vorwurf, sie sei die typische Beamtin.

»Staatsanwälte«, hatte sie geantwortet, »sind keine Beamte. Staatsanwälte sind der Gerechtigkeit verpflichtet, nicht dem Staat.«

Er hatte tatsächlich laut losgelacht.

Seufzend grub sie sich aus der Bettdecke, ging in den Flur und drückte die Sprechtaste. »Ja?«

»Liebler hier.«

»Was ist los?«

Noch während Myriam die Frage in die Anlage schleuderte, drückte sie den Türöffner und wünschte im gleichen Augenblick, sie hätte es nicht getan. Ihre Füße wurden auf dem schwarzen Granitfußboden eiskalt. Sie hatte gerade noch Zeit, sich einen Bademantel überzuziehen, bevor Liebler an die Tür klopfte.

Er roch nach Zigarettenrauch und kalter Luft, doch die Hand, die er ihr reichte, war warm. Sein Kopf steckte unter einer dunkelbraunen Wollmütze, die ihm wider Erwarten stand. Er wartete nicht darauf, dass sie ihn hereinbat, sondern drängte sich an ihr vorbei in den Flur, wo er die Wildlederjacke auszog und an einen Nagel hängte, der aus der Wand ragte. Das Ergebnis ihres vergeblichen Versuches, eine Garderobe anzubringen.

»Was ist passiert?«, fragte sie. »Warum kommen Sie um diese Zeit hierher?«

»Reicht Ihnen ein Mord und eine Entführung nicht?« Während er das sagte, sah er sich neugierig in der Wohnung um. »Was hätten Sie denn gerne noch? Einen Amoklauf quer über die Zeil?«

»Müssen Sie immer den Witzbold spielen?« Sie drängte sich an ihm vorbei Richtung Küche.

»Das war kein Witz«, antwortete er und folgte ihr, »allenfalls Galgenhumor.«

»Also, was wollen Sie?« Myriam stand orientierungslos in ihrer Küche, irritert durch seine Anwesenheit.

»Erst einmal einen Kaffee«, sagte er und setzte sich.

»Ich trinke keinen Kaffee, sondern Tee.«

»Kräutertee?«

»Ach, Sie können mich mal.« Myriam verlor die Geduld. Was, verdammt noch mal, wollte er in ihrer Wohnung? In ihrem Privatbereich? Ihre Adresse war nur der Familie und dem Gericht bekannt. Sie stand nicht im Telefonbuch, sondern hatte eine Geheimnummer. Sie war privat eine Unperson. Existierte nicht. Wer Kontakt zu ihr aufnehmen wollte, konnte sie nur auf ihrem Handy erreichen.

»Warum haben Sie mich nicht auf dem Handy angerufen?«

»Habe ich versucht. Mehrfach.« Er hob die Hand zum Schwur. »Ehrlich.«

»Da haben Sie wohl die falsche Nummer gewählt.«

»Ihre Nummer würde ich nie vergessen. Ich glaube eher, Ihr Handy ist ausgeschaltet. Ich hatte nämlich das Vergnügen, mit Ihrer Mailbox zu sprechen.«

»Das gibt es nicht. Ich muss erreichbar sein. Ich habe schließlich Rufbereitschaft.«

Sein Gesicht verzog sich zu einer betont sorgenvollen Miene. Hektisch begann Myriam nach ihrem Handy zu suchen, das sie schließlich im Badezimmer unter ihrer Unterwäsche fand. Liebler hatte Recht. Es war völlig tot.

Verflucht, sie hatte doch tatsächlich vergessen, den Akku aufzuladen.

Zurück in der Küche stand Liebler vor dem Kühlschrank und war damit beschäftigt, ihre kulinarischen Restbestände zu sammeln. Ein Magerquark, eine italienische Dauerwurst, eine giftgrüne Paprikaschote. Die beiden Fleischtomaten hatten das Verfallsdatum mit Sicherheit überschritten, aber aufgrund genetischer Manipulation die rote Farbe behalten.

»Die Tomaten sind hinüber«, sagte er, als er sie bemerkte.

»Die habe ich für Dr. Veit aufgehoben.«

»Was will der denn damit?« Irritiert starrte er auf die Tomate in seiner Hand.

Myriam setzte sich, zog die Füße hoch und erwiderte: »Ich beobachte sie schon seit drei Wochen. Ihre Verwesung geht vonstatten, ohne dass sie sich äußerlich verändern. Ist das normal? Nein, ist es nicht. Dr. Veit soll der Sache einmal auf den Grund gehen. Vielleicht kann man die äußere Haltbarkeit der Tomaten auf den Menschen übertragen. Er könnte das als Patent anmelden.«

Es dauerte eine Weile, bis Liebler verstand, dass sie einen Scherz machte. Er stellte die Sachen auf den Tisch.

»Hören Sie auf, den Witzbold zu spielen«, sagte er.

»Das war kein Witz, das war Galgenhumor.«

Sie hob das Handy hoch.

»Akku leer?«, fragte Liebler.

Sie nickte.

»Brot?«

»Auch leer.«

»Essen Sie nie etwas?«

»Ich bin wie ein Kamel«, antwortete Myriam. »Ich esse mir in Ruhezeiten Speck für die nächsten Wochen an. Dann halte ich es wochenlang ohne Nahrung aus. Außerdem, vor einem Besuch in der Rechtsmedizin esse ich grundsätzlich nicht.«

»Verstehe.«

Seine Miene war völlig unbewegt. Ihre Unterhaltung war ein absurdes Gespräch aus reiner Verlegenheit.

»Haben Sie die schon gelesen?« Er hob die Zeitung hoch.

»Sie haben sie aus meinem Briefkasten geklaut.«

»Nein. Sie lag vor Ihrer Wohnungstür. Ich habe sie nur aufgehoben.« Er schlug die Seiten auf. »Dann haben Sie auch Ihr Starfoto noch nicht gesehen?«

Sie beugte sich über den Tisch, wobei ihr Bademantel ein Stück auseinanderklaffte.

Das Bild war nicht zu übersehen. War der Fotograf auf dem Boden gelegen? Sie wirkte völlig verzerrt, wie in einem

Spiegelkabinett auf dem Jahrmarkt. Die rechte Hand hoch erhoben, sprach sie zu jemandem, der nicht zu sehen war.

Sie erhob sich resigniert. Aus der hintersten Schrankecke zog sie eine Packung Zwieback hervor.

»Und warum sind Sie jetzt wirklich hier?«

»Eine Spur folgt der anderen. Wir haben den grauen Sharan auf dem Rastplatz Kassel gefunden.«

Myriam hielt inne.

»Wann?«

»Heute Morgen gegen sechs Uhr. Es handelt sich um einen Mietwagen.«

»Ein Mietwagen? Das ist gut. Der muss sich zurückverfolgen lassen. Irgendwelche Spuren?«

»Kleiderfasern auf dem Fahrersitz, Haare und Schuppen auf der Nackenstütze, Schweißspuren auf dem Lenkrad. Blonde Haare auf der Rückbank. Wir müssen jetzt noch das Ergebnis der forensischen Analyse abwarten, aber so wie es aussieht, wurde der Junge mit dem Wagen transportiert. Und er hat sich vor Angst in die Hose gemacht. Die Rückbank war voller Urin.«

Myriam spürte, wie ihr Körper sich verkrampfte, und grub die Zähne in die Unterlippe. Sie konnte den Urin geradezu riechen. Er roch nach Angst, nach Panik.

»Haare und Kleiderfasern sagen nichts darüber, wohin er mit dem Kind verschwunden ist. Er hat den Sharan dort stehen lassen, und dann?«

»Hat er vermutlich den Wagen gewechselt.«

»Was ist mit diesem verdammten Anruf bei Jost? Können Sie das Handy nicht orten?«

»Wir haben es immer wieder probiert. Er muss den Akku herausgenommen haben.«

»Also gut, wer hat den Wagen gemietet?«

»Der Sharan wurde per Telefon gebucht. Was glauben Sie, auf welchen Namen?«

»Woher soll ich das wissen?«

»Henriette Winkler, und bezahlt wurde mit ihrer goldenen Kreditkarte.«

»Mein Gott.«

»Wir haben die Kreditkarte sperren lassen, aber damit hat der Täter wohl gerechnet. Seit der Entführung hat er sie nicht mehr benutzt.«

Schweigen. Die Küchenuhr tickte. Die Zeit lief zu schnell. Sie war eine Bewegung, die man nicht stoppen konnte. Das war unerträglich.

»Der Täter führt uns im Kreis«, sagte Liebler schließlich. »Damit müssen wir umgehen lernen. Alles ist durchdacht. Er ist ein Dramaturg. Er hat einen genauen Plan. Immer wieder lenkt er unsere Aufmerksamkeit auf die Familie.«

»Wie meinen Sie das?«

»Ich hatte vor einer halben Stunde einen Anruf.«

Der Adrenalinschub kam schneller, als Myriam denken konnte.

»Der Entführer? Hat er sich gemeldet?«

Er schüttelte den Kopf. »Nein, dafür ein Kriminalbeamter aus Krakau, ein Herr Matecki.«

»Krakau?«

»Krakau liegt in Polen.«

»Ich weiß, wo Krakau liegt.«

»Er hat uns einen Fall von Kunstdiebstahl gemeldet.« Liebler biss laut krachend in den Zwieback.

»Was hat das mit unserem Fall zu tun?«

»Er sagte, es gäbe Hinweise darauf, dass die Bilder sich bei einer gewissen Henriette Winkler hier in Frankfurt befinden.«

»Kunstdiebstahl?«

»Ja, sie stammen aus dem Czartoryjski-Palast. Er ist den Bildern seit Jahren auf der Spur.«

»Die Chopin-Serie!« Myriam verstand.

»Genau.«

Nicht wertvoll, hatte Denise erklärt. *Mein Großvater hat sie billig auf einer Auktion nach dem Krieg erstanden.*

»Haben Sie nach einer Expertise gesucht, einem Herkunftsnachweis?«

»Bis jetzt haben wir nichts gefunden, deshalb dachte ich, ich sollte die Bilder einem Sachverständigen bringen, der sich damit auskennt.«

Myriam war irritiert.

»Wegen Bilder bringt man niemanden um«, sagte sie.

»Es wurden schon Menschen aus geringeren Gründen ermordet.« Er lehnte sich zurück und betrachtete sie mit einem seiner Blicke, die schwer zu interpretieren waren. Verlegen wandte sie sich ab.

»Aber nicht entführt.« Myriam schüttelte langsam den Kopf. »Nein, ich kann mir nicht vorstellen, dass diese Fälle etwas miteinander zu tun haben. Das ist Zufall.«

»In meinem Job glaube ich nicht an Zufälle. Schicksal gibt es in meinem Wortschatz nicht«, sagte Liebler mit Überzeugung.

»Und dieser …«

»Matecki.«

»Wie ist dieser Matecki an die Information gekommen?«

»Er hatte einen Anruf. Anonym.«

»Das Ganze wird immer mysteriöser.«

»Ohne Zweifel.«

Myriam schaltete den Wasserkocher ein. »Ich könnte Ihnen einen Rührkaffee anbieten.«

Henri Liebler nickte. Während der paar Sekunden, die es dauerte, bis das Wasser kochte, gab sie einen Teelöffel Instantkaffee in die eine Tasse, eine Teebeutel in die andere, während er langsam einen Zwieback mit Butter bestrich. Dann goss sie Tee und Kaffee auf und reichte ihm die Tasse.

»Was sagt Hillmer?«, fragte er.

»Die Geschichte mit Udo Jost setzt ihm zu. Die Familie Winkler ist zu bekannt.«

»Etwas Schlimmeres hätte der Entführer ihm nicht antun können.« Liebler nahm einen Schluck von dem heißen Kaffee, doch er schlürfte wieder Erwarten nicht. »In einer Stunde müssen wir in der Rechtsmedizin sein.«

Myriam blickte auf die Uhr in der Küche. »Für heute verschiebe ich am besten alle Termine.«

»Darf ich mir noch einen Zwieback nehmen?«

»Nehmen Sie meinetwegen die ganze Packung mit.«

»Sie sind ja direkt großzügig«, sagte Liebler.

Doch als Myriam die Arme hob, um ihre Haare zu einem Knoten zu drehen, grinste er zum ersten Mal nicht ironisch.

Es war nicht der erste Besuch Myriams im Institut für Rechtsmedizin. Aber noch nie war ihr der Geruch so unerträglich erschienen. Dass sie in ihrem kurzen schwarzen Rock fror, war zu erwarten gewesen. Doch auch ihre Stiefel waren zwar wieder ein Meisterwerk, aber ungefüttert. Krokodilleder. Absatzhöhe genau 9,5 cm. Sie hatte zu Hause nachgemessen. Jeder Zentimeter war schließlich teuer bezahlt worden. Sie hatte Sarah erzählt, die Pradaschuhe bei Ebay erstanden zu haben. Als ob sie darauf warten konnte, dass ihre Wunschstiefel im Internet versteigert wurden.

Henriette Winkler lag nackt auf dem Metalltisch. Ihre Haut sah unter dem Neonlicht wie ein alter Putzlappen aus, den man zu lange feucht aufbewahrt hatte. Sie war nur noch ein runzliges Stück Mensch, dessen Alter sich nicht verleugnen ließ.

Henning Veit stand neben dem Tisch. Beiläufig hob er Henriette Winklers rechte Hand wie zur Begrüßung. Die Haut schob sich zurück, als hätte man sie in aller Eile unordentlich über die Finger gestülpt wie einen Handschuh, der zu groß war.

»Der Tod ist vor vierundreißig Stunden eingetreten«, erläuterte er. »Sie ist erstickt.«

»Gestern hast du von Erfrieren gesprochen.«

»*Du* hast von Erfrieren gesprochen, mein Lieber, aber diese Todesursache kennt die Rechtsmedizin nicht. Wir sprechen von Hyperthermie oder Unterkühlung. Und wie ich gestern schon erläutert habe, hat jemand mit einem Eimer Wasser das Ganze beschleunigt, indem er für ausreichend Feuchtigkeit und damit entstehende Verdunstungskälte sorgte.«

Unwillkürlich fuhr Myriam zusammen und schlang die Arme um sich.

»Ihnen ist kalt«, bemerkte Liebler. Zu ihrem Schrecken zog er die Jacke aus. Nicht nur das. Er legte sie über ihre Schultern. Es wäre kindisch, sie wieder herunterzureißen.

»Sonst noch etwas?«, wandte sie sich wieder an Dr. Veit.

»Die Platzwunde hier am Kopf sowie zahlreiche Knochenbrüche. Aber das ist kein Wunder. Wissen Sie, welche Konsistenz Knochen in diesem Alter haben? Die zerbrechen schon, wenn Sie so einer alten Frau die Hand geben. Und sie wurde mit Gewalt auf die Terrasse geschleift. Sowohl beide Beine wie Füße sind gebrochen, außerdem die rechte Schulter. Das waren mehr oder weniger Nebeneffekte. Nur der Schlag ins Gesicht, der war gezielt. Sie wurde von der Wucht mit dem Kopf gegen den Marmortisch geschleudert. Anschließend hat er sie durch den Raum gezogen. Das Ganze hat vielleicht mit einer Affekthandlung begonnen, aber am Ende steht der bewusst in Kauf genommene Tod. Er wollte nicht, dass sie diesen Abend überlebt.«

»Es bestand keine Chance, dass sie es zurück ins Wohnzimmer geschafft hätte?« Unwillkürlich fragte Myriam nach Entlastung für den Täter. Sie musste herausfinden, welche Schuld dem Täter zukam. Was er an Qual einkalkuliert hatte. War er ein gnädiger Täter oder ein extrem brutaler? Einer, dem es nur darum ging, zu töten, oder einer, dem das Sterben wichtiger war?

»Vielleicht wenn sie dreißig Jahre jünger gewesen wäre. Nach der Lage des Körpers am Auffindeplatz ist es ausgeschlossen, dass sie versucht hat, sich zu bewegen. Um ins Wohnzimmer zurückzukriechen, hätte sie sich erst einmal auf den Bauch drehen müssen. Nein, sie hatte keine Chance.«

»Wie viel hat sie mitbekommen?«

»Ich würde sagen, zu Beginn alles.«

Also ein langsames Sterben, wobei das Opfer anfangs bei vollem Bewusstsein war. Hatte ihm das gefallen? Ihm Spaß gemacht?

»Er hat also einkalkuliert, dass es lange dauert«, sagte sie.

»Dass er sie mit Wasser übergossen hat, war ihr sicheres Todesurteil. Außerdem war sie nur leicht bekleidet und hatte Alkohol im Blut. Sie konnte sich nicht mehr bewegen, also sich auch nicht durch Bewegung warm halten. Aber ob der Täter wusste, wie lange ein Mensch braucht, um zu erfrieren? Das bezweifle ich. Es war vermutlich mehr ein symbolischer Akt. Vielleicht sogar ein emotionaler.«

»Sie meinen, er hatte eine persönliche Beziehung zu Henriette Winkler?«

»Wer weiß«, antwortete Veit.

Liebler strich sich mit der Hand durch die Haare. Automatisch griffen seine Hände zur Zigarettenschachtel.

»Du wirst es nicht wagen«, sagte Dr. Veit.

»Nur ein Reflex. Seit meiner Diät … Sonstige Spuren?« Liebler ließ die Schachtel stecken.

»Alles, was du brauchst: Haare, Kleiderfasern, Hautpartikel.« Henning hob den verkrümmten Fuß der alten Frau vorsichtig in die Höhe. Wie etwas Kostbares. Wie eine Reliquie. Denn jeder Überlebende will einen toten Menschen als wertvoll sehen. Keiner endet schließlich gerne als Restmüll.

»Ist der Täter ein Idiot?«, wunderte sich Henri Liebler. »Jeder kennt doch die Tricks. Handschuhe tragen, die Haare unter einer Mütze verstecken, die Kleidung sollte nicht fusseln, und sein Sperma lässt man nicht einfach am Tatort zurück, sondern trägt es ordentlich in einem Kondom nach Hause.«

»Solche Spuren nützen nur, wenn wir Vergleichsdaten haben«, erwiderte Dr. Veit. »Was aber, wenn der Täter ein unbeschriebenes Blatt ist? Wenn er uns mit seinen Spuren provozieren will?«

»Niemand ist ein unbeschriebenes Blatt«, antwortete Liebler.

»Ich meine, wir sollten uns darauf konzentrieren, was der Täter uns sagen will. Er wollte, dass Henriette Winkler erfriert. Ganz langsam.« Myriam wurde trotz der Jacke nur langsam warm. »Er wollte, dass ihr Körper Zelle für Zelle abstirbt. Die beiden hatten irgendwann einmal etwas miteinander zu tun.«

»Übrigens habe ich etwas bei dem Opfer gefunden, was euch mit Sicherheit interessiert«, unterbrach Henning Veit ihre Gedanken. »Auch wenn ich mir nicht vorstellen kann, dass es euch weiterhilft. Außer, dass ihr davon ausgehen könnt, dass der Täter ein gebildeter Mann ist.«

Dr. Veit ging zum Sideboard und zog eine Schublade auf, aus der er eine Plastiktüte herausnahm.

»Wie ihr wisst, war der Körper steif gefroren«, erklärte er »Die Hände hatte sie in den Stoff des Rockes verkrallt. Ich habe es vermieden, sie noch am Tatort vom Stoff zu lösen. Ich wollte ja nicht, dass sie Knochenbrüche erleidet, die dann auf meine Kappe gehen.«

»Sag schon«, murmelte Henri.

»Eine kriminalistische Untersuchung«, belehrte ihn Henning Veit, »erfordert Geduld.«

»Bei einer Entführung habe ich keine Zeit für Geduld und deine Spielchen. Also was ist es?«

»In ihrer Hand hatte sie diesen Zettel.«

Er hob den Plastikbeutel hoch, in dem sich ein graues Papier in der Größe einer Visitenkarte befand, das mehrfach gefaltet gewesen war.

»Auf diesem Zettel ...« Für seine Fähigkeit, das Mysterium des menschlichen Lebens anhand eines toten Körpers zu vermitteln, war Henning Veit vergeblich viel Geld von verschiedenen Fernsehsendern geboten worden. »Auf diesem Zettel hat der Täter euch eine Nachricht hinterlassen.«

Mit Schwung drehte er die Tüte um 180 Grad.

Ein kurzer Text, den Myriam erstaunt zu entziffern versuchte. Was im ersten Moment nicht möglich war. Die Faltlinien des Papiers hatten die Wörter auseinandergerissen. Doch auch auf den zweiten Blick konnte sie ihn nicht verstehen. Sie hatte etwas anderes erwartet.

»Das ist Latein«, sagte Henri. »Und das hatten wir nicht auf der Polizeischule.«

»Bemühe dich nicht«, sagte Dr. Veit. »*Debet quis juri subjacere, ubi deliquit* Man muss sich für das verantworten, wessen man schuldig geworden ist.«

»Kannst du das noch einmal wiederholen?«, fragte Liebler. »Auf meinem lateinischen Ohr bin ich blind.«

»Man muss sich für das verantworten, wessen man schuldig geworden ist.«

»Schuldig«, wiederholte Liebler, »worin kann eine fünfundachtzigjährige Frau schuldig geworden sein, dass sie diesen qualvollen Tod verdient hat?«

Wenn Veit sich im menschlichen Körper auskannte, so war Myriam die Spezialistin für Recht und Gesetz.

»Ubi«, erklärte sie, »hat hier lokale Bedeutung, also nicht *wessen*, sondern *wo*! *Debet quis juri subjacere, ubi deliquit* ist wesentlicher Bestandteil unserer Strafprozessordnung, Paragraph 7 StPO Abschnitt 1. Der Gerichtsstand ist bei dem Gericht begründet, in dessen Bezirk die Straftat begangen worden ist.«

»Ist nicht verständlicher als Latein«, kommentierte Liebler.

»Man muss an dem Ort verurteilt werden, an dem man die Tat begangen hat.«

»Könnt ihr das draußen klären?«, fragte Henning Veit. »Ich muss hier weitermachen. Meine Fälle stapeln sich in den Kühlfächern, und garantiert wollt ihr den Bericht so schnell wie möglich. Am besten schon gestern.« Er reichte Liebler den zerknitterten Zettel. »Und nehmt das hier mit.«

Kaum hatten sie den Keller verlassen, piepste Lieblers Handy. Während er telefonierte, versuchte Myriam das Bild der alten Frau zu verdrängen. Es gelang ihr nicht. Das Phänomen Tod ließ sich nicht abschütteln.

Phänomen.

Der Tod war kein Ufo, er war keine außerirdische Erscheinung. Er war der größte Betrug aller Zeiten. Es war keine

Heldentat zu sterben, sondern im Normalfall lief das Leben einfach aus, wie ein Vertrag, den man irgendwann unterschrieben hat, ohne ihn genau durchzulesen. Ein Vertrag, der ihre Mutter um Jahre betrogen hatte und vielleicht auch sie irgendwann betrügen würde.

Liebler zündete sich eine Zigarette an. Nach wenigen Sekunden roch die kalte Luft nach Rauch. Neid auf die Zigarette in seinen Fingern, Neid auf den Rauch, den er einatmete. Myriam brauchte nur die Hand auszustrecken, um ihrem Leiden ein Ende zu machen. Sie musste sich beherrschen, dass ihre Hand nicht die Packung aus seiner Brusttasche riss.

»Sind wir wirklich weiter, wenn wir endlich wissen, wer auf dem Foto ist? Wenn wir eine Erklärung für das Zitat in Henriette Winklers Hand haben?«, fragte Myriam. »Warum sollte er uns Hinweise geben?«

»Er hat Henriette Winkler beobachtet und war bereits früher in ihrem Haus. Wie kam er sonst an die Kreditkarte? Die alte Dame hatte das Haus seit Wochen nicht verlassen. Die Einkäufe sowie alles andere erledigte die Haushälterin. Frau Hirschbach hat übrigens auch eine Bankvollmacht.«

»Er geht Risiken ein.«

»Wer jemanden tötet und gleich darauf noch jemanden entführt, ist risikobereit«, erwiderte Liebler.

»Er will uns etwas erzählen.«

»Was?«

»Die Geschichte, von der Sie am Tatort gesprochen haben.«

»An deren Anfang Oskar Winkler stand?«

»Genau.«

»Und wir haben keine andere Möglichkeit, als sein Spiel mitzuspielen. Das gefällt mir nicht. Ich lasse mich nur ungern erpressen.«

Sie schwiegen eine Weile. Jeder dachte für sich, dass sie nicht nur den Anfang, sondern auch das Ende kannten. Was ihnen nicht weiterhalf.

Dann hob Liebler die Tüte mit dem Zettel in die Höhe.

»Mit Schreibmaschine geschrieben«, sagte er. »Es gibt da einen gewissen Dr. George.«

»Was ist mit ihm?«

»Er ist seit drei Jahren in Pension, aber er war ein bekannter Spezialist in der Schweiz für forensische Handschriftenuntersuchung, Schriftpsychologie und graphologische Untersuchungen von mit Schreibmaschine geschriebenen Schriftstücken. Er ist genau der Richtige, um etwas über den Verfasser dieser Botschaft herauszufinden und festzustellen, um welchen Schreibmaschinentyp es sich handelt.«

»Das ist ein Beweisstück. Auf dem Papier sind mit Sicherheit Fingerabdrücke, Schweißtropfen, Speichelproben zu finden. Sollen wir ihm etwa den Zettel in die Schweiz bringen?«

»Sie sind der Boss und können ihn als Sachverständigen berufen, indem Sie einen Antrag schreiben, dass George hier in Frankfurt in die Labors der Spurensicherung kann. Er ist in Pension, aber er langweilt sich zu Tode.«

»Ich weiß, wie ich meinen Job zu machen habe.«

»Wissen Sie, was sich das gesamte Polizeipräsidium fragt?«

»Nein. Es interessiert mich auch nicht.«

»Warum Sie nicht gleich zur Polizei gegangen sind.«

»Weil ich der Boss sein will? Das ist es, was Sie denken, oder? Weil ich alles unter Kontrolle haben will.«

Henri Liebler zog an seiner Zigarette und schwieg.

8

Denise Winkler konnte das Läuten des Telefons nicht mehr ertragen und presste beide Hände auf die Ohren. Dennoch hörte sie in der Ferne das unaufhörliche Klingeln.

Sie hatten sie weggeschickt, damit sie sich ausruhte, was ihr so irrsinnig erschien, dass sie den Raum verließ, weil sie das Gerede von starken Nerven nicht mehr ertragen konnte. Wo sollte sie diese so plötzlich hernehmen? Sie hatte keine psychischen Reserven angelegt, um das Verschwinden ihres Sohnes überleben zu können.

Unten im Wohnzimmer durchwühlte ihr Vater unter der Aufsicht von Myriam und Henri Liebler Schubladen auf der Suche nach Bildern, auf denen der zweite Mann abgebildet war. Myriam hatte ihr erklärt, dass es die einzige Spur war, die sie hatten.

Ein Foto? Was für ein Foto?

Und warum hatten sie diese Fragen nach den Chopinbildern gestellt? Ob es Expertisen dazu gab. Weder sie noch ihr Vater wussten etwas davon. Vielleicht hatte Josefa eine Ahnung. Aber warum kümmerten sie sich um irgendwelche Gemälde, wenn es um das Leben ihres Kindes ging? Alles, was sie unternahmen, war, ihr eine Reihe von Papieren vorzulegen, die sie unterschreiben sollte.

Nun wurde ihr Telefon abgehört, ihr Haus überwacht, und rund um die Uhr saßen zwei Beamte unten im Flur und warteten auf ein Zeichen des Entführers.

Myriam hatte ihr erklärt, dass alles korrekt abgewickelt werden musste und sie keinen Fehler machen durften, denn sie würde dem Entführer später den Prozess machen. Sie würde ihn verurteilen.

Ich verspreche es dir, hatte sie gesagt.

Myriam lebte nicht von der Hoffnung. Myriam lebte von ihren Zielen, von ihren Plänen, von ihren Grundsätzen, während sie, Denise, seit jeher Hoffnungen mit Zielen verwechselt hatte, die, seit sie denken konnte, enttäuscht wurden. Die richtige Lehre daraus wäre, sich keine Hoffnungen mehr zu machen, aber so funktionierte es nicht. So lief das Leben nicht. Die Hoffnung stellte sich ein, ohne dass man sie eingeladen hatte. Sie war unberechenbar. Ein ungebetener Gast. Wie eine Krankheit.

Wie in den Momenten, wenn das Telefon klingelte. Diese gottverfluchte Zuversicht, die flüsterte: »Man hat ihn gefunden. Er ist tot. Mein Kind ist tot und ich lebe.«

Dann wieder der Wunsch, es könnte der Entführer sein. Damit er seine Bedingungen stellen konnte, die sie erfüllen würde. Damit wieder alles so war wie vorher, als die Welt noch nicht auf dem Kopf stand. Damit ihr Leben ihr wieder gehörte. Damit sie wieder das fühlte, was sie empfand, wenn sie Marathon lief. Kontrolle. Der Körper macht, was du willst. Und wenn du es schaffst, einen Marathon durchzuhalten, dann hältst du auch dein Leben aus.

Die Enttäuschung, wenn er es nicht war, sondern irgendjemand anders, der besorgt fragte, was los sei. Jeder wusste Bescheid. Der Pfarrer, der Bürgermeister, die Schule, Eltern von Frederiks Freunden, ihre Putzfrau. War es das, was der Entführer wollte? Dass jeder Bescheid wusste? Dass die ganze Welt die Leitung blockierte?

Und alle wollten helfen. Wobei?

Der erste Anruf war von einem Jost von der Sendung *Brandheiß* gekommen. Ein Mann hatte sie gedrängt, sie solle ein Interview geben. Als sie ablehnte, hatte er gerufen: »Es ist nur zu Ihrem Nachteil, wenn Sie nicht mit uns sprechen.

Wenn Sie uns keine Fakten geben, erfinden wir eben welche.«

Sie hatte den Hörer einfach losgelassen und versucht, Oliver zu erreichen, der sich um einen Rückflug bemühte. Er hatte auf sie eingeredet. Frederik würde zurückkommen. Entführer wollten immer Geld, und sie würden es bezahlen.

Dann kamen die Vorwürfe. Wenn sie sich schon entschied daheimzubleiben, statt sich um die Firma zu kümmern, dann hätte sie auch daheimbleiben sollen. Das mit dem Marathon sei eine fixe Idee.

Nein, es spielte für ihn keine Rolle, dass sie sich besser fühlte, seit sie lief. Es interessierte ihn einfach nicht. Er ignorierte es. Die Gleichgültigkeit hatte sich in ihre Ehe geschlichen. Nur Gleichgültigkeit? Oder noch etwas anderes?

»Du warst nicht zu Hause«, hatte er am Telefon gesagt. »Du hast nicht auf ihn aufgepasst.«

Hatte er Recht?

Ja! Verdammt, ja! Die Wirklichkeit schrie: Ja! Ihr kleiner Sohn war verschwunden. Jemand hatte ihn entführt.

Doch warum?

Weil sie nicht auf ihn aufgepasst hatte!

»Du hast nicht auf ihn aufgepasst«, flüsterte Denise. »Du hast nicht auf ihn aufgepasst. Nicht aufgepasst.«

Die Welle der Angst begann im Hinterkopf, schlug an die Stirn und überflutete ihren Körper. Immer wieder. Unaufhörlich. Denise fand keinen Halt mehr. Alles wurde an die Oberfläche gespült. Alles, was in ihrem Leben schiefgelaufen war. Oliver, ihre Ehe, die Firma.

Oliver war der Meinung, dass sie Frederik falsch erzog.

Hatte er Recht?

Sein Erfolg bestätigte ihn. Er war ein guter Geschäftsmann. Er hatte den Konkurs verhindert.

Und jetzt, nach dem Tod der Großmutter, würde er die Firma leiten, nicht sie. Nicht ihr Vater. Der in den letzten Jahren immer mehr zum Statisten geworden war, zum Angestellten. Oliver war die Firma.

Hatte nicht alles damit angefangen, dass sie ihn bei einem Empfang ihrer Großmutter kennen gelernt hatte? Bei dem nur die engsten Freunde eingeladen waren. Einhundert engste Freunde. Niemand hatte so viele Freunde. Am allerwenigsten ihre Großmutter. Und hatte sich diese nicht erst zurückgezogen, als Oliver die Fäden in der Hand hielt?

Eine Scheidung war unmöglich. Sie würde die Firma aufs Spiel setzen. Ihr Erbe. Das Erbe ihres Sohnes. Hatte sie das Recht, zweihundert Jahre Familientradition über Bord zu werfen? Sie bekam keine Luft mehr.

Wie konnte ein Kind verschwinden, das morgens fröhlich aus dem Haus gegangen war? Voller Pläne. Den Schal dreimal um seinen Hals gewickelt. Noch immer mit demselben Eifer wie am ersten Schultag. Was sie erschreckte und gleichzeitig zu Tränen rührte.

Zehn Minuten zu früh. Er war zehn Minuten zu früh aus dem Haus gegangen.

»Du hast noch Zeit«, hatte sie gesagt und den Reißverschluss der Jacke bis unter das Kinn gezogen. »Es ist kalt. Warte noch zehn Minuten. Daniel kommt sowieso immer zu spät.«

Aber er hatte nicht warten wollen. Er war gegangen. Und als Daniel zum Treffpunkt kam, war Frederik bereits verschwunden. Er war nicht in der Schule angekommen. Daniel hatte zwar geklingelt, aber sie war bereits weg gewesen.

Warum konnte sie nicht weinen?

Unbarmherzig verweigerte der Körper ihr die Tränen. Er verweigerte ihr das Recht zu weinen.

Woher diese Leere?

Der Tod ihrer Großmutter ließ sie kalt.

In ihrem Innern war es kalt wie in einem Keller.

Wie in dem Keller, in dem ihr Kind jetzt lag?

Sie konnte nichts tun. Nur warten, dass der Entführer ihr Anweisungen gab und Forderungen stellte.

Doch er meldete sich nicht.

Denise drückte ihr Gesicht in das Kopfkissen und wiederholte immer wieder: »Ruf an, ruf an, ruf an!«

Wieder klingelte das Telefon. Verdammt, sie hielt es nicht aus. Sie sprang aus dem Bett und rannte nach unten, riss den Hörer an sich, schrie hinein: »Was wollen Sie? Sagen Sie es mir! Wo ist mein Kind?«

Jemand antwortete.

Eine ruhige Stimme, die ihr etwas erklärte, das sie zuerst nicht verstand. Sie sagte immer nur *ja.* Dann legte sie auf, ging ins Wohnzimmer und setzte sich aufs Sofa.

Myriam folgte ihr. »Was ist los?«

»Nichts«, antwortete Denise. »Nichts.«

»Wer war das?«

Denise blickte ihr ins Gesicht. »Kommissar Fischer.«

»Was wollte er?«

»Sie haben nichts gefunden.«

»Wie nichts?«

»Sie haben auch in der Villa keine Fotos mehr gefunden. Sie haben alles durchsucht.«

Denise beobachtete, wie Myriam Liebler einen Blick zuwarf.

Hatten sie ihr alles gesagt oder verschweigen sie etwas?

»Welche Fotos?«, fragte Denise.

Ihr Vater stand daneben, nach vorne gebeugt, als würde er gleich umkippen. Hilflos hob er die Hände. »Einige Alben deiner Großmutter sind verschwunden. Mit Fotos aus der

Zeit nach dem Krieg. Aber es sind vor allem Familienfotos, wen sollten die interessieren?«

»Fotos?«, schrie Denise und sprang auf. »Das ist alles? Nur alte Bilder? Deswegen soll jemand meinen Sohn entführt haben? Er ist erst sieben Jahre alt.«

Die Tränen schossen aus ihren Augen.

Sie hob die Hände und trommelte gegen die Brust ihres Vaters. »Du musst es wissen. Sag es mir. Sag es mir.«

Doch Carl Winkler antwortete nur: »Ich habe keine Ahnung«, und hielt die Fäuste aus, die ihn trafen.

»Keine Ahnung?«, wiederholte Denise leise, ließ die Hände sinken. »Keine Ahnung!«

Sie krallte die Finger in die Haare, zog mit aller Kraft daran. Der Schmerz, den sie sich zufügte, würde die Angst und die Verzweiflung in ihrem Innern vertreiben.

»Mein Gott, reiß dich zusammen«, hörten sie plötzlich eine Stimme.

Oliver Winkler stand in der Tür, den Kragen des Wintermantels aus Kaschmir hochgeschlagen, den Seidenschal lässig um den Hals geschlungen, die Aktentasche in der Hand. Er sah nicht aus wie jemand, der elf Stunden im Flugzeug gesessen hatte, der panisch aufgebrochen war, weil sein Sohn entführt worden war. Er war frisch rasiert, seine schwarzen Haare waren mit Gel frisiert. Er wirkte völlig relaxt.

Viele Frauen heiraten seltsame Männer, für die sie, Myriam, höchstens zwei Sterne vergeben würde. Kategorie sauber, mehr nicht. Denise hatte immer denselben Geschmack gehabt, was Männer betraf. Hatte sich das in den letzten Jahren geändert?

10

»Können Sie mir erklären, was hier los ist?« Oliver Winkler legte seinen Kaschmirmantel sorgfältig über den Stuhl, bevor er bereit war, Myriams ausgestreckte Hand zur Kenntnis zu nehmen. »Sie befinden sich hier auf einem Privatgrundstück.«

»Myriam Singer, ermittelnde Staatsanwältin am Oberlandesgericht Frankfurt. Wir haben telefoniert. Und der Platz vor Ihrem Haus ist öffentliches Gelände. Wir können nicht verbieten, dass die Presse dort steht.«

Oliver Winkler ignorierte die Antwort und wandte sich Denise, seiner Frau, zu, doch Myriam konnte in seinem Blick keine Wärme oder auch nur den Anschein von Trost erkennen.

»Was sind das für Leute hier im Haus, Denise?«

»Ihre Frau hat sich damit einverstanden erklärt, dass sich rund um die Uhr zwei Polizeibeamte im Haus aufhalten und das Telefon überwacht wird«, erklärte Myriam ungerührt.

»Wie, einverstanden erklärt?«

»Sie hat eine Einverständniserklärung unterschrieben.«

»Ohne Anwalt?« Er blickte seine Frau ungläubig an. »Du hast unseren Anwalt nicht angerufen?«

»Nein!«

Denise blieb völlig ruhig.

Myriam wäre froh, sie könnte Serienmörder oder Amokläufer so schnell als Sadisten identifizieren. Ein Blick genügte. Oliver Winkler bildete sich ein, ihm gehöre die halbe Welt, und er sei kurz davor, die andere Hälfte zu erwerben. Er war nicht einmal ein Wolf im Schafspelz. Er war genau das, was sie auf den ersten Blick in ihm sah. Mit hundertprozentiger Wahrscheinlichkeit ein gottverfluchtes Arschloch.

Als wäre es Gedankenübertragung, erhob sich Denise, trat auf ihren Ehemann zu, blieb stehen und spuckte ihm mitten ins Gesicht. Dann verließ sie den Raum, ohne sich noch einmal umzudrehen.

Myriam reichte Oliver Winkler ein Papiertaschentuch. »Ich hoffe, Ihr Flug war angenehm.«

Thomas war nur mit einem einzigen Koffer zu ihr gekommen. Schon daran hätte Myriam erkennen müssen, dass er nicht für immer blieb. Nur ein paar Anzüge im Schrank, mehr nicht. Wenn ein Mann nicht mit seinen CDs, Videos und DVDs einzog, war es nicht von Dauer.

»Ich hätte wissen müssen«, hatte er gesagt, »dass es nicht gut geht. Du willst alles unter Kontrolle haben. Auch mich. Du bildest dir ein, in deinem Job geht es um Leben und Tod. Das legst du dir zurecht, um dir eine Bedeutung zu geben, dabei geht es dir nur darum, über andere zu herrschen.«

»Und worum geht es dir?«, hatte Myriam geschrien. »Dir geht es doch wie allen Männern nur um einen guten Fick mit einer Frau, die zehn Jahre jünger ist.«

Das war das Schlimmste. Sie hatte die Sprache der Angeklagten übernommen. Sie schrie wie die Leute in den Gerichtsshows. Aber das Leben war keine Gerichtsshow. Das Leben bestand aus einer Aneinanderreihung von Straftaten, für die es keine Gesetze gab. Zum Beispiel, dass Oliver Winkler seine Frau verachtete.

Er war ins Bad gegangen, um sich das Gesicht gründlich zu waschen.

Denise blieb verschwunden.

Carl Winkler starrte bereits seit zwanzig Minuten schweigend zum Fenster hinaus.

Im Flur ließ sich Myriam von den beiden Beamten über

die Anrufer informieren. Es waren immer dieselben Leute: Verwandte, Freunde, Mitarbeiter und natürlich die Presse.

»Wir haben das Telefon jetzt leiser gestellt«, meinte der ältere von beiden, der aussah, als wäre er Reservist und infolge einer allgemeinen Mobilmachung aus seinem wohlverdienten Ruhestand zurückgerufen worden. »Kein Grund, Frau Winkler unnötig aufzuschrecken.«

»Wie ist Ihr Name?«

»Glaser«, antwortete er.

»Sie gehören zum Team von Fuchs.« Myriam reichte ihm die Hand. »Ich habe bereits von Ihnen gehört.«

»Vermutlich nichts Gutes«, antwortete er.

»Wir machen den Job nicht, weil wir heilig gesprochen werden wollen.«

Er nickte als Antwort, und sie ging in die Küche, wo sie auf Liebler traf, der an der geöffneten Terrassentür lehnte und rauchte. Er schien über irgendetwas nachzudenken.

»Was geht hier eigentlich vor?«, fragte sie.

Er zuckte mit den Schultern. »Wir wären nicht hier, wenn wir es wüssten.«

Sie nahm ein Glas aus dem Schrank und goss Wasser ein.

»Übrigens, Jost will die Pressekonferenz verschieben«, sagte Liebler.

»Warum? Er gehört zur Spezies der Piranhas. Er stürzt sich gnadenlos auf alles. Er frisst schlechte Nachrichten, um sie sofort wieder halbverdaut auszuspucken.«

»Ausspucken? Ich wusste nicht, dass Piranhas das machen.«

»Egal, aber kaum fließt Blut, sind sie da. Wie Jost. Welche Begründung hatte er?«

»Terminliche Schwierigkeiten.« Liebler betonte *terminlich.*

»In so einer Sache kennt der Piranha keine anderen Termine.

Da gibt es nur fressen, bevor man selbst gefressen wird. Er führt also etwas im Schilde. Warum sollte ausgerechnet die Presse uns Spielraum verschaffen? Das macht mich nervös. Ob der Entführer wieder bei ihm angerufen hat?«

»Das Telefon wird überwacht.«

»Eigentlich sollten wir auf Jost keine Rücksicht nehmen.«

»Er hatte als Einziger Kontakt zu dem Entführer.« Liebler wandte den Blick nicht von ihr.

»Er hat ihn ausgewählt?« Sie nahm einen Schluck Wasser.

»Vielleicht war Jost einfach nur der Einzige, der am Schreibtisch saß.«

»Tatsache ist, er hat mit ihm telefoniert. Wir müssen ihn im Boot lassen. Verlegen wir also den Termin. Was schlägt er vor?«

»Achtzehn Uhr dreißig.« Liebler schaute auf die Uhr.

»Also kurz vor den Hauptnachrichten. Er hat Sinn für das Dramatische. Sie können ihm mitteilen, dass ich einverstanden bin. Stellen Sie bis dahin eine Liste zusammen von allem, was wir wissen. Wir besprechen dann gegen achtzehn Uhr, welche Köder wir unserem Piranha geben.«

Liebler nickte.

»Was ist mit Oliver Winkler?«

»Geben wir ihm noch zehn Minuten, um sich zu beruhigen.«

Myriam fand Denise in Frederiks Bett. Als sie zur Tür hereinkam, setzte sie sich auf. Offenbar hatte es ihr gutgetan, ihren Mann anzuspucken. Sie war nicht mehr ganz so blass.

»Wie geht es dir?«

»Ich kann nicht eine Sekunde glauben, dass es wahr ist.«

»Wir werden ihn finden. Ganz sicher.«

»So etwas kannst du nicht versprechen.«

»Nein«, erwiderte Myriam. »Aber ich halte meine Versprechen.«

So war es immer gewesen. Myriam übernahm die Verantwortung. Was Verantwortung betraf, war sie wie ein Staubsauger mit 1400 Watt. Ihrem Verantwortungsbewusstsein entging nichts. Ihr Gerechtigkeitssinn war effektiver als Meister Proper.

Wer hatte ihr das noch einmal vorgeworfen?

»Ist das nicht absurd?«, fuhr Denise fort. »Die Entführung verbindet uns nicht, sie entfernt uns voneinander.«

»Deine Wut ist verständlich. Du hast deinen Mann gebraucht, und er war nicht da.«

»Wie kann er verschwunden sein, wo er gerade noch hier war?«, fragte Denise. »Er braucht nur wenige Minuten, bis er Daniel trifft. Ich hätte aus dem Fenster sehen können, bis er an der Ecke war. Oder ihn dorthin bringen können. Fünf Minuten. Ich hatte nicht einmal fünf Minuten für ihn.«

»Du solltest dir nicht die Schuld dafür geben. Es gibt jemanden, der diese Verbrechen begeht. Ich werde ihn kriegen. Ich bin gut in meinem Job, weißt du. Viele sagen sogar, die Beste.«

»Wenn ich mein Kind nie mehr in den Armen halten kann, werde ich sein wie eine Laus. Ich werde nur noch durchs Leben kriechen. Was kann ich tun? Ich muss doch irgendetwas tun.«

»Auf keinen Fall«, antwortete Myriam ungerührt, »solltest du wichtige Zeugen anspucken. Wärest du einer meiner Beamten, hättest du jetzt eine Abmahnung in der Tasche. Verdammt, Denise, hier geht es ausnahmsweise nicht um dich, sondern einzig allein um Frederik. Um deine Familie. Das Bild deines Großvaters. Verstehst du, das ist kein Versehen. Und auch kein Spiel. Da meint es jemand verdammt ernst.«

Sie tippte mit ihrem Zeigefinger auf Denise' Stirn. »Du musst überlegen. Überlegen, was der Entführer mit dem Bild sagen will.«

»Du hast dich nicht verändert«, antwortete Denise. »Das konntest du schon immer.«

»Was?«

»Gefühle beiseiteschieben, zugunsten einer scheinbaren Gerechtigkeit.«

Der Vorwurf traf Myriam bis ins Mark. Doch sie schwieg.

»Ich muss hier raus!«, sagte Denise.

»Ruhe dich besser aus.«

»Ich muss laufen, sonst explodiere ich.«

»Soll ich einen Beamten mitschicken?«

»Nein, ich schaffe es alleine.«

Myriam hinderte Denise nicht daran, das Haus zu verlassen. Die frische Luft würde ihr guttun, und wenn es stimmte, dass ein Marathon die Reserven neu lud, umso besser: Denise würde die Energie die nächsten Tage brauchen.

Im Wohnzimmer fand sie Oliver Winkler auf dem Sofa, die Beine übereinandergeschlagen.

»Meine Frau ist verständlicherweise wegen der Entführung mit den Nerven am Ende. Sie ist psychisch leider sehr labil. Zu sensibel.« Seine ganze Körperhaltung sprach von einer Arroganz, dass Myriam Mühe hatte, ihn nicht anzubrüllen. Er reagierte unnormal, nicht Denise.

Auch Liebler, der am Fenster stand, hob angesichts dieser Bemerkung erstaunt die Augenbrauen.

»Ihr Sohn ist entführt worden«, sagte er. »Lässt Sie das kalt?«

»Ich bin nicht verpflichtet, Ihnen meine Gefühle mitzuteilen.«

Liebler ging drei Schritte auf Oliver Winkler zu. Allein durch seine Größe beherrschte er den Raum. Er beugte sich hinunter. Winkler wich automatisch zurück.

»Sie sind also am Mittwoch nach Hongkong geflogen? Hat es sich gelohnt?«

»Nein.« Winkler reagierte plötzlich nervös. Seine Hände schoben den Krawattenknoten nach oben. »Wie Sie genau wissen, hatte ich keine Zeit mehr, den Vertrag abzuschließen.«

»Der wichtig ist.«

»Ja.«

»Warum haben Sie Ihren Geschäftspartnern nicht einfach erklärt, was passiert ist? Jeder würde Verständnis haben. Auch Chinesen haben Schwiegermütter und Kinder, die sie lieben.«

»Die Chinesen wollen einen starken Partner«, erwiderte Oliver Winkler. »Wenn sie hören, dass Henriette ermordet wurde, der schließlich sechzig Prozent des Unternehmens gehörten, dann wissen die, dass wir die nächsten Monate Probleme bekommen. Wir kennen ja nicht das Testament, und Henriette, na ja, sie war nicht gerade berechenbar, was diese Sachen betrifft. Sie wollte immer die Fäden in der Hand halten. Bis zuletzt.«

»Bis zuletzt«, nickte Liebler. »Und von Anfang an.«

Liebler ging jetzt um den Stuhl herum, auf dem Winkler saß. Als laufe er die Grenzen ab, die der Mann vor ihm um sich gezogen hatte. Als suche er nach einem Loch im Zaun.

»Lieben Sie Ihren Sohn?« Er blieb abrupt stehen.

»Natürlich«, erwiderte Winkler entrüstet.

»Wann haben Sie ihn zum letzten Mal gesehen?«

Er zögerte. »Das ist vielleicht eine Woche her. Wie Sie sich denken können, bin ich durch das Unternehmen sehr eingespannt.«

»Ist Ihr Sohn ein ängstliches Kind? Oder eher selbstbewusst?«, fragte Liebler.

»Meiner Meinung nach ist er zu sensibel. Meine Frau verwöhnt ihn zu sehr.«

»Können Sie sich vorstellen, dass er zu jemand Fremden ins Auto steigt?«

»Nein.« Er machte eine abwehrende Handbewegung. »So etwas würde er nie tun. Wir haben es ihm immer wieder gesagt, dass das gefährlich ist.«

»Aber er hat es getan.«

»Das kann ich mir nicht vorstellen. Er muss gezwungen worden sein.«

Seine Hand rieb leicht an der rechten Schläfe, dort wo Denise' Spucke gelandet war. »Es hat keinen Sinn, panisch zu reagieren. Ich glaube auch nicht, dass Sie das wollen. Es genügt, wenn Denise … einer muss schließlich die Ruhe bewahren.«

»Wann haben Sie Henriette Winkler zum letzten Mal gesehen?«

Nur ein Moment, den er zögerte. »Wir haben vor meiner Abreise telefoniert. Es gab einige vertragliche Dinge zu besprechen.«

Liebler reichte Oliver Winkler das Foto. »Das hat der Entführer uns geschickt. Können Sie damit etwas anfangen?«

Winkler nahm es in die Hand, schaute es nur kurz an und gab es wieder zurück. »Das ist Oskar, der Großvater von Denise.«

»Was war er für ein Mann?«

»Was soll ich sagen? Für mich war er ein Vorbild, eine Respektsperson. Ich konnte es nicht fassen, als er vor ein paar Jahren starb. Ich habe ihn bewundert«, erklärte er und fügte hinzu: »wie Henriette.«

»Warum?«, fragte Liebler und zog wieder die Augenbrauen hoch. Myriam dachte, dass die Antwort auf der Hand lag. Es war schwer, jemanden nicht zu bewundern, der Geld hatte, Einfluss, Erfolg. Selbst wenn man ihn hasste, hätte man immer noch ein leises Gefühl der Bewunderung. Das war das Prinzip der Macht. Dass sie funktionierte, auch wenn sie missbraucht wurde.

»Sie wollten alles«, antwortete Winkler »Sie haben Deutschland nach dem Krieg aufgebaut. Weil sie Visionen hatten. Weil sie hart gearbeitet haben.«

»Was hat er mit der Entführung Ihres Sohnes zu tun?«

»Woher soll ich das wissen? Es war der Großvater meiner Frau, nicht meiner.«

»Worum geht es bei diesem Projekt in Hongkong?«

Oliver Winkler richtete sich kurz auf, ein Zeichen dafür, dass er sich wieder sicher fühlte. »Um den Bau eines Hotels.«

»Sie bauen Hotels?«

»Nein.« Er schüttelte den Kopf. »Wir machen die Planung und übernehmen die Bauleitung. Die Ausführung übertragen wir Unterfirmen.«

»Warum machen die Chinesen das nicht selbst?«

»Wir haben mehr Erfahrung in Großprojekten, wir investieren.«

»Sie vergessen die chinesische Mauer«, warf Myriam ein.

Oliver Winkler warf ihr einen ungeduldigen Blick zu.

Liebler grinste.

»Restaurieren Sie auch?«

»Kommt darauf an.«

»Ich habe da ein Haus geerbt, das in einem schlechten Zustand ist, aber die Lage ist traumhaft.«

»Wie groß ist es?«

»Circa zweihundertfünfzig Quadratmeter Wohnfläche

und tausend Quadratmeter Grundstück. Graz. Beste Wohnlage, aber wie gesagt in einem schlechten Zustand.«

Winkler zog eine Visitenkarte aus der Brieftasche. »Rufen Sie mich an. Ich kann es mir anschauen.«

»Sie arbeiten also international«, stellte Liebler fest.

»Wir haben Projekte in Moskau, Prag, Hongkong, Shanghai. Der Osten und Asien, da sitzen unsere Kunden. Da wird in den nächsten Jahren investiert.«

»Das Ganze machen Sie von Frankfurt aus?«

»Noch, aber das wird sich in Zukunft ändern. Die Erfahrung zeigt, dass es gut ist, wenn ein Unternehmen in den jeweiligen Städten ein Büro hat. Die meisten dieser Projekte dauern nicht nur ein Jahr. Da lohnt es sich, Leute hinzuschicken, die vor Ort sind.«

»Wie steht es finanziell?«, fragte Liebler. »Ich habe gehört, Sie hatten im letzten Jahr einige Probleme.«

Winklers Gesicht, das sich Minuten vorher im Gespräch über das Unternehmen leicht entspannt hatte, verschloss sich erneut. Die Wangenknochen traten hervor wie eine Grenzlinie. Konnte der Charakter Knochen formen?

»Wollen Sie etwa wissen, ob ich das Lösegeld zahlen kann?«

»Lösegeld?«, fragte Liebler. »Es gibt keine Lösegeldforderung.«

»Aber es wird noch eine kommen, oder?«

»Woher wollen Sie das wissen?«

»Das ist doch immer so«, erwiderte Winkler. Als müsste er nur bezahlen, damit sein Sohn zurückkehrte. War das der Grund, weshalb er emotional so wenig beteiligt war? War die Entführung für ihn ein Projekt, das er abwickeln musste?

»Wir brauchen eine genaue Aufstellung aller Kontakte«, sagte Myriam, »die Sie seit Ihrer Abreise nach Hongkong hatten, sowie eine Liste aller Personen, mit denen Sie Geschäfte machen, eine Liste aller Bekannten sowie Verwandten. Uns interessieren vor allem Leute, die Sie erst in letzter Zeit kennen gelernt haben, Menschen, die Sie entlassen mussten, die einen Grund haben, Ihnen zu schaden, die sich seltsam benehmen, die Sie Ihre Feinde nennen würden, denen Sie Geld schulden oder einen Gefallen. Der Anrufer hat mit Akzent gesprochen. Also bitte auch eine Aufstellung aller Kontaktpersonen auf all diesen interessanten Baustellen, die Sie uns soeben geschildert haben.«

»Sie verlangen, dass ich Ihren Job mache.«

»Genau«, antwortete Liebler, »und wissen Sie auch warum? Weil es Ihr Sohn ist, der entführt wurde, und nicht unserer.« Dabei deutete er auf sich und Myriam.

Es war intimer als alles, was Myriam bisher mit einem Mann erlebt hatte. So nah war ihr bisher noch keiner gekommen.

II

Myriam saß in ihrem Büro und starrte zum Fenster hinaus. Wie lange war sie bereits so gesessen? Sie hatte keine Ahnung und wurde sich erst wieder ihrer Umgebung bewusst, als ihr Handy klingelte. Sie erkannte Lieblers Nummer auf dem Display.

»Was gibt es?«

»Meine Pizza dampft«, sagte er zur Begrüßung. »Können Sie hier vorbeikommen?«

»Was ist mit Fischer?«

»Der hat jemand, der ihn bekocht, sodass er satt und zufrieden um halb sieben im Präsidium sein kann.«

»Es ist bereits halb sechs. Ein bisschen knapp für ein Essen im Restaurant.«

»Das hier ist nicht gerade ein Restaurant«, sagte Liebler, »ich würde es eher einen Schnellimbiss nennen. Aber ich kann Ihnen schon einen Wein bestellen.«

»Sie werden sich unterstehen, vor der Pressekonferenz Alkohol zu trinken.«

»Ich brauche jemanden, der mich zurückhält. Also in zehn Minuten.«

Myriam hatte Schwierigkeiten, in der Nähe des Schnellimbisses in Bockenheim einen Parkplatz zu finden. Das Semester war im vollen Gange. Gruppen von jungen Leuten überquerten die Straße ohne Rücksicht auf den Verkehr. Das Viertel hatte sich der Universität angepasst. Hier gab es Bücherläden, Copyshops und Stehimbisse.

Sie parkte das Auto vor dem Senckenbergmuseum, wo ein Plakat darauf hinwies, dass der Tyrannosaurus Rex in diesem Jahr seinen hundertsten Geburtstag feierte. Kinder wurden aufgefordert, ihm eine Glückwunschkarte zu schicken: Tyrannosaurus Rex, Senckenberganlage 25, 60325 Frankfurt am Main. Ausgestopfte Vögel, Fische in Alkohol, Felle in Mottenpulver hinter großen Fenstern. Darwins Archiv. Sie hatte sich immer vor dem Museum gefürchtet, weil sie sich vor der Natur fürchtete. Es schien, als sei ein Stachel zurückgeblieben in ihnen allen. Ein Stachel aus der Zeit des Tyrannosaurus Rex.

Draußen fand gerade eine von Frankfurts Schlammschlachten im Abendverkehr statt. Das Wasser kam nicht nur von oben, sondern auch aus den Gullys. Bereits nach einer Sekunde tropfnass, überquerte Myriam die Straße. Sie zog die Schultern hoch und vergrub das Kinn in dem künstlichen Pelzkragen ihres Mantels. Die Sohlen der Krokodillederstiefel saugten sich im Wasser fest. Jeder Schritt klang, als ob ein Frosch nach dem anderen in einen modrigen Teich sprang.

Liebler biss gerade in ein Stück fettige Pizza, als sie ihn entdeckte. Vor ihm stand ein Glas Wein. Sie stellte ihre Tasche auf dem schmutzigen Fußboden ab. Es roch nach Öl und Tomaten.

»Glühwein«, erklärte er, »gegen die Kälte. Was soll ich Ihnen bestellen?«

»Cola light und eine Pizza Margherita.«

»Ist das nicht nur die Grundausstattung für eine Pizza?«

Er nahm ihr den Mantel ab, hängte ihn über den Stuhl und gab ihre Bestellung weiter.

»Was haben Sie da?« Sie deutete auf den Aktenstapel.

Liebler schlug den Aktendeckel nach oben. »Einige Informationen zu der Firma Winklerbau.«

»Etwas Interessantes dabei?«

»Das Unternehmen existiert seit 1849 und hat den ersten Aufschwung beim Eisenbahnbau erlebt, als es Holzschwellen nach ganz Europa lieferte. Die Aufträge im Bau kamen erst später.«

Nach einem langen Schluck Glühwein fuhr er fort. »In den zwanziger Jahren standen sie kurz vor dem Konkurs, aber ab 1930 ging es wieder steil aufwärts. Und nach dem Krieg kam dann der nächste Schub. Kein Wunder, schließlich lag Frankfurt in Trümmern. Jetzt machen die Konkurrenz aus dem Osten und die Schwäche im Bauwesen dem Unternehmen zu schaffen. Ein Konkurs konnte im letzten Jahr nur durch den Verkauf der Baufirmen abgewendet werden. Die Firma konzentriert sich nun auf Planung und Abwicklung von Bauprojekten im Ausland. Die Bilanz des letzten Jahres schrieb zum ersten Mal wieder schwarze Zahlen.«

»Oliver Winkler hat euch einfach so die Bilanz gegeben?«

»Nein! Carl Winkler. Er hat uns auch erzählt, dass Denise die Geschäftsführung übernehmen sollte. Oliver war bis zu Frederiks Geburt lediglich als Architekt beschäftigt, aber danach hat Denise sich aus dem Unternehmen zurückgezogen.«

»Das war sicher im Sinne ihres Mannes.«

»Sie mögen ihn nicht.«

»Was ist mit Ihnen?«

»Es bringt mich nicht weiter, Sympathie oder Antipathie zu empfinden.«

»Finden Sie, dass ich meine Objektivität verloren habe?«, unterbrach sie ihn.

»Sie sind dabei, sie zu verlieren. Sie engagieren sich zu sehr in diesem Fall ...«

Myriam wollte etwas sagen, aber er hob abwehrend die Hände. »Ich weiß, ich weiß, Sie sind die Herrin der Ermittlungen. Aber haben Sie kein Hobby, mit dem Sie sich ablenken können?«

Liebler wischte sich mit einer Serviette über den Mund.

»Schaffen Sie das alles mit Ihren Leuten?«, lenkte Myriam ab.

»Wollen Sie mir wieder mit Unterstützung durch das LKA drohen?«

»Soll mir recht sein, wenn Sie es alleine schaffen.«

»Wenn Sie unbedingt wollen, dann finden Sie jemanden, der die Spurensicherung entlastet. Die sind rund um die Uhr mit der Auswertung der Spuren beschäftigt und total frustriert.«

»Warum?«

»Weil sie nichts damit anfangen können. Der Täter hat

überall Spuren hinterlassen, aber nichts davon kann uns zu ihm führen.«

»Was ist mit dem Handy?«

»Tot.«

»Über die Chopinbilder sagen wir nichts«, erklärte Myriam. »Solange nicht geklärt ist, wie die Winklers in deren Besitz gekommen sind, sollte nichts an die Öffentlichkeit.«

»Wir haben Glück, dass die Presse bis jetzt noch nichts davon mitbekommen hat.«

»Was ist mit der Haushälterin?«

»Ich habe sie angerufen und gesagt: Übrigens, wir suchen nach Privatfotos. Haben Sie eine Vorstellung, wo diese sein könnten?«

»Was hat sie geantwortet?«

»Dass sie unter Schock steht. Dann ist sie passenderweise in Tränen ausgebrochen. Ich habe ihren Hausarzt angerufen. Er hat es bestätigt, was soll ich machen?«

Ihre Pizza war fertig und Lieblers Teller leer. Seine breite Hand griff in die Brusttasche des Hemdes und brachte die Zigarettenschachtel zum Vorschein. Er schüttelte eine Zigarette heraus, ohne auf ihre guten Vorsätze Rücksicht zu nehmen. Myriam konzentrierte sich auf die Pizza, die bereits in Stücke geschnitten war.

Liebler zündete ein Streichholz an und hielt es an die Zigarette. »Wir haben ihn übrigens«, sagte er und nahm den ersten Zug.

Myriam sah ihn verständnislos an, das heiße Pizzastück zwischen den Fingern.

Wen hatten Sie?

Den Entführer?

Sie hatte sich nur einmal umgedreht, und schon hatten sie ihn?

Es war vorbei?

Oder sprach Liebler lediglich von einem Verdacht? Aber hatte er nicht gesagt, dass die Spuren keinen Erfolg brachten? Außer dass sie die Akten aufblähten?

Das heiße Stück rutschte durch ihre Finger und landete auf dem Tisch. »Wen?«

»Den Mann auf dem Foto.«

Tiefe Enttäuschung und große Erleichterung. Die Absurdität von Gefühlen. Natürlich war es nicht vorbei. Das wäre ein Wunder, doch mit Wundern hatte sie es in ihrer Zeit als Staatsanwältin noch nie zu tun gehabt.

»Für einen Moment dachte ich, es sei wirklich vorbei, und Sie hätten Frederik gefunden.«

»Meinen Sie, dann säße ich mit Ihnen in einem Schnellimbiss bei diesem Gesöff aus billigem Fusel?«

»Wer hat ihn identifiziert?«

»Ein Historiker, den wir hinzugezogen hatten.«

»Ein Historiker?«

»Das war die Idee von Christian Fuchs, weil das Foto offensichtlich aus den vierziger Jahren stammt. Aber besser, wir sichern es erst noch mal ab, denn wenn das wahr ist, dann müssen wir uns warm anziehen. Dann steuern wir auf einen Skandal hin.«

»Einen Skandal«, betonte Myriam, »kann ich momentan überhaupt nicht brauchen. Also, wer ist der Mann?«

12

Udo Jost ließ sein Handy nicht aus den Augen.

Er hatte die erste Aufgabe gelöst.

Jetzt war der Unbekannte wieder an der Reihe.

Die Frage war nur, ob Singer und Co. zu demselben Ergebnis gekommen waren.

Mit schnellen Schritten ging er vom Parkplatz auf den Eingang des Polizeipräsidiums zu. Wahnsinn, wenn es ihm gelang, die Bombe platzen zu lassen. Doch Ruhe, er musste Ruhe bewahren. Er durfte keinen Fehler in der Dramaturgie machen.

Automatisch wurde er langsamer, um sich schließlich betont gelangweilt am Eingang zu melden. Die Empfangsdame hatte denselben Charme wie das Gebäude des Polizeipräsidiums. Eine weiße Bluse mit messerscharfen Kragenspitzen unter einem dunkelgrauen Kostüm.

»Udo Jost.«

»Ach ja, Herr Jost.« Hörte er da einen Unterton von Respekt heraus? »Wenn Sie mir Ihren Presseausweis zeigen würden. Reine Routine, Sie verstehen.«

Sie warf kaum einen Blick darauf. »Rechts herum, dann ein Stockwerk tiefer in den Keller.«

Das Surren der Schranke ertönte, noch bevor er davor stand.

Macht tat gut. Sie öffnete Türen.

Der Raum war bereits mit Journalisten überfüllt. Sie saßen sogar auf dem Boden. Kaum dass für die Fernsehkameras genügend Platz blieb. Das künstliche Licht erhitzte den Raum. Er spürte, dass ihm der Schweiß aus allen Poren trat.

Nicht schwitzen.

Cool bleiben.

Du hast die Fäden in der Hand.

In der Redaktionssitzung hatte Tobler ihn heute auf den Stuhl neben sich platziert, um anschließend die Kollegen zu informieren, dass Josts Arbeit Priorität hatte.

Jetzt gab also er, Jost, die Richtung an. Er erteilte die Aufträge. Er war es, der Ramona Neuberger Anweisungen gab. Sie hatte wirklich gute Arbeit bei der Vergrößerung des Fotos geleistet, sodass der zweite Mann neben Oskar Winkler deutlich zu sehen war. Aber dennoch war er es dann gewesen, der die Richtung vorgab. Er wusste, wo er suchen musste, er spürte es einfach.

Er versuchte die Aufregung beiseitezuschieben. Schließlich hatte er seinen Auftritt geübt.

Myriam Singer betrat den Raum, gefolgt von Henri Liebler und Ron Fischer. Ohne ihre Robe sah die eiserne Lady nur halb so eisern aus.

Sie war zu groß und für seinen Geschmack zu dünn. Und diese Haare! Verfilzte Locken, die sie zu einem kunstlosen Knoten gedreht hatte. Das ließ auf Verklemmtheit schließen. Da kannte er sich aus. Er konnte Frauen nach dem Grad ihrer sexuellen Ausstrahlung klassifizieren.

Dabei ging es ihm nicht um Sexappeal. Sexappeal war künstlich. Nein, ihm ging es um die Signale der Bereitschaft. Er konnte sie riechen. Okay, sein Geruchssinn war in den letzten Monaten dabei gewesen zu verkümmern, aber wenn ihn nicht alles täuschte, dann war die Art, wie Ramona Neuberger sich heute über seine Schulter gebeugt hatte, so etwas wie ein Angebot gewesen. Mindestens sieben auf der Richterskala der sexuellen Bereitschaft.

Die eiserne Lady? Er taxierte sie aus den Augenwinkeln. Minus zwei. Er lachte laut auf. Alle drei schauten misstrauisch zu ihm herunter. Dann setzten sie sich schweigend. Er kannte dieses Spiel. Hatte es schon oft gespielt, wenn auch nur selten gewonnen. Denn die Spielregeln waren nie so, dass er gewinnen konnte. Er hoffte, es würde heute anders sein.

Es war Ron Fischer, der die Pressekonferenz eröffnete. Er

begann mit den Ergebnissen zum Mord an Henriette Winkler. Sie waren bescheiden. Den Täter in die Wohnung gelassen, Schränke durchwühlt, Henriette Winkler auf die Terrasse geschleppt, mit Wasser übergossen, sie dort krepieren lassen. Neu war, dass der Täter den Mietwagen mit der Kreditkarte von Henriette Winkler bezahlt hatte. Die Kollegen schrieben brav mit, obwohl das meiste bereits zu ihnen durchgesickert war. Die wenigen Fragen, die an Fischer gerichtet wurden, waren vorhersehbar. Viele Spuren. Sie waren auf einem guten Weg. Ermittelten in alle Richtungen.

Dann übernahm Liebler das Mikrofon. Je länger die Liste seiner Erkenntnisse wurde, desto sicherer wusste Udo Jost: Keinen Schritt waren sie weitergekommen. Sie hatten den Mann auf dem Bild nicht identifiziert. Sie hatten schlampig gearbeitet. Das Rätsel war schließlich nicht schwierig gewesen. Der Mann war bekannt. Jeder, der sich für deutsche Geschichte interessierte, musste ihn kennen. Natürlich, er war nur im Profil zu sehen. Aber da war die Stadt im Hintergrund.

Während ein Kollege die erste Frage stellte, die er, Jost, vorbereitet hatte, saß er unbeweglich da, damit beschäftigt, sich zurückzuhalten: »Können Sie das Handy nicht anpeilen?«

»Es gibt keinen Kontakt. Wir vermuten, dass er den Akku herausgenommen hat.«

Myriam Singer übernahm das Mikrofon. Sie war nervös. Unaufhörlich schlug sie mal das eine, mal das andere Bein nach vorne. Ab der Hüfte aufwärts war sie die Sicherheit selbst, aber unterhalb des Tisches strahlte sie pure Nervosität aus. Er spürte, dass sie ihn fixierte. Wenn sie ahnte, was er vorhatte, war es einfach unklug, ihm nicht zuvorzukommen.

»Wir arbeiten mit Hochdruck daran. Zahlreiche Hinweise sind bereits eingegangen. Auch von Ihnen, den Medien, wofür wir sehr dankbar sind. Diese Hinweise müssen jedoch noch geprüft werden. Sie werden verstehen, dass wir Ihnen hier nicht Ergebnisse liefern können, wenn wir nicht hundert Prozent sicher sind.«

»Wir«, sagte ein Kollege von der Zeitung, »würden uns schon mit achtundneunzig Prozent zufriedengeben.«

Zustimmendes Gelächter erfüllte den Raum.

»Ja, das kann ich mir vorstellen«, lächelte Myriam Singer, »aber ich kann mich damit nicht zufriedengeben. Deshalb muss ich Sie leider auf später vertrösten. Ich denke, dass ich Ihnen morgen mehr sagen kann. Sobald wir neue Ergebnisse haben, wenden wir uns sofort an Sie. Doch verstehen Sie bitte, dass wir zum jetzigen Zeitpunkt noch nicht mehr sagen können. Wir hoffen aber, dass sich der Entführer bald wieder meldet.«

»Es gibt Gerüchte, es könnte sich um jemanden handeln, der im Zuge der Umstrukturierungen im letzten Jahr von der Firma Winkler entlassen wurde, also ein Racheakt.« Philipp Roosen, der Ehemann der Polizeipsychologin Hannah Roosen.

»Verstehen Sie, dass wir dazu nichts sagen können.«

»Wie wollen Sie denn den Jungen finden? Es ist der zweite Tag, seit er verschwunden ist. Mit jeder Stunde steigt das Risiko.« Ramona Neubergers Stimme hatte einen provozierenden Unterton.

»Vielen Dank für Ihre Aufmerksamkeit.«

Abrupt erhob sich die Staatsanwältin, wobei ihr Knie an den Tisch stieß. Doch sie verzog keine Miene. Sie hatte es eilig, den Saal zu verlassen.

Die Kollegen begannen, ihre Sachen zusammenzupacken. Jost hörte unzufriedenes Gemurmel und Klagen über die Zeitverschwendung.

Er wusste intuitiv, was der Entführer von ihm wollte. Aus dem einzigen Grund, weil er es selbst auch so gemacht hätte. Seine Methode war genial. Es war eine Zusammenarbeit, die Freude machte. Er dachte nicht an das Kind, das der Mann in seiner Gewalt hatte.

»Noch eine Frage.« Er erhob sich langsam.

Augenblicklich kehrte Ruhe ein.

Er hatte die Aufmerksamkeit des Publikums auf seiner Seite.

Die eiserne Lady drehte sich langsam um.

Verachtung. Das war es, was sie für ihn empfand. Sie roch nach Verachtung. Nicht für ihn, sondern für sein ganzes Geschlecht. Der kurze schwarze Rock, den sie trug, war nur eine Attrappe. Eine reine Versuchsanordnung. Bloße Theorie. Unter diesen schwarzen Rock hatte schon lange niemand mehr gefasst. Nicht, dass er das Bedürfnis hatte.

»Herr Jost?«, hörte er Liebler sagen, der sich vor die Staatsanwältin schob, als wollte er sie beschützen. »Was können wir für Sie tun?«

»Wollen Sie uns hier wirklich erzählen, Sie hätten den zweiten Mann noch nicht identifiziert?«, fragte Jost laut.

Schweigen im Raum.

»Einen der größten Verbrecher der deutschen Geschichte?«

Er hatte den Coup geschickt platziert. Sofort richteten sich die Fernsehkameras auf ihn. Blitzlichter flammten auf. Mikrofone wurden vor seinen Mund gestreckt.

Myriam Winkler hatte sich ihm jetzt voll zugewandt, doch schien sie nicht zu ihrem Platz zurückkehren zu wollen. Aber in einer Minute würde sie sich garantiert wieder setzen müssen.

»Oder sagt Ihnen der Name Hans Frank nichts?«

Die eiserne Lady hatte es gewusst. Ihre Mundwinkel zuckten. Sie hatte gewusst, wer der Mann auf dem Foto war, und gedacht, sie könnten es der Presse verschweigen. Sie wollte nicht mit ihm zusammenarbeiten, obwohl der Entführer gesagt hatte: »Sie sind mein Mann.«

Jetzt schwieg sie. Natürlich, sie wollte nicht das Gesicht verlieren.

Deshalb fügte er schnell hinzu: »Der Schlächter von Polen.«

Zufrieden stellte er fest, wie seine Kollegen wieder Platz nahmen.

13

Die Luft im Raum war zum Schneiden. Gemeinsam mit Fischer und Liebler versuchte Myriam, die Angelegenheit herunterzuspielen.

Ja, sie hatten Hans Frank ebenfalls identifiziert. Sie waren schließlich keine Anfänger, aber sie baten um Verständnis, um Zusammenarbeit. Hier ging es um ein Menschenleben, nicht um einen politischen Fall. Sie erklärten, dass sie das Foto erst auf seine Echtheit untersuchen mussten. Sie konnten nicht einfach, wie die Medien, Dinge behaupten. Sie mussten Beweise sammeln, und das dauerte seine Zeit.

»Der Täter möchte mit dem Foto provozieren«, erklärte Myriam und bedauerte, dass sie ihre Brille nicht dabeihatte.

»Vielleicht will er auch einfach nur aufklären?«, rief Jost. Er war nicht nur Ansprechpartner des Entführers, sondern auch dessen Verteidiger.

»Wir wollen keine Erklärungen von Seiten des Entführers, sondern wir brauchen Forderungen, um reagieren zu können. Er gibt uns keine Chance. Er gibt der Familie keine

Chance. Egal, was es mit diesem Foto auf sich hat, Frederik Winkler hat damit nichts zu tun. Er ist nur ein Kind von sieben Jahren.«

»Vielleicht ist aber genau das die Forderung?« Roosen erhob sich. »Der Entführer fordert, dass wir uns mit der Familie Winkler beschäftigen. Der Mann neben Hans Frank ist der Urgroßvater des entführten Jungen. Die Tatsache, dass er hier neben dem Generalgouverneur von Polen abgebildet ist, lässt darauf schließen, dass er mit den Nazis Geschäfte gemacht hat. Sie müssen doch davon ausgehen, dass der Entführer nicht nur einfach Geld will, sondern Aufklärung.«

»Aber es bringt uns bei der Suche nach Frederik Winkler nicht weiter«, entgegnete Myriam. »Wir müssen herausfinden, wo das Kind ist, und halten uns wie immer an die Spuren, die wir haben.«

»Und wenn es doch nur um Aufklärung geht?«, fragte Roosen.

»Ich hoffe«, meinte Liebler, »immer noch darauf, dass er eine Lösegeldforderung stellt.«

»Wie gehen Sie jetzt weiter vor?«, kam eine weitere Frage aus der Menge.

»Wir werden uns auf folgende Punkte konzentrieren: Wir kennen die Nummer des Handys, mit dem der Entführer angerufen hat, und wir vermuten, dass er auf dem Rastplatz Kassel den Wagen gewechselt hat. Wir bitten Sie darum, in Ihren Berichten einen entsprechenden Aufruf zu machen. Ich kann mir nicht vorstellen, dass niemand das gesehen hat. Der Junge ist nicht freiwillig mitgegangen.«

»Was ist mit der Mutter? Wird sie sich an den Entführer wenden?«, fragte Jost.

»Dazu ist sie derzeit nicht in der Lage«, antwortete Myriam.

»Wenn das Motiv des Täters aber in der Familiengeschichte liegt, könnte das hilfreich sein.« Wieder Jost. Konnte dem niemand den Mund verbieten?

»Das sind alles Spekulationen«, sagte Myriam, »die niemandem nutzen. Wir bitten Sie eindringlich, immer wieder zu betonen, dass die Familie bereit ist, auf jede Forderung einzugehen.«

»Auch die Leichen aus dem Keller zu holen, die sie dort vor sechzig Jahren vergraben hat?«, fragte Udo Jost mit einem Lächeln. »Denn das will das Foto uns doch sagen. Sie erwarten doch nicht im Ernst von uns, dass wir darüber nicht berichten, dass wir es unter den Tisch fallen lassen.«

Er drehte sich zu seinen Kollegen um.

»Hans Frank wurde nicht umsonst der Schlächter von Polen genannt und zum Tode verurteilt. Er hat Tausende von Menschenleben auf dem Gewissen.«

»Wenn Sie das Thema jetzt breittreten, verhelfen sie ihm zu neuem Ruhm.« Es fiel Myriam schwer, ruhig zu bleiben.

»Was unterstellen Sie uns da, Frau Staatsanwältin?« Über Udo Josts Gesicht ging ein gespielter Ausdruck von Erstaunen »Dass wir den Nazis zuarbeiten, weil wir die Wahrheit berichten? Wissen Sie eigentlich, wer Hans Frank war? Er wurde persönlich von Hitler als Generalgouverneur von Südpolen eingesetzt. In seinem Gebiet lagen Auschwitz und Birkenau. Er sorgte für Razzien, er ordnete öffentliche Erschießungen an, er war verantwortlich für Zwangsverschleppungen, für Ghettos, er hatte das Ziel, Polen zu seinem Arbeitsvolk zu machen, er hat Krakau und das Land um Kunstwerke betrogen.« Nach einer kurzen Pause fügte er mit ironischem Lächeln hinzu: »Sie sollten kein Schwarz tragen, wenn Sie die Wahrheit nicht ertragen. Das bekommt Ihrem Teint nicht.«

Myriam biss die Zähne zusammen. Sie musste sich beherrschen. Alles in ihr schrie danach, aufzuspringen, den Raum zu verlassen. Ihr rechter Daumen stach in das Fleisch der Handfläche. Der Schmerz lenkte sie von der Wut ab. Doch sie war nicht nur wütend, sie fühlte sich erniedrigt, dass sie sich auf diesen Dialog mit Jost eingelassen hatte, dass er sie auf diese Weise öffentlich attackieren konnte.

Das hatte sie nicht nötig.

Froh sollten sie sein, die Medien, dass sie überhaupt mit ihnen sprach. Sie sollte klarstellen, dass alle hier von ihrer Gnade abhingen.

Myriam war fast so weit, laut und deutlich zu verkünden, dass sie eine Nachrichtensperre verhängen würde, doch Henri Liebler rechts und Ron Fischer links erhoben sich abrupt.

»Die Pressekonferenz ist beendet«, sagte Liebler. »Wir werden Sie weiter informieren.«

Alles lief aus dem Ruder. Myriam blieb nichts anderes übrig, als hinter Fischer herzulaufen wie eine delinquente Jugendliche, die in Gewahrsam genommen werden musste.

»Verdammt noch mal, es geht hier nicht um Sie, um Ihre Ehre«, brüllte Fischer in seinem Büro. »Es geht um das Leben eines Kindes.«

Liebler legte die Hand auf seine Schulter. »Beruhige dich, Alter.«

»Ich kann mich nicht beruhigen. Ignoranz, das ist das, was dieser Jost braucht. Ignoranz, das ist für ihn dasselbe wie ein Arschtritt. Wir dürfen seine Stichworte nicht aufnehmen und ihnen damit Bedeutung verleihen. In solchen Fällen bricht man ab. Nicht wir, sondern Sie, Frau Staatsanwältin. Das ist Ihr Job. Sie leiten die Pressekonferenz. Wir haben bestimmte Informationen. Punkt. Ende. Da können die sich aufführen, wie sie wollen. Mehr kriegen die nicht. So funktioniert das. Mit der Presse diskutiert man nicht. In keinem Fall …«, er trat an den Stuhl, auf dem Myriam saß, »wenn es um …«, seine Stimme wurde automatisch leiser, »Nationalsozialismus geht. Da schweigt man am besten. Dieses Thema ist tabu. Wissen Sie nicht, wie viele Politiker schon wegen dieses Themas den Löffel abgeben mussten und ab in die Rente?«

»Was reden Sie denn für einen Schwachsinn?« Myriam erhob sich. »Tabu. Nationalsozialismus. Was habe ich denn gesagt?«

»Sie haben gesagt, dass Jost diesem Hans Frank zu Ruhm verhilft, wenn er darüber berichtet.«

»Aber das stimmt doch. Er stellt wüste Theorien auf. Ich sehe schon vor mir, wie um zwanzig Uhr in der *Tagesschau* Archivbilder gezeigt werden, die womöglich mit der ganzen Sache nichts zu tun haben.«

»Dann lassen Sie ihn doch ins Messer laufen. Das ist das Gute bei dem Thema. Das ist ein Minenfeld. Sie machen einen Schritt, und peng, schon fliegen Sie in die Luft. Der Jost, der erledigt sich selbst, wenn er auf dem Thema herumreitet. Das sagt mir meine Erfahrung. Das hat noch keiner überlebt außer diesem ZDF-Historiker. Bei dem es übrigens auch nur funktioniert, weil er einfach Bildmaterial aus dem Archiv zusammenschneidet und mit staatlich autorisierten Texten von Schulbüchern zur deutschen Geschichte unterlegt, von der Kultusministerkonferenz persönlich autorisiert.«

»Hey, hey, komm wieder runter«, sagte Liebler. Er grinste Myriam aufmunternd zu. »Das meint er nicht so.«

»Oh, doch, das meine ich genau so«, brüllte Fischer und rannte aus dem Büro.

»Hat er Recht?«, fragte Myriam.

»Ich befürchte, ja. Aber meine Devise ist immer, aufgeräumt wird später. Lassen wir die Scherben liegen, vielleicht bringen sie Glück. Aber bevor Sie Ihren Rücktritt beschließen, was ich nicht hoffe, fahren wir zu Carl Winkler und unterhalten uns noch einmal mit ihm.«

»Was ist mit Fischer?«

»Den lassen wir nach Hause zu seinen Zwillingen. Da wird er auf den Boden der Realität zurückgeholt und muss sich wieder auf das Wesentliche im Leben konzentrieren.«

»Das Wesentliche«, stellte Myriam fest, »das Wesentliche ist, dass wir Frederik Winkler finden.«

»Mein Gott, jetzt hat sie's«, sagte Liebler und weiter: »Mögen Sie eigentlich Fußball?«

14

Im Traum sah Denise einen Himmel, der vor Rauchwolken überquoll. Sie spürte die Hitze und hörte das Knistern, als der Stoff Feuer fing. Verzweifelt versuchte sie, sich das Kleid vom Körper zu reißen. Dabei ließ sie Frederiks Hand los. Sie ließ sie einfach los und sah zu spät, dass aus seinem Mund Qualm quoll. Fasziniert stand er da und starrte auf die Flammen, die ihn umzingelten und immer schneller einschlossen, bis er endgültig verschwunden war.

Sie musste sich entscheiden. Ihre Hand griff in die Flammen. Dabei empfand sie keinen Schmerz. Das Feuer hatte sie innerlich ausgebrannt. Nur noch die Hülle von ihr war übrig. Der Mantel ihrer Haut. Sie flog durch das Feuer wie Glutfetzen.

Schweißgebadet wachte Denise auf. Ihr Atem ging schwer. Im Zimmer war es völlig dunkel, und sie brauchte einige Zeit, um sich darüber klar zu werden, wo sie sich befand. Sie war in Frederiks Zimmer, lag in seinem Bett.

Was passierte mit ihr? Wann hatte das alles angefangen?

Der Gedanke kam ihr, dass es eine Vernichtung gab, die nach außen unsichtbar blieb und die dazu führte, dass es nur noch um das blanke Überleben ging, ja nicht einmal mehr das. Vielleicht bedeutete ein Marathon nicht Stärke, sondern war nur der Versuch wegzulaufen. Ihr Leben lang war sie davongelaufen.

Sie warf einen Blick auf die Uhr. Es war elf. Sie hatte jegliches Gefühl für die Zeit verloren, die im Warten nicht wie sonst dahinkroch, sondern im Gegenteil vorausraste.

Der Schlächter von Polen und ihr Großvater auf der Burg von Krakau. Denise hatte gehört, wie Myriam ihr es erklärte. Sie hatte es auch verstanden, aber sie begriff es nicht.

Und ihr Vater hatte wie immer dazu geschwiegen. Warum konnte sie sich nie auf ihn verlassen? Warum war er ihr nie eine Hilfe? Jetzt auch nicht? Ja, mochte sein, dass er keine Ahnung hatte, was das Foto bedeutete. Dass er nichts wusste von Verbindungen seines Vaters zu Hans Frank, dem Generalgouverneur von Polen. Aber wann hatte er jemals etwas gewusst? Wann hatte er es je wissen wollen? Nie. Verdammt, das war die Wahrheit.

»Die Aufnahme wurde in Krakau auf dem Wawel gemacht, auf der so genannten Sandomierska Bastei«, hatte Liebler erklärt. »Das ist ein Turm auf der Krakauer Burg, in der Hans Frank in der Zeit der Besetzung Polens mit seiner Familie wohnte. Was heißt wohnte, er herrschte dort, führte das Leben eines Königs. Er hielt Besprechungen mit der SS im Krönungssaal ab. Dort wurde über das Leben von Millionen von Menschen entschieden.«

Und ihr Vater?

Er zuckte einfach mit den Schultern.

Hatte er sich nie gefragt, was seine Eltern im Krieg gemacht hatten? Verdammt, es wäre seine Pflicht gewesen, danach zu fragen.

Denise schaltete das Licht aus. Das Feuer war sofort wieder da. Das Einzige, was immer läuft, sozusagen im Standbymodus, hatte die Psychologin erklärt, ist das Unterbewusstsein. Es ist ein Aktenschrank ohne Ordnung. Erst die Erinnerung bringt System in das Chaos von Gefühlen und Erlebnissen, indem sie diese zu Geschichten verknüpft.

Wie hatte sie es vergessen können.

Das Einkaufszentrum war eines der ersten internationalen Projekte gewesen, das Oliver an Land gezogen hatte. Ein absolutes Prestigeobjekt mit mehr als zehntausend Quadratmeter Verkaufsfläche und einer traumhaften Aussicht auf den Wawel und die Weichsel.

Wawel. Wawel. Der Wohnsitz des Schlächters von Polen, der so unscheinbar Hans Frank hieß. Der auf dem Foto harmlos wirkte. Geradezu heiter. Wie ihr Großvater. Doch unter seiner Verantwortung waren Menschen ermordet worden. Kinder. Mütter.

Mord gehörte zu seinem Denken, seinem Alltag. Es gab Synapsen in seinem Gehirn, die zwischen Mord und Kind eine Verbindung herstellten. Die verschlungenen Grausamkeiten seines Bewusstseins. Es war kein Trost, dass man ihn für seine Verbrechen gehenkt hatte.

Vor genau sechs Monaten waren Oliver, Frederik und Denise in Krakau gewesen. Ihr Hotel lag direkt in der Innenstadt, nur eine Minute vom Marktplatz entfernt, mitten im Trubel dieser seit dem Mittelalter fast unveränderten Stadt. Am ersten Abend in Krakau waren sie einer Einladung des Bürgermeisters in eines der besten Restaurants Krakaus gefolgt. Er hatte Oliver hofiert. Die Presse war da gewesen. Artikel waren in der Zeitung erschienen. Oliver hatte sich als Wohltäter gefühlt. Sie hatte es seinem gönnerhaften Gesicht angesehen.

Am nächsten Tag stand er im Bad und rasierte sich, während sie Frederik die Krawatte umband. Er ließ sie sich anlegen wie eine Hundeleine. Saß still, als ob jemand »Platz« gesagt hätte.

Denise hatte zu Fuß gehen wollen, doch Oliver bestellte ein Taxi. Er konnte doch nicht zu Fuß zu der offiziellen Einweihungsfeier kommen. Der Taxifahrer, dessen goldene Zähne in der Sonne aufblitzten, bot ihnen bereits nach wenigen Metern eine Flasche Wodka an.

»Fünf Euro«, sagte er.

Sie hätte sie gekauft, auch wenn sie keinen Alkohol trank. Einfach, weil sie dachte, dass es einen Grund dafür gab, dass er im Taxi Wodka verkaufte. Es war das zweite Standbein seiner Existenz, denn auf einem Bein konnte er nicht stehen und seine Familie schon gar nicht. Doch sie hatte Olivers Miene angesehen, dass er es auf keinen Fall tolerieren würde. Sie hatten es nicht nötig, in einem Taxi Wodka zu kaufen. Also hatte sie freundlich gelächelt und den Kopf geschüttelt.

Frederik saß die ganze Zeit steif neben ihr. Es war das erste Mal, dass sie ihn zu einem offiziellen Geschäftstermin mitnahmen. Er war aufgeregt. Unaufhörlich richtete er die Krawatte gerade wie Oliver, wenn er nervös war.

Fast hätte Oliver das Klingeln des Handys überhört, so laut schrillten die Sirenen über die Stadt. An seinem Gesichtsausdruck konnte sie erkennen, dass etwas passiert war.

»Ich bin gleich da«, hatte er gesagt, wobei er die Kieferknochen fest aufeinanderpresste, bis sie sich unter den Wangen abzeichneten.

Frederik, der die ganze Zeit aus dem Fenster gestarrt hatte, wandte sich seinem Vater zu. Er spürte, dass etwas nicht in Ordnung war. »Was ist los?«, fragte er, doch Oliver gab ihm keine Antwort. Stattdessen wandte er sich an den Taxifahrer und sagte auf Englisch: »More quickly, please.«

Der Taxifahrer bemühte sich, schneller zu fahren, doch der Verkehr geriet ins Stocken. Von hinten waren die Sirenen mehrerer Feuerwehrwagen zu hören. Im Auto herrschte Schweigen. Niemand rührte sich. Denise sah durch die Frontscheibe, wie sich die schwarze Rauchwolke am Himmel ausbreitete und rasend schnell zu einer schwarzen Hülle wurde, die die Stadt einhüllte.

Noch immer hielt Oliver das Handy am Ohr. Der Schweiß rann ihm das Gesicht herunter. »Geht es nicht schneller«, fuhr er den Taxifahrer an, der daraufhin mit den Schultern zuckte, unter den Sitz fasste und eine blaue Lampe hervorzog, die er anschließend auf dem Dach positionierte. Innerhalb von Sekunden verwandelte sich das Taxi in eine Zivilstreife, sodass sie wenige Minuten später den Rand des Viertels erreichten, in dem das neue Einkaufszentrum lag. Es brannte bereits lichterloh. Zweihundert Meter vor dem Gebäude wurde der Taxifahrer von der Polizei gestoppt. Feuerwehr- und Polizeiwagen versperrten den Weg. Vor ihnen erhoben sich die Flammen, gegen die die Feuerwehrleute kämpften. Sie hörte Menschen rufen. Immer mehr Löschwagen rückten an. Die Wasserwerfer der Feuerwehr wirkten lächerlich gegen die Macht der Flammen.

Der Taxifahrer schrieb den Fahrpreis auf einen Zettel. Doch Oliver hatte den Wagen bereits verlassen. Durch das

Fenster sah Denise, wie er auf den brennenden Gebäudekomplex zurannte. Sie wusste nicht mehr, wie sie ausgestiegen war, wie sie, Frederik an der Hand, bis zum Gebäude gekommen waren.

Es war Hochsommer. Sie trug ein weißes Leinenkleid, das sie später wegwerfen musste, weil Funken kleine schwarze Löcher in den Stoff gebrannt hatten. Niemand hinderte sie daran, weiterzugehen. Sie konnte kaum atmen vor Rauch. Die Hitze brannte auf ihrem Gesicht, und die Hände fühlten sich an, als lägen sie auf einem Grill. Rauchschwaden trieben durch die Luft. Der Himmel wurde verdunkelt von Glutfetzen, die wie riesige brennende Vögel aussahen. Denise glaubte, ihr Flattern zu hören, als sie sich in großen Schwärmen Richtung Weichsel bewegten.

Plötzlich ein Knall wie eine Explosion. Feuerwehrleute rannten vom Gebäude weg und schrien ihr etwas zu. Einer von ihnen riss sie mit sich.

Aus den Augenwinkeln sah sie Frederiks Haare rot im Feuerschein leuchten.

»Lauf«, rief sie, »du schaffst es!«

Er nickte, und sie hörte ihn keuchen, während er, ihre Hand fest umklammert, neben ihr herrannte.

Als sie einen Blick zurückwarf, sah sie, wie die Glasscheiben der Fassade platzten. Eine nach der anderen. Wie ein Dominospiel.

Es war ein Inferno.

Es war die Hölle.

Das ganze Stadtviertel schien zu brennen.

Wie hatte sie das nur vergessen können? Schon als das erste Mal der Name Krakau fiel, hätte sie daran denken müssen. Was war danach geschehen? Denise versuchte, sich zu erinnern. Es hatte Probleme mit der Versicherung gegeben, bei denen es um die Brandursache ging. Mehr wusste sie nicht.

Sie fand den Wodka ganz hinten im Eisfach des Kühlschrankes. Warum hatte der Taxifahrer auf sie gewartet? War es Neugierde gewesen? Mitleid? Besorgnis? Oder einfach nur polnische Geschäftstüchtigkeit? Tatsache war, dass der Fahrer ausstieg, ihr die Tür zur durchgesessenen Rückbank aus Kunstleder aufhielt. Sie stieg ein, presste Frederik fest an sich. Der Mann fasste wieder unter den Sitz und zog den Wodka hervor. Sie hatte ihn vor Oliver versteckt. Erst im Koffer, dann hier im Gefrierfach, in das er garantiert nie schauen würde. Ohne nachzudenken, goss sie sich ein Glas ein.

War der Brand der Anfang gewesen? Ja, er hatte eine Bedeutung, auch wenn ihr noch unklar war, welche. Denise war sich sicher, dass sie diese Spur zurückverfolgen musste, um ihren Sohn zu finden.

Sie griff zu ihrem Handy, bis ihr einfiel, dass sie Myriams Nummer nicht gespeichert hatte.

Im Flur saßen die beiden Beamten vor ihren technischen Geräten, offenbar geübt darin, im Sitzen zu schlafen. Sie bot ihnen ebenfalls Wodka an, den sie ablehnten. Sie waren rücksichtsvoll bis zur Unsichtbarkeit und ignorierten ihr seltsames Verhalten.

»Haben Sie die Nummer von Frau Singer?«, fragte sie, und als sie diese in der Hand hielt, sagte sie: »Außerdem brauche ich eine Rufumleitung.«

15

Die Mazurka von Chopin riss Myriam aus dem Schlaf. Sie war todmüde ins Bett gefallen, nachdem sie vergeblich versucht hatte, die Büchersendung zu Ende zu sehen. Irgendwann war ihr die Moderatorin auf die Nerven gegangen. Ihr Vortrag war ihr im Halbschlaf wie eine Predigt erschienen, eine Dauerbelästigung in Sachen Geschmack, ein unerträglicher Moraltinnitus. Und immer wurde die Liebe so unnatürlich geschildert, als handelte es sich dabei um eine Krankheit. Um körperliche Beschwerden. Wie sollte man leben, wenn nicht einmal die Liebe Hoffnung brachte. Die Gewissheit, dass irgendetwas gut war in dieser Welt.

Die Augen geschlossen, tastete sie am Boden entlang, bis sie das Handy zwischen den Fingern spürte. Die Melodie hatte jegliche Musikalität verloren. Sie klang lediglich blechern und schrill. Mike hatte Chopin gequirlte Scheiße genannt, nur Santana oder Pink Floyd gehört und die Klassik als Musik des Bürgertums bezeichnet. So hatten sie damals gesprochen. Weil alles verdächtig war, was nach Establishment klang.

Mike war tot, aber Chopin lebte.

Die Uhr auf dem Handy zeigte dreiundzwanzig Uhr zwanzig.

»Singer.«

»Krakau.«

Denise' Stimme hatte einen Unterton von Entschiedenheit.

»Was?«

»Krakau. Wir waren dort vor einem halben Jahr.«

»Wer?«, fragte Myriam verschlafen.

»Oliver, Frederik und ich. Es gab einen Brand. Auf der Baustelle. Genau zu dem Zeitpunkt, als das Gebäude eingeweiht werden sollte.«

»Einen Brand?«

»Wer hat am ehesten Interesse daran, die Brandursache herauszufinden?«

»Was meinst du?« Noch immer verstand Myriam nicht, worum es Denise ging.

»Die Versicherung. Es gab Probleme mit der Versicherung, verstehst du. Wegen der Brandursache. Die Unterlagen sind in der Firma. Wir müssen sie holen.«

»Jetzt?«

»Ja.«

Nun war Myriam hellwach. »Denise, das geht nicht. Du musst zu Hause am Telefon bleiben.«

»Ich habe eine Rufumleitung aufs Handy. Aber er wird nicht anrufen. Er hätte es schon längst tun können. Ich kann nicht mehr warten, sonst werde ich verrückt. Ich zerkratze meine Arme, reiße mir die Haare aus. Ich möchte mit einer glühenden Zigarette Löcher in meinen Verstand brennen. Ich möchte das Zischen hören, um zu vergessen. Verstehst du? Mein Sohn und ich werden für etwas bestraft, das mein Großvater getan hat.«

»Du wirst nicht bestraft.«

»Doch, das werde ich.« Für einen Moment herrschte Schweigen am anderen Ende, dann fuhr sie fort: »Ich weiß nicht, wie ich das überstehen soll.«

»Letzten Endes ist es das Geheimnis des Lebens«, sagte Myriam, »dass wir alles irgendwie überstehen.«

Denise' dunkelgrauer Sharan wartete bereits mit ausgeschalteten Scheinwerfern vor dem Firmengebäude an der Ecke

Golub-Lebedenko-Platz und Kleyerstraße. Ein Gebäude im Stil der fünfziger Jahre, das offenbar vor kurzem mit Glas, leichten Jalousien und einem neuen Empfangsbereich aufgepeppt worden war.

Myriam stieg aus und schaute zum Himmel hinauf. Die Wolken hingen tief. Es sah erneut nach Schnee aus. Fröstelnd rannte sie auf den Sharan zu und klopfte an die Scheibe. Denise öffnete die Wagentür, und als Myriam sich neben ihr auf den Beifahrersitz schob, roch sie den Alkohol. In Denise' Gesicht lag ein neuer Ausdruck von Entschlossenheit, der offenbar wie ein Geist aus der Wodkaflasche in ihrer Hand über sie gekommen war

»Tausend Kilometer«, sagte Denise.

»Was?«

»Tausend Kilometer, so weit ist es nach Krakau. Vielleicht ist er nicht mehr in Deutschland, sondern dort. Vielleicht hat er ihn über die Grenze …«

Sie schlug die Hände vors Gesicht. Ihre Finger gruben sich in die Haut, als wollten sie bis in das Innere des Kopfes durchstoßen, um die Wahrheit mit den Fingern zu packen und hervorzuzerren.

Für einen Moment wünschte Myriam, Henri Liebler wäre hier, doch dann stieg sie aus und blieb neben der geöffneten Tür stehen. »Lass uns gehen.«

Denise' Hände lösten sich von ihrem Gesicht. Jetzt stand die Angst in ihren Augen. Sie hatte sich dort wie ein schwarzer Parasit festgesetzt. Denise löste den Verschluss der Flasche und hob sie an ihre Lippen. »Du auch?«

»Nein, die Flasche bleibt hier.« Myriam nahm ihr den Wodka aus der Hand und steckte die Flasche in ihre Handtasche. Dann drehte sie sich um und ging entschlossen auf das Gebäude zu.

»Ich muss die Alarmanlage erst deaktivieren«, hörte sie Denise hinter sich sagen »Die Wach- und Schließgesellschaft geht alle zwei Stunden vorbei und kontrolliert. Ist die Alarmanlage eingeschaltet, wissen sie, dass alles in Ordnung ist.«

Ein schwaches Licht erhellte den Eingangsbereich. Es kam aus den im Granitboden versenkten Lichtquellen, die sich die Treppe hoch an der Wand fortsetzten. Sie folgten ihnen in den ersten Stock. Hier öffnete Denise die Glastür, die auf einen breiten Flur führte. Überall an den Wänden hingen Zeichnungen von Gebäuden.

Das Büro, das sie betraten, lag gleich rechts. Es sah nicht anders aus als eine der Amtsstuben im Gericht. Zielstrebig ging Denise zu einem der Schränke. Hinter der Jalousietür, die sie zur Seite schob, erschienen, sorgfältig beschriftet und alphabetisch sortiert, Ordnerreihen. K wie Kassel, wie Koblenz, wie Krakau. Sie zog einen heraus. Geübt gingen ihre Finger am Register entlang.

»Hier sind keine Unterlagen«, stellte sie schließlich verwirrt fest.

»Vielleicht sind sie woanders abgelegt«, meinte Myriam.

»Nein.« Denise schüttelte den Kopf. »Alle Unterlagen müssen zweifach vorhanden sein. Das Original hier in der Buchhaltung und die Kopie in der Geschäftsleitung.«

»Du warst lange nicht hier, oder?« Myriam konnte den strengen Unterton nicht verhindern. »Du hast die Geschäfte deinem Vater überlassen und Oliver.«

»Um die Ablage kümmern die beiden sich nicht. Außerdem hat meine Großmutter das angeordnet, und was sie sagte, war Gesetz. Sie hat großen Wert darauf gelegt, dass sie jederzeit Zugang zu den Unterlagen hatte. Niemand hätte je gewagt, das System zu ändern.«

»Dann suchen wir die Kopie.«

Sorgfältig verschloss Denise den Schrank, schaltete das Licht aus und zog die Tür hinter sich zu. Schweigend gingen sie in das nächste Stockwerk. Myriam kam ein Gedanke. »Gibt es noch Firmenunterlagen aus der Zeit vor 1945?«

Denise schüttelte den Kopf. »Nicht, dass ich wüsste. Das Gebäude wurde im Februar 1945 bei einem Bombenangriff vollkommen zerstört. Mein Großvater war hier im Keller des Gebäudes. Er konnte sich gerade noch retten. Damals hat er seinen Arm verloren.«

»War er kein Soldat?«

Denise verzog spöttisch den Mund. »Er hatte doch ein … wie hieß das damals? Ein kriegswichtiges Unternehmen.«

Der Flur im nächsten Stockwerk lag im Dunkeln. Denise wartete, bis Myriam hinter ihr den Raum betreten hatte. Erst dann schaltete sie die Neonbeleuchtung ein. Grelles Licht erhellte das Büro. Der Unterschied zur Buchhaltung konnte nicht größer sein. Zwei hypermoderne Schreibtische standen sich gegenüber, auf ihnen große Flachbildschirme, die eine Umrandung aus Glas hatten. Ein Zeichenbrett, auf dem Baupläne eingeklemmt waren, befand sich in der Nähe des Fensters.

»Hier wird nicht gearbeitet«, erklärte Denise und zog aus dem Schrank einen Ordner, »hier wird nur repräsentiert. Potemkinsche Dörfer gebaut. Kulissen. Hier empfängt Oliver neue Kunden.«

»Apropos Oliver. Weiß er, wo du bist?«

Denise hob gleichgültig die Schultern. »Er ist mit einem Kunden zum Essen gegangen.« Sie schlug den Ordner auf. »Hier ist auch nichts. Nur das Exposé.«

»Zeig her.«

Denise reichte Myriam die Mappe, die Pläne und unterschiedliche Ansichten des Einkaufszentrums enthielt.

»Das ist ja riesig!«

»Ja«, antwortete Denise. »Oliver gibt sich nicht mit Kleinigkeiten zufrieden. Es sollte ein Einkaufszentrum mit insgesamt achtzig Markenshops, Cafés, Restaurants und Kinosälen werden. Er hat viel Geld investiert.«

»Und nach dem Brand?«

»Alles kaputt.«

»Wird es wieder aufgebaut?«

Denise hob gleichgültig die Schultern. »Keine Ahnung. Ich weiß nur eines … diese Spur führt nach Krakau. Wie das Foto auf dem Wawel.«

»Habt ihr je Bauarbeiter aus Polen beschäftigt?«

»Wir haben ganz Osteuropa beschäftigt, darunter mit Sicherheit auch Polen. Du meinst, jemand hatte einen Grund, sich zu rächen?«

»Vielleicht.«

Denise ging zum Schrank, schloss ihn auf, um zwei weitere Ordner herauszuholen. »Hier sind die Personallisten. Nimm sie mit. Ich will eine Antwort.« Offenbar fiel ihr noch etwas ein, denn sie drehte sich entschieden um. »Ich erinnere mich, dass meine Großmutter auf den Brand seltsam reagierte. Obwohl sie nicht der Typ war, der sich leicht aus der Fassung bringen ließ. Aber damals war sie ganz offensichtlich entsetzt. Sie war nervös, geradezu fahrig. Sie rief mehrfach bei Oliver an und wollte Details wissen.«

»Welche Details?«

»Ob die Polizei da gewesen sei und was sie gesagt hätten. Und sie wollte nicht, dass mein Vater etwas davon erfuhr. Um alles sollte sich nur Oliver kümmern. Obwohl das mit der Versicherung ja eigentlich zu den Aufgaben meines Vaters gehörte.«

»Aber warum?«

»Damals dachte ich, sie wird alt. Manchmal habe ich direkt gehofft, dass sie bröckelt.« Sie lachte hysterisch. »Ich stellte ihn mir bildlich vor, den Zerfall des Denkmals. Der Lorbeerkranz auf ihrem Kopf verlor Blätter. Der Stein bekam Risse. Ich konnte zusehen, wie Arme und Beine abfielen.«

»Du hast nicht viel von deiner Großmutter gehalten, oder?«

»Ich konnte sie nicht ausstehen.«

In Henriette Winklers Büro hing der Geruch nach Chanel Nr. 5, das auch Sarah benutzte. Die Möbel waren alt. Aus dunklem Holz. Ein majestätischer, mit Schnitzereien verzierter Schreibtisch dominierte den Raum. Obwohl er seit längerer Zeit nicht benutzt worden war, glänzte die Oberfläche, als sei sie erst vor wenigen Minuten mit einem speziellen Öl poliert worden.

Denise schob ein Bild, eine Aufnahme der Villa ihrer Großeltern, zur Seite. Dahinter kam ein Safe zum Vorschein.

Das Zahlenschloss klackte leise, als sie daran drehte.

»Als Henriette damals mit dem Armbruch im Krankenhaus lag«, erklärte sie, »hat sie mir den Code verraten. Ich sollte ihr Unterlagen bringen. Was mich wunderte. Sie hätte auch meinen Vater bitten können oder Oliver.«

»Was für Unterlagen?«

»Keine Ahnung. Eine Mappe und einen Umschlag.«

»Du hast sie dir nicht angeschaut?«

»O Gott, nein. Ich hätte mir eher die Zunge abgebissen, als sie danach zu fragen.«

»Wann war das?«

»Mitte Juni. Kurz nachdem wir aus Krakau zurück waren. Eine Woche später hatte meine Großmutter übrigens den Unfall. Ich habe ja schon gesagt, sie war damals irgendwie nervös und fahrig. Sie ist die Treppe hinuntergefallen. Von da an ging es gesundheitlich mit ihr abwärts.« Denise zog die Tür des Safes auf. »Sie hat sich nie wieder von dem Unfall erholt.«

»Was ist eigentlich mit ihrem Testament?«

Denise zuckte mit den Achseln. »Vermutlich liegt es bei Conradi. Das ist unser Notar.«

Der Name kam Myriam bekannt vor. Sie musste ihn unbedingt anrufen.

Denise' Hand griff in den Tresor.

Myriam trat unwillkürlich einen Schritt zurück. Leise regten sich ihr Zweifel, ob das, was sie hier machte, ihre Kompetenzen überschritt. Eine ermittelnde Staatsanwältin öffnete keine Tresore ohne Durchsuchungsbefehl. Sie hätte das Büro versiegeln lassen müssen. Die Entführung hatte die Ermittlung im Mordfall Henriette Winkler in den Hintergrund gedrängt. Der Personalmangel der Kriminalpolizei war jetzt offensichtlich. Niemand hatte daran gedacht, das Büro von Henriette Winkler zu untersuchen.

Denise tastete die Fächer entlang. Gleich darauf zog sie die Hand zurück und hielt eine kleine Kiste aus Metall in der Hand.

»Nichts«, sagte sie schließlich. »Nur das. Die Kiste lag ganz hinten. Sie hat den Tresor leer geräumt.«

Sie gab die Kiste Myriam, die sie vorsichtig öffnete. Was sie sah, beunruhigte sie. Es war eine Waffe. Vorsichtig nahm sie sie heraus. Sie lag schwer in der Hand.

»Wozu brauchte deine Großmutter eine Waffe?«

»Keine Ahnung.«

»Wusstest du davon?«

»Nein.«

»Wir fahren jetzt nach Hause«, sagte Myriam. »Ich rufe

Liebler an. Der soll diesen Matecki, der die Sache mit den Gemälden bearbeitet, gleich morgen früh kontaktieren. Vielleicht weiß der etwas über den Brand.«

Sie hörten den Schrei, als sie die Tür zu Henriette Winklers Büro schlossen.

Zuerst einen Schrei, dann ein Stöhnen.

Augenblicklich blieben sie stehen.

Nein, nur Myriam blieb stehen, doch Denise ging weiter den dunklen Flur entlang bis direkt vor die hinterste Tür. Myriams Magen hob sich.

Ihr gesunder Fluchtinstinkt setzte ein.

Erneutes Stöhnen.

Es war ein Körper, der stöhnte, nicht nur ein Mund.

Wollte sie wirklich wissen, was hinter der Tür passierte?

Nein!

Doch sie stand in einem dunklen Flur vor einer geschlossenen Tür, hinter der ein Mensch sich das Innerste aus seinen Eingeweiden schrie. Es wäre nicht nur Feigheit, die Flucht anzutreten, sondern auch unterlassene Hilfeleistung.

Denise hatte sich jetzt vollkommen in einen Geist, in eine weiße, körperlose Gestalt in einem schwarzen Trainingsanzug verwandelt. Ihre Hand griff nach dem Türöffner und bewegte ihn zögernd. Etwas blockierte von innen, dennoch konnte Myriam durch den Türspalt erkennen, dass der Raum erleuchtet war.

Denise warf nur einen kurzen Blick hinein, dann drehte sie sich abrupt um. Ihr Körper war angespannt. Mit starrem Blick ging sie den Flur zurück zum Treppenhaus. Ihr Schritt war steif, als wäre sie gezwungen, durch Morast zu laufen. Ihren Kopf trug sie hoch erhoben, als wolle sie mit nichts in Berührung kommen.

Was Myriam eine Minute später sah, entsprach nur im ersten Moment ihren Erwartungen.

Zwei Körper, die auf dem schwarzen Granitboden miteinander rangen.

Es sah einfach aus.

Der Mann hielt mit der Hand den Kopf der Frau nach hinten gepresst.

So brach man jemandem das Genick.

Sie lagen nackt unter dem Schreibtisch. Die Arme der Frau klammerten sich an die Tischbeine, und sie schrie im Rhythmus seiner Bewegungen, doch sie traf die falschen Töne. Myriam war klar, dass die Lust, die Oliver Winkler hoffte, bei der Frau, auf der er lag, zu erzeugen, nicht echt war. Sie war verlogen. Sie war gespielt. Sie war von der Art, die Sally meinte, wenn sie Harry einen Orgasmus mitten im Restaurant lieferte. Und noch etwas erkannte Myriam: Oliver Winkler glaubte jeden Ton, den seine Geliebte auf ihrer Orgasmusskala von sich gab.

Und trotzdem.

Etwas daran berührte Myriam in ihrem Innern.

Das Erste, was Myriam machte, als sie in ihrer Wohnung ankam, war Hauptkommissar Liebler anzurufen. Glücklicherweise war er noch auf. Sie verschwieg Oliver Winklers Affäre und kam sofort auf den Brand zu sprechen.

»Finden Sie das nicht seltsam, dass ihr das nicht sofort wieder eingefallen ist, als der Name Krakau fiel?«, meinte Liebler.

»Sie steht unter Schock.«

»Trotzdem. Mir kommt das komisch vor.« Seine Stimme klang rauer als üblich.

»Sind Sie krank?«

»Ich bin nur müde. Außerdem rauche ich zu viel.«

»Dann hören Sie auf.«

»Nimmt man nicht zu, wenn man aufhört? Ein Teufelskreis.«

»Dann nehmen Sie eben zu! Wen stört das?«

Er gab keine Antwort.

»Übrigens sind die Versicherungsunterlagen zu dem Brand verschwunden.«

»Warum ist das so ungewöhnlich?«, wollte er wissen.

»Weil Denise es sagt. Sie versteht es nicht.«

»Was könnte der Grund sein?«

»Dass etwas nicht in Ordnung ist. Der Brand ist erst ein halbes Jahr her.«

»Am besten, ich rufe diesen Matecki an, gleich morgen früh. Wir haben erst heute Abend telefoniert. Er wollte wissen, ob wir die Expertisen für die Gemälde gefunden haben.«

»Es ist gut, dass wir dort einen Ansprechpartner haben, der Deutsch spricht.«

»Und kooperativ ist«, ergänzte Liebler.

»Was ist mit dem Testament? Darüber haben wir noch nicht gesprochen.«

»Alle Kräfte sind darauf konzentriert, Frederik zu finden.«

»Dann kümmere ich mich persönlich darum und rufe den Notar an.«

»Noch nie hatte ich so viele Spuren, ohne weiterzukommen. Wo ist der Junge? Wo hat er ihn hingebracht? Wo hat er ihn versteckt?« Liebler klang frustriert und müde.

»Gibt es keine Kamera, die den Rastplatz überwacht?«

»Sie kennen doch die deutschen Gesetze besser als ich.«

»Warum macht jemand so etwas?«, fragte Myriam. »Warum quält jemand diese Familie?«

»Weil Sie es verdient hat?«

»Glauben Sie das wirklich?«

»Der Täter glaubt es.«

»Vielleicht sollten wir die anderen Spuren nicht aufgeben. Vielleicht handelt es sich doch um eine normale Entführung, und der Täter wartet nur noch einige Tage, bis er hier richtig für Aufregung gesorgt hat, und dann schickt er seine Lösegeldforderung.«

»Aber das Risiko erhöht sich Tag für Tag. Jemand kann den Jungen entdecken, oder er befreit sich selbst.«

»Ja, er geht ein großes Risiko ein.«

»Und vergessen Sie nicht, er hat Jost eine Frist genannt. Wir haben nur noch vier Tage und wissen nicht, was er dann vorhat.«

Am anderen Ende ein kurzes Schweigen. Dann Lieblers Stimme. »Wir sollten weiter die Theorie verfolgen, dass es sich um einen Racheakt handelt.«

»Wofür und warum Rache nehmen an einem Kind?«

»Offenbar will er, dass wir genau diese Fragen beantworten und sie auch noch der ganzen Welt mitteilen. Deshalb die Presse.«

»Ist er tot?«, fragte sie. »Ist Frederik tot?«

»Solche Gedanken haben keinen Sinn. Sie führen nur dazu, dass man aufgibt. Schlafen Sie gut.«

Henri Lieblers Wunsch ging in Erfüllung. Myriam ließ sich ins Bett fallen und fiel in den tiefen Schlaf der Verdrängung, noch ehe ihr Gesicht das von der letzten Nacht noch zerknitterte Laken berührte. Weit entfernt hörte sie das Telefon klingeln. Als sie am Morgen erwachte, erschrak sie, weil der Wecker so laut an ihrem Ohr piepste, als ob er dort implantiert wäre. Dennoch fühlte sie sich erstaunlich erholt nach dieser Nacht. Ihr Körper ließ sie nicht im Stich. Vielleicht war er dankbar, weil sie ihn ständig mit neuen Schuhen verwöhnte, anstatt ihn mit Nikotin zu quälen.

Nachdem sie den Wecker abgeschaltet hatte, blieb sie noch einige Minuten mit geschlossenen Augen liegen.

Gestern Abend auf dem Parkplatz vor dem Bürogebäude hatte Myriam ununterbrochen auf Denise eingeredet.

»Er ist gefühllos und zynisch. Welcher Mann macht so etwas? Statt bei dir zu sein …«

»Das ist kein Verbrechen, oder?«, hatte Denise geantwortet. »Gegen Ehebruch gibt es keine Gesetze. Es ist nicht strafbar, und nicht einmal du kannst es ändern.«

Die Worte hatten Myriam getroffen. Denise wollte sie verletzen, indem sie ihr vor Augen führte, dass ihre Macht nicht weit reichte. Nur mühsam brachte sie die Frage heraus, ob sie bei Denise bleiben sollte.

»Ich bin ja nicht alleine im Haus«, hatte Denise geantwortet. »Falls also mein Mann versuchen sollte, dasselbe mit mir zu tun wie mit seiner Assistentin, kann ich ja die beiden Beamten zu Hilfe holen.«

In Denise' Verhalten lag etwas, das Myriam nicht verstand.

Etwas, das nicht nur mit Frederiks Entführung zusammenhing.

Es war schon vorher da gewesen.

Vielleicht schon immer.

Es war Hoffnungslosigkeit.

Zofia

Dienstag, 5. Mai 1942, Frankfurt

Wie schnell man sich an ein fremdes Leben gewöhnt. Eben stand die Welt noch Kopf, und am nächsten Tag erledigt man seine Arbeit, isst sein Frühstück und kämmt sich die Haare, als wäre alles normal. Ein Tag gleicht dem anderen, und die Erinnerung wird einem gestohlen wie die Kleider, die ich anhatte, als ich ankam, und der Schlüssel, der noch in meiner Manteltasche steckte.

Mein Leben vor dem Krieg kommt mir unwirklich vor. Wie echter Tee, ein Brötchen mit Butter oder ein gebratenes Hühnchen. Ich weiß nicht, wann ich das letzte Mal richtig satt war.

Außer mir gibt es nur noch eine Köchin. Frau Wirth. Sie kommt jeden Tag gegen neun Uhr und geht um vier Uhr nachmittags wieder. Ihr ist es verboten, mit mir zu reden, und so spricht sie nur mit sich selbst. Während sie Töpfe schrubbt, murmelt sie vor sich hin: »Wo soll das alles enden?« Oder sie schimpft, dass es kein Mehl im Laden gibt, kein Fleisch, keine Eier und die Lebensmittelkarten nicht ausreichen.

Doch sie stiehlt. Abends schneidet sie sich von jedem Stück Fleisch etwas ab, von jedem Brot und nimmt von zwölf Eiern eines weg. Als die Frau es bemerkt, beschuldigt Frau Wirth natürlich mich, und eine Woche lang erhalte ich weniger zu essen. Offiziell stehen mir pro Woche zwei Kilo Brot und zweihundertfünfzig Gramm Butter zu.

Seit heute Morgen habe ich Bauchschmerzen und kann kaum laufen. Als ich die Öfen anheize, wird mir schwindelig. Doch ich muss mich beeilen, denn sobald der Mann aus dem Haus ist, ruft sie mich. Dann renne ich mit der Schüssel ins Schlafzimmer, und sie übergibt sich. Es kommt mir vor wie Stunden, bis sie fertig ist, obwohl sie kaum etwas isst.

Heute ist es besonders schlimm. Ich kann den Geruch kaum ertragen. Mein Bauch schmerzt. Ich halte die Schüssel weit von mir, leere den Inhalt in die Toilette und renne anschließend ins Freie, um frische Luft zu atmen.

Sie ist zu dünn, um schwanger zu sein.

Ein großer, runder Bauch hängt an ihrem Körper. Es fällt ihr schwer, sich gerade zu halten, wenn sie aufsteht. Ihr Mann weiß nicht, wie schlecht es ihr geht, und auch nicht, dass sie tagsüber aufsteht, obwohl der Arzt gesagt hat, sie müsse den ganzen Tag liegen.

»Ich werde wahnsinnig, wenn ich das tue«, hat sie geantwortet. »Ich kann nicht liegen.«

Weil sie nichts anderes zu tun hat, spielt sie Klavier.

Ihre Finger verkrampfen sich über der Tastatur, als versuche sie, ihnen Angst einzujagen. Die Tasten sind für sie wie Treppenstufen. Sie schleppt sich hoch. Stufe für Stufe. Ton für Ton.

Ihre Finger stolpern über die Klaviertasten, während ich die Bilder abstaube. Auch meine Eltern haben über Bilder gesprochen und dass sie diese in das Bergwerk nach Wieliczka bringen müssten. Doch es war zu spät. Erst haben sie meinen Vater erschossen und dann die Bilder aus dem Museum getragen.

Mein Magen spielt verrückt. Ich stehe auf dem Tisch, muss mich die ganze Zeit strecken, um jede der Glasformen zu polieren, bis sie so glänzen, dass kein Licht mehr nötig ist, um sie zum Leuchten zu bringen. Als ich fertig bin, kommt sie zum Tisch und kontrolliert. Sie wird keinen einzigen Fleck und kein Staubkorn mehr finden. Ich weiß es, und sie weiß es auch.

Als sie sich umdreht, um zum Schreibtisch zurückzugehen, frage ich: »Darf ich schreiben?«

»Was willst du?« Sie dreht sich um.

»Schreiben.«

»Schreiben? Was willst du denn schreiben?« Sie lacht.

»Einen Brief.«

»Wem denn?«

Mein Herz schlägt so laut und regelmäßig wie die Glocken der Marienkirche. Ich denke an zu Hause. Was hat meine Mutter an dem Morgen gedacht, als ich nicht wiederkam? Hat sie geweint? Suchen sie noch nach mir? Oder bin ich für sie spurlos verschwunden? Denken sie, dass die Straße vor unserem Haus mich einfach verschluckt hat? Dass ich tot bin? Dass ich mich in eine Krähe verwandelt habe und im Abfall wühle vor unserem Haus? Doch wenn sie mich vergessen, wer wird mich dann erlösen? Aber ich kann mir nicht vorstellen, dass Leszek mich vergisst.

»Mutter«, sage ich laut.

»Hast du Geld für das Porto?«

Als ich den Kopf schüttle, zuckt die Frau mit den Schultern.

»Natürlich nicht, denn es ist verboten, dass du Geld besitzt, verstehst du. Verboten! Es steht überall in der Zeitung. Wenn du in die Stadt gehen dürftest, dann wüsstest du, dass du nur hier in Sicherheit bist. Einen Tag draußen, und du würdest nicht mehr leben. Denn dort wartet die Gestapo auf dich. Da draußen ist der Krieg«, sie zeigte zum Fenster, »und Krieg ist dazu da, um zu überleben. Er stärkt die Menschen, verstehst du. Er macht sie hart. Er wählt aus, wer es wert ist zu leben, und wer nicht.«

Sie lügt.

Am Abend, als ich das Essen serviere, sind die Schmerzen in meinem Bauch so groß, dass ich kaum gerade gehen kann. Als ich mit dem Tablett in der Hand die Tür öffne, rutscht es mir aus den Händen.

Sie beginnt zu schreien. Ihre Stimme klingt wie das Quietschen der Bremsen, wenn der Zug auf offener Strecke hielt, um die Toten hinauszuwerfen.

Dann steht sie auf und schlägt mir ins Gesicht. Während ihr Mann versucht, sie zu beruhigen, beschimpft sie mich.

Die Schmerzen in meinem Unterleib sind inzwischen so stark, dass ich kaum gerade gehen kann. Als ich zur Toilette gehe, sehe ich, dass ich blute. Vielleicht sterbe ich. Irgendwann vor dem Krieg habe ich eine Geschichte gelesen von Seefahrern, die geblutet haben, weil sie Hunger hatten. Vielleicht blute ich auch deswegen. Vielleicht sind die Kartoffelschalen giftig, die ich heimlich aus dem Müll hole und esse. Vielleicht haben sie kleine Löcher in meinen Magen gemacht, und das Essen verteilt sich jetzt in meinem Bauch. Das Gift macht die Organe kaputt, und deshalb blute ich.

Ich hebe den Rock hoch, den das Mädchen vor mir in der Dachkammer zurückgelassen hat. Mein Bauch ist angeschwollen wie der von der Frau. Nur dass sie ein Kind bekommt und ich vielleicht die Ruhr.

Als ich am Abend in den Keller gehe, um die Kohle für den nächsten Morgen zu holen, sitzt Magda auf der Treppe und raucht. Sie arbeitet nicht weit von hier bei einer Familie, bekommt Geld für ihre Arbeit, geht manchmal ins Kino und spricht dauernd von der Liebe.

»Ich nehme es, wie es kommt«, sagt sie und bietet mir eine Zigarette an.

Ich schüttele den Kopf und denke an meine Mutter. Sie rauchte so viel, dass sich ihre Lunge wie ein Dudelsack anhörte.

Mein Vater sagte immer zu ihr: »Ich weiß, wie ein Dudelsack klingt, denn ich habe schon einmal hineingeblasen, als ich 1929 in Aberdeen bei einem Kongress war.«

Dann machte er das Geräusch nach. Marschierte durch das Zimmer. Leszek hinterher.

Er konnte meine Mutter damit zum Lachen bringen, auch wenn ihr Lachen immer mehr ein Pfeifen wurde, weil sie keine Luft mehr bekam.

»Ja, ja, ja«, rief mein Vater dann, »genau so hat er gequietscht, der Dudelsack.«

Als ich Magda diese Geschichte erzähle, lacht sie, aber richtig ohne Pfeifen, und sagt, dass sie nicht auf Lunge raucht, sondern nur so. Sie klaut jeden Tag eine Zigarette von ihrem »Pan«, wie sie ihn nennt, der so vergesslich ist, dass er manchmal sogar vergisst, dass er raucht. Er arbeitet an der Universität und ist schon alt.

»Ich blute aus dem Bauch«, sage ich plötzlich.

Sie fängt an zu lachen: »Weißt du nicht, warum das so ist?«

Als ich anfange zu weinen, legt sie den Arm um mich und erklärt mir alles.

»Hat dir das noch nie jemand gesagt?«, fragt sie.

»Doch, aber ich habe es einfach vergessen.«

Vier Tage

16

Udo Jost stellte zu seiner Befriedigung fest, dass das Mädchen am Empfang ihn geradezu anstrahlte, bevor sie ihm seinen Poststapel übergab. Überhaupt war das Lächeln in die überarbeiteten Gesichter seiner Kollegen zurückgekehrt. Jetzt galt es nur, dafür zu sorgen, dass es blieb und nicht dem höhnischen Grinsen der letzten Monate wich.

Er sah auf die Uhr. Für die Sendung an diesem Mittwoch brauchte er etwas Neues. *Frischfleisch,* wie Tobler es nannte. Das Thema Hans Frank war durch. Zweimal hatte es einen Bericht über den Generalgouverneur in der Sendung *Brandheiß* gegeben.

Vom Mitglied des Reichstages über den bayerischen Justizminister zum Gouverneur von Polen. Ein steiler Aufstieg. Eine große Karriere.

Hans Frank: ein kurzes Leben, gelebt in dem Wahn, er sei erfolgreich, ein Gewinner.

Und dann mit sechsundvierzig Jahren Vollzug der Todesstrafe durch den Strang.

Hatte sich das gelohnt?

Jost hatte den Bericht selbst kommentiert. Hatte es geschafft, seiner Stimme diesen Tonfall zu geben, mit dem man Geschichte zitiert. Kurze, knappe Sätze, Namen, Daten. Wann durfte er schon einmal das Wort *Galgen* verwenden oder *Herrscher* oder *Vollstrecker*?

Er wusste, wie man über seinesgleichen dachte. Er kannte die Vergleiche. Hyänen, Schakale, Geier, Schmeißfliegen.

Tiere, deren hauptsächliche Nahrung aus Kadavern bestand. Noch bevor ein Tier starb, waren sie da. Kreisten am Himmel, saßen wartend in der Nähe, bevor sie sich gierig auf die Beute stürzten. Doch er, Jost, war es doch nicht, der den Abfall fraß. Es waren die anderen, die Gaffer, die Voyeure. Er war nur der Lieferant. Nicht derjenige, der verantwortlich war. Nicht der Politiker, der log. Er erschoss auch keine anderen Menschen, er war nicht korrupt, er vergewaltigte niemanden. Er war nur der Geschichtenerzähler.

Das Porträt von Oskar Winkler für den heutigen Bericht war noch etwas unscharf. Als Tobler fragte, wer ihn bei seinen Recherchen unterstützen könnte, hatte er Ramona Neuberger vorgeschlagen. Sie waren gestern Abend zusammen in einer Bar gewesen.

»Was hast du herausgefunden?«, hatte er gefragt.

»Nichts.«

»Wie, nichts?«

»Die Archivunterlagen sind im Krieg verloren gegangen.«

»Was so viel heißt wie, dass sie vernichtet wurden oder unter Verschluss gehalten werden.«

»Tatsache ist, dass das Bürogebäude im März 1945 tatsächlich bei einem Bombenangriff zerstört wurde. Oskar Winkler wurde dabei schwer verletzt und kam in ein Krankenhaus. Er hat den rechten Arm verloren.«

Noch vor drei Tagen war sie ihm jung und attraktiv erschienen. Sie hatte nach Hormonen gerochen. Doch nun saß sie vor ihm, die Schminke nur noch eine Maske, die sich mit einem Ruck ablösen ließ. Ein Alkoholspiegel bis hoch zu den Pupillen. Der Rock nach oben gerutscht, sodass er den Spitzenrand der Seidenstrümpfe nicht nur erahnen musste. Er konnte ihn vielmehr deutlich sehen. Da war sie, die Grenze. Er musste nur noch Gas geben.

»Und mehr hast du nicht?«

»Was willst du denn noch?«

Er beugte sich zu ihr hinüber. »Alles will ich. Mach einfach deinen Job.«

Er hatte geglaubt, sie sei clever, wenn es galt, an Informationen zu kommen. Sie würde nicht aufgeben. Doch er hatte sich getäuscht.

Seit zwei Tagen saß die Polizei unten im Foyer. Jeder Anruf wurde kontrolliert. Doch es hatte lediglich Anrufe von Kollegen anderer Sender oder Zeitungen gegeben, die ein Interview mit ihm wünschten. Sie stellten ihm immer wieder dieselben Fragen.

Was hatte der Entführer gesagt?

Wie hatte er es gesagt?

Wie war seine Stimme gewesen? Wie klang sein Akzent?

Und wie hatte er sich selbst gefühlt? Hatte er Angst gehabt?

Hatte er gleich verstanden, worum es ging?

Wie war er auf die Spur von Hans Frank gekommen?

Er gab sich zurückhaltend. Und bereute. Im Tiefsten seiner Seele bereute er, dass er die Polizei so schnell informiert hatte. Wieder der Beweis dafür, dass er im Grunde seines Herzens feige war. Dass er nicht den Mut hatte, den ein guter Journalist braucht. Nicht den Biss, nicht die Courage, nicht die Fähigkeit, bis an die Grenze der Wahrheit zu gehen. Der echten Wahrheit, nicht die, die die Medien so gerne konstruierten. Doch er hatte noch immer einen Trumpf in der Tasche. Langsam griff er zu seinem Handy. Er hatte die Nummer gespeichert. Er hatte lange überlegt, unter welchem Namen, hatte sich dann jedoch einfach für *Anrufer* entschieden. Es dauerte, bis die Verbindung zustande kam. Er hätte fast schon aufgegeben, als sich jemand meldete. Es klang wie *Hallo*.

»Hallo«, sagte er ebenfalls. »Wer spricht da?«

Die Antwort, die folgte, schockierte ihn. Ein Redeschwall, den er nicht verstand. Hier plapperte jemand in sein Handy ohne Punkt und Komma und klang dabei irritierend gut gelaunt, noch dazu in einer fremden Sprache.

Er antwortete nicht, hörte nur immer wieder: »Hallo, hallo.« Und dieses alberne Kichern. Am anderen Ende war jemand nicht allein, sondern amüsierte sich köstlich über seinen Anruf.

Erschreckt beendete er das Gespräch und starrte das Handy an. Die Stimme hatte jung und fast noch kindlich geklungen. Nur im ersten Moment hatte er gedacht, es sei die von Frederik Winkler. Doch es war eine andere Sprache gewesen. Je länger er darüber nachdachte, desto sicherer war sich Jost, dass ein Mädchen am anderen Ende gewesen war. Ein junges Mädchen. Ein Teenager, dem jeder Tag, mit dem er erwachsen wurde, nicht tragisch, sondern extrem lächerlich erschien.

Wenige Sekunden später klingelte sein Handy wieder. *Rolling Stones. Jumpin' Jack Flash.* Er hatte sich die Melodie aus dem Internet geladen. Die Bässe allerdings waren völlig verloren gegangen.

»Hallo.«

Er erkannte die Stimme sofort wieder.

Hatte sie die ganze Zeit im Ohr gehabt.

»Ja.«

»Gute Arbeit«, sagte der Mann. »Sie verstehen Ihr Geschäft.«

Kurzes Schweigen am anderen Ende.

»Die Polizei ist im Haus, aber Sie wissen nicht, dass Sie meine Handynummer haben.»

»Gut.«

Warum glaubte ihm der Mann so einfach?

»Haben Sie Post bekommen?«

»Post?« Josts Augen suchten den Stapel auf dem Schreibtisch.

»Ein Umschlag. Groß. Weiß.«

Josts Hand brachte den Stapel zum Kippen. »Da sind viele Umschläge.«

»Erst die Presse, dann geben Sie es der Polizei.«

»Was ist mit dem Jungen? Ist er gesund? Lebt er noch? Wann kann er nach Hause zurück? Was ist mit Lösegeld? Warum haben Sie es ausgerechnet auf die Familie Winkler abgesehen?«

Udo Jost kam sich vor wie bei einem Gewinnspiel. Möglichst viele Fragen in möglichst kurzer Zeit.

»Das werden Sie alles erfahren.«

»Ich möchte ein Lebenszeichen des Jungen.«

»Wenn ich sage, er lebt, dann ist das die Wahrheit.«

Die Idee kam ganz plötzlich »Hören Sie, ich kann Sie dafür bezahlen. Der Junge muss nur einmal bei mir anrufen.«

Stille.

»Ich gebe Ihnen dafür fünfzigtausend Euro.«

»Sie sind sehr mutig«, antwortete der Mann und legte auf.

Was hatte Jost über die Familie Winkler geschrieben? Wer sich in ein Verbrechen begibt, kommt darin um. Im Moment, so hatte Jost das Gefühl, traf das ebenso auf ihn zu. Er hatte dem Entführer ein Vermögen dafür versprochen, dass er ihm exklusiv ein Lebenszeichen des Jungen zukommen ließ. Vielleicht war er verrückt, vielleicht war es aber auch seine Chance.

Er riss den Stapel Post an sich. Materialien zu allen möglichen Themen, Leserbriefe, Einladungen, Werbematerial und ganz unten ein Umschlag. Sein Name war mit Schreibmaschine auf das Etikett geschrieben. Er fühlte sich leicht an.

Ungeduldig riss er den Umschlag auf. Heraus fiel ein Blatt. Die Kopie eines Fotos. Ein Anblick, der ihn in Erregung versetzte. Ein Spatenstich. Lachende Gesichter.

Verdammt, die Polizei könnte an seinem Handy erkennen, dass er versucht hatte, den Entführer auf eigene Faust zu erreichen.

Und sollte er von dem heutigen Anruf erzählen?

Er konnte es verschweigen, oder? Er musste nur klug vorgehen, strategisch planen wie der Entführer.

I did it my way!

Die Polizei hatte sich nicht um seine Post gekümmert. Oder doch? Sie war bereits geöffnet. Bis auf diesen Umschlag. Wie war er auf seinen Schreibtisch gelangt?

Udo Jost hatte das Gefühl, dass der Entführer nicht nur eine interessante Geschichte hatte, sondern auch noch intelligent und raffiniert war. Jemand, der wusste, was er tat, und dem es nicht so sehr um Geld ging, sondern um etwas anderes.

Dinge, die man nicht für Geld tat, machten frei.

Was auch immer dessen Ziele waren, eines wusste Jost: Der Unbekannte wollte die Familie Winkler zu Grunde richten. Nicht finanziell, sondern emotional und gesellschaftlich. Er wollte ihren Ruf vernichten. Er wollte sie durch den Morast der Geschichte ziehen. Sie im Schlamm stehen sehen. Dass sie dann erledigt sein würden, was das Unternehmen betraf, war nur noch eine Frage der Zeit.

Wieder drehte er das Foto um. Er wusste, was er finden würde. Er suchte in der Schreibtischschublade nach dem Vergrößerungsglas.

Er kannte die Geschichte, die der Mann erzählen wollte. Sie hatte ein einfaches Konzept, das noch immer funktionierte.

Er würde beweisen, dass er der richtige Ansprechpartner war.

Als er auf dem Foto fand, wonach er gesucht hatte, bemerkte er plötzlich, dass er dringend pinkeln musste.

17

Als Myriam Singer ihre Wohnungstür öffnete, um nach der Zeitung zu greifen, stellte sie fest, dass eine Steigerung des Zeitungskrieges erfolgt war. Das Nachrichtenblatt lag zerschnitten auf der blauen Fußmatte. Nicht einfach zerrissen, wie es manchmal passiert, wenn das Papier vom Regen oder Schnee aufgelöst ist. Nein, jemand hatte die Zeitung mit einer Schere bearbeitet und sie dann vor ihre Tür gelegt. Als Myriam das Loch näher betrachtete, erkannte sie die Form eines Hakenkreuzes, und die Headline war nur noch zu erahnen: *Der Schlächter von Krakau. Die Geschichte holt die Frankfurter Unternehmerfamilie Winkler ein. Staatsanwältin Myriam Singer klagt an: War Oskar Winkler ein Freund des Henkers von Polen?*

Ihre erste Reaktion war, dass sie nichts damit zu tun haben wollte. Der zweite Gedanke, dass sie Henri Liebler anrufen sollte. Doch sie entschied sich dagegen. Zeitungen lebten von Mythen. Der Artikel klang nicht anders als die moderne Moritat vom Serienmörder, und im rechten Licht betrachtet war Hans Frank, Generalgouverneur von Galizien, nichts anderes gewesen. Ein Serienmörder, der von einem deutschen Richter allenfalls zu fünfmal lebenslänglich verurteilt würde. Aus dem Urteil sprach die Hilflosigkeit der Justiz. Ein Urteil, das nie vollstreckt werden konnte. Genauso wenig wie das Urteil ewige Verdammnis. Das aber klang wenigstens wie ein Fluch.

Myriam trug bereits den Mantel, als sie schnell noch den

Fernseher anschaltete. Auch hier Hans Frank, verurteilt zum Tode durch den Strang wegen Verbrechen gegen die Menschlichkeit.

Der Name Winkler wurde immer wieder geschickt eingeflochten. Der Begriff Kriegsgewinnler fiel. Doch wusste die Presse nicht mehr als sie. Die Medien hatten dieselben Fragen und dieselben Antworten: nämlich keine.

Sarah rief an, als sie gerade auf dem Weg war. Offenbar hatte sie heute Morgen die Zeitung gelesen, denn in ihrer Stimme lag ungewohnte Zurückhaltung.

»Ab morgen«, meinte ihre Schwester zuversichtlich, »sind wir unsere Sorgen los. Er wird sich an die Frau gewöhnen. Jeder, mit dem ich gesprochen habe, hat nur Gutes von polnischen Pflegekräften berichtet. Sie sind fleißig, sauber, anspruchslos.«

So wie Sarah es sagte, klang es wie die Beschreibung einer Hunderasse. Der polnische Hütehund – gutmütig, kinderlieb und gehorsam. Myriam wünschte sich, es gäbe eine andere Lösung.

Doch sie hatte keine Zeit, sich damit zu beschäftigen. Frederik war die zweite Nacht verschwunden. Und noch immer hatten sie nicht die geringste Spur.

Im Gericht angekommen, sah sie, dass Henri Liebler bereits vor ihrem Büro wartete. Als die Ledersohlen ihrer Stiefel auf dem Parkett klackten, drehte er sich um und lächelte ihr entgegen. Er folgte ihr ins Büro. So etwas wie Wärme schwebte durch ihren Körper. Kaum spürbar.

»Ich habe heute früh gleich in Krakau angerufen«, sagte er, die Schultern hochgezogen, die Hände tief in den Taschen der schwarzen Lederjacke vergraben.

Myriam zog den Mantel aus und hängte ihn über die Heizung.

»Haben Sie jemanden erreicht?«

»Ja.« Er reichte ihr mehrere Blätter eines Faxes. »Das Feuer ist eine Stunde bevor die Einweihungsfeier beginnen sollte, ausgebrochen. Eine Plastikfolie wurde durch Benzin in Brand gesetzt.«

Sie deutete auf einen Stuhl: »Setzen Sie sich doch. Gab es Verletzte?«

Er nahm Platz. »Offenbar nicht.«

Sie überflog kurz den Bericht, der vorsintflutlich mit Schreibmaschine geschrieben worden war. Sie konnte ihn kaum entziffern. »War das Projekt umstritten?«

»Dem Bericht ist zu entnehmen, dass das Zentrum ursprünglich mitten in Kazimierz geplant worden war. Das ist das ehemalige jüdische Viertel.«

»Ich weiß«, nickte Myriam. »Schindlers Liste wurde dort gedreht.«

»Genau.«

»Woher haben Sie Ihre Informationen?«

»Der Kollege aus Krakau hat sie mir geschickt.«

»Matecki?«

»Ja. Sein Büro liegt in Kazimierz. Es ist sein Bezirk.«

»Was war vorher dort?«, fragte Myriam.

»Wie meinen Sie das?«

»Was befand sich vorher an der Stelle? Gab es dort schon ein Kaufhaus? War der Platz leer?«

»Matecki meinte, dass ganze Häuserzeilen abgerissen werden mussten.«

»Im ehemaligen jüdischen Viertel? Und dagegen hat niemand protestiert?«

»Keine Ahnung.«

»Fragen Sie Matecki danach.«

»Okay.«

Eine Weile schwiegen beide. Eine Stille, die Myriam nicht peinlich war. Im Gegenteil.

»Der Kreis der Verdächtigen wird immer größer anstatt kleiner«, bemerkte sie nach einigen Sekunden.

»Definitiv!«

Wieder Schweigen.

»Kümmern Sie sich um die Versicherungsunterlagen, die Denise in der Firma nicht finden konnte?«

Er nickte mehrfach, wobei sie seinen Gesichtsausdruck nicht interpretieren konnte. »Sie wissen, dass das die Aufgabe der Spurensicherung gewesen wäre! Sie hätten das Büro versiegeln lassen müssen.«

»Schicken Sie die Spurensicherung heute hin.«

»Okay, Frau Staatsanwältin.«

»Sparen Sie sich Ihren Spott.«

Er erhob sich, stand neben ihrem Schreibtisch und machte den Eindruck, als wolle er etwas sagen.

»Ist noch etwas?«

»Wir treffen uns in einer Stunde im Präsidium. Der Bericht des Experten ist fertig.«

»Welches Experten?«

»Den Sie berufen haben.«

»Ich?«

»Ja, Sie. Der Schweizer.«

»Welcher Schweizer?«

»Wegen des Gutachtens zu der Schreibmaschine.«

Er reichte ihr ein Blatt, das ihre Unterschrift trug und das sie bereits vergessen hatte. Sie legte es beiseite, ohne einen Blick darauf zu werfen.

»Noch eine Spur. Noch ein Gutachten. Das führt zu

nichts. Wir müssen endlich jemanden finden, für den es einen Grund gibt, sich an den Winklers zu rächen. Da interessiert es mich nicht, auf welcher Schreibmaschine der Entführer seine Nachricht geschrieben hat.«

»Hej«, sagte Liebler, »es ist nie so, dass es nur eine Spur gibt. Sie wissen doch, viele Wege führen nach Rom und vielleicht auch zu Frederik. Ich verstehe, dass Sie ungeduldig sind, aber glauben Sie mir, wir werden ihn finden.«

»Sie sind jemand, der allzu leicht Versprechen gibt.«

»Die ich in der Regel halte.«

Für einen Moment glaubte Myriam, er würde ihre Hand nehmen, doch stattdessen tippte er sich zum Abschied mit dem Zeigefinger an die Stirn und sagte: »In einer Stunde im Präsidium. George ist Schweizer und hasst Unpünktlichkeit.«

Nach dem Gespräch mit Liebler war Myriam auf wundersame Weise voller neuer Energie. Ihr erster Anruf galt dem Notar, der sich jedoch in einer Besprechung befand. Sie bat die Sekretärin, dass er sie dringend zurückrufen sollte.

Dann rief sie Cordula, ihre Sekretärin, in der Geschäftsstelle an: »Verschieben Sie die Termine für die nächsten Tage.«

»Wie soll ich das denn machen?«

»Verschieben Sie sie einfach. Bis zum Wochenende hat der Fall Winkler absoluten Vorrang.«

»Was ist mit dem Albaner am Montag?«

»Bleibt.«

»Und wenn Hillmer …?«

»Schicken Sie ihn zu mir.«

»Sie haben gut reden.«

»Es steht zu viel auf dem Spiel«, erklärte Myriam. »Sagen Sie ihm das.«

Sobald sie aufgelegt hatte, klingelte das Telefon bereits erneut.

»Ich bin fertig«, hörte sie Henning Veit. »Die alte Dame kann in ihre Gruft.«

»Soll ich sagen, schön?«

»Danke, könnten Sie sagen. Die Knochen waren übrigens ein einziger Trümmerhaufen. Der Bestatter wird Probleme haben, sie einigermaßen gerade aussehen zu lassen.«

»Die Details interessieren mich nicht«, erwiderte Myriam und legte auf, um sofort Carl Winklers Nummer zu wählen, der bereits vom Bestatter benachrichtigt worden war. Die Beerdigung sollte am Donnerstag um dreizehn Uhr dreißig auf dem Frankfurter Hauptfriedhof stattfinden.

»Wie geht es Denise?«, fragte Myriam.

»Sie schläft nicht«, antwortete Carl Winkler.

Trotz Lieblers Warnungen kam Myriam eine halbe Stunde zu spät. Dennoch betrat sie den engen Besprechungsraum ohne Hektik, obwohl dort vier Leute ungeduldig auf sie warteten.

»Die ermittelnde Staatsanwältin Myriam Singer«, stellte Liebler sie vor und deutete anschließend auf einen kleinwüchsigen Mann mit grauem vollem Haar und weißem Bart. Dieser Blick hinter der Brille mit den runden Gläsern erinnerte sie an jemanden.

»Herr George aus Zürich, der graphologische Experte.«

Wie er ihre Hand hochnahm, um sie zu küssen, gehörte er zu einer aussterbenden Art. Über kurz oder lang würde er im Kriminalmuseum der Züricher Kantonspolizei landen.

Gereizt stellte Myriam fest, wie sich Lieblers Hand vertraut auf die Schulter der hübschen Frau neben ihm legte.

Sie trug ein braunes Tweedkostüm Marke English Tea Time und dazu einen rosa Kaschmirpulli, der ihr ausnehmend gut stand. Die korrekte Kleidung wurde durch die Locken, die sie hochgesteckt hatte, aufgelockert.

»Außerdem habe ich Hannah Roosen von der psychologischen Sonderkommission hinzugebeten.«

Myriam nickte der Psychologin zu und nahm neben Fischer Platz, dessen Gesicht diesen Ausdruck von Geistesabwesenheit hatte wie das ganze letzte Jahr. Er beachtete sie nicht.

Die gereizte Stimmung im Raum entging ihr nicht, doch sie beschloss, sie zu ignorieren, indem sie die erste Frage stellte: »Haben Sie etwas, das uns dem Täter oder dem Entführungsopfer näherbringt? Wenn nicht, genügt wohl ein kurzes Statement.«

»Hören Sie erst einmal zu, was Herr George zu sagen hat«, sagte die Roosen.

»Deshalb bin ich ja hier«, erwiderte Myriam.

Die Hände hinter dem Rücken verschränkt, begann Herr George mit seinen Ausführungen, in denen er erläuterte, dass das Typenfeld einer Schreibmaschine bereits in vielen Rechts- und Kriminalfällen zum Täter geführt hatte. Zu berücksichtigen waren jedoch auch die persönlichen Einflüsse des Schreibers, seine Gewohnheiten, seine Impulse. Nicht nur die Handschrift, sondern auch die Maschinenschrift verschiedener Menschen war unterschiedlich.

In dem überheizten Raum wurden alle augenblicklich von Müdigkeit überfallen. Nicht nur Myriam hatte das Bedürfnis zu gähnen. Fischers Augenringe verdunkelten seinen Blick wie ein Rollo. Das ganze Polizeipräsidium nannte ihn neuerdings *Herr der Ringe.*

Ungeduldig schaute Myriam auf ihre Armbanduhr. »Sie

können also eine Aussage darüber treffen, um welche Art von Maschine es sich handelt?«

»Bis zu einem gewissen Grad. Bei der Ursprungsmaschine hier handelt es sich um ein Stoßstangensystem. Die Linienführung ist zeilengerade, doch bei den Umschaltungen verrutschen die Großbuchstaben. Sie sehen das bei dem ersten Wort des Zitats sehr deutlich. *Debet quis juri subjacere, ubi deliquit.* Sehen Sie sich das erste Wort genau an. *Debet.*«

Er deutete mit einem Kugelschreiber auf das Wort. Das *D* war minimal nach unten verschoben.

»Die Typen sind bereits sehr abgenutzt«, fuhr er fort. »Achten Sie auf die Typenkopfabsplitterung bei dem Buchstaben *T*. Der Mittelstrich rechts ist nicht voll ausgebildet.«

Er deutete auf das *T* in *debet.*

In der Tat erschien die Strichführung des Querbalkens rechts abgesplittert.

»Weiterhin fällt auf, dass das kleine *I* ein wenig nach links verschoben ist. Ansonsten sind die Typen groß, rund, geschweift. Was das Farbband betrifft, so ist es abgenutzt, das heißt, es ist bereits alt oder selten in Gebrauch. Das alles hilft, die Maschine zu identifizieren.«

»Wenn wir sie überhaupt finden«, murmelte Fischer.

»Kommen wir zu der Personengruppe«, erklärte der Experte ungerührt. »Bei dem Schreiber handelt es sich um einen Mann. Darauf weist der starke, wenn auch ungleichmäßige Anschlag. Er ist gewohnt, Maschine zu schreiben, wie der regelmäßige Gebrauch der Leertaste zeigt. Sie wird nicht mehrfach hintereinander gedrückt, nicht wahllos, auch nicht mitten im Wort. Dem Schreiber sind keine Fehler unterlaufen, obwohl es sich um einen lateinischen Text handelt. Jeder, der bereits einmal mit einer alten Schreibmaschine geschrieben hat, weiß, dass man sich leicht vertippt. Er ist vielleicht niemand, der das Zehnfingersystem beherrscht, dazu ist der Anschlag der einzelnen Buchstaben zu kräftig, aber er weiß, wo die Buchstaben liegen.«

»Mein Gott.« Fischer schlug mit der flachen Hand auf die Tischplatte. »Wissen wir, wie viel Papier er wegwerfen musste, bis er das Zitat korrekt abgeschrieben hatte?«

»Auch das ist eine Möglichkeit«, bestätigte George ruhig und verschränkte die kurzen Arme wieder hinter dem Rücken. Jetzt wusste es Myriam. George hatte Ähnlichkeit mit einem Uhu. Diese Vögel galten als weise. Sie sollte ihm genau zuhören.

»Was ist mit dem Papier?«, fragte Henri.

»Ein billiges Fabrikat. Schlechte Qualität. Außerdem ist es alt.«

»Wie alt?«

»Um die fünfzig Jahre, und das Alter der Schreibmaschine datiere ich in die erste Hälfte des 20. Jahrhunderts, auch wenn der Text nicht ausreichend ist, um es mit Sicherheit zu sagen. Aber wenn ich das Papier berücksichtige …«

»Sie meinen, das Ganze wurde vor fünfzig Jahren geschrieben?« Auf Fischers Stirn vertieften sich die Falten.

»Das nicht. Es kann auch heute geschrieben worden sein. Mit einer alten Maschine, auf einem alten Papier. Dazu noch Fragen?« Herr George schaute in die Runde. Keiner hatte Fragen. Auch nicht Hannah Roosen. Ihr Blick kreuzte sich mit dem Myriams. Beide sahen augenblicklich zur Seite.

»Ich fahre also fort. Der Text steht in der Mitte des Papiers. Es wurde sauber zurechtgeschnitten. Mit einer Schere. Auch damit verbindet er eine Absicht. Es handelt sich um ein Zitat und eine Botschaft. Er will kommunizieren. Ihnen etwas sagen. Er weiß, was er tut. Er ist niemand, der unüberlegt handelt.«

»Zum Teufel.« Fischers Stimme war heiser. »Das sind doch alles nur Vermutungen. Genauso gut können Sie aus dem Kaffeesatz lesen, in eine Kristallkugel starren, den Mond anheulen.«

Herr George zwang sich, ruhig zu antworten, doch es fiel ihm schwer. Er wechselte in seinen Züricher Dialekt.

»Ich beschäftige mich mit diesem Gebiet seit 1960. Was ich Ihnen erzähle, ist kein Hokuspokus, sondern stützt sich auf Tausende von Dokumenten, die ich in den letzten fünfundvierzig Jahren untersucht habe.«

»Kommen wir wieder auf den Typ der Schreibmaschine zurück«, versuchte Liebler auszugleichen.

Fischer stand auf.

»Setz dich, Alter, und hör zu«, sagte Liebler.

Fischer setzte sich augenblicklich wieder.

Henri Lieblers Rolle in der Gruppe begann Myriam plötzlich zu interessieren. Sie hatte ihn offenbar die ganze Zeit unterschätzt. Hinter seiner scheinbaren Offenheit, seiner Gelassenheit verbarg sich ein kühler, berechnender Verstand. Seine Aufklärungsquote war hoch. Myriam hatte sich die Personalakten von allen Kriminalbeamten angesehen. Es hatte dem Polizeipräsidenten nicht gefallen. Doch sie wollte wissen, mit wem sie zusammenarbeitete. Liebler hatte eine Beförderung abgelehnt, weil sie daran geknüpft war, eine andere Abteilung zu übernehmen. Er war mit Leib und Seele Ermittler.

»Sie müssen wissen, der Typenbestand einer Schreibmaschine ist nicht veränderbar.« George wechselte wieder ins Hochdeutsche. »Daher kann man den Typ anhand der Schriftart, des Abnutzungsgrades und des Alters identifizieren. Es handelt sich in jedem Fall um ein altes Modell. Ich tippe auf eine Adlerschreibmaschine, wie sie in den dreißiger und vierziger Jahren in Gebrauch war. Wenn wir noch das Alter des Papiers berücksichtigen, dann erscheint dies noch wahrscheinlicher.«

Fischer stand bereits wieder. »Wir suchen nach einem Kind. Begreift das denn hier keiner? Ein Kind. Sieben Jahre. Doch wir verschwenden Zeit damit, Spuren zu sammeln. Spuren, Spuren, Spuren. Haben bereits genügend, um den Täter vor Gericht stellen zu können. DNA, Fußabdrücke, Fingerabdrücke, Speichelproben, jetzt auch noch Schrift. Aber sind wir ihm deshalb einen Schritt nähergekommen? Nein. Denn wisst ihr, was er macht? Er spuckt uns die Beweise ins Gesicht. Er kotzt sie uns vor die Füße, er scheißt uns zu damit. Wir aber sitzen in diesem Haufen und freuen uns noch darüber. Was ist mit dem Jungen, den er in seiner Gewalt hat?«

»Verlier nicht die Nerven«, sagte Liebler. »Diese Arbeit ist wichtig. Das weißt du. Weil wir nicht wissen, ob uns nicht doch eine Spur, die jetzt unwichtig erscheint, zu ihm führt.«

Ron Fischer machte eine abweisende Handbewegung.

»Mein Gott, Ron. Setz dich! Wir haben nichts anderes! Lass uns gemeinsam die Geschichte rekonstruieren, so gut wir können«, mischte sich Hannah Roosen ein. »Alles kann wichtig sein. Auch die Tatsache, dass das Zitat von einem Mann auf einer alten Schreibmaschine getippt wurde.« Sie wandte sich Myriam zu: »Aber warum gerade dieses Zitat? Es stammt aus dem römischen Recht oder, Frau Singer?«

»Es meint, dass die Gerichtsverhandlung dort stattfinden muss, wo das Verbrechen begangen wurde«, bestätigte Myriam.

»Er spricht von einer Verurteilung! Vom Tatort! Er will uns sagen, dass er Henriette Winkler zum Tode verurteilt und das Urteil vollstreckt hat. Herr George hat Recht. Aus dieser klitzekleinen Botschaft, die er Henriette Winkler in die Hand gedrückt hat, spricht Verbitterung. Verbitterung, die zu Hass und Rachegedanken führt.«

»Schreibmaschine, Tippfehler, Psychologie hin oder her«, erklärte Liebler. »Was aber hat die alte Frau getan, dass sie diese Strafe verdiente?«

»Nennen wir es beim Namen«, sagte Hannah Roosen. »Es geht um den Zweiten Weltkrieg, das Dritte Reich, den Faschismus in Deutschland.« Sie beugte sich nach vorne, sah Myriam, vor allem ihr, eindringlich in die Augen. »Es geht um die Frage, inwieweit Oskar Winkler verstrickt war. Um die Frage, was er im Krieg gemacht hat. Welchen Kontakt hatte er zu Hans Frank, einem später zum Tode verurteilten Kriegsverbrecher? Was hat Oskar Winkler in Krakau gemacht? Welchen Anteil hatte Henriette Winkler daran? Wenn wir das wissen, dann finden wir auch den Jungen.«

»Was macht euch so sicher, dass er noch lebt?«, fragte Fischer.

»Nichts außer der Hoffnung«, antwortete Liebler. »Mann, diese Frage stelle ich mir nicht. Ich gehe davon aus, dass er lebt. Ende.«

»War Oskar Winkler Parteimitglied?«, erkundigte sich Hannah Roosen.

»Eintritt am 1. April 1931 mit der Mitgliedsnummer 508889. Seine Frau Henriette folgte ihm nur zwei Monate später.«

»Irgendwelche Ämter in der Partei?«

Liebler schüttelte den Kopf. »Darüber ist nichts bekannt.«

»Vermutlich der klassische Mitläufer«, bemerkte Hannah, die wegen ihrer eindringlichen Art Myriam langsam sympathisch wurde.

»Natürlich hat er sich als Unternehmer Vorteile versprochen«, sagte sie, um wenigstens irgendetwas zu erklären. Das Unerklärliche erklären. Wie oft hatte sie es schon vergeblich versucht.

»Was sonst?«, bemerkte Fischer.

»Krakau. Polen. Was hat er da gemacht?« Hannah Roosen schaute fragend in die Runde.

»Hans Frank getroffen?« Myriam zuckte mit den Schultern.

»Warum?«, fragte Liebler.

»Vielleicht sollte er im Auftrag von Frank etwas bauen. Hat der nicht einige Gebäude auf der Burg abreißen lassen? Sich ein Kino gebaut? Einen Swimmingpool? Philipp hat mir heute Morgen davon erzählt«, erklärte Hannah Roosen.

»Wo ist das Foto?«, fragte Myriam.

Liebler zog es aus einem Ordner und reichte es ihr.

»Überlegen wir doch einmal«, forderte Myriam. »Die beiden stehen auf dem Wawel. Der liegt im Zentrum Krakaus. Worauf schauen die beiden?«

Niemand antwortete, denn niemand wusste, worauf sie hinauswollte.

»Irgendwohin«, meinte Fischer. »Was weiß ich?«

»Aber vielleicht spielt es eine Rolle.«

»Mein Gott, die genießen die Aussicht«, grummelte Fischer bereits wieder ungeduldig.

Myriam beugte sich nach vorne. »Auf dem Foto hat Hans Frank die Hand ausgestreckt. Er deutet auf etwas. Ist das Zufall? Laut Herrn George geht der Täter planvoll vor. Er schickt uns Botschaften. Also worauf schauen die beiden?«

»Wie finden wir das heraus?«, fragte Hannah Roosen.

»Habt ihr das Foto schon nach Krakau gefaxt?«

Liebler verneinte.

»Dann sollten wir das so schnell wie möglich tun. Und wenden wir uns auch an die Universität hier in Frankfurt.

Vielleicht gibt es da jemanden, der diese Frage beantworten kann. Jemand aus dem Institut für Geographie oder ein Historiker, was weiß ich.«

»Ich fahre jetzt zu Frau Hirschbach. Vielleicht weiß sie etwas über die verschwundenen Fotos und andere Unterlagen«, fuhr Liebler fort. »Begleiten Sie mich, Frau Singer?«

Sie nickte.

»Moment«, hörten sie in diesem Moment Fischer sagen. »Wenn er das Zitat wirklich ernst meint, dann sollten wir das Wichtigste nicht übersehen.«

»Wie meinst du das?«, meldete sich Hannah Roosen zu Wort.

»Es bedeutet, dass das Urteil an dem Ort gefällt werden muss, wo das Verbrechen begangen wurde. Richtig?«

Myriam nickte. Das hatten sie doch schon geklärt, was also wollte Fischer noch?

»Warum«, fragte er und beugte sich nach vorne, wobei er die Arme auf dem Tisch abstützte. »Warum ist dann das Urteil in ihrem eigenen Haus vollstreckt worden?«

Frau Hirschbachs Wohnung befand sich in einem vierstöckigen Wohnblock, der hellgelb gestrichen war. Er hatte, wie die Klingelanlage zeigte, acht Wohnungen. Sie brauchten nicht lange, um das Schild mit der Aufschrift »Hirschbach« zu finden.

Es war der oberste Name.

Sie klingelten und warteten geduldig.

»Erwartet sie uns?«

»Nein, aber sie wird uns nicht abweisen«, sagte Liebler überzeugt. Er warf die halb gerauchte Zigarette in den Vorgarten. »Sie wird viel zu überrascht sein. Schließlich verdächtigt sie niemand. Sie ist lediglich eine Zeugin.«

Eine ängstliche Stimme meldete sich über die Sprechanlage. Nachdem Liebler seinen Namen genannt hatte, öffnete sich die Haustür mit einem leisen Summen. Liebler warf sein volles Gewicht dagegen.

Myriam hatte sich eine gemütliche Altbauwohnung in Bornheim vorgestellt, nicht diesen Neubau. Mit schwarzem Granitfußboden im Hausflur.

Die Wohnungstür stand bereits offen. Begrüßt wurden sie von einem dicken Kater. Eine weiße Angorakatze mit ausladendem Schwanz, der in ständiger Bewegung war. Der Kater strich um Myriams Schlangenlederstiefel, als seien sie lebendig und eine potentielle Beute.

Myriam konnte nicht sagen, dass sie Katzen mochte. Sie hatten etwas Unehrliches, etwas Verstecktes. Sie würden nie die Wahrheit sagen, sie wären resistente Angeklagte. Mit ihnen konnte man keinen Klartext sprechen.

Frau Hirschbach hatte offenbar den Schock noch nicht überwunden. Ihr Gesicht war vom Weinen verquollen. Sie schlich gebückt durch die blitzsaubere Wohnung mit Häkelkissen und Gestecken aus Trockenblumen.

»Wir hätten einige Fragen an Sie«, begann Liebler. »Natürlich nur, wenn Sie Zeit haben, sonst kommen wir später wieder. Meinen Sie, dass Sie das schaffen?«

Seine Methoden waren eindeutig anders als die Fischers. Liebler ähnelte dem Kater, der jetzt auf der Rückenlehne des Sofas im Wohnzimmer lag. Scheinbar müde und schläfrig, beobachtete er die Fremden unaufhörlich durch die halb geschlossenen Lider. Myriam zweifelte keinen Moment daran, dass er sie anspringen würde, wenn er die Geduld verlor.

Frau Hirschbach ordnete nervös ihre Haare. Mit ausgestrecktem Arm lud sie sie ein, Platz zu nehmen.

»Möchten Sie etwas trinken? Kaffee, Tee?«

»Ein Tee wäre sehr gut. Draußen ist es sehr unangenehm. Ein typisch hessischer Winter«, antwortete Liebler.

Wie war ein hessischer Winter? So etwas konnte man über Russland sagen, über Finnland, über Kanada, doch nicht über Hessen. Hessen war eine Ansammlung von Mittelgebirgen in der Mitte Deutschlands mit einem mittelmäßigen Klima. Heute fror der Main zu, am nächsten Tag taute es bereits wieder.

Und Liebler redete und redete. Wie schön die Wohnung lag, wie ideal der Grundriss war, fragte, ob sie sich mit den Nachbarn verstand. Er strich mit Worten um Frau Hirschbachs Ohren wie der Kater jetzt wieder um Myriams Schuhe.

Sobald Frau Hirschbach in der Küche verschwand, stand Liebler blitzschnell auf. Entsetzt verfolgte Myriam, wie er Schranktüren öffnete, Schubladen aufzog. »Sind Sie verrückt geworden? Was machen Sie denn?«

»Ich verschaffe mir einen Überblick.«

»Sie können nicht so einfach hier herumschnüffeln ohne Durchsuchungsbefehl.«

»Aber Sie können ihn mir doch jederzeit ausstellen«, antwortete er ungerührt. »Deshalb habe ich Sie ja mitgenommen.«

Die Schrankwand war aus demselben Holzfurnier wie die im Flur. Eiche gebürstet. Hinter Glas drei Bildbände. Schlesien, Breslau, Frankfurt ... und jede Menge Fotos.

»Ordnung ist das halbe Leben«, murmelte Liebler und nahm eines der Fotos in die Hand. »Schauen Sie.«

Das Foto zeigte Frederiks Taufe. Im Vordergrund Oliver Winkler neben Denise, die das Baby auf dem Arm trug. Dahinter Oskar und Henriette Winkler sowie Carl mit seiner Frau. Frau Hirschbach stand direkt zwischen Henriette

Winkler und Carl. In ihrem schwarzen Kleid unverkennbar eine Dienstbotin, dennoch hatte es etwas Liebevolles an sich, wie Carl Winklers Hand auf ihrer Schulter lag.

»Sie gehört ganz offensichtlich zur Familie«, meinte Liebler. »Und damit weiß sie mehr, als sie zugibt.«

Als sie Frau Hirschbach im Flur hörten, waren sie sofort wieder auf ihren Plätzen. Der Kater miaute laut auf seinem Sofa.

»Na, willst du mir etwas erzählen?« Frau Hirschbach stellte das Tablett auf den Wohnzimmertisch und strich dem Kater kurz über den Rücken. Dann goss sie Tee ein. Die erste Tasse reichte sie Liebler.

»Vielen Dank«, sagte er. »Das tut gut.«

Er nahm drei Löffel Zucker und rührte ewig herum. Er war kein Teetrinker, hatte er in ihrer Wohnung gesagt, doch hatte er in Frau Hirschbach sofort dieselbe erkannt. Das Porzellan zitterte in ihrer Hand, unsicher stellte sie die Tasse ab. Ihre Hände lagen nun im Schoß, die Finger verkrampften sich ineinander. Die Haut war so dünn, dass Myriam befürchtete, sie könnte reißen.

Als der Kater auf Myriams Schoß sprang und sich eine Liegeposition zurechttrat, überlegte sie, ob sie eine Allergie erfinden sollte, doch Lieblers Blick befahl ihr durchzuhalten.

»Ihr Vorname«, begann er in lockerem Konversationsstil, »ist Josefa, oder?«

Frau Hirschbach nickte.

»Ein schöner Name. Heute ist er selten. Mein Vater kommt ja aus Österreich. Da gibt es ihn noch häufiger.«

»Wie in Schlesien«, antwortete die Hirschbach. »Die Schlesier und die Österreicher haben viel gemeinsam.«

Das war Myriam neu.

»Sie stammen aus Breslau?«, wollte sie wissen.

»Ja. Leider war ich nie wieder dort. Mein Vater hatte dort eine Gaststätte.«

»Können Sie sich überhaupt noch daran erinnern? Sie waren doch höchstens sieben, als Sie fliehen mussten.« Liebler beugte sich interessiert nach vorne.

Die alte Frau lachte verlegen. »Ich bin Jahrgang 1930, also schon fünfundsiebzig.«

»Das sieht man Ihnen nicht an, gnädige Frau«, sagte Liebler. Er schaffte es doch tatsächlich, einen leicht österreichischen Akzent zu imitieren. Die Katze auf Myriams Schoß schnurrte.

»Und Sie arbeiten noch immer für die Winklers? Warum? Bekommen Sie keine Rente?«

»Nach so vielen Jahren«, antwortete die Hirschbach leiser werdend, »da kann ich doch die Familie nicht einfach im Stich lassen.«

»Wie lange genau sind Sie für die Familie Winkler tätig?« Liebler beugte sich verständnisvoll nach vorne.

»Seit sechzig Jahren.«

»Sechzig Jahre?«, wiederholte Myriam. »Das ist eine lange Zeit. Kein Wunder, dass der Tod von Frau Winkler Sie mitgenommen hat.«

»In so vielen Jahren«, fügte Liebler hinzu, »da wächst man zusammen.«

»Ich war noch sehr jung, als ich in ihren Haushalt kam. Vierzehn.«

»Sie sind 1945 nach Frankfurt gekommen?«

»Ja.«

»Aus Breslau?«

»Ja.«

»Dort haben Sie sicher andere Winter erlebt? Mit viel Schnee. Schlittenfahrten. Können Sie sich noch daran erinnern?«

Frau Hirschbach antwortete nicht, stattdessen traten ihr die Tränen in die Augen.

»Wie kamen Sie zur Familie Winkler?« Liebler nahm die Tageszeitung in die Hand, die auf dem Tisch lag, und schlug wie zufällig die Seite mit dem Bericht über die Vergangenheit der Familie Winkler auf.

Frau Hirschbachs Stimme zitterte, als sie antwortete. »Wir wurden dort einquartiert und haben im Gartenhäuschen gewohnt. Meine Mutter, meine beiden Geschwister und ich. Dafür habe ich Frau Winkler geholfen.«

»Wie geholfen?«

»Carl war gerade erst wenige Monate alt. Frau Winkler suchte ein Kindermädchen. Ihr Mann war nicht da. Es waren ja überhaupt keine Männer da. Es gab auch keine Angestellten mehr. Und als wir hier ankamen, ich war ja die Älteste von uns, da habe ich mich um Carl gekümmert.«

»Wann genau war das? In welchem Monat?«

»Im Mai.«

Die Antworten kamen schnell und präzise, fast, als hätte sie diese vorbereitet. Myriam wechselte mit Liebler einen Blick.

»Seit dieser Zeit also arbeiten Sie für die Familie?«

»Ja.«

»Waren Sie verheiratet?«

»Nein.«

»Haben Sie Kinder?«

Rote Flecken brannten plötzlich auf ihrer hellen Haut. Sie blickte zu ihren Händen hinunter und schüttelte den Kopf.

»Was sind Ihre Aufgaben im Haus von Frau Winkler?«

»Ich führe den Haushalt.«

»Was bedeutet das genau?«

Frau Hirschbach musterte Liebler argwöhnisch. Sein Tonfall hatte sich verändert.

»Kochen, Putzen, Einkaufen, Wäsche«, erklärte sie nervös. »Alles, was anfällt in so einem Haushalt. Frau Winkler hat sich schließlich immer um die Firma kümmern müssen. Ihr Mann hatte ja den Arm im Krieg verloren.«

»Bei einem Bombenangriff«, korrigierte Liebler und fügte dann hinzu: »Das waren also schwere Zeiten.«

»Natürlich.«

»Wie waren Ihre Arbeitszeiten?«

»Seit dem Tode von Herrn Winkler bin ich jeden Tag neun Uhr dreißig am Morgen hingegangen und meistens so gegen halb acht nach Hause. Wenn Frau Winkler in den Salon ging.«

»Mit Salon meinen Sie das Wohnzimmer?«

»Ja.«

»Auch an dem Abend, als Henriette Winkler starb?«

Frau Hirschbach fiel es schwer zu antworten. Ihre Stimme klang heiser: »Ja.«

»Als Sie Henriette Winkler am nächsten Morgen gefunden haben, war es aber später als neun Uhr dreißig. Sie haben ausgesagt, dass Sie um halb elf dort waren.«

»Ja, ich habe erst eingekauft.«

Liebler wartete einen Moment, bevor er fortfuhr: »Wie würden Sie Ihr Verhältnis zu Frau Winkler beschreiben?«

Die Hände der alten Frau verknoteten sich ineinander. »Wie meinen Sie das?«

»Waren Sie einfach nur eine Angestellte?«

»Nein.« Frau Hirschbach war entsetzt. »Ich habe sechzig Jahre für die Familie gearbeitet. Nach dem Tod meiner Mutter habe ich lange Zeit bei ihnen unter dem Dach gewohnt.«

»Dann gehörten Sie zur Familie?«

Wieder Entsetzen: »Nein!«

»Aber Sie waren miteinander vertraut?«

»Ja. Natürlich.«

»Wer hat sich um die persönlichen Unterlagen von Frau Winkler gekümmert?«

Plötzlich war eine Spannung im Raum zu spüren. »Was meinen Sie?«

»Fotos, Briefe, Tagebücher.« Liebler versuchte die Frage beiläufig zu formulieren, indem er sich gleichgültig im Raum umsah.

»Nein …«, Frau Hirschbach verschränkte die Hände ineinander, »das war nicht meine Aufgabe.«

Angst lag in ihrem Blick.

»Ich verstehe.« Liebler stand auf und trat an den Schrank, nahm das Foto in die Hand. »Das war nicht Ihre Aufgabe. Aber das eine oder andere Geheimnis Ihrer Chefin haben Sie doch wohl gekannt?«

Es dauerte einen Moment, bis die alte Frau antwortete, und dann klang es trotzig. »Nein.«

»Wir haben Sie gebeten nachzuschauen, ob etwas von den persönlichen Unterlagen von Frau Winkler fehlt. Sie haben meinem Kollegen, Herrn Fischer, gesagt, dass das nicht der Fall ist. Wie können Sie das wissen, wenn Sie nichts mit den Unterlagen zu tun hatten?«

Das Österreichische war verschwunden. Übrig geblieben war Preußen.

Frau Hirschbachs Hand zitterte, als sie nach der Teetasse griff. »Entschuldigen Sie bitte. Ich fühle mich nicht gut.«

»Möchten Sie ein Glas Wasser?« Myriam hatte Mitleid mit der alten Frau.

»Nein, ich … mir ist schwindelig.«

»Die Luft hier ist wirklich stickig.« Liebler kippte das Fenster.

»Sie haben also nicht feststellen können, dass etwas fehlt?« Myriam schob den Kater herunter und setzte sich neben Frau Hirschbach aufs Sofa. »Das ist völlig in Ordnung. Wir wollen ja nur der Familie helfen. Verstehen Sie? Damit Frederik so schnell wie möglich gefunden wird.« Der gottverhasste Kater strich wieder um ihre Beine. Ein ekelhaftes Gefühl. Wie wenn die Haut taub wird und pelzig.

Frau Hirschbach nickte: »Natürlich. Entschuldigen Sie.«

»Also, es fehlte nichts?«

»Nein.«

»Auch keine Fotos?«, fragte Myriam beiläufig.

»Fotos?« Irritiert sah Frau Hirschbach sie an. »Nein.«

»Briefe?«, fragte Liebler.

Die alte Frau schloss die Augen. »Nein.«

»Was ist mit Papieren? Familienstammbuch, Pass usw.«

»Ich weiß es nicht. Es war nicht meine Aufgabe, mich darum zu kümmern.«

»Hatte Frau Winkler vielleicht ein Bankschließfach? Oder einen Tresor?«, kam Myriam zu Hilfe.

»Ja«, erwiderte Frau Hirschbach erleichtert. »Sie hatte einen Safe in ihrem Büro.«

»Ja«, sagte Liebler, »aber der war leer, bis auf die Waffe.«

»Waffe?«, fragte Frau Hirschbach schockiert. »Davon weiß ich nichts.«

»Das wissen Sie also nicht, aber haben Sie nicht gesagt, Sie hätten sich um alles gekümmert?«

»Ja, aber ...«

»Sie haben für Frau Winkler Besorgungen gemacht, oder? Sind zum Beispiel zur Bank gegangen. Oder zur Post.«

»Ja, natürlich.«

»Warum wissen Sie dann nicht, wo sie ihre Papiere aufbewahrte? Nach sechzig Jahren?« Liebler wurde lauter.

Der alten Frau traten die Tränen in die Augen.

Der Kater schoss plötzlich hinter dem Sessel vor, direkt an Myriam vorbei, die zusammenzuckte. Vor Liebler blieb er sitzen und starrte mit erhobenem Schwanz zu ihm hoch. Dieser ließ sich jedoch nicht stören. Seine Hand hing scheinbar achtlos neben dem Kater nach unten: »Ihre Diskretion ist bewundernswert. Dann hat Frau Winkler sicher auch nichts von einem Testament erzählt? Ob Sie auch etwas erben werden?«

Der Kater starrte die Hand an.

»Ich bin versorgt«, erklärte Frau Hirschbach. »Carl hat mir schon vor zehn Jahren diese Wohnung gekauft.«

»Eine schöne Wohnung«, bestätigte Liebler »Wem gehört das Haus?«

Der Kater näherte sich der Hand, den Schwanz steif nach oben gerichtet.

»Der Familie Winkler.«

Liebler nickte. »Das kann man auch erwarten, dass Sie Ihnen eine Wohnung zur Verfügung stellen. Sie haben sich schließlich sechzig Jahre um die Familie gekümmert.«

»Carl ist nicht so«, antwortete Frau Hirschbach, ohne zu erklären, wie er nicht war, und im Gegensatz zu wem.

Liebler ging in die Knie und schaute dem Kater in die Augen. Scheinbar gleichgültig fragte er: »Hat Frau Winkler Ihnen von der Zeit im Krieg erzählt? Alte Leute erzählen doch immerzu vom Krieg. Mein Großvater zum Beispiel. Immer dieselben Geschichten. Hat sie nie über diese Zeit gesprochen?«

»Doch, über die Bombenangriffe hier in Frankfurt, dass sie kurz vor Carls Geburt die Stadt verlassen musste. Da kam der Befehl, die Stadt zu räumen, um die Bevölkerung zu schützen. Carl kam im März in einem Straßengraben zur

Welt. Der beste Ort, um Bauunternehmer zu werden, hat Herr Winkler immer gesagt. Carl war so ein lieber Junge. So sensibel. Ich habe noch nie ein böses Wort von ihm gehört.«

»Was ist mit der Zeit vor dem Krieg?«

»Es war nie wieder wie vor dem Krieg«, antwortete Frau Hirschbach angestrengt. »Meine Familie hat ja auch alles verloren.«

»Ja«, sagte Liebler ungerührt. »Das bedeutet schließlich ein verlorener Krieg.« Er hatte es geschafft, dass der Kater sich streicheln ließ. »Hat Frau Winkler es bedauert, dass Deutschland den Krieg nicht gewonnen hat?«

Er erhob sich und schaute der alten Frau direkt in die Augen, die schließlich Hilfe suchend zu Myriam blickte: »Darüber haben wir nicht gesprochen. Ich war nur die Hausangestellte«, murmelte sie als Antwort.

»Was ist mit dem Testament?«

»Frau Winkler hat alle Dinge mit Herrn Dr. Conradi besprochen.«

»Herr Conradi?«, fragte Myriam.

»Dem Notar.«

Liebler nahm den Kugelschreiber in die Hand. »Natürlich«, sagte er, »da hätten wir auch selbst darauf kommen können. Wie war der Name?«

»Conradi.«

»Sie wissen nicht zufällig, wo seine Kanzlei liegt? Wir sollten sofort jemanden dort hinschicken.«

»Am Dornbusch 9.«

»In welchem Stock?«

»Im zweiten.«

Lieblers Stimme verlor von einer Sekunde zur anderen seine Verbindlichkeit. »Sie wissen also nichts über die persönlichen Angelegenheiten von Frau Winkler, kennen aber die

Straße, in der der Notar seine Kanzlei hat? Wissen sogar, in welchem Stockwerk sie liegt? Obwohl Sie angeblich nie dort gewesen sind?«

Frau Hirschbach schluchzte plötzlich auf. Ihre Hände griffen nach den Papiertaschentüchern, die auf dem Tisch bereitlagen. »Ich musste doch immer alles persönlich vorbeibringen. Da war Frau Winkler eigen. Sie erlaubte nicht, dass es mit der Post geschickt wurde.«

»Warum Sie? Warum nicht ihr Sohn?«

»Ich weiß es nicht.«

»Was haben Sie denn vorbeigebracht?«

»Große Umschläge.«

»Aha, große Umschläge. Was befand sich in diesen Umschlägen?«

»Sie waren versiegelt.«

»Versiegelt?«

»Ja.«

»Wie?«

»Mit Wachs.«

»Und es stand nichts darauf?«

»Nein.«

»Wann haben Sie die Umschläge weggebracht?«

»Erst in letzter Zeit.«

»Einmal, zweimal, dreimal?«

»Vielleicht dreimal.«

»Was denken Sie, was in den Umschlägen war?«

»Ich weiß es nicht.«

»Wirklich nicht? Frau Winkler ist tot. Sie kann Ihnen nicht mehr drohen.«

Die alte Frau sagte nichts.

Der Kater strich um Lieblers Beine. Als dieser sich hinabbeugte, um ihn zu streicheln, begann er friedlich zu schnurren.

»Hat sie Ihnen gedroht?«, fragte der Hauptkommissar und hob den Kopf.

»Das musste sie nicht.«

»Hatten Sie Angst vor ihr?«

»Nicht mehr.«

»Was meinen Sie damit? Dass Sie am Anfang Angst vor ihr hatten?«

»Damals hatte ich vor allem Angst. Ich war in Dresden dabei. Verstehen Sie. Die Frauenkirche stürzte vor meinen Augen ein. Wir waren erst einen Tag vorher in die Stadt gekommen.«

»Was also glauben Sie, war in diesen Umschlägen?«

»Ich weiß es nicht.«

»Sie wissen es vielleicht nicht, aber vielleicht haben Sie sich Gedanken darüber gemacht? Überlegungen angestellt?«

Frau Hirschbach brach in Tränen aus. »Vielleicht«, sagte sie schließlich, »diese Briefe.«

18

Myriam Singer musste feststellen, dass der Arm des Gesetzes zu kurz war, um die Dinge in der Kanzlei von Herrn Dr. Conradi in Bewegung zu bringen: Er hatte nicht zurückgerufen, und ihre Geduld war am Ende. Sie griff zum Telefonhörer. Entweder war seine Sekretärin fehl am Platz, oder Conradi ignorierte sie mit Absicht.

»Staatsanwaltschaft. Myriam Singer am Apparat. Ich möchte sofort Herrn Conradi sprechen.«

»Herr Dr. Conradi ist leider …«

»Sie brauchen das nicht zu wiederholen wie ein Mantra. Wir sind keine Buddhisten, sondern deutsche Juristen. Hier geht es um Mord. Um Entführung. Alles, was jetzt nicht von Ihrer Kanzlei unternommen wird, werte ich als unterlassene Hilfeleistung.«

Die Sekretärin war klug genug, das Gespräch weiterzuverbinden.

Während sie wartete, streckte Cordula den Kopf zur Tür herein. »Ich bestelle Sushi. Wollen Sie auch?«

Myriam schüttelte den Kopf, doch bevor Cordula die Türe schloss, revidierte sie ihre Meinung. »Oder doch, es ist schließlich egal, was ich esse.«

Am anderen Ende des Telefons endlich die Stimme eines Mannes.

»Conradi.«

»Staatsanwaltschaft Frankfurt, Myriam Singer. Sie sollten Ihr Personal besser instruieren, was Staatsanwaltschaft bedeutet.«

»Mein Personal ist ausreichend geschult, machen Sie sich keine Sorgen. Was kann ich für Sie tun?«

»Zum Beispiel zurückrufen.«

»Bis jetzt war noch keine Zeit dafür.«

»Aber hier geht es um Zeit, verstehen Sie. Nicht um Tage, nicht um Stunden, nicht um Minuten, sondern Sekunden, denn das Leben eines Kindes steht auf dem Spiel. Warum, verdammt noch mal, halten Sie es nicht für nötig, mich zurückzurufen? Sie arbeiten doch seit vielen Jahren für die Familie Winkler. Haben Sie kein Interesse, ihnen zu helfen?«

»Im Moment scheinen nur Sie meine Hilfe zu benötigen. Vielleicht sagen Sie einfach, was Sie wollen.«

»Weshalb haben Sie sich noch nicht an uns gewandt wegen des Testamentes von Frau Winkler?«

»Es ist zwei Tage her, seit Frau Winkler verstorben ist. Ich wurde erst gestern über den Todesfall informiert.«

»Lesen Sie keine Zeitung?«

»Die Dinge gehen ihren Gang.«

»Ja, unter normalen Umständen, aber die haben wir hier nicht.«

»Das Testament liegt hier. Die Eröffnung kann erst nach der Bestattung erfolgen.«

»Das ist zu spät!«

»Warum sollte Ihnen das Testament bei den Ermittlungen weiterhelfen?«

»Weil ich es sage.«

»Die Staatsanwaltschaft hat noch nie unter mangelndem Selbstbewusstsein gelitten.« Das Lachen am anderen Ende verriet Arroganz.

»Wir haben außerdem Kenntnis davon, dass Frau Winkler weitere Unterlagen bei Ihnen hinterlegt hat.«

»Sie meinen Firmenverträge? Verkaufsurkunden? Das ist richtig.«

»Nein, ich meine persönliche Unterlagen. Briefe oder Ähnliches.«

»Darüber kann ich Ihnen keine Auskunft geben.«

»Natürlich können Sie das. Sagen Sie einfach, ob es stimmt.«

Das Schweigen am anderen Ende sprach Bände. Er versuchte, Zeit zu gewinnen. Er war jemand, der Strategien verfolgte, klug taktierte und seine Entscheidungen nicht dem Zufall überließ.

»Ich muss mich in dieser Sache auf mein Zeugnisverweigerungsrecht berufen«, meinte er schließlich.

»Auch wenn Ihre Mandantin tot ist?«

»Das ändert nichts, nur Henriette Winkler könnte mich davon befreien, und sie ist verstorben, wie Sie wissen.«

»Was ist mit den Erben?«

»Die haben nichts damit zu tun. Hier zählt der letzte Wille der Verstorbenen. Wie gesagt, ich berufe mich auf mein Zeugnisverweigerungsrecht.«

»Ist Ihnen nicht klar«, rief Myriam entsetzt, »dass ein Kind entführt wurde?«

»Es gibt nichts, was sich dadurch ändert.«

»Ich kann jederzeit einen Durchsuchungsbeschluss für Ihre Kanzlei ausstellen lassen.«

»Gegen mich läuft kein Ermittlungsverfahren, auch nicht gegen irgendeinen meiner Klienten. Ich werde eine Untersuchung nicht dulden, geschweige denn die Unterlagen herausgeben. Laut § 18 BNotO bin ich zur Verschwiegenheit verpflichtet. Ein Verstoß gegen diese Berufspflicht kann strafrechtlich geahndet werden, ganz abgesehen von disziplinarrechtlichen und haftungsrechtlichen Folgen. Sie sehen, ich bin in einem Dilemma. Helfen Sie mir heraus, indem Sie mich in Ruhe lassen.«

»Ich werde per Gerichtsbeschluss dafür sorgen, dass Sie von Ihrer Verschwiegenheitspflicht befreit werden. Das geht schneller, als Sie glauben.«

Er lachte. »Das wird Ihnen nicht gelingen. Ich kann nicht einfach jedem mitteilen, was mir in meiner Eigenschaft als Notar anvertraut worden ist.«

»Sie verweigern die Herausgabe wichtiger Beweismittel.«

»Ihr Verdacht stützt sich auf Vermutungen, sonst nichts. Sie wissen noch nicht einmal, ob ich tatsächlich diese Unterlagen besitze, von denen Sie sprechen. Wie wollen Sie also begründen, dass die Durchsuchung zur Ergreifung des Beschuldigten führt und damit zu dem entführten Jungen? Sie werden weder den Entführer noch das Kind in meinen Räumen finden. Wenn Sie eine Beschlagnahmung in Betracht ziehen, dann müssen Sie mich persönlich verdächtigen.«

»Sie behindern unsere Ermittlungen. Das kann Sie den Kopf kosten. Dafür werde ich sorgen.«

»Ich fürchte eher, dass Sie in Schwierigkeiten kommen. Durchsuchungen in einer Notariatskanzlei dürfen nur durch Richter angeordnet werden.«

»Bei Gefahr in Verzug auch durch die Staatsanwaltschaft.«

»Tun Sie, was Sie nicht lassen können. Ich habe gehört, Sie haben eine große Karriere vor sich. Möchten Sie diese wirklich gefährden?«

Sobald Myriam das trockene Reisbällchen in den Mund steckte, begann es im Büro nach Fisch zu riechen. Sie versuchte zu ignorieren, dass der Fisch roh war, und vermied, darauf herumzukauen. Ihr wurde schlecht.

Und Hillmer? Er zitierte sie *augenblicklich* zu sich. Wie eine verdammte Schülerin. Was wollte er mit ihr machen? Sie in den Karzer stecken? Nein, sie machte sich nicht abhängig von seiner Beurteilung. Der Erfolg würde ihr Recht geben, auch wenn es den Beamtenstatus kosten sollte.

Hillmer saß an seinem Schreibtisch, die Hand neben dem Telefon, als habe er den Hörer soeben erst abgelegt. Der Raum war überheizt. Die verbrauchte Luft staute sich unter der Zimmerdecke. Sie musste sich beherrschen, nicht das Fenster aufzureißen.

»Ich hatte soeben ein höchst unerfreuliches Telefonat mit der Kanzlei Conradi, höchst unerfreulich.«

Er bot ihr tatsächlich keinen Platz an, was Myriam nicht daran hinderte, auf dem Besuchersessel Platz zu nehmen.

»Ich möchte, dass Sie Dr. Conradi nicht weiter belästigen.«

»Spielen Sie zusammen Golf?« Sie schlug ihre Beine betont lässig übereinander. Der Rock rutschte nach oben und zeigte die Krokodillederstiefel.

Sein blasses Gesicht hatte einen rosa Schimmer. Bei einem Lügendetektor hätte er keine Chance. »Das tut nichts zur Sache. Das ist eine dienstliche Anweisung. Und merken Sie sich: Hier, in dieser Abteilung, entscheide noch immer ich. Und ich werde es nicht zulassen, dass Sie Conradi weiter belästigen.«

»*Ich* werde einen richterlichen Beschluss beantragen, da Conradi die Ermittlungen behindert. Er bewahrt Unterlagen auf, die eine Straftat betreffen.«

»Was soll das sein?«

»Briefe.«

»Briefe?«

»Laut der Haushälterin, Frau Hirschbach, hat Henriette Winkler im letzten Jahr immer wieder Briefe erhalten. Aus dem Ausland. Frau Hirschbach hat ausgesagt, dass sie mehrfach persönlich Unterlagen in die Kanzlei gebracht hat. Versiegelte Briefe, die vermutlich Drohungen enthalten.«

»Drohungen?«

»Mein Gott, verstehen Sie nicht? Der Täter will sich nicht bereichern. Irgendetwas ist im Krieg vorgefallen. Jemand will sich rächen, und ...« Myriam konnte sich nicht zurückhalten. »In Ihrem Alter wissen Sie besser als ich, was eine NS-Vergangenheit für ein Unternehmen wie das der Familie Winkler bedeutet. Ganz abgesehen von dem Schaden für uns, die Justiz. Ganz automatisch, denn wenn es um die deutsche Vergangenheit geht, kann man nur Fehler machen. Wie schnell wird die Presse schreiben, dass wir wichtige Dokumente nicht berücksichtigt haben, dass wir Verbrechen decken, dass wir die Täter laufen lassen, dass wir uns nicht ernsthaft bemühen, der Sache nachzugehen. Der Täter ist schlau. Er hat die Presse auf uns angesetzt, auf die Kriminalpolizei. Auf mich, auf Sie, auf uns alle.«

Hillmer stand auf und ging zum Fenster. Er machte wieder auf Denker, dabei ging ihm der Arsch auf Grundeis. Er schob Überstunden vor Angst. Nach einigen Minuten drehte er sich zu ihr um.

»Ich kann Sie nicht daran hindern, einen richterlichen Beschluss zu erwirken«, meinte er. »Aber Sie tragen die alleinige Verantwortung.«

Sie hatte das Spiel »Schwarzer Peter« noch nie gemocht. Auf unerklärliche Weise bekam sie immer den Kater.

»Überlässt Conradi uns die Unterlagen nicht, sorge ich für eine formelle Beschlagnahmung.«

Hillmer zuckte zusammen. Offenbar hatte er Angst, wie sich das auf die nächste Golfpartie auswirken würde.

Myriam atmete erleichtert auf, als der Polizeiwagen vor der Kanzlei hielt und Liebler mit zwei Hilfsbeamten ausstieg. Nachdem der Hauptkommissar sich fünfzehn Minuten verspätet hatte, hatte sie Zeit genug gehabt, ihre Entscheidung zu bereuen. Moralisch war sie im Recht. Darauf würde sie ihren gesamten Schuhbestand wetten. Dennoch. Es hatte sie zwei Stunden gekostet, Richter Salm zu einem Durchsuchungsbeschluss zu überreden. Er verlasse sich darauf, dass sie das Gesetz kannte. Dass sie ihre Kompetenzen nicht überschritt. Sie hatte die ganze Zeit nur gedacht, was sein Vater wohl im Krieg gemacht hatte. Der Gedanke ließ sie nicht mehr los. Der Entführer hatte ein Trojanisches Pferd in ihre Welt gebracht. Einen Virus eingeschleppt, der sich in der Psyche festsetzte wie auf der Festplatte.

»Alles okay?«, fragte Liebler mit aufmunterndem Lächeln. Er hatte keine Fragen gestellt, als sie ihm die Lage erklärte.

Sie nickte.

»Dann los!«

Die Kanzlei im vierten Stock wurde von einem Bataillon Neonlämpchen erhellt. Die ältere Frau am Empfang verschwand sofort, als Myriam ihren Namen nannte.

Nur wenige Minuten später stand Dr. Conradi vor ihnen. Sein gepflegtes Äußeres konnte nicht darüber hinwegtäuschen, dass er an die sechzig war. Mit Sicherheit betrieb er weitere Sportarten außer Golf, anders war der gewollt athletische Gang nicht zu erklären. Naturgegeben war der nicht. Auch nicht die Bräune des Gesichtes. Er trug einen grauen Anzug mit Nadelstreifen, darunter ein blassrosa Hemd und eine gleichfarbige Seidenkrawatte mit Goldnadel. Kurz, er passte farblich genau zu dem Arrangement aus Rosen, hinter dem sich die Empfangsdame jetzt verbarg und so tat, als ob sie blind und taub wäre.

»Ja, bitte, was kann ich für Sie tun?«

»Myriam Singer. Ich habe einen Durchsuchungsbeschluss in der Tasche«, begann Myriam, doch bevor sie ihn überreichen konnte, unterbrach sie Liebler plötzlich: »Lassen Sie uns reden.«

»Ich kann nicht mit Ihnen reden«, meinte Conradi, »wenn ich Polizeibeamte im Rücken spüre.«

Liebler nickte den beiden Beamten zu, die sofort den Flur verließen. »Gehen wir anders an die Dinge heran«, wandte er sich wieder Conradi zu. »Wir vertreten doch beide die Interessen der Familie Winkler. Selbst wenn Frau Winkler Sie zum Stillschweigen verpflichtet hat, wird sie nicht gewollt haben, dass Sie uns Informationen vorenthalten und ihr Urenkel deshalb nicht gefunden wird.«

Conradi hob die Hände. »Aber ich kann Ihnen keinen Einblick in die Unterlagen gewähren«, erwiderte er, »selbst wenn ich es wollte. Unsere Kanzlei vertritt die Winklers seit über sechzig Jahren. Da hat sich ein Vertrauensverhältnis entwickelt, das ich nicht einfach aufs Spiel setzen kann. Ich bin meinem Gewissen verpflichtet.«

»Meinen Sie, ich nicht? Und ich möchte nicht das Leben eines siebenjährigen Kindes auf dem Gewissen haben.«

Was wurde das hier? Eine Männerfreundschaft? Myriams Finger umschlossen fest den Durchsuchungsbeschluss.

»Geben Sie uns wenigstens einen Hinweis darauf, um welche Art von Unterlagen es sich handelt. Wir wollen doch zusammenarbeiten, oder? Wir sitzen in einem Boot.«

O Gott, Liebler schleimte.

Nach kurzem Zögern lenkte der Notar ein. »Gehen wir in mein Büro.«

Der Raum wurde von einem Kronleuchter erhellt. Conradi setzte sich an seinen Schreibtisch aus dunkel glänzendem Holz. Dasselbe Holz wie die Regale im Hintergrund, in denen aufgereiht die deutschen Gesetzbücher standen. Gediegenheit, Verlässlichkeit, Solidität. Deutsche Kardinaltugenden wurden hier gezeigt, das sollte Vertrauen schaffen. Bei Myriam dagegen bewirkten sie das Gefühl, in allen Bereichen der Justiz müsste einmal wieder gründlich aufgeräumt werden.

»Ich werde Ihnen meinen Wunsch nach Kooperation beweisen, indem ich Ihnen etwas zeige.« Conradi griff nach dem Telefon. »Wir brauchen eine Akteneinsicht in die Privatunterlagen von Henriette Winkler. Im Tresorraum.«

Schweigend warteten sie. Liebler schritt das Bücherregal ab, Conradi starrte zum Fenster hinaus, Myriams Finger verkrampften sich. Sie konnte nicht glauben, dass der Notar einfach so Lieblers Schmeicheleien erlag.

Nach wenigen Minuten erschien die Sekretärin, eine Kassette in den Händen, wie sie Sicherheitsdienste für ihre Geldtransporte verwendeten. Sie trug sie vor sich her wie eine Opfergabe.

»Machen Sie sich nicht allzu große Hoffnungen«, meinte der Notar. Dann öffnete er die Kassette, nahm ein Papier heraus. »Lesen Sie.«

Er gab den Brief Liebler, der ihn Myriam aushändigte.

Nachdem sie ihn gelesen hatte, reichte sie ihn zurück.

»Warum?«, fragte sie an Conradi gewandt, »warum macht jemand so etwas?«

Sie wusste nun, dass Liebler Recht hatte, sie davon abzuhalten, die Papiere zu beschlagnahmen. Sie waren nicht nur verschweißt. Durch die Folie war außerdem ein rotes Wachssiegel zu erkennen.

»Die Angst davor, was nach dem Tod kommt, treibt seltsame Blüten«, erklärte der Notar.

»So einfach ist das nicht«, sagte Myriam. »Henriette Winkler schreibt in diesem Brief, dass Sie Ihnen ihre persönlichen Papiere anvertraut. Sie wünscht, dass diese Papiere von Ihnen persönlich versiegelt und verschweißt werden. Sie sollen dafür sorgen, dass sie in ihrem Sarg zusammen mit ihr bestattet werden. Warum das alles? Ich verstehe es nicht. Warum hat sie die Unterlagen nicht vernichtet? Was hat sie davon, wenn sie in ihrem Sarg liegen?«

Conradi zuckte die Achseln. »Keine Ahnung.«

»Haben Sie nie gefragt?«

»Es gehört wirklich nicht zu meinen Aufgaben, Fragen zu stellen. Sie verstehen jetzt sicher, dass ich mich in diesem Fall ausdrücklich an meine Verschwiegenheitspflicht gebunden fühle.«

»Ich weiß nicht«, sagte Myriam, »ob man einer Toten gegenüber noch verpflichtet ist. Wir arbeiten für die Lebenden, nicht für die Toten.«

»Wirklich? Was ist mit einem Mordopfer? Es ist tot. Nutzt ihm noch die Verurteilung des Täters?«

»Das ist nicht zu vergleichen.«

»Nur vom juristischen Standpunkt aus nicht.«

»Vielleicht könnten uns die Papiere weiterhelfen? Henriette Winkler hatte etwas zu verstecken, etwas zu verbergen. Warum sonst sollte sie diese Unterlagen mit ins Grab nehmen? Ich muss Ihre Entscheidung, die Papiere nicht herauszugeben, juristisch akzeptieren, auch wenn ich es nicht verstehe. Doch warum bestehen Sie darauf? Sie kann sie schließlich nicht mehr verklagen. Sie ist schlicht und einfach tot.«

»Das Vertrauen meiner Klienten ist meine Berufsgrundlage.«

»Ja, ja«, sagte Liebler. »Führen Sie diese Gespräche in Ihren juristischen Zirkeln. Wir haben andere Probleme. Wann hat Frau Winkler Ihnen die Papiere übergeben? Können Sie sich an ein Datum erinnern?«

»Jeder Eingang von Unterlagen wird natürlich vermerkt. Eine Kopie bleibt bei den Papieren, eine im Archiv bei den Mandantendaten.« Er holte aus der Kiste ein Blatt. »Das erste Mal wurde etwas vor einem halben Jahr vorbeigebracht, genauer gesagt am 16. Juni.«

»Von wem?«

»Unterschrieben hat Frau Hirschbach.«

Er legte das Blatt in die Kiste zurück. »Aber mehr kann ich Ihnen nicht mehr sagen. Ich habe meine Verschwiegenheitspflicht schon bis an die Grenze belastet.«

»Nur noch eine Sache.« Liebler ließ nicht locker. »Hat Frau Winkler irgendwann einmal irgendetwas gesagt, was Ihnen seltsam vorkam? Ihnen einen Auftrag erteilt, der nicht unter die Verschwiegenheitspflicht fällt?«

Conradi zögerte.

Er wusste etwas.

Die Beamten standen noch unten. Myriams Hand griff nach dem Durchsuchungsbeschluss in ihrer Tasche.

Doch Conradi lenkte ein. »Ja, da war noch etwas. Vor zwei Wochen rief sie an und fragte, ob ich ihr einen Auszug aus einem Geburtenregister besorgen könnte.«

»Ein Geburtenregister?«, fragte Myriam verwirrt. »Warum?«

»Ich sollte nach einem Namen suchen.«

»Welchem Name?«

»Sophia Fuchs.«

»Sophia Fuchs?«

»Ja.«

»Haben Sie etwas gefunden?«, mischte sich Liebler ein.

»Nein.«

»Warum nicht?«

»Das Register existiert nicht mehr. Es ging im Krieg oder danach verloren.« Conradi schaute auf die Uhr.

»Woher wissen Sie das?«, wollte Myriam wissen.

»Ich bin Notar. Ich weiß, wo ich suchen muss.«

»Auf dem Standesamt?«

»Nein, im Institut für Stadtgeschichte.«

»Seit wann wird ein Geburtenregister im Museum aufbewahrt?«, wunderte sich Liebler. »Ist das nicht eine Sache für das Standesamt?«

»In diesem Fall gehörte es zu einem Krankenhaus.«

»Welchem Krankenhaus?«

»Eigentlich nur einer Krankenstation. Sie gehörte zum Lager in Kelsterbach.«

»Welches Lager?« Myriam hatte das Gefühl, dass die Sache immer seltsamer wurde.

»Das Lager für Zwangsarbeiter.«

»Zwangsarbeiter?«

»Ja.« Erneut schaute Conradi auf seine Uhr. »Mehr kann ich Ihnen nicht sagen. Ich muss gehen. Mein nächster Termin wartet.«

Er nickte Liebler zu und ignorierte Myriam, die ihm schon fast hatte danken wollen, dass er sich am Ende dennoch kooperativ gezeigt hatte. Sie folgte Liebler zur Tür, der sich plötzlich umdrehte und quer über den Flur rief: »Wissen Sie noch das Datum? Das Geburtsdatum des Kindes?«

19

Es war bereits später Nachmittag, als Henri Liebler den Wagen in der Münzgasse direkt vor dem Institut für Stadtgeschichte parkte. Während sie zusammen die Treppe hocheilten, stellte Myriam fest, dass die Wut auf Conradi noch immer in ihr brannte.

»Ich bin sicher«, sagte sie, »dass die Unterlagen, die Henriette Winkler beim Notar hinterlegt hat, uns weiterhelfen würden. Und dieser Idiot beruft sich auf sein Zeugnisverweigerungsrecht.«

»Gesetz ist Gesetz«, antwortete Liebler und zog mit aller Kraft das schwere Portal auf.

Dr. Westhof, ein nervöser Mann um die vierzig, der ständig seine Taschen abklopfte, als ob er etwas verloren hätte, kam ihnen bereits im Foyer entgegen. »Gehen wir in mein Büro. Ich habe schon alles vorbereitet.«

Sie folgten ihm die Treppen hoch. Auf dem Computerbildschirm im Büro wurde bereits ein Stadtplan angezeigt.

»Das hier ist der Stadtplan aus dem Jahr 1943«, erklärte Westhof. »Die Kästchen kennzeichnen die Lager, die es in der Stadt gab. Blau sind alle Sammellager, in denen Zwangsarbeiter verschiedener Nationen und Unternehmen zusammengefasst wurden, gelb steht für eigene Firmenlager, grün sind alle sonstigen Lager, zum Beispiel für Kriegsgefangene.«

»Die waren ja überall.« Myriam konnte es nicht glauben.

Die Karte war voller Punkte. Überall leuchtete es blau, gelb und grün. Sie überzogen das gesamte Stadtgebiet schlimmer als jetzt die Mc-Donald's-Filialen.

Dr. Westhof nickte. »Und das hier ist lediglich eine Auswahl. Die eigentliche Liste umfasst mehrere hundert Einträge.«

»Mehrere hundert? Sie meinen, es gab mehrere hundert Lager mitten in der Stadt? Mitten in Frankfurt?«

»Ja, natürlich, wussten Sie das nicht? Klicken Sie einen der Punkte an, dann sehen Sie die Adresse.«

Myriam fuhr mit der Maus über den Stadtplan. Altbekannte Adressen erschienen mit dem Namen des entsprechenden Lagers: Eschersheimer Landstraße 20, Rathenauplatz 3, das Lager der Stadt Frankfurt, das Lager der Reichsbahn. Alle Plätze, Straßen, Ämter, Firmen waren ihr bekannt, sie war mit ihren Namen aufgewachsen.

»Was ist mit der Firma Winklerbau? Haben die Zwangsarbeiter beschäftigt?« Liebler saß konzentriert vor dem Bildschirm und wunderte sich wie immer über nichts.

»Das können wir nachprüfen.«

Eine Suchmaske erschien. Dr. Westhof trug den Namen *Winkler* ein.

Keine Einträge.

»Fehlanzeige.«

»Dann können wir davon ausgehen, dass sie keine Zwangsarbeiter beschäftigt haben.« Myriam war erleichtert.

»Das ist nicht gesagt. Wenn es keine Unterlagen gibt, können Sie es vielleicht nicht beweisen. Aber viele Firmen haben bei Kriegsende die Unterlagen verschwinden lassen. Das war vor allem dann möglich, wenn keine eigenen Lager unterhalten wurden, weil das Unternehmen nur wenige Fremdarbeiter beschäftigte.«

»Aber die Winklerbau war zu Kriegszeiten ein florierendes Unternehmen. Mit Aufträgen in ganz Deutschland.«

»Vielleicht haben sie mit anderen Firmen zusammengearbeitet und sich dort Arbeiter geliehen. Die waren dann natürlich woanders registriert.«

»Gab es ein Lager im Gallusviertel?«

»Nicht nur eines.« Westhof wählte das Viertel aus. Die Anzeige erschien sofort.

»Das bekannteste und größte war das Lager der Adlerwerke in der Kleyerstraße 17.«

»Kleyerstraße«, murmelte Liebler. »Dort hat auch die Winklerbau ihr Bürogebäude. Können Sie herausfinden, ob die Winklerbau polnische Zwangsarbeiter beschäftigte?«

»Nicht, wenn es keine Unterlagen darüber gibt. Aber das heißt nicht, dass es nicht der Fall war. Sie müssen sich vorstellen, dass während des Krieges etwa fünfundzwanzigtausend Fremd- und Zwangsarbeiter sowie Kriegsgefangene in Frankfurt zur Arbeit eingesetzt waren. Das ist die offizielle Zahl. Die tatsächliche Zahl der eingesetzten Ausländer lag mit Sicherheit viel höher.«

»Waren darunter auch Arbeiter aus Polen?«

»Aus Polen?« Westhof lachte kurz auf. »Was meinen Sie denn? Jeden Tag wurden in den Jahren zwischen 1941 und 1943 siebentausend Menschen allein aus dem Generalgouvernement verschleppt.«

»Die waren doch sicher irgendwo registriert?«

»Ein Teil der Meldeunterlagen wurde im Bombenkrieg

unwiederbringlich vernichtet oder ging verloren. Dazu kommen die vielen Hausangestellten, die privat untergebracht und oft nicht gemeldet waren. Die Gestapo hat das toleriert, weil der Bedarf an Arbeitskräften groß war, aber die Möglichkeiten für die Unterbringung begrenzt. Die Tabelle zeigt alle Betriebe, in denen nachweisbar Fremd- und Zwangsarbeiter eingesetzt und untergebracht waren. Aber vollständig ist die Liste nicht.«

»Was passierte, wenn eine der Arbeiterinnen schwanger wurde?«, fragte Myriam. »Wir suchen nach einer Frau, die am 23. Februar 1945 ein Kind geboren hat.«

»Ein schwieriges Thema, das erst in den letzten Jahren aufgearbeitet wird.«

»Wo kamen diese Frauen hin?«

»Vielleicht in das Lager der Adlerwerke in der Froschhäuserstraße oder in das Städtische Krankenhaus. Aber am wahrscheinlichsten war Kelsterbach.« Myriam warf Liebler einen Blick zu, während Westhof mit seinen Erläuterungen fortfuhr: »Das war ein Durchgangslager des Gauarbeitsamtes, zu dem auch ein so genanntes Hilfskrankenhaus gehörte. Dort wurden Entbindungen vorgenommen.«

»Was ist mit den Kindern passiert?«

»Sie starben im Lager oder wurden weggebracht.« Westhof strich sich die Haare aus dem Gesicht.

»Weggebracht?«

»In andere Lager oder Kinderheime. Wenn sie blaue Augen, blondes Haar hatten, vielleicht sogar in eines der Lebensbornheime. Dann hatten sie Glück.«

»Was, wenn ich jetzt eine dieser Frauen finden will? Wenn eines dieser Kinder nach seiner Mutter sucht?«

»Dann können Sie nur die Melderegister durchschauen, ob sie registriert war.«

»Wenn nicht?«

»Dann versuchen Sie es im Herkunftsland oder in den Registern des Roten Kreuzes. Es kann allerdings sein, dass Sie die Nadel im Heuhaufen suchen. Wenden Sie sich lieber an das Herkunftsland.«

»Und wenn dort die betreffende Frau nicht gefunden wird?«

»Dann schreiben Sie eine Suchmeldung, die Sie an alle Archive schicken, die Unterlagen aufbewahren.«

»Wir haben keine Zeit.«

»Geschichte dauert«, antwortete Westhof. »Es sind sechzig Jahre vergangen.«

»Könnten Sie uns helfen?«, fragte Liebler.

»Was soll ich tun?«

»Ich schicke Ihnen zwei Beamte, die alle Melderegister und Unterlagen, die Sie zu den Lagern haben, prüfen sollen.«

»Wie heißt die Frau?«

»Sophia Fuchs.«

Westhof überlegte kurz. »Den Name habe ich erst vor kurzem gehört. Jemand hat danach gefragt.«

»Dr. Conradi?«, fragte Myriam.

Westhof nickte. »Ja, ich glaube, so hieß er. Ein Notar, soweit ich weiß.«

»Könnten Sie uns auch alle Informationen über die Firma Winkler geben, die Sie hier im Institut haben?« Liebler beugte sich nach vorne. »Insbesondere Material über die Projekte, die sie in der Zeit zwischen 1933 und 1945 ausführte. Im In- und Ausland. Insbesondere interessiert uns Polen und Krakau.«

Westhof bejahte. »Wir werden unser Bestes tun.«

Liebler schüttelte langsam den Kopf. »Das Beste ist nicht genug. Denken Sie wie wir ständig daran: Es geht um das Leben eines Kindes.«

»Du musst sie beschlagnahmen.« Denise lief im Wohnzimmer ihres Hauses hin und her. Obwohl der Raum großzügig geschnitten war und kaum Möbel hatte, machte sie den Eindruck einer Gefangenen, als stieße sie überall an Grenzen. Offenbar hatte sie auch diese Nacht in dem schwarzen Trainingsanzug verbracht. Ihre Haare waren verfilzt. Die dunkeln Ränder unter den Augen verrieten, dass sie kaum geschlafen hatte. Ihr Vater dagegen saß regungslos auf dem Sofa. Er hatte noch kein einziges Wort gesagt.

»Genauso gut könnte ich eine Razzia im Beichtstuhl veranstalten«, erklärte Myriam, obwohl sie Denise innerlich recht gab.

»Das kann nicht sein«, schrie Denise. »Das darf nicht sein.«

»Denise.« Carl Winkler stand auf und ging auf seine Tochter zu. Die Hand, die er auf ihre Schulter legte, wischte sie weg. »Rühr mich nicht an!«, sagte sie. »Rühr mich nicht an! Sie ist schuld. Deine Mutter. Die du, ach Gott, so verehrt hast. Ihre Tüchtigkeit, ihren Erfolg, ihre Disziplin. Sie ist schuld, dass meine Mutter so früh gestorben ist. Sie allein. Sie hat sie zermürbt.«

»Das ist nicht wahr.«

»Sie war kalt, ehrgeizig, borniert. Und, wie sich jetzt herausstellt, einfach verlogen. All dieses Gerede um Ehre, um Anstand, um Fleiß, um ihre Verdienste.«

»Es gab Zeiten, da hast du sie bewundert«, sagte ihr Vater.

»Jetzt könnte ich kotzen. Schon lange könnte ich das. Seit Frederiks Geburt. Es war wie ein Umkrempeln. Seitdem sehe ich die Dinge klar. Sie war so verdammt streng zu Frederik. Ich habe das gehasst, wie er steif bei Tisch sitzen musste, zum Beispiel. Kein Wort durfte er sagen.«

»Was ist daran so schlimm?«, fragte Carl Winkler müde.

»Dass er es gemacht hat«, erwiderte Denise. »Es einfach gemacht hat, ohne zu widersprechen. Wie ich. Wie du. Wie wir alle. Das war schlimm.« Sie schwiegen.

Liebler saß scheinbar teilnahmslos da, doch Myriam wusste inzwischen, dass er hochkonzentriert war. Immer wieder griff seine Hand in die Tasche, in der die Zigaretten waren, dann entschied er sich anders.

»Was jetzt passiert«, fuhr Denise fort, »gibt mir recht. Ich wusste immer, dass etwas nicht stimmt. Was da jetzt hochkommt, das ist der Sumpf meiner Familie. Die Leichen im Keller. Ich dachte immer, dass es emotionale Leichen seien, nie hätte ich gedacht, dass es sich um Menschen handelte, die meine Familie auf dem Gewissen hat.«

»Noch wissen wir das nicht. Wir haben nur den Hinweis darauf, dass es sich um Zwangsarbeit handelt. Vermutlich ist es nur ein Mitarbeiter, der sich rächen will, weil Oliver ihn entlassen hat.«

Denise hörte nicht, was Myriam sagte, sie sprach einfach weiter. »Doch es hat ein Gutes. Ich fühle mich fast erleichtert. Er ist in Polen. Ich spüre es.«

»Er kann sonst wo sein«, versuchte Myriam sie zu überzeugen. »Ein Kind über die Grenze zu schaffen, ist nicht so einfach.«

Denise' Mund verzog sich zu einem bitteren Lächeln. »Das glaubst du ja wohl selbst nicht. Ganze Lastwagen voller Flüchtlinge werden ständig verschoben. Da sieht auch keiner etwas oder will es nicht sehen. Einen kleinen Jungen kann man überall verstecken. Im Kofferraum. Hinter Kisten.«

»Wir haben bereits Kontakt nach Polen aufgenommen. Wir suchen nach dieser Sophia Fuchs«, sagte Liebler ruhig. »Dieser Beamte in Krakau, Matecki, ist wirklich engagiert.«

»Was hat diese Frau mit Frederik zu tun?«, schrie Denise.

Ihr Vater sagte nichts.

»Sag du es mir!«, brüllte sie ihn an. »Warum hat Henriette nach ihr gesucht?«

Er zuckte hilflos mit den Schultern, verbarg kurz das Gesicht in seinen Händen. »Ich weiß nicht, worum es geht.«

»Dein Vater war da gerade erst geboren.« Myriam legte den Arm um Denise' Schultern. »Wenn deine Großmutter nie darüber gesprochen hat, kann er es nicht wissen, es ist über sechzig Jahre her.«

»Was habe ich dann damit zu tun?«

»Wir werden aus Polen sicher bald Informationen bekommen.«

»Wann?«, schrie Denise. »Wann?«

»Beruhige dich. Wenn es nötig ist, schicke ich Leute hin. Du musst jetzt ruhig bleiben. Ich bin sicher, dass Frederik noch lebt. Es geht diesem Entführer nicht darum, Geld zu erpressen. Er will euch emotional unter Druck setzen, euch quälen. Für etwas, das im Krieg geschehen ist. Ihr müsst jetzt zusammenhalten.«

»Was wissen Sie über Zwangsarbeiter?«, wandte sich Henri Liebler an Carl Winkler. »Hat Ihr Vater welche beschäftigt?«

»Darüber wurde nie gesprochen. Die Unterlagen der Firma wurden im Krieg bei den Bombardierungen vernichtet.«

»Wie praktisch«, zischte Denise. »Aber bist du dir da sicher? Vielleicht hat sie deine Mutter eigenhändig vernichtet? Ich kann es mir so richtig vorstellen, wie sie da steht, vor ihrem Safe, und ein Papier nach dem anderen verbrennt.«

Carl Winkler schüttelte den Kopf. »Nein.« Seine Stimme klang angespannt, seine Züge waren so starr, dass Myriam der Verdacht kam, dass er sich nicht wirklich sicher war.

»Hast du nie gefragt, was sie im Krieg gemacht haben?«

Denise ließ nicht locker. »Wusstest du nicht, dass deine Eltern Nazis waren?«

»Nazis«, sagte Carl. »Nazis. Ich glaube nicht, dass sie es waren.«

»Du hast doch gehört, sie waren beide in der Partei. Bereits 1931 sind sie eingetreten.«

»Die Firma.«

»Die Firma? Immer die Firma. Ist sie Gott?«

»Ja«, antwortete Carl. »Ich glaube, das war sie für meine Mutter.«

»Es ist das erste Mal, dass du das zugibst. Aber jetzt ist es zu spät.«

»Warten wir doch die Ergebnisse aus Polen ab.« Liebler versuchte vergeblich, Denise zu beruhigen.

»Ich fahre zu Dr. Conradi«, sagte Denise. »Er muss mir die Papiere geben.«

»Das wird er nicht tun.«

»Ich werde ihn dazu zwingen.«

»Das kannst du nicht.« Myriam sagte Denise all das, was sie selbst nicht hören, nicht glauben, nicht akzeptieren wollte. Dennoch fuhr sie fort: »Wir brauchen dich hier am Telefon.«

»Er ruft nicht an.« Denise erhob sich. Der Jogginganzug hing an ihr herunter. Seit drei Tagen hatte sie die Kleidung nicht gewechselt. »Seit drei Tagen warte ich auf einen Anruf, der nicht kommt.«

»Du brauchst jemanden, der sich um dich kümmert«, sagte Myriam. »Du schaffst das nicht allein.«

»Ich schaffe das nicht? Ich schaffe das nicht? Frederik schafft es vielleicht nicht. Er ist allein. Er braucht mich, er braucht mich doch!« Sie begann zu schluchzen und rutschte an der Wand entlang zu Boden. Ihre Arme hielt sie gegen den Körper gepresst, als versuche sie, das Schluchzen aus ihrem Inneren zu befreien, als sei es ihr nicht anders möglich, ihre Verzweiflung hinauszuschreien. Die Tränen strömten das Gesicht herunter.

Wieder war es Liebler, der augenblicklich vor ihr kniete und ihre Hände in seine nahm.

Was hatte er nur an sich?

Wie machte er das?

Myriam empfand Eifersucht, dass sie wieder nicht fähig war, Denise zu helfen, dass sie wieder nicht die richtigen Worte, nicht einmal die richtigen Gesten fand.

War sie gefühlskalt? Unfähig, einer ihrer ältesten Freundinnen beizustehen?

Denise schluchzte vor sich hin. Schließlich reichte ihr Myriam die eigene kalte Hand.

Liebler erhob sich und nickte ihr zu.

Carl Winkler hatte die ganze Zeit nichts gesagt. Doch es war unverkennbar, dass er kurz davor war, seine Fassung zu verlieren. Myriam fragte sich, wie er bisher alles ertragen hatte. Auch für ihn war es zu viel. Er musste nun auch noch die Vorwürfe seiner Tochter aushalten. Wenn der Täter das Ziel hatte, diese Familie zu zerstören, dann hatte er es bereits geschafft.

Myriam blieb eine Weile in der Mitte von Henriette Winklers Salon stehen und sah sich um. Die Spurensicherung hatte das Unterste nach oben gekehrt. Sie war sicher, dass sie ihre Arbeit gründlich gemacht hatten. Doch sie hatten nach konkreten Spuren gesucht. Sie suchte nach etwas anderem. Sie wusste allerdings nicht genau, wonach, und beschloss dann, dass sie Henriettes Geist in dem Raum spüren wollte. Vielleicht war er noch nicht ins Jenseits abgereist, sondern noch immer hier.

Zwar standen die Schubladen nicht mehr offen, dennoch hatte niemand sich die Mühe gemacht, Schallplatten und Bücher, die der Täter aus den Regalen herausgerissen hatte, wieder einzusortieren.

Unwillkürlich setzte sie sich auf den Boden neben den Stapel Schallplatten und nahm eine nach der anderen in die Hand.

Wagner, Tannhäuser, aufgenommen 1930 im Festspielhaus Bayreuth.

Artur Rubinstein, Chopin, Balladen 1-4, 1960.

Romane hatte die alte Dame offenbar nicht gelesen. Bücher waren kaum vorhanden.

Sie stand auf und ging hinüber zum Regal. Hier waren lediglich Kunst- und Bildbände zu finden. Keine Landschaften, sondern Städte. Florenz, Rom, Venedig. Ein bisschen Paris. Nichts Amerikanisches. Auch England war nicht vertreten.

Erneut wanderte ihr Blick umher.

Zwei Batterien Römergläser in Blau für Wein und Sekt. Chinesisches Porzellan in einer Nussbaumvitrine.

Ein Sekretär, wie er im 19. Jahrhundert der Dame des Hauses zur Verfügung stand. Da man keine Aktenordner dort aufbewahren, keinen Computer darauf stellen konnte, schien er ihr der geeignete Ort für Erinnerungen.

Ohne lange zu überlegen tastete Myriam die Schubladen, das Holz, die Knöpfe ab wie ein Arzt, der vergeblich nach Veränderungen sucht. Doch nichts bewegte sich. Es gab keine geheimen Fächer. Was nicht hieß, dass es keine Geheimnisse gab.

Sie öffnete die erste Schublade: Ein Füller, ein Kugelschreiber, ein Drehbleistift. Zweite Schublade. Vorräte an Briefpapier.

Sterbebilder – Henriette Winkler hatte viele überlebt.

Eine weitere Schublade mit gedruckten Einladungen, Gästekarten, Programmzetteln der Frankfurter Oper.

Sie zog sie heraus, blätterte sie durch.

Oberbürgermeister Friedrich Krebs bittet zu einem Empfang des Führers und Reichskanzlers im Römer anlässlich des ersten Spatenstiches für den Bauabschnitt der Autobahn Frankfurt – Mannheim am 23. September 1933.

Sie hatte sich nicht getäuscht: Henriette Winklers Geist war noch hier.

Auch wenn die Wände kahl waren, weil die Polizei die Bilder, die der Täter abgehängt hatte, weggebracht hatte. Und wieder fragte sich Myriam, was diese eigentlich mit der ganzen Sache zu tun hatten.

20

Der schwarze Asphalt glitzerte, und der Frost knisterte unter den Ledersohlen der Cowboystiefel, als sie neben Henri Liebler auf die Schlange zuging, die sich in klirrender Kälte vor der Weinstube in Sachsenhausen gebildet hatte.

Die Straße war wieder mit einer dünnen Eisschicht belegt. Den ganzen Tag hatte der Verkehrsfunk vor erneutem Blitzeis gewarnt, ein Wort, das seit Tagen durch die Medien geisterte. Sie würde für den Rückweg die U-Bahn nehmen müssen, doch nichts würde sie jetzt dazu bringen können, alleine zu Hause zu sitzen. Allerdings hatte sie keine Ahnung, weshalb Liebler sich zielsicher Richtung Eingang bewegte, da sie kaum eine Hoffnung hatte, einen Platz in dem Restaurant zu finden. Doch Liebler drängte sich an den Wartenden vorbei. Als ein Mann in Begleitung einer aufgedonnerten Frau, die einem Blondinenwitz entsprungen schien, protestierte, zog er seine Dienstmarke hervor, als handelte es sich hier um eine Szene aus *Stirb langsam* mit Bruce Willis.

Myriam konnte sich dieses Verhalten nicht anders erklären, als dass der Kommissar hier Stammgast war. Jedenfalls verschwand das Schild *Reserviert* auf dem Tisch am Fenster unbemerkt, noch während die Kellnerin ihn mit Küsschen begrüßte.

»Die Weinstube ist ein Geheimtipp«, schrie Liebler und ließ sich auf den Stuhl fallen.

»Bei dem Andrang scheint das Geheimnis inzwischen gelüftet. Es ist nicht meine Art, anderen Leuten den Platz wegzunehmen. Ich hoffe, wir treffen niemanden, der uns kennt. Sie haben soeben Ihre Dienstmarke missbraucht. Ich nenne das Amtsanmaßung.«

»Der Tisch war für mich reserviert. Es ist nicht immer so voll, aber bei dem Wetter sucht jeder nach einem warmen Platz.« Liebler reichte ihr die Karte. »Was möchten Sie?«

»Irgendetwas.«

»Ist Ihnen kalt?«

»Was meinen Sie denn? Dass ich nach diesem Tag unter Hitzewallungen leide?«

»Menschen reagieren unterschiedlich. Wollen Sie meine Jacke?«

Myriam schüttelte energisch den Kopf. Sein Verständnis von Aufsichtspflicht ging ihr auf den Keks. So gewaltig, dass sie bedauerte, nicht laut sagen zu können, dass er ihr gewaltig auf die Nerven ging.

Er begab sich zur Theke.

Eine Gruppe von Männern lachte laut auf. Auch das ging ihr auf die Nerven. Ein ruhiges Restaurant wäre ihr lieber gewesen. Sie wollte reden. Und jetzt war sie hier gelandet, weil sie Liebler die Entscheidung überlassen hatte. Ein Fehler. Sie sollte bei Liebler auf der Hut sein. Seine Haare waren zwar nicht so dicht wie die des Angorakaters, doch ansonsten hatte er mit diesem viel gemeinsam.

Als er wieder an den Tisch zurückkam, trug er ein Tablett in seinen großen Händen. »Ich habe Ihnen einen Grog mitgebracht. Der ist hier eine Spezialität. Bei Ihrem Outfit heute können Sie nur ein argentinisches Westernsteak essen. Ich habe also zwei bestellt. Blutig. Dem Anlass entsprechend.«

Myriam zuckte mit den Schultern. »Bei Ihrem Hobby habe ich mit Fisch gerechnet.«

»Ich esse keine Tiere, die ich persönlich kenne. Trinken Sie, dann wird Ihnen warm.«

Der erste Schluck verbrannte ihr die Zunge. Der Schmerz tat gut. Der Rum brannte in der Kehle. Auch gut.

»Sie sind fertig«, sagte Liebler.

»Ja.«

»Ich muss Ihnen etwas zeigen. Oliver Winkler hat mir diese Liste gegeben. Er hat seine Hausaufgaben gemacht. Mitarbeiter, Baustellen etc. Da stehen mindestens fünfzig Polen darauf, die irgendwann für die Firma gearbeitet haben. Allein zwanzig in Krakau.«

»Ja«, sagte Myriam müde, »es klingt logisch, dass es einer von ihnen war. Geradezu berechenbar logisch. Aber so jemand ist hinter Geld her, will daran verdienen. Was hier abgeht, ist etwas anderes.«

»Rache?«

»Vergeltung«, sagte Myriam.

»Ist das nicht dasselbe?«

»Nein.«

»Lassen wir Gefühl oder Moral einmal außen vor«, meinte

Liebler. »Betrachten wir die Sache nüchtern. Ich habe heute Matecki angerufen.«

»Matecki?«

»Diesen Polizisten aus Krakau.«

»Ach ja.«

»Ich habe ihn nach dem Brand in dem Einkaufszentrum gefragt.«

»Und?«

»Er war froh, dass sich hier bei uns jemand um die Sache kümmert. Er war richtig heiß darauf. Er vermutet nämlich einen Versicherungsbetrug durch Oliver Winkler. Er hat versprochen, die Leute von der Liste zu überprüfen. Es wird allerdings schwierig, meinte er, weil die Männer mit Sicherheit zum Großteil irgendwo in Deutschland, in Belgien oder sonst wo arbeiten. Legal oder illegal.«

»Wir müssen der Spur mit der Zwangsarbeiterin nachgehen. Auch wenn diese sechzig Jahre zurückführt. Das Foto mit Hans Frank zeigt, dass die Gründe für den Mord und die Entführung in der Vergangenheit liegen. In einem anderen Jahrhundert, verstehen Sie?« Die letzten Worte schrie sie. Die Männer am Nebentisch blickten neugierig zu ihr herüber. Was denn – vermuteten sie ein Familiendrama? Eine Beziehungskrise? Konnten diese Typen sich nicht vorstellen, dass es Wichtigeres gab? Dass die Probleme, die sie vermutlich für den Supergau in ihrem Leben hielten, nicht bedeutender waren, als wenn man sich in den Finger schnitt. Eine Schnittwunde im Leben, mehr nicht. Es gab Ereignisse, die einen ins Bodenlose stürzten, die die Apokalypse bedeuteten, die der Zusammenbruch all dessen waren, was bisher als Realität gegolten hatte.

»Wissen Sie, dass Oliver Winkler ausgezogen ist?« Henri Liebler nahm ein Schluck von seinem Grog.

»Was?«

»Er hat heute Morgen das Haus mit zwei Koffern verlassen, um in ein Hotel zu ziehen.«

Das Bild vom vergangenen Abend tauchte wieder auf. Die beiden verschlungenen Körper. Denise' Blick und wie sie die Firma verlassen hatte. Aufrecht und wortlos. Sie hatte sogar daran gedacht, die Alarmanlage wieder anzuschalten.

»Das geht nur die beiden etwas an«, sagte Myriam.

»Halt, halt«, bemerkte Liebler, »alles geht uns etwas an. Was ist passiert?«

Sie erzählte ihm, was sie in dem Büro gesehen hatte.

Jetzt war es Liebler, der sich aufregte. »Was ist das für ein Typ? Seine Frau sitzt allein zu Hause, verzweifelt, und er vögelt seine Sekretärin. Mitten im Chaos vögelt er seine Angestellte. Gibt es dagegen keine Gesetze?«

Genau dasselbe hatte Denise auch gefragt.

»Ich werde ihn genau unter die Lupe nehmen«, sagte Liebler und holte die Zigaretten heraus. »Vielleicht kann ich ihn wenigstens wegen Versicherungsbetruges belangen. Würde mir Freude machen.« Der Schluck aus dem Glas war lang und anhaltend.

»Verschwenden Sie nicht Ihre Zeit. Wir haben andere Prioritäten.«

»Dafür habe ich Zeit«, sagte Liebler. Rauch stieg auf. Er war auf dem Kriegspfad. »Und wenn ich es in meiner Freizeit mache.«

»In welcher Freizeit?«

»Scheiß auf diese Typen. Sie kotzen mich alle an.«

Diesmal starrten die Männer ihn an.

»Reden wir über die Vergangenheit«, holte Myriam ihn zurück.

Liebler hielt plötzlich inne. Seine Hand griff zum Glas.

Sie zitterte. Er trank es leer. Dann zündete er sich eine Zigarette an. Nahm einen langen Zug.

»Nein«, antwortete er schließlich entschieden. »Ich habe es satt, ewig um den heißen Brei herumzureden. Reden wir über die Zukunft.«

»Zukunft?«, fragte Myriam verwirrt. »Was zum Teufel meinen Sie damit? Welche Zukunft?«

Die Kunstpause war perfekt und mit dem langen Blick eines Katers verbunden, der eine bestimmte Absicht verfolgte.

»Unsere«, sagte Liebler bestimmt und stellte das Glas ab.

Es dauerte einige Sekunden, bis Myriam wieder reagieren konnte. Was war ihr Leben im Moment? Ein Spielball der Götter? Die warfen sie achtlos nach oben oder ließen sie tief fallen, ganz wie es ihnen passte.

»Sind Sie verrückt geworden?«

»Gehört das nicht dazu, wenn man liebt?«

»Hier«, stellte Myriam fest, »liebt niemand jemanden.«

»Das ist etwas, das Sie ausnahmsweise nicht bestimmen können.«

»Ich will davon nichts wissen. Nicht im Moment, nicht jetzt, nie.«

»Gerade deshalb sage ich es. Weil ich sonst nur die Möglichkeit habe zu kotzen. Verstehen Sie nicht? Ich habe den Job satt. Ich habe es satt, immer nur das Schlimmste zu sehen, zu ertragen, zu begreifen, zu akzeptieren. Aber was ist mit all dem anderen?«

»Womit?«

»Mit dem, warum wir überhaupt leben.«

»Verschonen Sie mich mit Ihrer Philosophie. Dafür habe ich die Nerven nicht.«

»Ja, Sie haben Recht. Aber Sie mögen es doch, wenn man philosophisch wird, oder? Was ich eigentlich meine«, er beugte sich ganz nahe zu ihr hinüber, »ist, dass ich seit drei Tagen den Wunsch habe, dich nicht nur zu küssen, verstehen Sie?«

In diesem Moment wusste Myriam genau, dass er nicht aufgeben würde. Er meinte es ernst. Er hatte noch nicht genug Alkohol getrunken, um es nicht ernst zu meinen. Seine Hände griffen zu verzweifelt in seine blonden Haare, seine Augen waren zu klar und seine Hand, die abrupt aus dem Hinterhalt ihre ergriff, zu warm.

»Ich weiß«, fuhr er fort. »Du hältst mich für einen fett gefressenen emotional leer stehenden Restposten …«

»Was soll das denn sein? Ein emotional leer stehender Restposten?«

Myriams Widerstand war gebrochen. Angesichts dieser seltsamen Liebeserklärung war ihr plötzlich zum Lachen. Der Grog heizte sie auf wie ein Tauchsieder. Der Geräuschpegel um sie herum verschmolz zu einem Dröhnen. Nein, es war ihr Inneres, das Alarm schlug. Er hatte die Angst benannt, die sie seit Tagen, seit Monaten empfand. Das Gefühl der Zukunft. Emotional leer stehen. Wenn alles egal ist. Wenn du die Welt durch ein Fernrohr betrachtest und froh darüber bist, weil du nur einen Ausschnitt siehst, mehr nicht. Nur ein Stück Himmel, nur den Mond, nur ein winziges Stück Welt, nur den Mann vor einem. Aber es genügt, weil alles andere zu viel ist.

Er zündete die nächste Zigarette an. Sie nahm sie ihm weg. Ihre Finger berührten seine Hand. Mein Gott, war die heiß. Auch in seinen Adern floss Grog.

Sie nahm einen Zug. Der Rauch floss ihre Lungen hinunter. Es war ein Fehler. Aber ein verzeihlicher. Es war kein Verbrechen. Niemand klagte sie an. Der Glühwein schlug Flammen. Rote Flecken auf ihrer Hand.

»Hören Sie auf, Liebler«, lachte sie. »Sie wissen sonst morgen nicht mehr, wie Sie aus der Geschichte je wieder herauskommen.«

Doch Liebler beugte sich zu ihr hinüber. »Ich heiße Henri«, murmelte er. »Hörst du? Ab sofort nur noch Henri.«

»Du heißt doch nicht wirklich so?«

»Mein richtiger Name ist Heinrich. Ich heiße wie mein Vater. Ich trage den Namen eines Mannes, den ich nur viermal im Leben gesehen habe, bei meiner Zeugung, meiner Geburt, meiner Volljährigkeit und an seinem Totenbett. Aber es hat sich gelohnt. Er hat mir ein Haus in einer der schönsten Städte Österreichs vererbt. Eine Villa. Fahr mit mir dorthin, wenn das hier vorbei ist. Graz hat eine gute Oper und ein hervorragendes Theater, ganz abgesehen vom Wein.«

Dann küsste Henri sie.

Sie konnte nicht glauben, was sie hier machte. Ihre Hand griff nach seinem Hemd, und ihre Finger krallten sich in den harten Jeansstoff. Er hatte sich länger nicht rasiert. Seine Bartstoppel kratzten sie am Hals. Der leise Schmerz tat gut. Liebe muss wehtun, hatte damals ihre Mutter über Mike gesagt. Nur so kannst du dich spüren.

Henri Liebler griff nach ihrem Nacken, zog sie zu sich heran, murmelte zufrieden: »Endlich, mein Gott, darauf habe ich lange gewartet.«

Im ersten Moment: Das ist meine biologische Uhr, die Zeitbombe, die tickt.

Im zweiten Moment: Es wird nie gutgehen.

Im dritten Moment klopfte ihr Herz im Unterleib. Zweifel und Verlangen. Verlangen und Zweifel – herrlich!

Plante Henri Liebler sein Leben so genau? Jedenfalls stellte Myriam bereits in der ersten Minute fest, dass das Bett frisch überzogen war.

Zufall oder Schicksal?

Zwei Leben zusammenzuwerfen dauert lange. Jedes Jahr doppelt gelebt. Sie redeten bis zum Morgengrauen.

»Meine Mutter wurde in Prag geboren«, erzählte Henri. »1960 verließ sie die Tschechoslowakei und landete als Zimmermädchen in Graz. Bis sie meinen Vater kennen lernte, der sie nach meiner Geburt sitzen ließ.« Er lachte. »Er hat mich gesehen, fünfundfünfzig Zentimeter lang und dreieinhalb Kilo schwer, und sich aus dem Staub gemacht. Daraufhin ist meine Mutter zu ihren Eltern gezogen, die inzwischen aus Prag nach Frankfurt gekommen waren. Der Rest: allein erziehende Mutter, einziger Sohn, aufgewachsen bei den Großeltern in Bornheim, Polizeischule Wiesbaden. Ich bin also ein wirklicher Europäer. Nicht nur geistig, auch genetisch.«

»Spätfolge der k.u.k. Monarchie«, antwortete Myriam. »Das ist noch lange nicht Europa.«

Sie lagen nebeneinander in Henris Bett in einer großen Vierzimmerwohnung mit direktem Blick auf das Senckenbergmuseum. Auch Henris Wohnung hatte etwas von einem Museum an sich.

»Was ist das?« Myriam deutete auf die seltsame Vitrine, in der kleine Zettel, ein Schnürsenkel, eine leere Zigarettenschachtel, ein Schraubenzieher, ein Goldzahn und getrocknete Ahornblätter lagen.

»Meine private Asservatenkammer, aber verrate es nicht weiter.«

»Wie meinst du das?«

Er zuckte mit den Achseln. »Ich weiß, dass es verboten ist, aber ich habe mir angewöhnt, von jedem Fall ein Beweisstück in meiner Nähe zu haben. Es ist wie ein Fetisch für mich. Ich kann besser nachdenken, wenn ich sie ansehe.«

»Du kannst doch nicht einfach Beweisstücke mitnehmen. Oder du solltest es mir nicht erzählen.«

»Du kannst mich anklagen, aber du wirst mir nichts nachweisen können«, sagte er und grinste. »Ich habe meine eigenen Methoden.«

Ja, da war Myriam sich sicher.

Er griff nach den Zigaretten. »Weißt du, wie ich dich mir gefügig gemacht habe?«

»Gefügig? Du übertreibst.«

»Ich habe kleine Nadeln in dein Foto gesteckt.«

»Welches Foto?«

»Das verrate ich nicht.«

Myriam erinnerte sich dunkel an den Fotoapparat, den er auf der Weihnachtsfeier dabeigehabt hatte. Ihr wurde flau zumute. »Hör auf.«

»Ich habe viel gelernt von den Typen, mit denen ich zu tun habe. Und du siehst ja, es hat funktioniert. Du liegst neben mir.« Zufrieden zündete er sich die Zigarette an, zog daran und blies den Rauch in die Luft.

Myriam setzte sich auf. »Du willst also allen Ernstes behaupten, du hättest kleine Nadeln in ein Foto von mir gesteckt?«

»Ja.«

»Das glaube ich dir nicht.«

»Doch!«

»Wohin?«

»Wie meinst du das?«

»Wohin hast du die Nadeln gesteckt?«

»Das ist zu intim.« Er grinste. »Und ich habe dazu eine rote Kerze angezündet.«

Machte er einen seiner Scherze, oder meinte er es ernst?

»Du hast was?«

»Eine rote Kerze angezündet.«

»Wozu?«

»Das gehört eben dazu.« Er drückte die halb gerauchte Zigarette im Aschenbecher aus, der auf dem Boden stand und beugte sich über sie. Sie mochte den Geruch nach Tabak.

»Man sollte mit diesen Dingen«, murmelte Myriam, »keine Scherze treiben.«

»So ernst war es mir noch nie.«

Sein Körper ist nicht schön, dachte sie.

»Du bist schön«, sagte er, zog sie zu sich heran und küsste sie.

Aber ihr Körper passte hervorragend zu seinem. Das war das Fatale. Irgendeine Harmonie musste vorhanden sein.

Außerdem war draußen die Kälte, und in seinem Bett war es warm. Sie fand nur diese Erklärung. Ziemlich dürftig. Geradezu erbärmlich.

»Warum?«, fragte sie, als er sie endlich losließ. »Warum ausgerechnet ich? Und warum jetzt, wo eine Liste von Dingen vor uns liegt, die wir zu erledigen haben?«

»Vielleicht gerade deshalb«, antwortete er. »Vielleicht weil ich es nicht alleine schaffe und du auch nicht.«

»Bisher habe ich es auch ohne dich geschafft.«

»Du irrst dich, du hast es überlebt, mehr nicht.«

Ihr Blick fiel auf die Uhr. Sechs Uhr am Morgen. Sie sollte nach Hause gehen und sich umziehen. Die grünen Stiefel waren schon ein Risiko für das Gericht, aber ihr Westernoutfit wäre absolut indiskutabel. »Ich muss gehen«, sagte sie bestimmt. »Ich muss zu meinem Vater, denn heute kommt die polnische Pflegekraft.«

Ihre Blicke trafen sich. Hoffentlich fiel ihm jetzt nicht ein, sie erneut zu berühren.

»Wir sehen uns später«, sagte sie.

In seinem Blick las sie den Zweifel, und der graue Fleck unten links war der Anfang einer Enttäuschung.

Myriam zögerte. Wenn sie jetzt das Schlafzimmer verließ und diese Chance nicht nutzte, was war die Folge?

Verurteilte sie sich damit selbst?

Zu lebenslanger Enthaltsamkeit?

In dreihundertfünfundsechzig Tagessätzen?

Zofia

Dienstag, 8. Februar 1944, Frankfurt

Über der Stadt liegt eine unheimliche Stille. Aus Angst vor Bombenangriffen wagt sich niemand aus dem Haus. Wie mag es meiner Mutter gehen und Leszek? Warum haben sie nie auf meine Briefe geantwortet, die Magda für mich zur Post gebracht hat?

Heute Morgen hat er die Frau ins Krankenhaus gefahren, und jetzt bin ich mit ihm alleine im Haus. Ich höre, wie er im Salon auf und ab geht. Das Radio läuft ununterbrochen. Er rechnet jede Minute mit einem neuen Angriff. Seit Tagen muss ich Mengen von Eimern mit Wasser füllen, denn die Frau hat einen Wassertick. Überall im Haus stolpert man über Kannen, Eimer, Töpfe. Jeden Tag muss das Wasser gewechselt werden. Noch vor ein paar Tagen hat der Mann gesagt, die Arbeit wäre für mich zu schwer, doch sie sagt, dass ich jung sei.

Er betrügt sie. Manchmal, wenn er in seinem Arbeitszimmer ist, dann telefoniert er. Ich nehme den Hörer oben ab. Es ist wie im Kino. Die Frau am Ende sagt: Ich liebe dich. Ich kann ohne dich nicht leben. Er aber schweigt. Dann weint sie, und er wird ungeduldig. Er sagt, es sei keine Zeit für Szenen. Es sei Krieg. Ich kann ihn verstehen. Die Frauen schluchzen und schreien hier so schnell.

Die Frau und er streiten ständig. Weil er ausgeht, während sie zu Hause bleibt, am Schreibtisch sitzt und arbeitet. Wenn es ihr zu viel wird, dann sagt sie, dass schon wieder jemand gefragt hat, weshalb er nicht im Krieg sei. Damit droht sie ihm.

Aber er lacht nur. Wenn ich auch noch gehe, dann bist du allein in der Firma. Willst du hinausfahren zum Flughafen und dort im Schlamm herumwaten? Jetzt, wo du endlich schwanger bist? Was, wenn du auch dieses Kind wieder verlierst?

Ich wünsche es mir von ganzem Herzen und hoffe, dass Gott mich nicht für diesen Gedanken bestraft. Wenn doch ... wie muss diese Strafe aussehen, wo er mich doch schon seit Jahren büßen lässt.

Dafür, dass ich meinem Bruder das kleine Stück Schokolade weggegessen habe?

Dass ich meine Mutter belogen habe, als ich sagte, ich sei in die Schule gegangen, und stattdessen in den Planty spazieren ging?

War ich da nicht im Recht? Die Deutschen hatten die Schule geschlossen. Wir Kinder waren der Meinung, dass es das Beste war, was sie je gemacht hatten.

Magda sagt, wenn eine Frau in die Klinik muss, dann ist das keine gute Schwangerschaft.

Plötzlich kommt er in die Küche und sagt: »Ein Flugzeug kommt. Wir müssen in den Keller.«

Ich frage mich, was ein einziges Flugzeug anrichten soll.

Ich nehme den Korb mit dem Essen, das ich vorbereitet habe. Noch während wir auf dem Weg in den Keller sind, ertönt ein dumpfer Schlag, und das Licht geht aus. Ohne vorherige Warnung durch Sirenen fallen sofort die Bomben.

»Wo ist die Petroleumlampe?«, fragt er, sobald er die Kellertür geschlossen hat.

»Rechts neben der Tür«, antworte ich.

Gleich drauf erhellt ein schwaches Licht den Bunker.

Es ist alles so unwirklich. Das immer lauter werdende Motorengeräusch der Flugzeuge, das Aufschlagen der Bomben auf den Straßen und Dächern, das Krachen von Holz, das Klirren von zerbrechendem Glas, die berstenden Mauern. Alles verbindet sich zu einem nicht enden wollenden Dauergeräusch. Ich habe Angst.

Er dagegen ist völlig ruhig. Im Anzug sitzt er in dem Sessel, der mit rotem Samt überzogen ist, hat die Beine übergeschlagen, trinkt französischen Rotwein und raucht. Als ich seinen Blick auf mir spüre, bekomme ich keine Luft mehr.

Eine schwere Explosion erschüttert den Keller. Die Mauern schwanken. Der Kellerboden verwandelt sich in eine wogende Fläche.

Jetzt beten können wie die Frauen, die auf dem harten Steinboden in der Marienkirche knien.

»Wenn du erst einmal anfängst zu beten«, höre ich meine Mutter, »dann hast du die letzte Hoffnung verloren. Das ist dasselbe, wie wenn Ratten das sinkende Schiff verlassen.«

»Keine Angst«, sagt er. »Es wird nichts passieren. Schließlich habe ich diesen Keller gebaut. Er ist der sicherste in ganz Frankfurt, das kannst du mir glauben. Haben wir es nicht gut? Überall drängen sich die Leute in den Kellern, und wir sind hier allein. Komm her zu mir und trink etwas. Das beruhigt.«

Er gießt Wein in ein Glas und reicht es mir. Ich schütte ihn hinunter wie Wasser.

Ich habe nicht das Gefühl, dass er an seine Frau denkt, die in der Stadt im Krankenhaus ist. Muss sie auch in den Keller? Wird sie getragen oder scheuchen sie die Frauen aus dem Bett?

»Du bist hübsch, weißt du das?«

Ich spüre, wie er näher rückt.

Mir fällt nichts anderes ein, als den Kopf zu schütteln.

»Ich dachte mir das schon damals in Krakau.«

Seine Hand legt sich auf meine Wange.

»Ich habe dich gesehen«, sagt er. »Vor dem Museum. Nur dachte ich damals, du bist älter als dreizehn.«

Warum in Krakau? Ich verstehe es nicht. Mein Herz beginnt zu klopfen. Meine Hände zittern.

Die Gegenstände im Keller bewegen sich. Das Regal mit den

Vorräten schwankt. Draußen hören wir ein seltsames Knistern und Brausen, dazwischen wieder das Geräusch von krachendem Holz und Balken. Brandgeruch. Seine kalte Hand fährt meinen Hals hinunter und tastet sich in meinen Ausschnitt.

Tränen schießen in meine Augen.

Seine Lippen sind jetzt an meinen Ohren. »Nicht weinen.«

Er stinkt nach Alkohol.

»Du bist schön. Das ist kein Grund zu weinen. Du bist mein Geschenk. Der Führer hat dich mir geschenkt. Sag es. Sag: Ich bin dein Geschenk.« Er lacht laut auf.

Ich kann nicht. Ich habe Todesangst. Nicht vor den Bomben, sondern vor ihm. Ich spüre den Schweiß auf meiner Stirn, als ob meine Haare schwitzen. Mein Gaumen ist trocken. Ich schütte den Wein hinunter.

Trotzdem versuche ich es »Ich …«

»… bin dein Geschenk«, fährt er fort, während seine Hand zwischen meine Beine greift.

Ich starre auf die Petroleumlampe, die plötzlich auf dem Kopf steht und dann erlischt.

Wenn es einen Schmerz gibt, der einen Körper spaltet, dann ist es derselbe, der mich für immer von mir trennt.

Habe ich diese Strafe wirklich verdient?

Drei Tage

21

Auch wenn Ramona Neuberger ihm am Abend zuvor ein eindeutiges Angebot gemacht hatte, indem sie im Taxi die Brust an ihn presste, bereute Udo Jost nicht, dass er am Donnerstagmorgen alleine in seinem Bett erwachte.

In wenigen Monaten wurde er fünfzig. War es das? Nein, vielmehr strahlte Ramona Neuberger etwas aus, das ihm plötzlich unangenehm war, ganz davon abgesehen, dass ihre Titten sich angefühlt hatten wie Massagebälle für Rheumakranke.

Und er würde auch nicht einen Moment darüber nachdenken, wenn es nicht schon Monate her wäre, dass er ....

Warum hatte er nicht zugegriffen?

Die Wahrheit war, er hatte die Frauen satt.

Ihre Schönheit.

Ihre Verführungskünste.

Früher, ja, da war er ständig auf der Suche nach Frauen gewesen wie nach guten Storys. Jetzt war er es leid, einem Phantom nachzujagen.

Jost schlief stets nackt, weil es ihm einen letzten Rest von Erotik vermittelte. Er empfand sich dann als männlich. Vielleicht war er nicht mehr schlank. Okay, mit Sicherheit war er nicht mehr schlank, doch nackt empfand er das nicht als störend. Dann lebte er mit seinem Körper im Einklang. Es war das Menschliche an seinem Körper, das ihn beruhigte.

Wenn er draußen das Spiel spielte, spürte er sich nicht

mehr. Er war dann nur die Resthülle nach einer Verpuppung. Dennoch spielte er mit. Alle hatten sich darauf geeinigt. Bis zum bitteren Ende.

Jost gingen solche Gedanken in letzter Zeit häufig durch den Kopf. Vornehmlich nach Nächten, in denen er zu wenig getrunken hatte.

Wie gestern.

Der Blick in Ramona Neubergers Augen, deren Pupillen im Alkohol schwammen. Ihre nassen Lippen flüsterten nahe an seinem Mund, sodass die Feuchtigkeit ihrer Lippen in seine Ohröffnung tröpfelte.

Widerlich. Die Neuberger hatte vor Erotik getrieft, als läge sie eingelegt in einem öligen Sud.

Ekelhaft.

Ekelhaft auch der Qualm.

Sogar der Alkohol war ihm plötzlich zuwider.

Und dann hatte er die Singer gesehen.

Mit diesem Kommissar.

Geküsst hatten sie sich. Er hätte kotzen können. Die Neuberger hatte er weggestoßen, sodass sie fast vom Barhocker gerutscht wäre.

Die Staatsanwältin und der Kommissar. Auch wenn der Kommissar offensichtlich abgenommen hatte, hatte er noch immer keinen Waschbrettbauch. Seine Finger waren fleischig wie seine. Er hatte sich über die Singer gebeugt, sie verdeckt, ach was, fast verschluckt hatte er sie. Und die eiserne Lady? Sie hatte jegliche Bereitschaft gezeigt, sich verschlingen zu lassen.

Wie würden die Winklers reagieren? Denise Winkler saß zu Hause, wurde verrückt bei dem Gedanken an ihren Sohn, und die Staatsanwältin lungerte in Kneipen herum, trieb es in aller Öffentlichkeit mit dem Hauptkommissar.

Jost griff nach seinem Handy und suchte die neue Nummer, unter der der Entführer ihn zuletzt angerufen hatte. Er hatte bereits am Abend zuvor vergeblich versucht, den Mann zu erreichen.

Kein Empfang.

Ihm blieb nur die erste Nummer. Dieses Mädchen, das abgenommen hatte. Wer war sie? War die Nummer falsch gewesen? Hatte er sie falsch notiert?

Er wählte erneut.

Es klingelte.

Einmal ... zweimal ... dreimal. Endlich war nach dem vierten Klingeln ein verschlafenes »Hallo« zu hören.

»Mit wem spreche ich?«

Eine unverständliche Antwort, doch unverkennbar wieder die Stimme eines jungen Mädchens.

»Nicht auflegen«, rief er. »Moment. Just a moment.« Intuitiv wechselte er ins Englische. »I am looking for Frederik.«

»I don't know.« Es klang verschlafen, und gleich darauf vernahm er ein Gähnen.

»Frederik?«

»No.«

»Where you are?«

»Here is Cracow in Poland.«

»Your Handy... what's the number?«

Klick.

Das Mädchen hatte das Gespräch beendet.

Krakau.

War Frederik in Krakau?

Er konnte das zweite Foto nicht länger zurückhalten. Er machte sich schuldig. Schuldig am Leben eines Kindes. Was war nur in ihn gefahren? Warum hatte er die Botschaft nicht weitergegeben? Erst hatte er gewartet, dann die Angst, man würde herausfinden, dass er dem Entführer seine Handynummer gegeben hatte.

Das schlechte Gewissen, seine Unentschiedenheit, das Warten. Tausend Ameisen kribbelten über seinen nackten Körper, und er begann unter der Decke zu schwitzen. Der Schweiß rann über seinen Körper. Er versuchte, ihn wegzuwischen. Doch aus den Ameisen wurden Nacktschnecken, die Schleimspuren hinterließen. Die Nacktschnecken waren auf dem Weg zum Unterleib.

Schwer atmend schob er die Decke zur Seite und starrte in den Spiegel über dem Bett. Ein Requisit der Eitelkeit, das endgültig ausgedient hatte. Wieder fuhr seine Hand über den Körper bis hinunter zwischen die Beine, um den Schweiß wegzuwischen. Dann suchte er nach der Flasche. Sein Mund war trocken. Doch die Whiskyflasche war leer. Sein Blick fiel auf die Uhr. Es war zehn nach neun.

Zum Teufel, er hatte verschlafen. Verschlafen und vergessen.

Die Redaktionssitzung um halb zehn Uhr und die Beerdigung am Nachmittag.

Schwerfällig stieg er aus dem Bett. Der Kleiderschrank stand offen. Ein Bataillon schwarzer Hosen und schwarzer Hemden. Ein Griff genügte.

Er schlurfte ins Bad, ließ kaltes Wasser laufen, um endgültig zu sich zu kommen.

Sein Mund war noch immer trocken. Wo waren die Unterlagen, die die Neuberger recherchiert hatte?

»Du kannst mich Ramona nennen«, hatte sie gesagt. Dennoch hatte er auch ihr das Foto verschwiegen.

22

Als Myriam die Küche betrat, sah sie ihren Vater zwischen Sarah und einer Frau mit roten Haaren sitzen. Er brauchte seine ganze Konzentration, um ein Ei zu essen. Die Frau stand auf, um sie zu begrüßen. Verwirrt ließ Myriam drei Küsse auf die Wange über sich ergehen. Sie schaute aus dem Fenster in den Garten, wo sich Vera in ihrem rosa Anzug auf den Rücken fallen ließ, um mit ausgebreiteten Armen Engelsflügel in den Schnee zu malen.

Sarah klopfte energisch ans Fenster, schüttelte den Kopf und gab dann Myriam ein Zeichen, ihr in den Flur zu folgen.

»Heute Morgen um halb sieben ist sie angekommen«, flüsterte sie. »Ich habe sie am Busbahnhof abgeholt. Ihr Name ist Halina.«

»Wie hat er reagiert?«

»Ich weiß nicht, ob er verstanden hat, dass sie bei ihm einzieht.«

»Hast du es nicht erklärt?«

»Doch, aber er hat sie nur gefragt, ob sie etwas gegessen hat.«

Sarahs Flüstern erschien Myriam wie ein Gerücht, das auf unheimliche Weise sichtbar wurde. Die Buchstaben schwebten für jeden lesbar in der Luft. Sie kehrten in die Küche zurück, wo Halina dabei war, das Frühstücksgeschirr abzuräumen. Sie war nicht größer als ein Meter fünfundfünfzig. Ihre kurzen Haare waren rot gefärbt. Sie war vielleicht Ende vierzig, trug knappe Jeans, einen rosafarbenen Pullover und begann sofort, auf Myriam polnisch einzureden. Das Gold der Schneidezähne blitzte im Licht der Küchenlampe auf. Myriam wurde bewusst, dass sie dringend wieder einmal zum Zahnarzt musste.

Höflich fragte sie nach der Reise: »Hatten Sie eine gute Fahrt?«

Sie wiederholte noch einmal langsamer: »Gute Fahrt?«

Dann: »Reise gut?«

»Acht.« Die Frau, die Halina hieß, zeigte die Zeit mit den Fingern. Die Nägel waren in demselben Rot lackiert wie das Haar. »Acht Stunden. Viel Schnee. Unfall.«

Sie lächelte Myriam geradezu liebevoll an: »Tee? Ja?«

Myriam nickte, hatte plötzlich Hunger und beobachtete mit einer behaglichen Mischung aus schlechtem Gewissen und Entspanntheit, wie die fremde Frau sich schnell und selbstsicher in der Küche bewegte. Ein polnischer Derwisch.

Wenige Minuten später stand eine heiße Tasse Tee und ein Brot vor ihr. Es tat gut, verwöhnt zu werden.

»Haben Sie Kinder?« Myriam ging zu vollständigen und grammatikalisch korrekten Sätzen über, erschrak jedoch, als sie merkte, dass sie zu laut sprach. Halina war nicht schwerhörig.

Sie wiederholte daher leiser: »Kinder?«

Halina griff nach ihrer Handtasche und zog Fotos hervor: »Sohn.«

Der Mann war Ende zwanzig, hatte schwarze Haare und bewegte sich in derselben Gewichtsklasse wie Henri.

Das zweite Foto: »Tochter.«

Auch sie hatte schwarze Haare, vermutlich waren solche auch unter Halinas Rot zu finden.

»Wo leben die beiden?«

Halina goss den Tee ein. »Milano.«

»Mailand?«

»Ja. Dort Arbeit.«

»Nicht verheiratet?«

»Nein.«

»Ich auch nicht«, antwortete Myriam.

Halina schüttelte bedenklich den Kopf. »Nicht gut, kein Mann, keine Kinder.«

»Ein Kind?« Myriam schüttelte den Kopf. »Um Gottes Willen. Keine Zeit.«

»Ohne Kinder«, antwortete Halina, »Leben zu lang.«

Sarah führte ihren Vater, der sich auf seinen Stock stützte, in die Küche. »Was kochst du heute? Kochen? Heute?«, wandte sich Sarah an Halina.

»Zupa.«

Suppe. Das verstand auch Myriam.

»Woher kommen Sie?«

»Nowy Targ, nicht weit von Krakau.«

»Sie kennen Krakau?«, fragte sie erschrocken und merkte, dass die Stadt ihr bisher wie eine Phantasiewelt erschienen war. Irgendwie irreal.

»Krakau?« Halinas Gesicht hellte sich auf. »Schöne Stadt.«

»Kazimierz?«

Halina schüttelte angewidert den Kopf. »Alt. Kaputt.«

»Wurde es im Krieg zerstört?«

»Nein. Sozialismus. Staat.« Halina strich ihrem Vater über den Kopf. In dieser Bewegung lag etwas Vertrautes, das Myriam ihrem Vater gegenüber nie empfunden hatte. Er war vielmehr immer von ihr entfernt gewesen. Ihr Verhältnis hatte die letzten zwanzig Jahre aus einer Konversation bestanden, die allenfalls alltagstauglich war, mehr nicht. Und jetzt war es zu spät.

»Haare.« Sie machte eine Handbewegung, die erklärte, dass sie sie waschen wollte.

Sarah nickte mit einer übertriebenen Geschäftigkeit, die

Myriam auf die Nerven ging. »Ja, das ist gut. Es ist wirklich nötig. Aber bitte sofort föhnen, damit er sich nicht erkältet.«

Innerhalb von wenigen Stunden wurde ihr Vater zu einem Kind herabgewürdigt, über das eine europäische Kommission hygienische Entscheidungen fällte, als ginge es um die Vogelgrippe.

Die Würde von Haaren sollte unantastbar sein.

»Haare waschen, ja?«, fragte Halina, und Myriams Vater schaute ihr zunächst verwirrt ins Gesicht. Doch als sie seinen Arm nahm und ihn anstrahlte, erhob er sich und verließ auf ihren Arm gestützt die Küche.

Schweigend saß Myriam neben Sarah am Küchentisch und blätterte in der Zeitung.

Die Vergangenheit schlägt zurück

Die heutige Schlagzeile. Der Leitartikel über Oskar Winkler und seine Verstrickungen im Nationalsozialismus. Alle Frankfurter Zeitungen hatten sich erneut auf das Thema gestürzt.

Sarah war damit beschäftigt, mit Hingabe eine Einkaufsliste zu kontrollieren, als vollzöge sie ein religiöses Ritual.

»Weißt du, was unsere Großeltern im Krieg gemacht haben?«, fragte Myriam.

»Was?« Irritiert blickte Sarah auf.

»Waren unsere Großeltern Nazis?«

Sarah zuckte die Schultern. »Spinnst du?«

»War Vater in der Hitlerjugend?«

Sarah begann zu lachen. »Ich glaube, du hast schlecht geträumt.«

»Hast du dich das nie gefragt? Wolltest du nie etwas über diese Zeit wissen?«

»Du etwa?« Sarah ging jetzt in Verteidigungsposition über.

»Also, warum hast du nicht gefragt?«

Sarah widmete ihre Aufmerksamkeit wieder dem Zettel.

»Unsere Eltern waren zu jung«, meinte sie schließlich.

»Hast du je Fotos aus der Kriegszeit bei uns im Haus gesehen?«

Sarah zuckte mit den Schultern.

»Henriette Winkler wollte die Wahrheit mit ins Grab nehmen.«

»Henriette Winkler hatte etwas zu verbergen. Ich konnte die Familie noch nie leiden.«

»Niemand hat das Recht, die Wahrheit mit ins Grab zu nehmen.«

»Das hat mich nicht interessiert, und weißt du was, ich möchte auch jetzt nicht darüber reden.«

»Warum bist du so aggressiv?«

»Ich bin nicht aggressiv.«

Aber Sarahs Verhalten wirkte wie ein Stoppschild.

Vom Küchenfenster aus sah Myriam zu, wie Vera im Garten in ihrem knallrosa Schneeanzug über einen Laubhaufen sprang, den niemand im Herbst entsorgt hatte. Von dort auf das schneebedeckte Erdbeerbeet, in der Hand eine Schaufel. Dann begann sie unbeirrt zu graben. Ihr kleiner Arm stach die Sandschaufel professionell in die gefrorene Erde. Doch sie kam nicht voran. Das Einzige, was sie auf ihrer Schaufel transportierte, war Schnee.

Sarah klopfte energisch ans Fenster, doch Vera ignorierte die Mutter. Diese klopfte lauter und schüttelte den Kopf.

»Lass sie doch«, sagte Myriam.

»Du musst ihre Schuhe ja nicht putzen«, entgegnete Sarah. Und dann: »Aber du warst ja genauso.«

Mit Genugtuung beobachtete Myriam, dass Vera ihre Mutter ignorierte, ja jetzt sogar mitten in das nasse Laub sprang. Bis sie plötzlich innehielt und erneut mit der Schaufel in einen Schneehaufen stach. Dann stieß sie auf Widerstand. Sie begann, den Schnee mit den Händen wegzuräumen. Myriam konnte nicht sehen, was sie gefunden hatte. Es schien ihr zu gefallen, denn plötzlich tanzte sie um das Loch herum und stimmte einen Gesang an wie eine kleinwüchsige Eingeborenenfrau.

Der Gedanke kam plötzlich.

Geniale Einfälle in ihrem Beruf waren selten.

Myriam stand abrupt auf. »Ich muss nach Hause und mich umziehen«, sagte sie, »Henriette Winkler wird heute beerdigt.«

Myriam hatte auf dem Weg nach Hause das eingekauft, was ein Mensch des 21. Jahrhunderts zum Überleben brauchte: Milch, Brot, Wasser und zwei Deostifte. Sie stellte die Getränkekiste auf den Esstisch, wo die Post von mehreren Tagen sich mit drei Ausgaben der *Frankfurter Neuen Presse*, dem schmutzigen Frühstücksgeschirr der letzten Tage und teilweise schimmeligen Brotresten vermischte. Sie übersah es geflissentlich und ging ins Schlafzimmer, um nach dem schwarzen Kostüm zu suchen, das sie zur Beerdigung ihrer Mutter getragen hatte. Es war zwar aus leichtem Sommerstoff, und nun war es Januar, andererseits musste man bei einer Beerdigung frieren. Alles andere wäre respektlos. Sie fand es schließlich zerknittert in dem Schrankteil, in dem sie ihre ausgemusterten Schuhe aufbewahrte. Ein Anflug von Sentimentalität überfiel sie, als sie diese – im wahrsten Sinne des Wortes – Weggefährten betrachtete. Es wäre wirklich billiger weiterzurauchen, als ständig neue Schuhe zu kaufen. Allein seit Neujahr hatte sie sich sechs Paar Stiefel zugelegt, und bei dem Gedanken an die letzte Nacht überkam sie schon wieder der dringende Wunsch, diese durch ein siebtes Paar zu ergänzen. Unter dem Prinzip Ökonomie, Effizienz und Effektivität war die letzte Nacht mit Henri sinnlos gewesen, sozusagen ein Fehler in ihrer Lebensbuchhaltung.

Der Anrufbeantworter zeigte fünf Anrufe. Dreimal wurde einfach aufgelegt. Beim vierten Anruf hörte sie ein Zischen. Sie hörte es immer wieder ab und verstand nach und nach, wie jemand flüsterte: »Ich behalte dich im Auge.«

Ihre Hände waren plötzlich schweißnass. Es wurde Zeit, dass sie sich eine neue Geheimnummer geben ließ. Wenn diese Anrufe nicht aufhörten, dann würde sie eine Fangschaltung beantragen.

Zum ersten Mal in ihrem Leben hatte sie Angst. Es war eine Bedrohung, die plötzlich überall war. In der Luft, in den Wänden, sie kam mit dem Schnee vom Himmel, sie wuchs aus dem Boden.

Die einzige Rettung war die Erinnerung an die letzte Nacht.

Je länger Myriam frierend am Hauptfriedhof auf Henri wartete, desto absurder erschien ihr, dass sie tatsächlich mit ihm geschlafen hatte, und sie hatte Angst vor einem postkoitalen Anfall von Melancholie. Was war nur in sie gefahren? Was hatte sie sich nur dabei gedacht? Doch diese Frage war leicht zu beantworten: Gar nichts. Sie hatte eben gar nicht gedacht. Was nicht immer so war, wenn es um einen Mann ging. Es hatte mehrere Fälle gegeben, in denen ihre Gedanken das Aktenstudium für eine Woche erledigten, während sich über ihr vergeblich ein Körper abmühte. Gestern Nacht war es anders gewesen, was sehr verwirrend war, wenn sie daran dachte, dass es Liebler gewesen war, der die Beine um sie geschlungen hatte, der zärtlich gelacht hatte, wenn sie stöhnte, dessen Haut vom Schweiß so nass gewesen war, dass sie das Gefühl hatte, sich zu verflüssigen, sich aufzulösen.

Sie ging in ungewohnt schnellem Tempo auf und ab, um sich in der Kälte Bewegung zu verschaffen. Ihre schwarzen Lackstiefel mit den silbernen Schnallen klackten auf dem Asphalt, als würde sie marschieren.

Eine große Menschenmenge drängte durch das Haupttor. Freunde, Bekannte, Geschäftsfreunde, Mitarbeiter, die Frankfurter High Society, die Oberbürgermeisterin. Doch weder Denise noch ihr Vater waren bisher eingetroffen. Die Beerdigung begann in zehn Minuten. Langsam wurde sie nervös.

Ihr Blick ging über die Menschenmenge. War der Täter darunter?

Wie tickte so jemand?

Was ging in seinem Kopf vor?

Welche Verbindungen wurden geknüpft?

Welche Gespräche führte er in seinem Innern?

Stand er in der Menschenmenge und freute sich? Freute sich, weil er etwas bewegt, weil er Einfluss genommen hatte? War er stolz auf sich? Empfand er sein Handeln als sein Recht? Oder litt er bei dem Gedanken, dass er so handeln musste, dass er nicht anders handeln konnte?

Sie haben immer eine Wahl, hatte sie einmal einem Bankräuber auf der Anklagebank zugerufen.

Vielleicht hatte sie nicht Recht.

Vielleicht war das Bewusstsein ein Diktator. Auch ihr eigenes.

Sie seufzte und schaltete das Handy aus. Kein Telefongespräch konnte wichtiger sein als der Tod. Sie neigte in der letzten Zeit zu Betrachtungen, die man nicht einmal mehr philosophisch nennen konnte.

Sie sollte solche Theorien dem Pastor überlassen, der mit seinen Ministranten anrückte. Das Kreuz voran, die Fahnen, die Aufstellung der Truppe. Sollte er doch Recht sprechen und ein Urteil fällen.

Ihre Gedanken waren einfach absurd. Absurdität in ihrer reinsten Form als Folge der Anspannung.

Als Oliver Winkler an ihr vorbeiging, ohne sie eines Blickes zu würdigen, war sie erleichtert. Sie konnte etwas tun. Als sie seinen Namen rief, ignorierte er sie und beschleunigte den Schritt. Myriam holte ihn erst ein, als er bei der Trauergemeinde angekommen war.

Sie stellte sich neben ihn. »Ich muss Sie sprechen.«

»Das ist hier eine Beerdigung«, antwortete er.

»Die noch nicht angefangen hat.«

»Dennoch ist es nicht der richtige Zeitpunkt.«

»Wenn Sie sich jetzt nicht mit mir unterhalten, lasse ich Sie vorladen.«

Was sie mit Sicherheit tun würde.

Er zögerte einen Moment, ging dann drei Schritte zurück, drehte sich um und bog in einen Seitenweg des Friedhofs.

»Was ist mit den Versicherungsunterlagen?«, erkundigte sich Myriam.

»Welche Versicherung?«

»Der Brand des Einkaufszentrums in Krakau.«

»Was soll damit sein?«

»Das frage ich Sie.«

»Die werden noch bearbeitet.«

»Hat sich die Brandursache geklärt?«

Er zuckte mit den Schultern.

»Wie hoch ist die Versicherungssumme?«

»Da muss ich nachsehen.«

Der Mann log.

»Ich finde es sowieso heraus. Früher oder später. Früher wäre für Frederik besser. Machen Sie sich keine Sorgen um Ihren Sohn? Vielleicht ist er schon tot?«

»Sprechen Sie nicht über meinen Sohn. Er geht Sie nichts an.«

»Er geht mich nichts an? Ich bin seit Tagen auf der Suche nach ihm, während Sie nicht nur eine Lüge nach der anderen erzählen, sondern gleichzeitig Denise mit Ihrer Sekretärin betrügen.«

Myriam wusste, dass sie eine Grenze überschritt. Sie sollte versuchen, sich zu beherrschen. Es gelang ihr nicht, stattdessen sagte sie: »Was ist mit Ihnen los? Von welchem Stamm kommen Sie?«

Im Grunde musste sie ihn bewundern, denn er bewahrte die Ruhe. Offenbar weil er mit einem anderen Problem beschäftigt war.

»Der Brand hat nichts mit der Entführung zu tun.«

»Es ist die zweite Spur, die nach Krakau führt«, sagte Myriam. »Ungefähr zu demselben Zeitpunkt hat Henriette Winkler Briefe erhalten. Wenn es also Brandstiftung war, dann müssen wir den Täter finden, verstehen Sie? Er könnte uns vielleicht auch zu Frederik führen.«

»Es war keine Brandstiftung.« Oliver Winkler wandte sich abrupt ab und ging zurück ans Grab von Henriette Winkler.

Der Graupel, der vom Himmel fiel, passte. Graue Eiskörner. Kalter Dreck. Graue Vergangenheit, die Eiseskälte menschlicher Grausamkeiten.

Myriam hatte vergessen, Handschuhe anzuziehen. Sie war bereits seit dreißig Minuten auf dem Friedhof, und die Beerdigung konnte nicht beginnen, weil die Familie der Toten noch nicht eingetroffen war.

Irgendetwas musste passiert sein.

Hatte der Entführer angerufen?

Sie beobachtete das Taxi, das sich langsam dem Haupttor näherte.

Jost stieg aus. Er war der letzte Mensch, dem sie jetzt begegnen wollte.

Welche Spur verfolgte er? Dieselbe wie sie?

Warum war er nicht in der Redaktion geblieben? Vielleicht rief der Entführer wieder an, um seine Forderungen zu nennen, wollte das Versteckspiel beenden und ihnen endlich eine Chance geben, Frederik zu finden.

Es war kein Wunder, dass ihre Gedanken sich verdrehten. Dieser Fall verlief nicht nach Regeln. Oder nach keinen, die sie verstand.

Der Journalist ging mit langsamen Schritten auf das Tor zu. Dann blieb er stehen und schaute in ihre Richtung. Mit entschlossenem Schritt ging sie ihm entgegen, reichte ihm sogar die Hand, die trotz der Kälte nass vom Schweiß war, und ärgerte sich sofort wieder darüber.

Sie stellte die Frage, bevor sie überhaupt nachgedacht hatte: »Wollen Sie so weitermachen?«

»Was meinen Sie damit?«

»Dass Sie gegen uns arbeiten. Warum kooperieren Sie nicht?«

Der Feigling antwortete nicht. Stattdessen wandte er sich ab und vermied, ihr in die Augen zu sehen. Dennoch gelang es ihr, sich zu beherrschen und ihn ganz ruhig zu fragen: »Hat der Entführer es Ihnen untersagt?«

Jost schüttelte den Kopf.

Myriam schien, als ob er etwas sagen wollte, doch sie kam ihm zuvor: »Helfen Sie uns!«

Warum biederte sie sich an? Wo blieb Henri? Er könnte sie

wieder auf Kurs bringen und dieses Gefühl von Bodenlosigkeit ausschalten.

»Wer sagt Ihnen, dass ich nicht versuche zu helfen?«

Alkoholdunst umgab Udo Jost. Und dieser Blick mit den starren Pupillen. Fischaugen waren lebhaft dagegen. Seine Finger rieben ständig aneinander, eine Geste, die ihr unangenehm war und irgendwie peinlich. Die Farbe seines Gesichts erinnerte sie an das blasse, runde Sushibällchen von gestern.

Ihr Ton wurde scharf: »Er macht Sie zu seinem Komplizen.«

Er sah auf seine Uhr.

»Ich werde Sie wegen unterlassener Hilfeleistung verklagen.«

»Ist es das Einzige, was Sie können?«, fragte Jost langsam. Seine Hand strich über das unrasierte Gesicht. »Anklagen? Drohen?«

»Ja«, erwiderte Myriam. »Aber das kann ich gut.«

Das Martinshorn war so laut, dass Myriam zusammenzuckte. Sie drehte sich um. Ron Fischers BMW hielt. Henri und Carl Winkler stiegen gleichzeitig aus.

Sie spürte für einen kurzen Moment Erleichterung. Genauso lange, bis Jost sagte: »Da kommt er, Ihr Liebhaber!«

Jost war ihr unheimlich. Er lebte in einer völlig anderen Gedankenwelt als sie. Ihm ging es nicht um das Leben eines Kindes. Nicht einmal darum, die Familie Winkler zu vernichten. Sie wurde das Gefühl nicht los, sein Verhalten habe etwas mit ihr zu tun.

Carl Winkler ging, ohne sie zu beachten, auf das Friedhofstor zu. Sein Blick war starr nach vorne gerichtet. Sie sah ihm an, dass er nur noch funktionierte. Er ging leicht gebeugt, sah übernächtigt aus. Er war reduziert darauf, den Alltag zu überleben.

Henri nahm ihren Arm, zog sie zur Seite.

»Es ist etwas passiert«, sagte er.

»Was? Was ist passiert?« Myriams Körper wurde augenblicklich starr.

»Denise ist verschwunden.«

Als sie bemerkte, dass Jost zuhörte, ging sie einige Schritte zur Seite. Schon spürte sie, wie die Zähne aufeinanderschlugen. Auf keinen Fall sollte Jost ihr ansehen, dass sie schlappmachte.

Zum Teufel, reiß dich zusammen, dachte sie.

»Verschwunden? Seit wann?«

»Seit heute Morgen.«

»Das ist doch nicht möglich. Sie kann doch nicht einfach verschwinden.«

»Sie hat das Haus durch den Keller verlassen und den Beamten gesagt, dass sie etwas aus der Garage holen müsse. Als wir kamen, um sie zur Beerdigung abzuholen, war sie weg.«

»Habt ihr versucht, sie auf dem Handy zu erreichen?«

»Sie geht nicht ran.«

»Ist sie wahnsinnig? Warum tut sie das? Was ist mit der Beerdigung? Sie war ihre Großmutter!«

Vom Friedhof erklang plötzlich die Trompete. Der Pilgerchor von Wagner. Das Letzte, was Henriette Winkler gehört hatte, kurz vor ihrem Tod.

»Sie hat ihren und Frederiks Pass mitgenommen«, erklärte Henri.

»Dann ist sie zum Flughafen.« Myriam drehte sich um. Ohne nachzudenken ging sie an ihrem Auto vorbei, die Straße entlang.

»Wo gehst du hin?«, rief Henri ihr nach.

Fischer fragte irritiert: »Hab ich etwas verpasst? Hast du mit der Staatsanwaltschaft Brüderschaft getrunken?«

»Sie heißt Myriam«, antwortete Henri. »Alles andere geht dich einen Scheiß an.«

Myriam stapfte die Straße entlang und ertappte sich beim Wunsch, Moonboots zu tragen, mit breiten Sohlen, die Sicherheit verliehen, wenn sie schon in ihrem Liebesleben strauchelte.

»Wart auf mich.«

Henris Arm schob sich unter den von Myriam.

»Was, verdammt noch mal, willst du eigentlich von mir?«

War sie heute Morgen tatsächlich neben diesem Mann mit dem Pinguingang aufgewacht? Der alles ins Lächerliche zog. Über alles und jeden Ironie goss. Ach was, er betrachtete das Leben vermutlich wie eine riesige Portion Pommes mit Ketchup. Ein Schiffbrüchiger in Sachen Beziehung, der nie ohne Gummistiefel unterwegs war. Schuhe lügen nicht.

War sie total verrückt geworden?

Es war der Beruf, der sie von dem im Leben entfernte, was entscheidend war. Es war zum zweiten Mal, dass ihr diese Erkenntnis kam. Beim dritten Mal würde wieder der Hahn krähen oder nicht. Dann würde sie endgültig wissen, ob sie sich etwas vormachte.

Allmählich entspannte sich Myriam. Ihr Schritt wurde langsamer.

»Es gibt noch mehr Neuigkeiten«, sagte er in ihr Schweigen hinein. »Dr. Westhof vom Institut für Stadtgeschichte hat sich gemeldet.«

»Und?«

»Ich weiß jetzt mehr über Oskar Winkler.«

»Das heißt?«

»Geboren 1910 in Frankfurt, Studium 1929 bis 1931 in Darmstadt, 1932 Wechsel nach Berlin. Dort studierte er bei Tessenow, wie – und jetzt pass auf – Albert Speer.«

»Eine Kaderschmiede?«, fragte Myriam alarmiert.

»Er ist erst mit seiner Heirat 1936 in das Familienunternehmen eingestiegen. Ende 1934 bis Anfang 1936 arbeitete er in der Bauabteilung der Adlerwerke hier in Frankfurt.«

»Hat er sich mit seinem Vater nicht verstanden?«

»Laut Carl Winkler war das damals so üblich, dass man einige Zeit außerhalb des Familienunternehmens Erfahrungen sammelte.«

»Die Adlerwerke hatten das größte Lager in Frankfurt.«

»Genau. Übrigens brachte Henriette Winkler ein beträchtliches Vermögen mit in die Ehe. So konnte er in das Unternehmen investieren. Aufträge gab es ab 1939 genug. Da war zum Beispiel der Bau des Führerhauptquartiers Adlerhorst in Bad Nauheim, eine riesige Baustelle. Ab 1943 Bunker, Befestigungsanlagen, Rüstungsbetriebe, Kraftwerke, Verbindungswege und Versorgungseinrichtungen in unterirdischen Höhlen- und Stollenanlagen.«

»Alles für den Krieg«, fasste Myriam zusammen.

»Natürlich. So ein Krieg, der will schließlich gut organisiert sein.«

»Warum verschweigt Carl das?«

»Vielleicht weiß er wirklich nichts darüber?«

»So etwas weiß man doch!«

»Wer fragt heute noch danach, wer das Rollfeld auf dem Flughafen planiert oder die Baugrube für den Bunker ausgehoben hat. Außerdem wurden laut Dr. Westhof Großbaustellen oft unter Decknamen abgewickelt. Die Firma Winklerbau war seiner Meinung nach eine Art Subunternehmer für die ganz großen wie Holzmann.«

»Was ist mit dieser Sophia?«

»Westhof konnte den Namen nirgends finden. Aber er hat die Namen von drei anderen polnischen Frauen, die als Hausmädchen in demselben Viertel gearbeitet haben, in dem die Winklers wohnen. Zwei von ihnen sind aus Krakau.«

»Wieder Krakau. Ich glaube, dass Denise dort hingefahren ist.«

»Auf eigene Faust? Sie schien mir nicht in dem Zustand zu sein, dass sie das schafft.«

»Du kennst sie nicht. Denise bleibt lange ruhig, geradezu passiv, aber wenn sie sich zu einer Entscheidung durchgerungen hat, zieht sie es durch. Mein Gott, ich habe tatsächlich vergessen, wie kompromisslos sie sein kann.«

Myriam hatte es nicht vergessen, sie hatte es verdrängt. Sie blieb abrupt stehen. »Wir können sie doch nicht alleine lassen.«

»Dazu müssten wir erst wissen, ob sie tatsächlich nach Krakau geflogen ist.«

»Aber das Risiko, das sie in Kauf nimmt! Angenommen, der Entführer meldet sich, und sie ist nicht zu Hause.«

»Sie hat ihre eigene Lösung gefunden.« Henri zog das Handy hervor und wählte eine Nummer, dann reichte er Myriam das Telefon.

Nach zweimaligem Läuten hörte sie die Mailbox und Denise' Stimme: »Rufumleitung Denise Winkler. Bitte melden Sie sich. Ich bin ab sofort nur noch für Sie zu sprechen und mache alles, was Sie wollen. Nennen Sie mir Ihre Bedingungen.«

»Sie hat sich alles gut überlegt«, stellte Myriam fest und drehte sich Richtung Friedhof. Henri folgte ihr. Bisher hatte sich Myriam immer Hals über Kopf in eine Beziehung gestürzt. Bereit, alles zu geben. Von Anfang an. Unsterblich verliebt zu sein, war die einzige Emotion, der sie sich hemmungslos hingab.

Weil es die einzige ist, die sich lohnt.

Nein, sie war nicht verliebt, aber er hatte etwas an sich, das ihr Vertrauen gab. Doch Vertrauen war mit Risiko behaftet, man lief Gefahr, sich selbst aufs Spiel zu setzen.

Henri blieb plötzlich stehen und schaute sie an. »Warte.«

»Was noch?«, fragte sie. »Das waren die guten Nachrichten, und wie schlecht sind die schlechten?«

»Oliver Winkler war nicht in Hongkong, als sein Sohn entführt wurde.«

Der Schock traf sie unvorbereitet.

»Aber ich habe doch mit ihm telefoniert, und ihr habt sofort das Hotel gecheckt.«

»Stimmt, wir haben angerufen, und uns wurde gesagt, er sei nicht auf seinem Zimmer. Aber als du mit ihm telefoniert hast, saß er in Frankfurt am Flughafen und hat auf seinen Abflug gewartet. Er hatte das Hotel entsprechend instruiert und das Zimmer zwei Tage bezahlt, obwohl er noch nicht dort war. Verstehst du, er ist erst zwei Tage später geflogen, als er ausgesagt hat. Deswegen hat er sich am Telefon wohl auch so seltsam benommen. Er musste seinen Besuch bei den Chinesen absagen und gleichzeitig uns gegenüber so tun, als ob er in Hongkong sei.«

»Dieses Schwein. Wo war er?«

»Hier in Frankfurt. Bei seiner jungen Assistentin. Sie hat es inzwischen bestätigt.«

»Wenn seine Freundin dabei so wenig überzeugend war wie ihr vorgetäuschter Orgasmus, dann solltest du auch dieses Alibi noch einmal nachprüfen.«

»Da kann ich nur hoffen, ich brauche an dir nicht zu zweifeln«, sagte Henri. Seine Hände fassten nach ihren Schultern, als wollte er sie schütteln. Stattdessen zog er sie an sich und küsste sie auf offener Straße.

Als er sie endlich losließ, sagte sie: »Wir dürfen nicht länger blind in der Geschichte herumstochern. Wir brauchen einen Durchbruch in den Ermittlungen.«

23

Die Krisensitzung, die gerade zu Ende gegangen war, brachte kein Signal der Hoffnung. Im Gegenteil. Noch immer hatten sie keine Spur von Frederik Winkler. Die unzähligen Spuren, die sie gesammelt und ausgewertet hatten, ergaben keinen Sinn, wenn sie nichts hatten, mit denen man sie vergleichen konnte. Und Denise Winkler hatte sich in Luft aufgelöst.

Die Hoffnung, sie könnten ihren Weg nachvollziehen, löste sich schneller auf, als sie die Passagierlisten überprüfen konnten. Es gab mehr als zehn Fluglinien, die die polnische Stadt von Deutschland aus anflogen, von mehr als fünf Flughäfen. Die Frustration war in allen Gesichtern zu sehen. Sie vermischte sich mit der Erschöpfung. Die männlichen Kollegen müssten sich wieder einmal rasieren, und Myriam, die mit Henri am Aufzug stand, hatte das dringende Bedürfnis, sich ein paar Schuhe zu kaufen.

»Fischer soll Jost im Auge behalten«, sagte sie. »Ich traue ihm nicht. Er verheimlicht etwas. Oder hat einen Plan.«

»Für eine offizielle Überwachung liegt kein Grund vor.« Henri drückte mehrere Knöpfe gleichzeitig, um seiner Ungeduld Nachdruck zu verleihen.

»Ich spreche nicht von einer Überwachung. Bleibt ihm einfach auf den Fersen.«

»Wir sollten mit seiner Kollegin Ramona Neuberger sprechen. Es gibt Gerüchte, dass die beiden ein Verhältnis haben.«

»Was ist mit deinem Kontakt zur polnischen Polizei?«

»Ich habe bereits mit Matecki telefoniert. Er ist bereits auf der Suche nach Sophia Fuchs.«

»Was ist mit den Bildern?«

»Werden immer noch im Städel geprüft. Ich habe ihm gesagt, er soll Geduld haben.«

»Es wäre an der Zeit, eine offizielle Zusammenarbeit zu beantragen«, überlegte Myriam.

»Willst du wirklich den ganzen Apparat in Bewegung setzen? So läuft es schnell und unbürokratisch.«

»Aber wir können nicht wirklich reagieren, wenn es darauf ankommt. Du weißt doch, wie schnell einem Verfahrensfehler vorgeworfen werden. Matecki soll dir den Namen seines Vorgesetzten nennen.«

»Okay.«

»Bleibt noch Oliver Winkler. Hat er etwas mit dem Mord an Henriette Winkler oder der Entführung seines Sohnes zu tun?«

Myriam drückte entschieden die Taste für den Aufzug, der anscheinend an jedem Stockwerk hielt und lange auf sich warten ließ. »Ich bin übrigens den ganzen Nachmittag unterwegs. Du kannst mich auf meinem Handy erreichen.«

»Was hast du vor?«

Myriam antwortete nicht.

Henris Hand legte sich auf ihre.

»Du sollst Privatleben und Beruf nicht vermischen«, sagte Myriam und schüttelte seine Hand ab.

»Warum?«

»Weil es eine Regel ist.«

»Wo steht die?«

»Es ist ein ungeschriebenes Gesetz.«

»Ungeschriebene Gesetze gelten nicht für mich. Warum soll ich Gesetze einhalten, die es nicht gibt? Genauso gut könnte ich hier stehen und glauben, ich sei in einem Käfig eingesperrt. Obwohl ich keine Stäbe sehe.«

»Du weißt, was ich meine.«

Hannah Roosen ging vorbei und warf ihnen einen neugierigen Blick zu. Henri beachtete sie nicht. Er griff nach Myriams Schulter und zog sie näher an sich heran. »Was hast du vor? Ich sehe es dir an, dass du etwas ausheckst.«

»Bilde dir nicht ein, mich bereits nach einer Nacht so gut zu kennen, dass du in meinen Augen lesen kannst.«

Der Fahrstuhl würde gleich da sein.

»Ich beobachte dich seit Monaten. Ich kenne dich inzwischen gut genug.«

»Lass mich los!«

Die Fahrzeugtür öffnete sich, doch Henri hielt sie weiter fest. Ein Beamter ging an ihnen vorbei. Es wäre verdammt peinlich, wenn die Staatsanwältin sich vom Hauptkommissar losriss, um im Aufzug zu verschwinden.

Wenn Henri schon nicht die Form wahrte, dann wenigstens sie selbst. Die Aufzugtür schloss sich wieder, ohne dass sie eingestiegen war.

»Verdammt«, zischte sie, »ich muss jetzt los.«

In diesem Moment schlug sein Handy Alarm.

»Wohin?«, fragte er ungerührt.

»Das sage ich dir, wenn ich es weiß. Willst du nicht rangehen?«

»Nein.«

Myriam nahm sein Handy aus der Brusttasche und schaltete auf Empfang. Eine aufgeregte Stimme am anderen Ende.

Pure Verzweiflung, Angst, die das Herz einschnürte, den Atem abschnitt.

»Bleiben Sie ganz ruhig«, sagte Myriam und hob die Hand, um Henri zu signalisieren, dass etwas passiert war. »Was ist los?«

Die Stimme am anderen Ende war über den ganzen Flur zu hören.

»Keine Sorge«, sagte Myriam. »Wir lassen Sie nicht im Stich. Denise und Frederik wird nichts passieren. Ich verspreche es Ihnen.«

Sie beendete das Gespräch.

Wer war sie denn, dass sie immer wieder solche Versprechen gab? Ein Schamane, ein mittelalterlicher Scharlatan, ein Gaukler? Wieder krähte kein Hahn.

»Das war Carl Winkler. Denise hat die Waffe aus dem Safe mitgenommen.«

Carl Winkler saß im schwarzen Mantel im Büro von Hannah Roosen. Seine Hände zitterten, als er die Brille abnahm und sich über die Augen strich.

»Warum tut sie das? Warum tut Denise so etwas?«, wandte er sich an Myriam. »Sie … Sie müssen das doch wissen. Sie kennen sie besser als ich.«

»Wir hatten jahrelang keinen Kontakt.«

»Ich auch nicht«, erwiderte er leise. »Ich auch nicht. Nicht mehr, seit ihre Mutter gestorben ist. Sie hat mir vorgeworfen, dass es meine Schuld war.«

»Es gibt keine Schuld«, sagte Hannah Roosen.

Myriam schaute zweifelnd in ihre Richtung. Natürlich gab es Schuld. Jemand war verantwortlich. Das war es schließlich, was uns zum Menschen machte. Dass wir Verantwortung übernahmen für unsere Taten. Ohne das gab es keine Kultur, und ohne Kultur blieb nur der Dschungel und damit die Freiheit, dem anderen den Schädel einzuschlagen, um daraus zu trinken.

»Erzählen Sie von Ihren Eltern.« Hannah Roosen war ganz Psychologin. »Ihre Mutter liebte Kunst und Musik. Sie hat Bilder gesammelt, Klavier gespielt.«

»Die Musik. Ich habe keine Begabung dafür, aber Denise.«

»Was haben Ihre Eltern über den Krieg erzählt?«, fragte Myriam. Es wurde Zeit, dass sie zur Sache kamen. Es traf sie ein strafender Blick von Hannah.

»Frankfurt wurde fast vollständig zerstört. Danach gab es viel aufzubauen, viel zu tun. Angesichts der Zerstörung der deutschen Städte hatten sie Pläne, waren sie sicher, dass sie Erfolg haben würden. Es war eine große Herausforderung.«

»Das war nach dem Krieg«, entgegnete Myriam. »Was war in der Zeit zwischen 1933 und 1945? Haben Sie nie darüber gesprochen? Über die Kriegsprojekte, an denen Ihre Eltern beteiligt waren?«

»Kriegsprojekte? Welche Kriegsprojekte? Wie das klingt.«

»Bereits 1930 wurde mit dem Führerbunker in Bad Nauheim begonnen, an dem die Firma Winklerbau nachweislich beteiligt war, 1935 kam der Autobahnabschnitt Frankfurt – Darmstadt, 1945 der Flughafen Frankfurt. Das sind die wichtigsten Projekte. Am Flughafen wurden weibliche Zwangsarbeiterinnen aus Auschwitz eingesetzt. Wussten Sie das?«

Carl Winkler wischte sich mit der Hand über die Augen. »Wie soll ich das wissen?«

»Sie haben die Firma schließlich übernommen. Sie haben die Verantwortung.«

»Übernommen?« Winkler schüttelte den Kopf »Ich habe sie nicht übernommen. Meine Mutter hatte bis zu ihrem Tod sechzig Prozent der Anteile. Den Rest teile ich mir mit Denise. Als sie sich zurückzog, hat sie die offizielle Leitung Oliver übergeben. Ich war im Grunde genommen nur ein Lückenbüßer.«

»Das haben Sie einfach so akzeptiert?«

»Sie kannten meine Mutter nicht. Gegen ihren Willen geschah nichts. Jeder hat ihn respektiert, ihren Willen. Mich fand sie immer zu sensibel.«

»Und Ihr Vater?«

»Mein Vater? Er war jemand, der repräsentieren konnte, aber niemand, der hart arbeitete. Nach der Amputation konnte er nicht mehr zeichnen. Deshalb konzentrierte sich die Firma auch stärker auf den Baubereich. Das war die Idee meiner Mutter.»

»Haben Sie je den Namen Sophia Fuchs gehört?«

»Nein.«

»Es war auch nie die Rede von einem Kind?«

»Nein, welches Kind?«

»Ihre Mutter hat Conradi beauftragt, nach einem Kind, oder besser gesagt, nach der Mutter zu forschen.«

»Wovon sprechen Sie?«

»Das wollte ich eigentlich von Ihnen hören.«

Er wischte wieder mit der Hand über die Augen.

»Ich weiß nichts. Meine Mutter war ein Mensch mit Geheimnissen.«

»Wie meinen Sie das?«

»Sie konnte nicht ertragen, wenn ich ihre Post durchsah, in ihr Büro kam, den Safe benutzte oder auf dem Dachboden spielte. ›Was schnüffelst du hier herum‹, sagte sie immer. Es gab viele Orte und Dinge, die tabu waren.«

»Das hat Sie verunsichert?«, fragte Hannah Roosen behutsam.

Plötzlich brach es aus ihm heraus: »Immer, wenn ich Fragen stellte, lenkte sie ab. Schon als Kind habe ich das gelernt. Es gehört sich nicht, Fragen zu stellen.«

»Der Pakt des Schweigens«, sagte Hannah.

»Was?« Carl Winkler sah irritiert in ihre Richtung.

»Pact of Silence. Die Eltern sprechen nicht über die Vergangenheit. Die Kinder spüren das. Ein Verhalten, das nicht nur auf die Opfer zutrifft, sondern auch auf die Kinder von Tätern.«

»Täter? Meine Eltern waren keine Täter.«

»Immerhin sind Ihre Eltern schon sehr früh in die Partei eingetreten.«

»Ja, Sie sagten schon, dass sie Parteimitglieder waren, aber war das nicht jeder, der überleben wollte?«

»Nein, und das wissen Sie auch. Welche Fragen haben Sie Ihren Eltern gestellt?«

»Was ein Kind wissen will. Wie sie sich kennen gelernt haben. Wann sie geheiratet haben.«

Er brach plötzlich ab. Kämpfte mit sich.

»Ihre Mutter ist tot«, sagte Hannah Roosen. »Sie brauchen keine Angst mehr vor ihr zu haben.«

»Ich hatte keine Angst vor ihr, ich habe sie geliebt«, antwortete Carl Winkler fast trotzig. »Sie war meine Mutter.«

Hannah nickte: »Natürlich.«

»Hat Ihre Mutter je mit Ihnen über Ihre Geburt gesprochen?«, fragte Myriam.

»Natürlich.« Er blickte verwundert auf. »Die Umstände waren sehr dramatisch. Als die Bombenangriffe schlimmer wurden, wurde die Zivilbevölkerung Frankfurts aufgefordert, die Stadt zu verlassen. Meine Mutter war ganz alleine. Ich kam irgendwo auf der Straße zur Welt.«

»Gibt es dafür Zeugen?«

»Wieso fragen Sie? Natürlich gibt es Zeugen. Sie war ja nicht die Einzige, die die Stadt verließ. Eine Krankenschwester hat ihr geholfen.«

24

Das Vibrieren des Handys begann mit einem kaum fühlbaren Zittern, einer Erschütterung, die Udo Jost stärker ahnte als tatsächlich spürte. Wieder war die Nummer eine andere.

»Ich habe das Bild in der Zeitung vermisst«, sagte der Mann. »Sie haben Ihren Auftrag nicht erfüllt.«

»Ich möchte erst ein Lebenszeichen des Jungen, einen Beweis, dass er am Leben ist. Denken Sie an die Mutter.«

Macht man das nicht genau so? Kontakt halten, indem man spricht und die Kommunikation nicht abreißen lässt?

»Ich denke an sie. Mit aller Kraft.« Da war Spott in der Stimme des Anrufers. Kein Spott, der lächerlich machen wollte, sondern ein Hohn, eine Schadenfreude, die Jost den Atem stocken ließ.

»Ich lasse mich nicht von Ihnen benutzen.« Jost versuchte Bestimmtheit in seine Stimme zu legen, doch er klang lediglich trotzig. Zumindest begann der Mann zu lachen. Er machte sich über Jost lustig. Jost war in seinen Augen das, was dieser auf keinen Fall sein wollte. Ein Hampelmann. Hampelmann seiner geschiedenen Frau und Marionette seines Chefredakteurs.

Die Wut war wie immer ein künstliches Feuer, das nur brannte, aber nicht wärmte.

»Ich bin nicht Ihr Handlanger. Ich wiederhole mein Angebot zum letzten Mal: fünfzigtausend Euro für ein Lebenszeichen. Dann erzähle ich Ihre Geschichte. Mit Fotos und allem. Exklusiv.«

Lautes Atmen am anderen Ende, anschließend Stille. Dann hörte er zum ersten Mal ein Geräusch im Hintergrund. Ein lautes Rattern.

»Hören Sie mich?«, rief Jost. Er sollte nicht auflegen.

Das Geräusch hörte sich an wie eine Bahn. Nicht gerade ein ICE, eher eine Regionalbahn. Nein. Wie auf einem Jahrmarkt.

»Ich bin noch da.« Jetzt war die Stimme des Mannes wieder deutlich zu verstehen.

»Fünfzigtausend Euro sind eine Menge Geld. Wie viele Jahre müssen Sie dafür arbeiten?« Josts Herz schlug laut. »Ich hole jetzt das Geld. Dann fahre ich in den Sender und bereite den Bericht vor. Er kann noch heute Abend erscheinen. Im Gegenzug nennen Sie mir den Ort, wo ich das Geld hinterlegen soll.«

»Herzlichen Glückwunsch. Sie gehen über die Grenze.« Einen Moment Stille, dann: »Haben Sie das Foto … wie heißt das auf Deutsch … unterschlagen? Einen Beweis unterschlagen?«

»Das lassen Sie meine Sorge sein.«

»Ich sorge mich nicht um Sie. Ich warne Sie.«

»Rufen Sie mich wieder an«, rief Jost. »Ich bringe Ihnen das Geld nach Krakau. Sie sind doch in Krakau, oder? Ist Frederik in Polen?«

Der Mann legte auf.

Hatte Jost es geschafft, ihn zu überzeugen?

Sein Angebot war fair. Er hatte Recht, dem Entführer nicht nachzugeben, nicht nach dessen Pfeife zu tanzen. Die Polizei würde den Schwanz einziehen und zu Kreuze kriechen. Wie die Regierung immer nachgab, wenn Deutsche im

Ausland entführt wurden, und Millionen von Lösegeld an verbrecherische Organisationen flossen. Für ein einziges Menschenleben. Jost pokerte hoch. Die Macht lag auf seinem Schreibtisch, es war die Chance seines Lebens. Ein Fall wie seinerzeit der Politiker in der Badewanne. Niemand konnte damals dem Reporter nachweisen, was er gewusst hatte.

Er erhob sich und ging in Toblers Büro. Er trat ein, ohne anzuklopfen. Dass er ein Sieger war, erkannte er daran, dass Tobler ihn dennoch willkommen hieß, ihm sogar einen Kaffee anbot. Er erzählte, er habe gerade auf seinem Schreibtisch eine neue Botschaft des Entführers vorgefunden. Er zeigte das Foto, das Tobler jedoch nicht so stark interessierte, wie Jost gehofft hatte.

»Das wissen wir doch schon. Dieser Winkler war ein Kriegsgewinnler, hat mit den Wölfen geheult. Na und? Das Kind ist noch verschwunden. Es gibt kein Lebenszeichen. Vermutlich ist es tot. Das heißt, kein Lösegeld. Keine exorbitanten Summen, die Schlagzeilen machen. Irgendwann wird das Kind gefunden, und wenn es nicht auf spektakuläre Art und Weise getötet wurde, ist es nicht mehr als eine Meldung Rang fünf. Gleich nach den Börsennachrichten, kurz vor dem Wetter.«

Doch Jost hatte noch einen Trumpf: »Es gibt noch jemanden, der vermisst wird.«

Tobler ließ sich in seinen Chefsessel zurückfallen, der sich verbog, wie seine Mitarbeiter, wie alle in der Redaktion sich nach Toblers Gesetzen und Regeln verbogen.

Purer Neid erfasste Jost.

Es musste ein Gefühl mit hundertprozentigem Adrenalingehalt sein, wenn man Menschen nach seinem Geschmack umformen konnte, und die Welt auch.

»Sie meinen, sie ist ebenfalls entführt worden?«, fragte Tobler alarmiert.

»Wie es aussieht, ist sie auf eigene Faust nach Krakau gefahren, um dort nach ihrem Sohn zu suchen.«

Tobler überlegte einige Minuten. Auf seinem Schreibtisch schwebte ein magnetischer Kugelschreiber. Er nahm ihn kurz in die Hand und ließ ihn los. Wieder schwebte er in der Luft.

»Hätte ich Ihnen nicht zugetraut, Jost. Ihr Gespür. Eine Mutter, die sich auf den Weg macht, ihren Sohn zurückzuholen. Schade, dass Weihnachten vorbei ist. Da gab es doch einmal diesen Fall, als die Mutter den Mörder ihrer Tochter im Gerichtssaal erschoss. Das sollten wir wieder rauskramen. Forcieren Sie das Thema! Im großen Stil. Das ist Ihre Chance. Herzlichen Glückwunsch! Fliegen Sie sofort nach Krakau. Suchen Sie nach Frau Winkler. Dort ist es jetzt kalt. Eine verschneite Stadt im Osten. Das Drama einer Familie. Das hat etwas. Das hat Athmosphäre und passt zum Wetterbericht.«

Jost atmete erleichtert auf. Alles lief nach Plan. Er erhob sich. Den Schweißausbruch der letzten Minuten wischte er mit dem Taschentuch von der Stirn. Dann verließ er Tobler und eilte den Flur entlang in sein Büro.

Nach dem Whisky schickte er dem letzten Anrufer eine SMS: »Denise Winkler auf dem Weg nach Krakau.«

Nur vierzig Minuten später verließ Udo Jost die Filiale der Deutschen Bank mit fünfzigtausend Euro in der Tasche, was ihn in eine Art Hochstimmung versetzte, denn es war ein verdammt gutes Gefühl, das eigene Konto leer zu räumen. Das Geld war der Zugewinnausgleich aus seiner Scheidung. Einer glücklichen Scheidung, die zu seinen Gunsten ausgegangen war, da kein Ehevertrag existiert hatte. Stattdessen Liebesschwüre bis in den Tod. Bis in den Tod wollte er nach der Trennung versorgt sein. Das meinte der Treueschwur. Dass der eine bis zum Lebensende für den anderen bezahlen muss. In seinem Fall Patrizia, die bei der Börse arbeitete und dort Monat für Monat ein Vermögen in Aktien und Fonds angehäuft hatte, das bei der Scheidung gerecht mit ihm geteilt worden war.

Einen Teil des Geldes hatte er gespart, für den Fall, dass er seinen Job verlor, dass die Zeiten schlechter wurden, dass alles den Bach hinunterging.

Den anderen Teil hatte er verschwendet. Für die Freiheit und schottischen Whisky. Direkt abgefüllt in der privaten Brennerei Glenfarclas in den schneebedeckten Bergen von Speyside im schottischen Hochland. Früher hatte er ihn persönlich dort abgeholt. Jetzt bestellte er ihn über das Internet für vierundfünfzig Euro einundzwanzig pro Liter.

Das Kind durfte nicht tot sein, wie Tobler vermutete.

Sonst wäre seine Investition verloren.

25

Myriam hatte Henri mit Absicht nichts von ihrem Plan erzählt. Es war allein ihre Entscheidung. Sie saß in der Bibliothek des juristischen Seminars, vertieft in Paragraphen und den dazugehörigen Kommentaren, und fühlte sich um Jahre zurückversetzt in die Zeit, als sie noch voller Idealismus gewesen war. Thomas hatte ihre Leidenschaft für diesen Beruf nie verstanden, nie begriffen, dass es eine spannende Angelegenheit war, zwischen den verschiedensten Interessen abzuwägen, um die gerechte Lösung zu finden.

Ob Henri verstand, was sie antrieb? Sie sollte eine Liste von Prüfungen für ihn aufstellen. Es genügte nicht, dass er in der ersten Nacht bestanden hatte. In jedem Fall war er nicht mehr als eine Eskapade. Sie würde ihren Kontakt auf das Berufliche beschränken. Sex mit einem Kollegen war kompliziert. Auch wenn er gut war. Besser als mit Thomas jedenfalls. Dessen Praktiken waren vergleichbar mit der Methode, wie er seinen BMW ein- und ausparkte. Nicht nur einmal hatte sie denselben Ausdruck auf seinem Gesicht entdeckt, egal, ob er einen Orgasmus abschloss oder den Wagen nach einem erfolgreichen Wendemanöver zum Stehen brachte.

Sie widmete sich wieder den Büchern. Die dünnen Seiten des Strafgesetzbuches knisterten. Sie hatten Beweise genug, um den Entführer von Frederik und Mörder von Henriette Winkler zu verurteilen, doch dazu mussten sie ihn erst einmal finden. Und Henriette Winkler hatte ihr Geheimnis mit ins Grab genommen. Warum hatte sie die Dokumente nicht vernichtet? Warum sich mit ihnen begraben lassen?

Der Täter wollte, dass sie ein Verbrechen aufklärten, das in der Vergangenheit lag. Denn dies war der Schlüssel zur Gegenwart. Doch diese Erkenntnis half Myriam keinen Schritt weiter.

Am Anfang lagen Geschäfte und vermutlich die Beschäftigung von Zwangsarbeitern, was nichts anderes als Arbeitssklaven hieß. Ein Kind, von dem sie überhaupt nicht wussten, ob es existierte, nur dass Henriette Winkler den Notar mit Nachforschungen beauftragt hatte.

Dann gab es versiegelte Unterlagen, gestohlene Bilder, ein entführtes Kind, eine verschwundene Frau, und natürlich die Briefe. Aber wo war die Verbindung zu ihrem Tod? Worin war sie schuldig geworden, dass sie in Eiseskälte erfrieren musste? Und wenn der Mann sein Zitat ernst meinte, hatte

Fischer Recht. Dann war das Unrecht in Henriette Winklers Haus geschehen.

Nur welche Schuld?

Woran hatte sie Schuld? Dass sie dafür sterben musste? Dass ihr Enkel entführt wurde? Ein Kind. Wieder ein Kind.

Hatte ein ehemaliger Zwangsarbeiter die Briefe geschrieben?

Oder diese Sophia Fuchs?

Ging es darin um das Kind?

Warum jetzt? Warum nicht schon früher?

Warum interessierte sich Henriette Winkler zu diesem Zeitpunkt für das Kind?

Und wenn der Entführer dieses Kind war?

Es ging nicht nur um Geschäfte. Diese ganzen Projekte, die Henri aufgezählt hatte. Damals war Krieg, und jeder wollte überleben. Oskar Winkler war nur ein kleiner Fisch gewesen. Er war nicht Speer, er war nicht Hans Frank. Er war weder bei der SS noch bei der SA oder der Gestapo. Er war nur deren Parasit gewesen.

Es ging hier um etwas anderes.

Um Rache, um Vergeltung, um die Wiederherstellung von Gerechtigkeit. Die Büchse der Pandora. Henriette Winkler hatte sie geschlossen gehalten und sechzig Jahre mit sich herumgeschleppt, und nun kam jemand und öffnete sie vor den Augen der Welt. Die Vergangenheit entwickelte ihre eigene Dynamik.

Die Lösung war nur an einem Ort zu finden.

Auf dem Hauptfriedhof.

In zwei Metern Tiefe.

Im Grab von Henriette Winkler.

Von dem Mitleid, das sie angesichts der Leiche der alten Frau empfunden hatte, war nichts mehr übrig. Alt zu sein, mildert die Schuld nicht. Vielleicht wäre Henriette Winkler nicht mehr verhandlungsfähig gewesen, aber die Schuld nahm sie mit ins Grab.

Wie dumm von Denise, dass sie die Waffe mitgenommen hatte. Wie dumm. Was, verdammt noch mal, war ihr nur durch den Kopf gegangen?

Myriam war der festen Überzeugung, dass in der Kassette, die jetzt im Familiengrab lag, diese Briefe waren, von denen Frau Hirschbach gesprochen hatte. Diese Briefe konnten sie zu dem Mann führen, der Henriette Winkler getötet hatte, und, was viel wichtiger war, zu Frederiks Entführer. Sie schob den Gedanken an den Jungen beiseite, dachte gleichzeitig, dass er viel zu sehr verdrängt wurde.

Henriette Winkler hatte keine Schuldgefühle gehabt, sonst hätte sie die Dokumente nicht mit ins Grab nehmen wollen.

Aus ihrem Verhalten sprach Trotz.

Und die Arroganz ihrer Generation.

Sie hatte weder Selbstzweifel noch Skrupel gekannt.

Myriam lehnte sich im Stuhl zurück.

Aber, und das war ein Glück, die Unterlagen waren nicht in einem Archiv, sondern in einem Grab. Der einzige Schutz waren der Grabdeckel und die Persönlichkeitsrechte. Doch sie hatte schließlich nicht vor, Leichenteile von Henriette Winkler zu stehlen. Sie würde das Grab nicht schänden. Und sie plante auch nicht, Henriette Winklers Ansehen zu beschädigen. Alles, was sie wollte, war die Wahrheit herauszufinden, denn in ihr lag der Schlüssel zu Frederik.

Sie war die ermittelnde Staatsanwältin. Es ging letzten Endes um die Abwägung von Gütern. Sie musste einen Präzedenzfall schaffen, eine juristische Geheimtür finden. Es musste nicht bedeuten, dass sie das Gesetz umging. Aber selbst wenn sie im Begriff war, ihrer Karriere den Todesstoß zu versetzen, sah sie keinen anderen Ausweg. Denn die Frage, was mehr zählte, das Ansehen einer fünfundachtzigjährigen Frau oder das Leben eines Kindes, war leicht zu beantworten.

Dennoch: Hillmer würde ihre Suspendierung forcieren.

Um das zu verhindern, musste sie mit Carl Winkler sprechen.

»Nein!« Carl Winklers Stimme klang so entschieden wie noch nie. »Ich verbiete es!«

Myriam schloss kurz die Augen und überdachte ihre Entscheidung noch einmal. Doch sie kam zu keinem anderen Schluss. »Ich muss.«

»Sie können meine Mutter nicht exhumieren lassen, nur um an die Dinge heranzukommen, die sie mit ins Grab nehmen wollte. Ihr letzter Wille ist heilig.«

»Nichts ist mir heilig, wenn ich das Leben eines Kindes schützen muss. Ich werde es in jedem Fall tun, ob Sie zustimmen oder nicht.«

»Ich werde in keinem Fall zustimmen.«

»Dann muss ich alleine die Verantwortung übernehmen.«

»Was gibt Ihnen das Recht dazu?«

»Ich glaube, dass die Kassette wichtige Beweismittel enthält. Laut Frau Hirschbach hat Ihre Mutter immer wieder Briefe erhalten. Ich bin die ermittelnde Staatsanwältin und besitze die Befugnis, diese Entscheidung zu treffen. In einem Mordfall können Sie als Angehöriger schließlich auch nicht bestimmen, ob wir Ihre Mutter obduzieren oder nicht. Das ist Teil der polizeilichen Ermittlungen. Wir werden Ihre Mutter nicht anfassen. Es geht nur um die Unterlagen. Sie zu prüfen wird nicht länger als eine halbe Stunde dauern.«

»Es geht um die Totenruhe meiner Mutter.«

»Es geht einzig und allein um Frederik. Wovor haben Sie Angst? Dass Ihre Mutter wieder aus dem Grab steigt? Sie ist tot, aber Frederik lebt hoffentlich.«

»Dem werde ich nie zustimmen.«

»Dann muss ich es darauf ankommen lassen. Die Exhumierung findet morgen früh um halb neun statt.«

Die Scheibenwischer zogen ihre Bahn, kamen gegen den zunehmenden Schneefall jedoch kaum an. Die Stadt war so unwirklich wie in einer Filmszene. Es fehlte nur die Hintergrundmusik. Der Wagen hinter ihr klebte an der Stoßstange. Das Wort »Abstand« hatte der Fahrer wohl nie gehört. Myriam fuhr langsamer, um ihm die Gelegenheit zu geben, zu überholen, doch er reagierte nicht.

So ein Idiot!

Wofür gab es denn die vierspurige Straße?

Hatten sie alles getan, um Frederik zu finden? Konnte man genug tun, wenn ein Kind verschwunden war? Denise war verantwortungslos. Sie unterlief ihre Arbeit und die der Kriminalpolizei.

War das ihre Rache? Als sie damals Mike im Probenraum der Schule angetroffen hatten, befand er sich in einem LSD-Rausch, der so extrem war, dass er sie nicht mehr erkannte. Denise hatte sich einfach neben ihn gesetzt. Doch Myriam konnte nicht ertragen, wie er aus der Wirklichkeit floh. Sie wusste, dass er Drogen nahm, wenn er Musik machte. Immer wieder hatte er erklärt, dass es normal sei, dass nicht die Gefahr einer Abhängigkeit bestand.

Als er zu schreien anfing, war sie im Gegensatz zu Denise in Panik geraten.

Hatte sie Schuld, nur weil sie sich Sorgen gemacht hatte?

Weil sie Verantwortung übernahm? Die Dinge nicht einfach laufen ließ?

Sie hatte doch nicht gewusst, welche Folgen es nach sich zog. Sie hatte nur Mike gesehen, der kaum Luft bekam, der sich übergab, als würde er sein Innerstes auskotzen, und nach Wasser schrie. Er schlug auf Denise ein, die versuchte ihn festzuhalten.

»Ich will fliegen«, hatte er geschrien. »Fliegen! Jeden Ton will ich fliegen. Der Akkord dort, er schwebt. Ich kann ihn sehen. Ich kann die Musik sehen. Sie fliegt in meine Augen. Sie fliegen in meine Augen, die Töne. Wie Blitze.«

Der Einweisung in die Psychiatrie folgte ein Prozess wegen Verstoßes gegen das Rauschmittelgesetz. Er flog von der Schule. Zwei Monate später wurde er aus der Psychiatrie entlassen und warf am nächsten Tag den Föhn in die Badewanne. Zwei Wochen vor dem Abitur.

War sie schuld, weil sie den Krankenwagen gerufen hatte? Wurde man so schnell schuldig am Tod eines Menschen?

Ihr Herz begann wie wild zu schlagen, wie immer, wenn sie Mikes Tod nicht verdrängte, sondern die Erinnerung so klar vor ihren Augen stand, wie sein Horrortrip damals für ihn die Realität gewesen war.

Noch immer klebte der Opel hinter ihr an der Stoßstange. Verdammt, warum überholte er nicht?

An der nächsten Nebenstraße bog sie ab und fuhr an den Straßenrand. Der Opel folgte, blieb ebenfalls stehen.

War das Zufall?

Er löschte das Licht.

Myriam begann, am ganzen Körper zu zittern. Man konnte auch unter Wahnvorstellungen leiden, wenn man kein LSD geschluckt hatte. Weil alles zu viel war. Sie löste die Handbremse, blinkte und fuhr langsam weiter. Sie befand sich nicht weit von der Messe und würde gleich zu Hause sein.

Aus den Augenwinkeln sah sie, dass der Wagen ihr weiter folgte. Myriam schloss kurz die Augen und schaute dann nicht mehr zurück, bis sie vor ihrem Haus angekommen war. Sie hatte Glück. Direkt davor gab es noch einen Parkplatz. Der Opel fuhr vorbei und bog am Ende der Straße ab.

Myriam stieg aus und verriegelte die Fahrertür. Der kräftige Wind blies ihr die Nässe ins Gesicht. Das ganze Haus lag im Dunkeln. Fast wäre sie vor Aufregung über den Schnee gestolpert, der sich am Rande des Gehsteiges türmte. Sie hielt sich am Wagen fest und prüfte, ob tatsächlich alle Türen verschlossen waren. Dann erst ging sie zur Haustür, schaltete das Licht an und suchte die Schlüssel in den Tiefen der Handtasche.

Ihre Hand zitterte, als sie den Schlüssel ins Schloss steckte. Als sie ihn zum zweiten Mal umdrehte, nahm sie hinter sich eine Bewegung wahr. Schuhe knirschten im Schnee. Sie stieß die Tür auf, doch schon riss es ihr die Beine weg. Sie fiel auf die Knie. Vor Schmerz vergaß sie, um Hilfe zu rufen. Sie war damit beschäftigt, wieder aufzustehen. Ein lautes Atmen an ihrem Ohr, Mundgeruch und eine Stimme, die stöhnte. Nein, nicht stöhnte, sondern etwas zischte. Es klang wie Hure, wie Luder, wie Schlampe, wie Flittchen. Dann wurde ihr der Arm nach hinten gedreht. Der Ärmel einer schwarzen Jacke rutschte nach oben. Ein haariger Handrücken, in den ein schwarzer Vogel tätowiert war. Sie ging wieder in die Knie und hörte ein Flüstern: »Gib Ruhe, oder ich fick dich durch, bis mein Schwanz zu deinem Nabel herauskommt.«

Jemand lachte laut. Er war nicht allein.

»Ich schreie.« Myriam fand ihre Stimme wieder. »Lassen Sie mich los, oder ich schreie.«

Das Licht ging aus. In der Dunkelheit konnte sie nichts erkennen. Ihre Hand tastete nach dem Schalter, doch jemand drehte ihr wieder den Arm nach hinten. »Wenn du den Mund nur einen Spalt öffnest, dann kannst du dieses Messer fressen.«

Etwas Kaltes wurde an ihre Lippen gepresst. Ein kurzer Schmerz. Blutgeschmack im Mund.

Sie fiel erneut zu Boden. Ihre Knie trafen die Kante der Treppenstufe. Sie schrie auf.

»Hör auf, dich in Dinge zu mischen, die du nicht verstehst, eingebildete Fotze.«

»Welche Dinge?«

»Hör auf!« Die Stimme war nur noch ein Zischen, und Myriam wunderte sich, dass sie daraus noch so etwas wie Worte, ja sogar einen Sinn erkennen konnte.

»Sag es: Ich höre auf!«

»Ja«, stieß Myriam hervor.

»Nein, sag es: Ich höre auf.«

»Ich höre auf«, stammelte Myriam.

»Gut.«

Dann spürte sie etwas in ihrem Haar. Jemand zog daran. Ihr Kopf wurde nach hinten verdreht. Der Schmerz riss etwas entzwei. Schritte entfernten sich.

Myriam wusste nicht, wie lange sie auf der Treppe kniete. So musste sich jemand fühlen, der kurz vor der Hinrichtung war. Sie spürte, dass Blut am Kinn hinunterlief. Mühsam richtete sie sich auf. Der Schmerz im Bein kehrte zurück, als sei das Knie in der Mitte auseinandergebrochen. Dann schleppte sie sich allein durch das Treppenhaus hoch in ihre Wohnung.

Als sie endlich in Sicherheit war, drehte sie zweimal den Schlüssel um. Ihr Blick fiel in den Spiegel im Flur. Sie hatte das Gefühl, dass ihre linke Kopfhälfte fehlte. Bis sie begriff, dass er ihr auf dieser Seite die Haare abgeschnitten hatte.

Sie blieb eine Weile vor dem Spiegel stehen und starrte sich an. Ihre Lippe blutete noch immer heftig. Eine rote Spur lief den rechten Mundwinkel herab und tropfte auf ihre Bluse, die das Rot aufsaugte. Allmählich setzte auch hier der Schmerz ein. Sie konnte den Mund nicht öffnen.

Langsam schleppte sie sich ins Wohnzimmer. Jede Bewegung tat entsetzlich weh. Sie sank auf das Sofa und erschrak, als sie sich selbst stöhnen hörte. Sie zog die Wolldecke vom Boden hoch und wickelte sich ein. Doch das Zittern wurde nicht besser. Die Kälte verschwand nicht.

Sie war überfallen worden.

Zwei Männer hatten sie verfolgt, ihr aufgelauert, sie angegriffen, sie auf die Knie gezwungen, ihr die Lippen verletzt. Einer hatte ihr die Haare abgeschnitten.

Dahinter stand Verachtung und das Bedürfnis zu bestrafen.

Die Strafe für Frauen.

Sie hatte sich der Gewalt gebeugt. War vor ihm auf die Knie gefallen.

Das traf sie härter als alles andere. Immer wieder griff ihre Hand an den Kopf, der sich seltsam kahl anfühlte. Ihre Haare waren zusammengeschrumpft wie ihr Innerstes.

Als das Telefon klingelte, kam ihr zum ersten Mal der Gedanke, dass sie die Polizei rufen musste. Wie oft hatte sie schon Opfer vor Gericht gefragt, weshalb sie so spät Hilfe geholt hatten. Jetzt verstand sie es. Gerade weil sie so hilflos, so verdammt auf jemanden angewiesen war, schreckte sie davor zurück. Es war die nächste Demütigung. Wem wollte sie sich so zeigen? So verletzt? So erniedrigt?

Das Telefon hörte auf zu klingeln. Der Anrufer gab auf.

Dann begann das Handy im Flur Chopin zu spielen. Aufdringliches Geklimper. Mühsam erhob sie sich. Der Schmerz jagte erneut durch das Knie, und sie schrie auf. Fest in die Decke eingewickelt, schleppte sie sich in den Flur. Die Handtasche lag vor dem Spiegel. Als sie auf den grünen Hörer drückte und Henris Stimme hörte, konnte sie plötzlich nicht mehr atmen.

Er redete und redete und merkte nicht, dass etwas nicht stimmte, dass sie keine Antwort gab. »Denise Winkler hat ein Zimmer im Hotel Amadeus gebucht, ist dort aber nicht angekommen.«

Erst, als er keine Antwort bekam, fiel ihm auf, dass etwas nicht in Ordnung war, und fragte: »Was ist los?«

Myriam saß auf dem Sofa im Wohnzimmer, das Bein ausgestreckt auf einem Klappstuhl. Henri hatte den Krankenwagen und Ron Fischer mitgebracht, der sie mitleidig beobachtete. Das erste Mal hatte sie das Gefühl, von ihm akzeptiert zu werden.

»Es ist doch nichts passiert«, wiederholte Myriam. »Ich habe nur nicht damit gerechnet.«

»Ist Ihnen der Wagen schon einmal aufgefallen?«, fragte Fischer. Sie hatte ihn bisher immer nur aus der Distanz betrachtet. Als er jetzt vor ihr saß, den Oberkörper zu ihr gebeugt, seine Hand auf ihrem Arm, fiel plötzlich alle Aggression gegen ihn von ihr ab. Und es beruhigte sie, dass Henri nervös im Zimmer auf und ab rannte und eine Zigarette nach der anderen rauchte.

»Haben Sie den Wagen schon einmal gesehen?«, wiederholte Fischer seine Frage.

»Ja, ich glaube. Die letzten Tage irgendwann stand ein ähnlicher weißer Opel hier vor der Tür.«

»Du hast ihn bemerkt und mir nichts erzählt?«, rief Henri. »Ich glaube, du bist total ...!«

»Wann genau?«, unterbrach ihn Fischer.

»Ich glaube, am Montag.«

»Ist Ihnen in letzter Zeit sonst noch etwas aufgefallen, das Ihnen seltsam vorkam?«

Myriam seufzte. Sie wollte nicht, dass die Sache dramatisiert wurde.

Henri trat hinter sie und legte seine Hand besitzergreifend auf ihre Schulter: »Da war noch etwas, oder?«

»Anrufe, immer wieder Anrufe auf dem Anrufbeantworter. Niemand meldete sich. Und eine zerschnittene Zeitung vor meiner Tür.«

Henri stöhnte und murmelte etwas vor sich hin, das klang wie »verrückt«, wie »durchgeknallt«.

»Eine zerschnittene Zeitung? Was meinst du genau mit zerschnitten?«

»Nur mein Bild«, antwortete Myriam und war froh, dass der Notarzt ihr Gespräch unterbrach. Dass sie zu diesem Zeitpunkt nicht mehr erklären musste.

»Es wäre gut, wenn Sie das Knie die nächsten Tage nicht belasten. Ist ja bald Wochenende. Was die Schnittwunde am Mund betrifft, so lässt die Wirkung der Spritze in ein bis zwei Stunden nach. Ihr besorgter Freund kann Ihnen ja ein Schmerzmittel aus der Apotheke besorgen. Solche Verletzungen heilen schnell. Morgen wissen Sie schon nichts mehr davon. Das mit dem Knie kann allerdings dauern.«

Er drückte ihr die Hand und verschwand.

Henri schaute sie abwartend an, als wäre ihre Beichte noch nicht zu Ende.

»Ich kann nicht mehr«, sagte Myriam. »Können wir das nicht morgen klären?«

Fischer nickte. »Das Wichtigste haben wir ja. Schade, dass Sie sich die Autonummer nicht gemerkt haben. Gerade Sie hätten doch daran denken müssen.«

»Wie geht es Ihren Zwillingen?«, fragte Myriam statt einer Antwort. »Ist alles in Ordnung?«

Fischer nickte, und zum ersten Mal erkannte sie etwas wie Stolz in seinen Augen. War dieses Strahlen neu, oder hatte sie es einfach nur übersehen, weil sie es nicht wahrhaben wollte? Der Überfall hatte sie erniedrigt. Man hatte ihr die Maske vom Gesicht gerissen. Sie konnte sich nicht länger dahinter verstecken.

»Kümmere dich um sie«, sagte Fischer an Henri gewandt und erhob sich. »Wir brauchen sie noch. Wenn sie ausfällt, dann haben wir Hillmer auf dem Hals.«

»Was meinst du, was ich vorhabe«, antwortete Henri. »Und viele Grüße an Berit. Wenn das hier vorbei ist, dann kommen Myriam und ich zur Besichtigung vorbei.«

Er verfügte über sie, und sie hatte keine Kraft, um zu protestieren.

Fischer nickte Myriam zu.

Zehn Minuten später waren sie allein.

»Meinst du, dass es Jost war?«, fragte sie.

»Jost? Wie kommst du darauf?«

»Ich habe das Gefühl, dass er mich beobachtet. Vielleicht verfolgt er mich.«

»Soweit ich weiß, fährt er keinen Opel.«

»Wenn ich jemanden verfolge, dann nehme ich auch nicht meinen eigenen Wagen. Er weiß von uns. Er hat so eine Bemerkung gemacht.«

Henri antwortete nicht. Stattdessen schaute er sie an und wiederholte: »Von uns?«

»So meine ich das nicht«, wehrte sich Myriam.

Doch sein Mund war bereits an ihrem Ohr. »Du siehst cool aus«, flüsterte er. »Nein, nicht cool. Erbärmlich. Das gefällt mir.«

»Was mache ich denn nur? So kann ich mich nirgends sehen lassen.« Ihre Hand griff ins Haar.

Er grinste. »Ich kann dir die andere Seite abschneiden. Ich schneide mir die Haare auch selbst.«

»Deshalb«, murmelte sie.

Er erhob sich. »Wo hast du eine Schere?«

»Das ist ein Scherz!«

»Nein, ich bringe die andere Seite einfach auf die gleiche Länge, oder willst du so ins Büro?«

»In der Küche, erste Schublade rechts.«

Als die erste Strähne fiel, zuckte sie zusammen. Sie hatte das Gefühl, ihre ganze rechte Seite wäre kahl geschnitten.

»Nicht bewegen«, rief Henri.

»Ein Spiegel!«, rief sie.

»Später.«

Erst als Henris Handy klingelte und er die Schere zur Seite legte, konnte sie sich an den Kopf fassen. Sie hatte keine Haare mehr. Sie trug ein Fell auf ihrem Kopf.

Auf einem Bein hüpfte sie in den Flur, um sich im Spiegel zu betrachten, und erschrak. Nicht wegen der Haare. Henri hatte tatsächlich Talent. Doch ihre Lippen waren vom Blut verkrustet. Sie war leichenblass und sah aus wie ein Vampir.

»Den Fernseher?«, hörte sie Henri erstaunt fragen. »Wieso?« Und dann: »Schon gut, schon gut, beruhige dich, Ron. Ich schalte ihn ja schon an. Ja, ich beeile mich.«

Sie kehrte ins Wohnzimmer zurück. Beide starrten sie auf den Bildschirm. Wieder stand Jost vor Denise' Haus, das Mikrofon in der Hand. »Wohin ist Denise Winkler verschwunden? Ist sie wirklich auf der Suche nach ihrem Sohn, oder läuft sie nur der Vergangenheit davon? Wie viel weiß sie über ihren Großvater? Hat sie auch dieses Foto vorher nie gesehen, das beweist, dass ihr Großvater ein treuer Parteigenosse war, einer von Hitlers Helfern?«

Ein Bild erschien auf dem Bildschirm: Oskar Winkler. Langsam fuhr die Kamera auf ihn zu, nahm die Brusttasche seines Anzugs ins Visier und vergrößerte sie, bis das Parteiabzeichen deutlich zu erkennen war.

»Zurück bleibt ein verzweifelter Vater«, sagte Jost, und schon sahen sie Oliver Winkler in einem Sessel sitzen, der mit eindringlicher Stimme den Entführer bat, ihm seinen Sohn zurückzugeben. »Seien Sie gnädig«, sagte er. »Denken Sie an seine Mutter. Denken Sie an Ihre Mutter.«

Die Kamera fuhr zur Seite. Oskar Winkler schüttelte einem Mann die Hand, der unverkennbar Hitler war.

26

Als Denise am Abend in Krakau ankam, fühlte sie sich seltsamerweise nach der langen Fahrt nicht erschöpft. Die Angst war der Aggression gewichen. Einer Aggression, die zum ersten Mal in ihrem Leben hoch an die Oberfläche trieb. Ihr Bewusstsein wurde überschwemmt von Wut, Zorn und einer kalten Form von Rachsucht. Ihr war bewusst, sie würde lange Zeit von diesem Hass getrieben werden, wie andere Menschen von Ehrgeiz oder Neid. Auch wenn sie Frederik finden sollte, dieses Gefühl würde sie nicht verlieren. Es war eine Narbe, die für immer bleiben würde.

Geduldig verharrte sie am Taxistand in einer langen Reihe von Menschen. Geduld würde sie die nächsten Stunden brauchen. Sie konnte es sich nicht leisten, dass ihre Energie aufgefressen wurde von unkontrollierter Panik. In Zukunft würde sie mit niemandem verhandeln, außer mit diesem Mann, der ihr Kind in seiner Gewalt hatte. Automatisch griff ihre Hand nach dem Handy und schaltete es an.

Sie atmete tief durch. Die Luft war rußig und roch nach Teer, nach den Abgasen der Autos, die unaufhörlich den Parkplatz verließen, vollgestopft mit Menschen in dicken Mänteln.

Neben der Straße türmte sich der Schnee der letzten Tage. Er war schwarz wie der Asphalt, und im orangefarbenen Licht der Straßenlaternen glaubte Denise, die kalte Luft sehen zu können. Bleifarben hing sie über der Baustelle vor dem Bahnhof. Hier entstand ein neues Stadtviertel.

Endlich war sie an der Reihe. Das Taxi näherte sich langsam. Der Fahrer stieg aus und hob ihren Koffer in den Kofferraum. Sie zeigte ihm die Adresse des Hotels und bat ihn auf Englisch, am Wawel vorbeizufahren. Er nickte, öffnete die hintere Tür und ließ sie einsteigen.

Sie fiel in das zerschlissene Polster und hatte das Gefühl, angekommen zu sein. Für einen Moment schloss sie die Augen, um sich auf den nächsten Schritt zu konzentrieren. Dann hob sie das Handy ans Ohr, um die Mailbox abzuhören. Niemand hatte sich die Mühe gemacht, seine Nachricht als SMS zu schicken. Jeder schrie ihr Befehle entgegen.

»Verflucht, wo bist du? Bist du verrückt geworden? Total durchgeknallt? Melde dich sofort, wo immer du auch bist. Du kannst nicht davonlaufen.«

Fuck you, fuck you, Oliver.

Dann Lieblers ruhige, tiefe Stimme, überdeutlich bemüht, einer hysterischen Mutter Vertrauen zu vermitteln: »Melden Sie sich, wo immer Sie auch sind. Sie können Ihrem Sohn so nicht helfen. Rufen Sie mich an. Lassen Sie uns reden. Wenn

Sie Hilfe brauchen, wenden Sie sich an Herrn Matecki. Er gehört zum Polizeirevier in Kazimierz. Am Platz Szeroka. Telefonnummer 506743.«

Dagegen klang Myriam hysterisch: »Denise, wo bist du? Warum hast du mich nicht angerufen? Wir hätten reden können. Komm zurück! Du kannst das nicht alleine lösen.«

Ich habe versucht, dich anzurufen, Myriam. Immer wieder. Aber du warst nicht zu Hause.

Gefrorene Bäume und vereiste Dächer schwebten an ihr vorbei, ohne dass Denise sie wahrnahm. Dennoch übertrug sich die nächtliche Trostlosigkeit auf sie. Ihre Hand tastete den Mantel ab. Die Waffe steckte sicher bei ihrem Herzen, genau dort, wo sie hingehörte. Sie war ein Symbol, mehr nicht.

Der Taxifahrer warf immer wieder einen Blick in den Rückspiegel.

»First time in Cracow?«, sagte er schließlich.

»No.«

»Wonderful city.«

»Yes.«

»Do you need taxi next days?« Vielleicht hatte er einen Kurs in Businessenglisch abgeschlossen.

»No, thank you.«

»I give you my number.«

»Thank you, but ...«

»I make you fair ...«, er stockte. Schließlich sagte er auf Polnisch: »Złoty.«

Sie nickte und schloss demonstrativ die Augen. Vielleicht verstand er so, dass sie kein Gespräch wünschte.

Sie öffnete sie erst wieder, als sie ihn mit Stolz in der Stimme *Wawel* sagen hörte. Seine Hand zeigte nach rechts.

Links vor ihnen lag, erhöht auf einem Plateau, der beleuchtete Burgkomplex, den sie im Sommer besichtigt hatte, ohne zu ahnen, dass ihr Schicksal damit verknüpft war. Sie war durch die Königsgemächer gelaufen, hatte Kunst konsumiert, die Architektur genossen, mehr nicht. Es schien ewig her zu sein. Jetzt war aus der Sehenswürdigkeit eine Festung geworden, hinter deren hohen Mauern sich Geheimnisse verbargen. Aber jemand zwang sie dazu, in eine Vergangenheit zurückzugehen, von der sie nichts wissen wollte. Ihr ging es jedoch nur um ihren Sohn.

Sie wischte die Scheibe mit dem Ärmel des Mantels sauber und starrte hinauf.

Nur wenige Minuten später hielt das Taxi in der engen Gasse, in der sich das Hotel Amadeus befand, in dem sie das letzte Mal übernachtet hatten. Es lag nur wenige Schritte vom Hauptmarkt entfernt. Damals hatte sie geglaubt, unglücklich zu sein. Ihre Auseinandersetzungen mit Oliver wurden immer heftiger. Etwas in ihrem Leben zog sich immer enger zusammen, sodass sie das Gefühl hatte zu ersticken. Seit ihre Großmutter sich aus der Firma zurückgezogen hatte, übernahm Oliver immer mehr die Führung. Er traf Entscheidungen im Alleingang. Die Umstrukturierungen, die Entlassung langjähriger Mitarbeiter, die suspekten ausländischen Subfirmen, mit denen er Projekte abwickelte. Auf ihre Vorwürfe und Vorhaltungen hatte er stets entgegnet: »Was willst du? Ich bin dabei, deine Firma zu retten. Außerdem ist Henriette einverstanden. Sie ist fünfundachtzig, aber sie weiß, woher der Wind weht und wann es Zeit ist umzudenken. Henriette denkt im großen Stil.«

»Es ist schon lange nicht mehr meine Firma«, hatte sie geantwortet.

Sie hatte das Zimmer von Frankfurt aus reserviert. Es war kein Problem gewesen. Um diese Jahreszeit waren kaum

Touristen in der Stadt. Es war zu kalt. Ein großes Thermometer, das vor dem Hotel hing, zeigte achtzehn Grad unter null. Weißer Atem kam aus dem Mund des Taxifahrers, als er ihren Koffer heraushob.

»Stopp!«, sagte sie plötzlich.

Er schaute sie überrascht an.

»I've changed my mind. I want to stay at another hotel.«

Sie zog den Geldbeutel aus der Handtasche und gab ihm fünfzig Euro.

Er stellte den Koffer zurück in den Kofferraum.

Sie stieg wieder ein. Es dauert nicht länger als zwei Minuten, bis sie bei dem anderen Hotel ankamen. Es lag am Rande eines weitläufigen Platzes, sodass sie sich sofort freier fühlte und dem Fahrer übertrieben viel Trinkgeld gab. Als er zufrieden nickte, hatte sie plötzlich das Gefühl, dass sie einem ganzen Land Lösegeld zahlte.

Zehn Minuten später saß sie auf dem Bett in einem kleinen Zimmer. Der Koffer blieb unausgepackt im Raum stehen, denn sie blätterte bereits in dem Telefonbuch, um das sie gebeten hatte. Auf die Frage der jungen Frau an der Rezeption, ob sie jemanden suche, ob sie helfen solle, hatte sie verneint. Sie öffnete die Minibar und nahm eine Flasche Wodka heraus. Goss sich ein Glas ein und setzte sich an den Schreibtisch vor den Laptop.

Nein, sie war keine Touristin. Sie war hier, um zu arbeiten. Sie musste arbeiten, um zu überleben.

Der erste Name, den sie suchte, war Sophia Fuchs. Doch es gab niemanden in Krakau, der so hieß.

Von den zwanzig Männern auf der Liste, die für Oliver gearbeitet hatten, fand sie zwölf im Telefonbuch. Zehn von ihnen mehrfach.

Staszek Salik – zwei Einträge,

Jarek Debski – vier Einträge,
Krzysztof Baranowski – ein Eintrag,
Ryszard Kądow – drei Einträge,
Michal Nowicki – zehn Einträge.

Akribisch notierte sie Telefonnummern und Adressen.

Es war ein Uhr nachts, als sie die Liste abschloss. Auf dem Platz vor dem Hotel war es jetzt ruhig geworden. Die Stadt schlief, aber Denise konnte ihr keine Ruhe gönnen. Sie griff zum Telefonhörer und wählte die erste Nummer. Ihr Herz schlug laut vor Aufregung. Was sollte sie sagen? Was fragen? Sollte sie einfach nur den Namen *Winkler* nennen? Und wenn aufgelegt wurde? Welche Sprache sollte sie sprechen?

Staszek Salik Nr. 1.

Sie rechnete mit allem, nur nicht damit, dass niemand abnahm.

Staszek Salik Nr. 2.

Nach zweimaligem Läuten die junge Stimme eines Mannes. Im Hintergrund laute Musik. Sie verstand kein Wort. Als der Piepston erklang, wusste sie lange nichts, dann sprach sie ihren Namen auf den Anrufbeantworter und bat auf Englisch, er möge sie zurückrufen. Sie habe Fragen zur Firma Winkler in Frankfurt. Noch bevor sie ihre Handynummer sagen konnte, war das Band zu Ende.

Jarek Debski 1.

Sie ließ es so lange klingeln, bis das Besetztzeichen ertönte.

Jarek Debski 2.

Dasselbe Ergebnis.

Erst bei Jarek Debski 3 nahm jemand ab. Eine verschlafene Frauenstimme. »Hallo?«

»Entschuldigen Sie bitte, kann ich Jarek Debski sprechen? Jarek Debski?«

Eine Frage folgte, die sie nicht verstand. Doch sie hörte

aus der hohen Stimme das Misstrauen heraus, Unbehagen und Angst. Ein Knacken in der Leitung ertönte, das Freizeichen. Die Frau hatte aufgelegt.

Denise konnte sich nicht erlauben, zu viel darüber nachzudenken. Sie wählte bereits die nächste Nummer. Wieder hatte sich am anderen Ende jemand entschlossen, nicht abzunehmen, oder war nicht zu Hause. Erst bei Ryszard Kadow Nr. 2 hatte sie wieder Erfolg. Diesmal eine Männerstimme. Jung. Dasselbe Spiel.

»Hallo?«

»Ryszard Kadow?«, fragte sie.

»Nie.«

»Ryszard Kadow? Ich muss ihn unbedingt sprechen.« Sie wechselte automatisch in die englische Sprache »Please, is this the number of Ryszard Kadow?«

»It's my father.«

Die erlösende Antwort. Denise kamen die Tränen. Ihr Gegenüber musste es spüren, denn er fragte: »How can I help you?«

»I want to speak to your father. It's important, very important.«

»Germany?« kam die Frage zurück »Sind Sie deutsch?«

»Ja, ja, mein Name ist Winkler. Winkler Denise. Ich … ich muss Ihren Vater sprechen.«

»Er ist nicht hier, er arbeitet in Deutschland.«

»In Deutschland? In Frankfurt?«

»Berlin.«

Eine neue Welle der Verzweiflung überfiel Denise. »Berlin«, wiederholte sie. »Hat er nie in Frankfurt gearbeitet?«

»Nein.«

»Und für die Firma Winkler aus Frankfurt? Hat er für sie gearbeitet?«

Kurzes Zögern am anderen Ende. »Ja, aber nicht in Frankfurt. In Krakau. Er hat gearbeitet für das Zentrum in Kazimierz.«

»Sie meinen das Einkaufszentrum, das abgebrannt ist?«

»Ja.«

»Wie kann ich Ihren Vater finden?«

Schweigen am anderen Ende.

»Wie ist Ihr Name?«

»Denise Winkler.«

»Wie kann ich Sie erreichen?«

»Hotel Matejko.«

»Sie sind in Krakau?«

»Ja.«

»Ich werde ihn fragen.«

Wieder ein Knacken, und das Gespräch war beendet.

Während sie eine Nummer nach der anderen angerufen hatte, hatte ihr Handy ständig geklingelt. Sie hielt es in der Hand. Ein kurzer Blick auf die Nummern genügte, um zu wissen, wer der Anrufer war. Immer wieder Oliver, ihr Vater, Myriam und Liebler. Sie hörte die Mailbox nicht ab.

Verzweifelt rutschte sie an der Bettkante hinunter und blieb auf dem Boden sitzen. Das letzte Gespräch hatte ihre ganze Kraft gekostet. Sie zitterte. Die Zähne schlugen aufeinander. Sie zog die Bettdecke herunter und wickelte sich darin ein.

Ein Irrtum. Es musste ein Irrtum sein. Das Schicksal hatte einen entsetzlichen Fehler gemacht, und das musste ihm gesagt werden. In einer gerechten Welt könnte das nie geschehen. Oder war es nur ein Unglück? Diese unbekannte Größe, mit der man sein Leben nicht planen konnte und ohne sie auch nicht. Wie konnte man dann überhaupt ein Leben planen?

Es war kein Unglück. Sie war als Mutter unfähig, wie Oliver gesagt hatte, denn sie hatte nicht aufgepasst.

Sie schloss die Augen, sah ihren Sohn. Wie er allein in einem Zimmer saß. Ihm war kalt. Er zitterte. Er kannte die Sprache nicht. Er hatte Hunger, er hatte Angst. Er weinte. Er schrie.

Wo war er?

In einem Keller? In einem Erdloch? In einer Kiste? Irgendwo in einem Haus im Wald? Vielleicht war er schon tot. Wer konnte so grausam sein, das einem Kind anzutun? Ihr anzutun? Sie waren nicht schuld. Trugen keine Verantwortung. Wofür? Wofür trug sie keine Verantwortung?

Sie durfte nicht einschlafen.

Nur ihr Körper war müde, nicht ihr Bewusstsein. Vor ihrem inneren Auge liefen die Gedanken wie Reklame in Leuchtschrift. Blinkende Spruchbänder. Dort draußen in der Stadt war ihr Kind. Sie spürte es. Sie fühlte es. Mochten die anderen sagen, was sie wollten. Sie hatte schon, als er noch ein Baby war, gespürt, wann er schreien würde. Noch bevor er aufwachte, stand sie an seinem Bett. Wenn er irgendwo dort draußen war, dann musste es doch eine andere Möglichkeit geben, ihn zu finden, als in einem Telefonbuch zu blättern. Eine ermüdende Arbeit, die so konträr war zu dem, was sie fühlte. Wie immer alles in ihrem Leben konträr zu ihren Gefühlen gelaufen war. Parallel. Unmöglich konnten sich die äußere und ihre innere Lebenslinie treffen. Nicht einmal in der Unendlichkeit.

Nein, schlafen durfte sie erst wieder, wenn sie ihn gefunden hatte. Sie stellte sich vor, wie sie schreiend durch Krakau lief. Wie sie sich auf den Marktplatz stellte. Mit dem Foto ihres Sohnes. Mit dem Foto ihres Großvaters auf dem Wawel. Sie würde Tag für Tag durch die Stadt laufen und Frederiks

Namen rufen. Sie würde alles verkaufen, was sie besaß. Alles in die Waagschale werfen. Die Firma, das Haus, ihr Leben.

Sie würde die Taxifahrer der Stadt um Hilfe bitten.

Sie würde ihnen Geld anbieten. Sie sollten durch die Stadt fahren mit Martinshorn, mit Megafonen. Sie sollten seinen Namen ausrufen. Sie sollten die Stadtgebiete abfahren und laut nach ihm rufen. Wie die Polizei, bevor ein Gebäude evakuiert wurde, wie die Stadtwerke, wenn sie das Wasser abstellten, wie die Feuerwehr, wenn Gefahr drohte.

Jeder verdammte Rundfunk- und Fernsehsender dieser Stadt sollte Frederiks Bild zeigen.

Sie schreckte hoch.

War sie doch kurz eingeschlafen?

Zofia

Freitag, 1. September 1944, Frankfurt

Wenn nur ein Wunder mich retten kann, dann muss ich an dieses Wunder glauben.

Ich liege in der Dachkammer und warte.

Das Warten ist zu meiner zweiten Natur geworden.

Ich liege mit einer Anspannung da, an die ich mich schon gewöhnt habe. Die Vorahnung schnürt mir das Herz zusammen. Ich höre Schritte auf der Treppe und erstarre. Bis mir einfällt, dass er nicht da ist. Er ist nach Berlin gefahren. Er ist weg. Er ist weg.

Warum bin ich nicht erleichtert?

Weil mein Inneres zum Stillstand gekommen ist. Als ob nur noch Arme und Beine funktionierten, sonst nichts.

Gestern habe ich auf die Herdplatte gefasst und nichts gespürt. Ich hörte es zischen, aber der Schmerz blieb aus. Wie ist das möglich?

Immer wieder fragt Magda, was los ist, aber ich kann es ihr nicht erzählen. Also redet sie die ganze Zeit. Dass sie verliebt ist. Sie flüstert, während sie mir von ihrer Liebe spricht. Sie erzählt mir jede Einzelheit. Wie er sie ansieht, wie er redet, wie er sie küsst.

Magda hat keine Grundsätze. Ich kann ihr nicht mehr vertrauen. Sie macht sich mit jedem gemein, und einen Deutschen kann man nicht lieben.

Ich hasse sie.

Dieser Hass ist wie ein Geschwür. Er wächst von Tag zu Tag. Er bläht meinen Bauch auf.

Ich huste und huste, und sie fragt mich besorgt, ob ich Probleme mit der Lunge habe. So etwas wird vererbt, sagt sie. Dein Bruder hatte doch auch Tuberkulose. Wer weiß, ob er noch lebt.

In meinem Innern schreie ich sie an. Er lebt, er lebt. Aber kein Wort kommt über meine Lippen. Ich bin stumm.

Du hast das Recht, in die Stadt zu gehen, sagt sie immer wieder. Ja, die Vorschriften sind streng, aber das Recht hast du, sagt sie.

Ich habe es ja versucht. Als niemand im Haus war, habe ich die Haustür geöffnet, bin zum Tor gelaufen und habe es geöffnet. Erst konnte ich mich nicht entscheiden, wohin ich gehen soll, doch dann bin ich rechts zur Kirche abgebogen. Als ich davor stand, bog plötzlich eine Gruppe Jungen um die Ecke. So alt wie Leszek. Sie trugen Uniformen und brüllten ein Lied. Ihre Stiefel schlugen auf dem Asphalt auf. Ich flüchtete in die Kirche und kniete mich auf den Steinboden wie die Frauen in der Marienkirche und fragte Gott, warum meine Mutter nie auf meine Briefe geantwortet hat. Oder hat Magda sie einfach weggeworfen? Ich traue ihr plötzlich alles zu, wie die ganze Welt draußen zur Bedrohung geworden ist. Ich sehe den Himmel und halte mir die Augen zu. Ich schließe die Vorhänge, wenn die Sonne scheint. Ich sehe die Straße und fürchte mich. Ich höre Leute vorbeigehen, miteinander sprechen und möchte sie anbrüllen.

Als ich wieder zurück im Haus war, habe ich nach einem Messer gesucht und den Rock hochgehoben. Aber ich habe es nicht geschafft zuzustoßen. Meine Hand zitterte, meine Finger krallten sich um den Griff, und ich sah das Blut vor mir.

Am Anfang dachte ich noch, es würde verschwinden. Wie die Lungenentzündung oder der Husten. Wie das Blut jeden Monat, das ich mit Zeitungspapier auffange und es mit den Kohlen in den Ofen werfe.

Jetzt sind doch Schritte vor der Tür. Ist er zurückgekommen?

Langsam öffnet sich die Tür, und die Frau kommt heran. Sie schaut mich an. Ich ziehe die Decke höher.

Warum sagt sie nichts? Befiehlt sie nichts? Warum streicht sie nicht mit den Fingern über die Möbel auf der Suche nach Staub, nach Spinnweben, nach ihrem eigenen Dreck?

Es würde mich beruhigen.

Stattdessen geht sie zum Dachfenster und schaut zum Fenster hinaus, das Richtung Garten geht. Es ist nicht größer als eines der Bücher meines Vaters, und wenn ich es öffne, ist es, als ob ich eine Seite aufschlage zu einer anderen Welt, die so unwirklich ist wie die in Büchern.

Sie räuspert sich, tritt wieder an mein Bett und schaut von oben auf mich herab.

»Ich weiß es«, sagt sie. »Aber du bist selbst schuld.«

Ich antworte nicht.

»Du musst das Haus verlassen. Du kannst nicht länger hierbleiben. Ich finde einen Platz für dich. Aber erst habe ich dir einen Vorschlag zu machen.«

Zwei Tage

27

Als Denise Freitagmorgen aus dem Schlaf gerissen wurde, dauerte es eine Weile, bis ihr klar wurde, wo sie sich befand. Sie war in Krakau. Im Hotel. Die fremde Umgebung in Verbindung mit der Tatsache, dass das Telefon neben dem Bett läutete, versetzte sie augenblicklich in Panik. Niemand wusste, wo sie war. Wer also sollte sie anruen? Das Herz hämmerte gegen die Rippen. Sie versuchte den Atem so weit zu beruhigen, dass sie nach dem Hörer greifen und wenigstens ein Wort sagen konnte. »Ja?«

»Frau Winkler?«

»Was ist?«

»Sie haben einen Besucher.« Hörte sie auf Englisch sagen.

Niemand wusste, dass sie hier war.

»Ein Besucher?«

»Er heißt ...« Die Frau von der Rezeption unterbrach kurz und sagte schließlich: »Marek Kadow.«

Schlagartig erinnerte sie sich wieder. Sie hatte heute Nacht mit ihm telefoniert, der Arbeiter, dessen Vater an dem Einkaufszentrum in Kazimierz gearbeitet hatte.

»Ich komme.«

Sie sprang aus dem Bett und stieg in die Jeans, die nach Asphalt und frischem Teer roch.

Ihr Blick fiel auf die Uhr. Zehn. Sie hatte tatsächlich geschlafen. Seit ihr Sohn verschwunden war, hatte sie es nie geschafft, länger als eine Stunde zu schlafen. Was anderes konnte dies bedeuten, als dass sie tatsächlich auf dem richtigen Weg war. Frederik war in Krakau. Er musste hier sein.

Kadow, ein schlanker, groß gewachsener Mann um die dreißig, erhob sich von dem weißen Ledersofa im Foyer, als sie aus dem Aufzug trat. Unter dem anthrazitfarbenen Mantel trug er Jeans und ein blau-weiß kariertes Hemd. In seinen Händen hielt er eine schwarze Schildmütze. Wie Amerikaner legte er offenbar wert auf einen akkurat geschnittenen Kurzhaarschnitt, der die markante Kinnpartie betonte. Kurz, er hatte keinerlei Ähnlichkeit mit den polnischen Bauarbeitern, die Denise auf den Baustellen getroffen hatte.

Nervös trat Denise auf ihn zu. Als sie ihm die Hand entgegenstreckte, beugte er sich darüber und deutete einen Kuss an, was sie sehr verwirrend fand. Verlegen sagte sie: »Vielen Dank, dass Sie so schnell gekommen sind.«

»Ich habe mit meinem Vater telefoniert«, sagte er. »Können wir uns unterhalten?«

Denise sah sich um. Die Empfangshalle des Hotels war leer. Um diese Jahreszeit war es nicht ausgebucht, denn wer wollte schon im Winter eine Stadt besuchen, in der die Temperaturen bis zu dreißig Grad minus sanken.

»Vielleicht im Frühstücksraum?«, antwortete sie. »Ich lade Sie zu einem Kaffee ein. Ich glaube, wir müssen hier gleich links.«

Auch dieser Raum war bis auf ein uraltes Ehepaar am anderen Ende leer. Sie folgte Kadow zu einem kleinen Tisch am Fenster, von dem aus man den Platz vor dem Hotel im Auge hatte.

»Setzen Sie sich«, sagte er. »Ich hole Ihnen einen Kaffee. Möchten Sie etwas zu essen oder …«

Sie schüttelte den Kopf. »Nein, danke.«

Er stand eine Sekunde unschlüssig da, als wolle er sie

überzeugen, dass sie etwas zu sich nehmen musste, doch dann überlegte er es sich anders und ging hinüber zum Frühstücksbüfett.

Obwohl die Sonne schien, spürte sie die Kälte durch die Fensterscheiben, und Denise dachte, dass das Licht in dieser Stadt etwas Besonderes war. Es brachte die alten Gebäude besser zur Geltung, als es Scheinwerfer vermochten.

Das Radio spielte *Hello darkness my old friend*, während unaufhörlich Passanten die Straße überquerten, die zu der Kirche gegenüber des Hotels führte. Wie die Häuser dieser Stadt, so waren auch die Menschen: Hinterhofgestalten, Trinker in verschmutzter Kleidung, alte Frauen in geblümten Kopftüchern, zahnlos, die Münder verschlossen, gebückt vor Kälte, dann wieder eine Grande Dame, ein Geschäftsmann, das Handy ans Ohr gepresst, als gäbe es Wärme ab. So unterschiedlich sie waren, zwei Dinge hatten sie gemeinsam. Alle waren in Eile, und alle waren beladen mit undefinierbaren Taschen, Gepäckstücken, Rucksäcken. Ein Volk, das seinen Besitz noch immer auf dem Rücken transportierte.

Sie versuchte, Kadow einzuschätzen, indem sie ihn beobachtete. Seine selbstsichere Art, sich zu bewegen, gefiel ihr.

»Warum tun Sie das?«, fragte sie, als er zurückkam.

»Was?«, fragte er verwundert zurück und nahm ihr gegenüber Platz.

»Mir helfen. Ich habe heute Nacht so viele Leute angerufen, doch niemand wollte mir zuhören.«

»Wir Polen sind ein misstrauisches Volk, das liegt an unserer Geschichte«, lächelte er. »Besser Sie gewöhnen sich gleich daran.«

Er reichte ihr die Tasse Kaffee und blickte sie an. Seine braunen Augen hatten etwas an sich, das ihr Vertrauen einflößte. Wenn es so etwas überhaupt noch gab. Vertrauen.

»Sie haben Ihren Vater erreicht?«

»Ich habe ihn heute Morgen angerufen.«

»Ist er bereit, mit mir zu sprechen?«

»Nein.« Er schüttelte bedauernd den Kopf. »Er weigert sich.«

In Denise brach die Hoffnung wie ein Kartenhaus zusammen. Ebenso schnell und ebenso lautlos. »Warum?«, fragte sie und spürte die Verzweiflung in ihrer Stimme.

Kadow schwieg einen Moment, und als er dann fortfuhr, klang seine Stimme bitter: »Sie dürfen ihm das nicht übel nehmen. Die Sache damals mit der *Galeria* …«

»Welche Galerie?«

»Das Einkaufszentrum«, erklärte er.

Denise nickte. »Was war damit?«

»Es gab damals einen Riesenärger, weil man einen der Arbeiter beschuldigte, er habe fahrlässig gehandelt, aber alle Kollegen meines Vaters stellten sich vor ihn und behaupteten, es sei Brandstiftung gewesen.«

»Also doch Brandstiftung!«

Er zuckte mit den Schultern. »Der deutsche Bauleiter hat den Leuten verboten, darüber zu sprechen.«

»Warum?«, fragte sie verwirrt.

Kadow beugte sich nach vorne und senkte die Stimme, obwohl sie inzwischen allein im Raum waren. »Wissen Sie, man hält uns für dumm. Aber es war jedem klar, dass es sich um Brandstiftung handelte. Dennoch hielt die Bauleitung an der Behauptung fest, es sei Fahrlässigkeit gewesen. Offenbar hat Herr Winkler …«

»Oliver Winkler?«

»Ja, ist er Ihr Vater?«

Denise beantwortete die Frage nicht, stattdessen starrte

sie auf die Kirche, die jedoch keinen Trost spendete. »Was hat er?«, fragte sie schließlich nach kurzem Schweigen.

Kadow stellte die Tasse ab. »Die Versicherung zahlt nicht, wenn es sich um Brandstiftung handelt, verstehen Sie.«

»Und die Polizei? Die Versicherung? Die erstellen doch eigene Gutachten.«

Marek Kadow lachte amüsiert auf. »Sie kennen unsere polnische Polizei nicht. Die machen das, was der Bürgermeister will, und der Bürgermeister will westliche Investoren in der Stadt. Das ist das ganze Geheimnis.« Seine Hand zerknüllte die Serviette auf seinem Platz. »Unsere Arbeiter fahren nach Deutschland, arbeiten für Mindestlöhne, und deutsche Architekten, Bauingenieure und Investoren planen unsere Stadt. Glauben Sie mir, ich weiß, wovon ich spreche. Am Bahnhof wurde auf die gleiche Weise ein ganzes Viertel aus dem Boden gestampft.«

Denise begann zu verstehen.

Oliver hatte alle betrogen. Die Versicherung, sie, die Arbeiter. Hatte er damit alles ausgelöst? Hatte er so die Dinge ins Rollen gebracht? Aus reiner Habgier? Es war so einfach, ihrer Familie zu schaden. Im Krieg machte man sich schuldig, allein dadurch, dass man in diese Zeit hineingeboren worden war. Es gab nur wenige, die unversehrt aus einer solchen Zeit hervorgingen. Oder etwa nicht? Denise merkte, wie sie plötzlich nach Entschuldigungen für ihre Großeltern suchte, was sie verwirrte. Im Gegensatz zu ihrer Großmutter hatte sie ihren Großvater geliebt. Er hatte so viel Charme, war ein Frauenliebling gewesen, trotz des Verlustes seines Armes. Ja, sie hatte ihn geliebt und immer gedacht, dass er ihre Großmutter nur geheiratet hatte, weil sie als einzige Tochter eines Berliner Unternehmers ein großes Vermögen besaß.

»Warum sind Sie gekommen?«, fragte sie.

»Weil ich es versprochen habe.« Er stockte einen Moment und fuhr dann fort: »Außerdem, ich bin selbst Architekt, arbeite jedoch seit zwei Jahren in einem Reisebüro. Wie gesagt. Wir haben hier viele ausländische Firmen, die die großen Bauprojekte abwickeln. Ich dachte, Sie könnten mir zu einem Job verhelfen.«

Denise schwieg. Hatte sie sich in ihm getäuscht? War er auch nur jemand, der seinen eigenen Vorteil suchte? Andererseits, konnte sie ihm das übel nehmen? Er erwartete Hilfe. Was hatte sie, das sie ihm geben könnte? Nichts, sie hatte nichts mehr.

»Ich kann nicht einmal mir selbst helfen«, sagte sie bitter, hob die Tasse und nahm einen Schluck. Der Kaffee war kalt.

»Was wollen Sie hier in Krakau?«, fragte er nach einigen Minuten des Schweigens.

Denise konnte nicht antworten. Sollte sie einem Fremden die Gefühle zeigen, die in ihr tobten? *Schuld, Misstrauen, Angst.* Dennoch begann sie stockend zu erzählen »Mein Sohn. Er ist …« Sie bekam keine Luft. Den Wahnsinn auszusprechen war schlimmer, als ihn schweigend zu ertragen. »Er ist entführt worden.« Als ihr die Tränen kamen, drückte sie in dem Bemühen, sie zurückzuhalten, eine Hand auf den Mund.

Draußen am Fenster fuhr ein Lastwagen in schnellem Tempo die Straße entlang. Schneematsch spritzte hoch. Eine Frau im Pelzmantel sprang zur Seite und wechselte anschließend die Straßenseite.

»Entführt?«, fragte er entsetzt.

Sie nickte. »Es ist drei Tage her. Er kam nicht von der Schule nach Hause.«

»Was machen Sie dann hier? In Krakau? In Polen?«

Denise wusste, dass sie ein hohes Risiko eingegangen war, indem sie hierhergefahren war. Sie konnte nicht wirklich erklären, was sie angetrieben hatte, denn es war etwas völlig Irrationales. Dennoch, der Mann vor ihr flößte ihr Vertrauen ein, obwohl er ein völlig Fremder war. Er kannte ihre Familie nicht, er hatte mit der Sache nichts zu tun, er war gekommen, weil er sich einen Job erhoffte. Vielleicht würde er deshalb besser verstehen, dass sie das Recht hatte, auf ihre Weise zu handeln.

Denise erzählte ihm die ganze Geschichte.

Als sie fertig war, schwiegen beide, bis Kadow fragte: »Wie kann ich Ihnen helfen?«

Erleichtert antwortete sie: »Erzählen Sie Ihrem Vater alles und fragten Sie ihn nach den Einzelheiten zum Brand. Ich möchte auch wissen, was andere Arbeiter beobachtet haben, die mit ihm dort zusammengearbeitet haben.«

Er nickte. »Ich werde es versuchen. Wenn Sie mir Ihre Handynummer geben, kann ich Sie erreichen.«

Sie zögerte.

Sie kannte ihn nicht, und sein Vater stand auf der Liste, der Liste von Arbeitern, die einen Grund haben könnten, sich an ihrer Familie zu rächen.

»Sie können mir vertrauen.« Kadow reichte ihr die Hand.

Sie ergriff sie. In erster Linie musste sie an ihr eigenes Gefühl glauben. Es war das Einzige, was ihr jetzt Sicherheit geben konnte. Es war das Einzige, was sie noch hatte, und sie konnte nur hoffen, dass es kein Fehler war.

28

Als Myriam Henri beim Frühstück ihre Entscheidung mitteilte, widersprach er nicht, und sie konnte ihn dazu überreden, Ron Fischer nichts zu erzählen, da sie befürchtete, dass dieser ihre Entscheidung an die große Glocke hängen würde. Henris Solidarität erschreckte sie. Sie ging damit eine Verpflichtung ein, denn Ron war nicht nur sein bester Freund, sondern im Dienstrang eine Stufe höher.

Sie machten sich zusammen auf den Weg. Als sie am Friedhof ankamen, war der Himmel von dunklen Wolken verhangen, als hätte Christo persönlich ihn verhüllt. Sie bewegten sich nicht, sondern hingen drohend über den Gräbern. Myriam war nicht abergläubisch, nicht religiös, nicht einmal spirituell veranlagt. Doch auch sie wusste: An einem Tag, an dem sie sich unerlaubt Zugang zu einem Grab verschaffte, konnte die Sonne nicht scheinen. So viel Vergebung gab es nicht. Sie wünschte nur, sie könnte auch hier auf dem Friedhof in der Ausübung ihres Amtes ihre schwarze Robe tragen. Es würde ihr helfen, die Zweifel zu überwinden. Wie die Uniform einem Soldaten hilft, die Waffe abzufeuern, die man ihm in die Hand drückte.

Das Bestattungsunternehmen verspätete sich um zwanzig Minuten, was die Stimmung am Grab auf den Tiefpunkt sinken ließ. Außer Henri hatte sie Henning Veit als Zeugen dazugebeten, der auch keine Fragen stellte, sondern lediglich bemerkte: »Ich hatte mich doch schon von der alten Dame verabschiedet.«

Myriam war ihm dankbar für seinen Humor, der der Sache die Schwere nahm.

Als endlich der Bestatter, Torsten Frey, ein dreißigjähriger dürrer Mann in schwarzem Parka und grauer Mütze, eintraf, wollte er zunächst die Genehmigung sehen.

»Wer weiß, ob das hier mit rechten Dingen zugeht«, murmelte er.

»Geht es«, sagte Myriam betont hochmütig und zeigte ihm ihre eigene Unterschrift. Sie hatte weder mit Hillmer noch dem Richter Rücksprache genommen. Sie hatte keine juristische Entscheidung für eine Exhumierung gefunden, um Sargbeigaben zu beschlagnahmen. Was sie hier machte, war Amtsanmaßung. Es war schlimmer als Amtsanmaßung. Es war Grabschändung, und sie handelte gegen den Willen der Angehörigen. Nur Grabräuber raubten und schändeten die Toten und betrogen sie um das Letzte, was ihnen gehörte.

Der Bestatter gab ihr den Zettel zurück, und mit einem Kopfnicken forderte er seine beiden Angestellten auf anzufangen. Vorsichtig räumten diese die Kränze und Blumengestecke zur Seite, die bereits völlig im Schnee aufgeweicht waren.

»Die Blumen«, erklärte Frey, »sind das Schwierigste. Schließlich sollen die Angehörigen wieder ein ordentliches Grab vorfinden.« Er steckte einen Spaten zwischen die Kränze. »Aber wir haben Glück, denn die frische Erde ist noch nicht gefroren. Wonach suchen Sie noch einmal?«

»Nach einer Kiste im Sarg«, antwortete Myriam. »Fangen Sie endlich an!«

»Ach ja, ich erinnere mich. Wir haben sie der alten Dame an die Füße gelegt. Da war noch Platz. Sie war ja nicht besonders groß. Schätze circa ein Meter und sechzig.«

Die beiden Männer stießen ihre Spaten in die Graberde. Aus ihrem Mund kamen vor Anstrengung weiße Atemwolken, während ihr Chef sich eine Zigarette nach der anderen anzündete.

Dr. Veit stand mit verschränkten Armen daneben und unterhielt sich leise mit Henri. Wenn sie von einem Fuß auf den anderen traten, um sich Wärme zu verschaffen, knirschte der Schnee. Niemand sagte etwas.

Sie hatte die Absicht gehabt, gestern Abend Henri anzurufen, um ihm von ihrer Entscheidung zu erzählen, doch der Überfall hatte alles verändert. Noch immer schmerzte ihr Knie, und ihre Lippe war geschwollen. Sie hatte in seiner Wohnung übernachtet, weil sie nicht alleine bleiben wollte, aus Angst, der Opelfahrer könnte zurückkommen. Den großen massigen Körper neben sich zu spüren, hatte ihr ein Gefühl der Sicherheit gegeben. Ein Sicherheitsgefühl, das bisher selbstverständlich zu ihrem Leben gehört hatte. Immer wieder war in der Nacht die Angst in ihr hochgekommen. Immer wenn sie glaubte, sich das Ganze eingebildet zu haben, hatten ihre Hände nach den Haaren gegriffen, die nicht mehr da waren. Sie versuchte, sich ins Gedächtnis zu rufen, was sie von dem Mann wahrgenommen hatte. Doch er blieb nur ein Schatten. Bis auf seine Stimme. Diese Stimme hatte sie die ganze Nacht gehört.

Myriams Nägel krallten sich in ihre Hände. Wenn sie nur wüsste, ob es richtig war, was sie hier taten. Was war, wenn die Kassette nicht die Briefe enthielt, nach denen sie suchte? Dann hätte sie sich nicht nur lächerlich gemacht. Sie würde sich als inkompetent erweisen.

Doch jetzt konnte sie nicht mehr zurück. Das halbe Grab war bereits ausgehoben. Am Weg türmte sich die frische Erde und wurde nach und nach mit einer weißen Schneeschicht bedeckt.

Ein dumpfer Schlag ertönte. Sie waren am Sarg angekommen.

»Stopp«, der Bestatter ging in die Knie, nahm die Schaufel und drehte sie um. Mit dem Griff klopfte er vorsichtig die Ausmaße des Sarges ab. »Hier ist das Ende«, sagte er. »Wir tragen die Erde hier seitlich ab, damit jemand hinuntersteigen kann, um den Sarg zu öffnen und die Kiste herauszuholen.«

Die Männer schaufelten weiter, bis Frey sagte: »Es reicht.«

Die beiden Männer brachen die Arbeit ab und stiegen aus dem Loch. Oben stießen sie mit einem kräftigen Ruck die Schaufeln in den kleinen Hügel aus dunkler Graberde und griffen zu ihren Zigaretten.

»Wer öffnet den Sarg?«, fragte Frey.

Niemand meldete sich. Alle standen herum und starrten hinunter in das Loch, wo der Schnee langsam den Sarg weiß machte.

Fünf Gesichter starrten Myriam an. Sie hatte gehofft, Henning Veit würde in das Grab steigen. Doch er schüttelte energisch den Kopf und hob abwehrend die Hände. So weit ging seine Solidarität nicht. Ihr verzweifelter Blick fiel auf Henri. Sie könnte ihn bitten, und er würde es für sie tun. Aber es wäre nicht fair. Sie war allein verantwortlich für ihre Entscheidung. Und außerdem wäre sie ihm damit verpflichtet. Er könnte sich Hoffnungen machen, dass ihre Beziehung – die keine war – tiefer gehen würde.

Sie war wahnsinnig, ja, und ihre Pflichtauffassung sprengte diesmal jeden Rahmen. Sie versuchte sich einzureden, dass sie nichts Ungesetzliches tat. Dort unten, das war ein rechtsfreier Raum, oder nicht?

Sie starrte hinunter. Würde der Sargdeckel knarren? Würde er sich überhaupt öffnen lassen? Hatte Henriette Winkler die Augen geschlossen, oder waren sie offen? Hatte man ihre Hände zum Gebet gefaltet? Welche Kleider trug sie? Sie erinnerte sich an die scheintote Frau, die plötzlich den Kopf gehoben hatte. Fingernägel, Haare, die nach dem Tod weiterwuchsen, Haut, die sich ablöste, verkrümmte Gliedmaßen, ausgefallene Zähne. Und wie war das mit den Würmern? Sie riss sich zusammen.

Nach einer Nacht unter der Erde hatte sich Henriette Winkler mit Sicherheit noch nicht aufgelöst.

»Ich mache es«, sagte Myriam.

Sie trat an den Rand des Grabes. Frische Erde rieselte hinunter und schlug auf dem Sarg auf, der hier und da mit Blumen bedeckt war, bereits vergammelten Rosen, die wie angeschwemmter brauner Seetang aussahen.

»Nein.« Henri hielt sie am Arm zurück, doch Myriam schüttelte den Kopf. »Ich trage die alleinige Verantwortung.«

Sie setzte sich an den Rand des Grabes. Henning Veit kam ihr zu Hilfe. Sie klammerte sich an seine Hand und rutschte langsam nach unten. Der Schmerz im Knie und die Kälte trieben ihr die Tränen in die Augen. So ein Grab konnte einstürzen und über ihr zusammenkrachen. Sie unter sich begraben. Sie konnte ersticken. Was hatte sie sich nur dabei gedacht? Es würde sie den Kopf kosten.

»Halt«, hörte sie plötzlich eine Stimme hinter sich.

Verwirrt blickte sie nach oben und erkannte Carl Winkler. In Jeans und der dunkelgrauen Goretexjacke wirkte er völlig anders als im Anzug.

»Sie haben Recht«, sagte er. »Vielleicht hilft es, dass wir Frederik finden. Lassen Sie mich nach unten steigen.«

Dr. Veit mischte sich ein: »Muten Sie sich das nicht zu.«

»Ich muss die Wahrheit wissen.« Seine Stimme strahlte eine Entschlossenheit aus, die sie bisher an ihm vermisst hatte, und zum ersten Mal erkannte Myriam die Ähnlichkeit zwischen Vater und Tochter.

»Keiner kann mich davon abhalten«, fuhr er fort. »Egal, was meine Mutter für Geheimnisse hatte. Sie hatte nicht das Recht dazu.«

Als Carl Winkler anstelle von Myriam unten war, merkte

sie, wie erleichtert sie war. Er legte seine rechte Hand auf den Sarg und ließ sie einige Sekunden dort liegen.

Bat er seine Mutter um Verzeihung?

Erklärte er es ihr?

Oder stellte er erst jetzt, zu spät, die Fragen, die er nie gestellt hatte?

Schließlich griff seine Hand nach dem Sargdeckel aus Mahagoni. Er war schwer. Nur mit Mühe schaffte er es, ihn nach oben zu heben.

Alle standen um das Grab und starrten hinunter. Panisch und fasziniert zugleich. Was machte eine Nacht unter der Erde aus einem menschlichen Leichnam? Fast erwarteten sie, dass Henriette Winkler aus dem Sarg verschwunden war, und Myriam hegte die unsinnige Hoffnung, dass mit dem Öffnen des Sarges auch ein für alle Mal das Geheimnis des Todes geklärt wurde.

Was natürlich nicht der Fall war. Vielmehr war alles wie es sein musste. Das wächserne, kräftig geschminkte Gesicht der alten Frau wirkte gefühllos wie das einer Puppe. Die Augen geschlossen, die Hände gefaltet, lag sie ordentlich da. Im Tod wie im Leben war sie korrekt gekleidet und trug reichlich Schmuck an Fingern und den Handgelenken.

Carl Winkler starrte seiner Mutter ins Gesicht. Dachte er daran, wie sehr er sie geliebt hatte? Oder daran, dass er den Willen seiner Mutter nicht respektierte. Zum ersten Mal wagte er, das Schweigen zu brechen.

Doch sein Blick ruhte nicht lange auf ihr. Entschlossen griff seine Hand nach unten zu ihren Füßen, wo sich die Kiste befand. Er reichte sie nach oben. Myriam bückte sich und nahm sie entgegen. Sie war schwerer als erwartet, und die Feuchtigkeit ließ sie durch die Finger rutschen. Fast wäre sie zu Boden gefallen.

In der Leichenhalle schien es kälter zu sein als draußen. Dr. Veit machte sie nervös, weil er ständig die Hände zusammenschlug, als wäre er in Sibirien. Gott sei Dank hatte ein Beamter der Spurensicherung, die in der Zwischenzeit eingetroffen war, an einen Heizstrahler gedacht, vor dem Myriam jetzt versuchte, sich Wärme zu verschaffen. Carl Winkler kam auf sie zu, um sich zu verabschieden. Sie sah seinem Gesicht an, wie die Sache ihm zusetzte. »Danke«, sagte sie, »das war ein großer Vertrauensbeweis. Ich hoffe, dass es uns hilft, Frederik zu finden.«

»Das hoffe ich auch.« Winkler nickte und wandte sich zum Gehen. Nach einigen Schritten drehte er sich um und fragte: »Haben Sie einen Spur von Denise?«

Schweigend schüttelte Myriam den Kopf.

»Das habe ich mir gedacht.«

Henri kam herüber, stellte sich neben sie und fragte, indem er ihr Handschuhe reichte: »Fangen wir an?«

»Ja.«

Myriam zog die Handschuhe über und nahm die Schere, die Henri ihr reichte. Die Kiste stand auf einer Folie, mit der der Klapptisch abgedeckt war. Vorsichtig hob sie den Deckel und nahm den Umschlag heraus. Als sie das Wachssiegel löste, zitterten ihre Hände. Vor Kälte und vor Aufregung. Die Verantwortung lag bei ihr. Doch, versuchte sie sich einzureden, Verantwortung hieß nicht, nichts zu tun, sondern Entscheidungen zu treffen, auch wenn sie falsch sein konnten. Es war ein Tabu, das sie brach. Sie versuchte, an Frederik zu denken und an Denise. Henriette Winkler war tot. Ihre Wünsche waren nach ihrem Tod ebenso unwirklich wie sie selbst.

Der Plastikbeutel im Innern des Umschlags war feucht und rutschig. Langsam schnitt sie den verschweißten Rand ab. Ihre Finger griffen hinein und zogen Papiere heraus. Sortierten sie auf dem Schreibtisch. Henri hatte das Diktiergerät am Mund und beschrieb, was sie auf den Tisch legte.

Einen Schlüssel.

Eine Mappe DIN A 4 mit schwarzem Einband und Stockflecken an den Rändern.

Ein grauer Umschlag DIN A4.

Ein grauer Umschlag DIN A5.

Eine Weile standen alle davor und starrten darauf. Henri, Dr. Veit und sie selbst hatten die Augen auf das gerichtet, was Henriette Winkler mit ins Grab genommen hatte. Was sie hier machten, war nichts anderes als eine seelische Obduktion.

Plötzlich erhellte grelles Scheinwerferlicht die Leichenhalle, als der Polizeifotograf zur Kamera griff. Immer wieder leuchtete das rote Blitzlicht auf.

Henri wollte weiterdiktieren und brach plötzlich ab. Myriam spürte, dass er aufgeregt war. Doch als er weitersprach, war seine Stimme wieder klar und entschieden.

»Die Spurensicherung erstellt einen Wachsabdruck des Schlüssels.« Er reichte den Schlüssel Katja Weiss, die Myriam angefordert hatte, weil sie ihr jung und flexibel genug erschien, Wege zu beschreiten, die sich am Rande der Gesetze bewegten. Sie hatte diese wie die anderen Kollegen darüber aufgeklärt, was sie vorhatte, und gesagt, dass sie es ihrer Entscheidung überließ, ob sie die Sache unterstützten oder nicht.

Henri griff nach der schwarzen Mappe. Als er sie öffnete, fiel ein Blatt heraus. Myriam bückte sich danach. Es war nicht sofort zu erkennen, worum es sich handelte, was auch daran lag, dass die Farben verblasst waren und die Schrift nur schwer zu entziffern war.

»Pläne«, hörte sie Henri sagen, der die Mappe durchblätterte. Er legte das Diktiergerät zur Seite. »Siehst du, es sind alte Stadtpläne.«

Sie beugte sich darüber. »Du hast Recht.«

»Jetzt müssten wir nur noch wissen, von welcher Stadt. Die Straßennamen sind schwer zu entziffern. Das ist ein ganzes Viertel auf Kleinstformat gebracht.«

»Es sind deutsche Namen«, sagte Myriam.

Henri nickte.

»Ich verstehe zwar nicht, warum Henriette Winkler Pläne mit ins Grab nehmen wollte, doch wir brauchen vernünftige Kopien der Unterlagen. Ich kann nur hoffen, dass auf den Fotoaufnahmen später noch etwas zu erkennen ist. Was meinen Sie?«, wandte sie sich an den Fotografen.

»Heute ist alles machbar«, antwortete er.

»Versuchen Sie es«, sagte Myriam. »Pläne, die man ins Grab mitnimmt, bedeuten entweder einen großen Traum oder ein Verbrechen.«

»Oder beides«, sagte Henri. »Machen wir weiter.« Er nahm wieder das Diktiergerät in die Hand. »Die Stadtpläne werden fotografiert.«

Myriam öffnete den großen grauen Umschlag und zog mehrere Blätter heraus, die alt und modrig rochen. Sie stinken nach Vergangenheit und sind so zerbrechlich wie die Wahrheit, dachte sie.

»Ist das Polnisch?«, fragte sie mit Blick auf den Text.

»Ich denke schon«, antwortete Henri. »Es liest sich zumindest so, als ob es sich um eine slawische Sprache handelt.«

Henri wollte ihr die Blätter aus der Hand nehmen, doch sie sagte: »Nein, lass. Etwas ist damit, ich weiß nur nicht was. Als hätte ich es schon einmal gesehen.«

Ihr Finger fuhr die Zeilen entlang. Sie verstand den Text nicht. Es waren die Buchstaben, die ihren Blick anzogen, die ihr vertraut vorkamen.

»Wir müssen das George zeigen«, sagte sie. »Wenn ich etwas davon verstanden habe, was er uns erzählt hat, dann könnte es sich um dieselbe Schreibmaschine handeln, mit der das Zitat geschrieben wurde. Auch das Papier ist ähnlich. Findest du nicht?«

Henri nahm eines der Blätter in die Hände. »Ich weiß nicht.«

Myriam reichte es dem Fotografen. »Hiermit müssen Sie Wunder vollbringen.«

»Dafür bin ich schließlich da«, antwortete er.

Übrig geblieben war jetzt nur noch der kleine graue Umschlag. Langsam öffnete Myriam das Siegel. Waren es die Briefe, von denen Frau Hirschbach erzählt hatte? Würden sie etwas über den Mann erzählen, der Henriette Winkler getötet und Frederik entführt hatte?

Der Umschlag enthielt zwei Blätter. Sie betrachtete sie lange, las den Text immer wieder.

»Wenigstens das«, sagte sie schließlich und reichte es Henri.

Nach kurzem Blick begann er zu sprechen: »Der graue Umschlag DIN A5 enthält eine Geburtsurkunde für Karol Fuchs, geboren am 23. Februar 1945 im Durchgangslager Kelsterbach. Mutter Sophia Fuchs. Vater unbekannt. Bei dem zweiten Blatt handelt es sich um eine Sterbeurkunde, ausgestellt auf dasselbe Kind, Karol Fuchs, gestorben am 1. März 1945.«

»Sophia Fuchs hat tatsächlich ein Kind geboren«, sagte Myriam. »Aber es ist im Lager gestorben. Warum sollte Henriette Winkler nach einem toten Kind suchen?«

Henri zuckte mit den Schultern.

»Denise hat Recht«, fuhr Myriam mit ihren Überlegungen fort. »Alle Spuren führen nach Krakau.«

»Aber Matecki kann keine Frau unter diesem Namen finden«, wandte Henri ein.

»Vielleicht hat sie geheiratet und trägt einen anderen Namen!«

»Auch das habe ich bereits mit ihm besprochen. Wenn es eine Frau unter diesem Namen in Krakau oder Polen gibt oder gegeben hat, dann wird er sie finden.«

Er übergab die beiden Urkunden Katja Weiss. »Das war es«, sagte er.

»Und keine Briefe, kein Hinweis auf den Entführer. Wir haben keine Spur gefunden, die uns zu Frederik führen könnte. Wie soll ich das Hillmer erklären?«

»Am besten versuchst du es erst gar nicht.«

Myriam verließ die Leichenhalle. Was sie befürchtet hatte, war eingetreten. Der Erfolg, mit dem sie ihre Entscheidung hätte rechtfertigen können, war ausgeblieben.

Was sie gefunden hatten, war keine Erklärung, es waren neue Rätsel.

29

Udo Jost war viel zu früh am Flughafen gewesen und hatte mehr als eine Stunde wartend am Flugsteig A 32 zwischen Geschäftsmännern und dem umfangreichen Handgepäck zweier polnischer Familien gesessen. Voller Unruhe ließ er das Handy nicht aus den Augen, in der Hoffnung, der Entführer würde sich erneut melden.

Mit Tobler hatte er verabredet, heute Abend einen Bericht vom Wawel zu senden. Dafür hatte der Redaktionsleiter bereits ein polnisches Fernsehteam engagiert.

Die fünfzigtausend Euro trug er in einer Geldtasche unter seinem Hemd. Das Nylon schabte unangenehm an seiner Haut. Ansonsten spürte er die Erregung wie schon lange nicht mehr. Unaufhörlich rieb er die Fingerspitzen aneinander. Sein Rücken war nass vom Schweiß der Aufregung, dennoch war ihm kalt.

»Bitte das Handy abschalten.« Die Flugbegleiterin hatte blond gefärbte Haare und war geschminkt wie eine Puppe, die nur ein aufgemaltes Gesicht besitzt. Alles an ihr war künstlich, sogar der Geruch. Das einzig Attraktive hätten die Beine sein können, hätten sie nicht in diesen hautfarbenen Feinstrumpfhosen wie ein künstlicher Darm auf ihn gewirkt. Dennoch kam sein Bedürfnis nach Nacktheit wieder hoch. Vielleicht sollte er wieder einmal die gemischte Sauna aufsuchen.

Ein Dröhnen war zu hören. Die Turbinen liefen an. Er hielt das Handy an sein Ohr und drehte sich dem Fenster zu, damit die Flugbegleiterin keinen Verdacht schöpfte. Den Kopf auf dem Mantel, die Augen geschlossen, tat er, als ob er schlief. Auch ohne die Turbinen war es in seinen Ohren laut. Die Angst rauschte. Nicht nur die Angst, er könnte den Anruf verpassen.

Aus den Augenwinkeln verfolgte er, wie die Flugbegleiterin zu der Stimme vom Band die Sicherheitsvorkehrungen erläuterte. Niemand beachtete sie. Ihre Hinweise liefen ins Leere. Dennoch bemühte sie sich zu lächeln. Ekelhaft wie ihre braunen Beine.

Er zog den Gurt fester und schloss erneut die Augen. Das Dröhnen in seinen Ohren wurde stärker. Nicht, dass er unter Flugangst litt, aber es wurde Zeit, dass die Maschine endlich abhob und der Moment vorbeiging, in dem er stets das Gefühl hatte, dass der Pilot die Kontrolle über das Flugzeug verlor.

Das Flugzeug erreichte die Startbahn. Das Geräusch der Turbinen ebbte kurz ab, um dann erst richtig in Schwung zu kommen. Genauso hörte es sich vermutlich im Innern eines Tornados an. Der Lärmpegel stieg. Er hatte das Gefühl, dass seine Ohren in das Innere des Kopfes krochen, um dort Schutz zu suchen. Der Sog der Geschwindigkeit drückte Jost in den Sitz zurück. Er hielt das Handy fest umklammert.

Beim Abheben gewann das Dröhnen noch mehr an Lautstärke, als hätte sich die Verkleidung des Flugzeuges in Luft aufgelöst. Für einen Moment dachte Jost, er würde aus dem Sitz geschleudert. Seine Hände klammerten sich an die Lehne.

Was, wenn der Druck von außen so stark wurde, dass die Fensterscheiben herausflogen, wie er es in Filmen gesehen hatte? Wenn die Sitze sich aus ihren Verankerungen lösten? Das Cockpit abriss und die Sitze in der Geschwindigkeit des Flugzeugs nach vorne rasten, um aus dem übrig gebliebenen Rumpf der Maschine zu stürzen?

Sein Nachbar, ein übergewichtiger Geschäftsmann, las in einer polnischen Zeitung. Er blickte nicht einmal auf. Wie abgestumpft musste der dem Leben gegenüber sein, dass er diese massive Beeinträchtigung, dieses Ausgeliefertsein an die Technik einfach ignorierte?

Der Gong ertönte, und über ihm erschien der Hinweis, dass er sich abschnallen konnte. Die Motoren beruhigten sich. Das Flugzeug hatte seine Bahn gefunden. Die beiden Stewardessen begannen, Getränke auszuschenken.

Beim Anblick des Getränkewagens beruhigte sich sein Blutdruck. Die Fugbegleiterin beugte sich zu ihm hinunter.

»Whisky!«, bestellte Jost.

Ihre weißen Zähne strahlten, als hätte sie ihr Gebiss im Lotto gewonnen, während sie den Plastikbecher mit einem Getränk vollgoss, das mit Sicherheit kein Whisky war, sondern etwas anderes. Egal, Hauptsache Alkohol, um die Angst zu betäuben. Er trank den Becher in einem Zug leer.

Dann lehnte er sich zurück und schaute aus dem Fenster. Unter ihm lag zu seiner Erleichterung eine dicke Wolkendecke. Beim Fliegen legte er keinen Wert auf Aussicht.

Umständlich holte er seine Unterlagen hervor. Der polnische Geschäftsmann neben ihm hatte die Arme auf seiner Seite. Wenn er sich bückte, stieß er an die Zeitung. Er versuchte, es zu ignorieren, obwohl er spürte, wie die Aggression in ihm anschwoll.

Alles hing davon ab, ob sich der Entführer meldete und ihm das geforderte Lebenszeichen des Jungen gab.

Warum war er sicher, dass der Junge lebte? Der Mann hatte Henriette Winkler getötet. Aber Henriette Winkler hatte Schuld auf sich geladen. Noch war ihm nicht wirklich klar, welche Schuld, aber es hing mit dem Krieg zusammen, mit der Stadt, in die er fuhr.

Aber der Junge?

»Gehen Sie über die Grenze?«, hatte der Entführer gefragt. Diese Frage hatte eine Bedeutung. Sie war dessen Credo. Als hätte er eine Entscheidung gefällt und forderte ihn heraus, sich mit ihm zu messen. Er, Jost, hatte die Herausforderung angenommen. Er wollte die Frage beantworten, wie weit er ging, was er bereit war zu tun, welche Grenzen er fähig war zu überschreiten.

Um einen Menschen zu retten, fügte er in Gedanken hinzu, um sich selbst zu beruhigen.

Er hob den Plastikbecher hoch. Die Blondine füllte nach, und wieder trank er, ohne abzusetzen. Es war ein Wahnsinnsgefühl, eine Welt zu betreten, in der andere Spielregeln herrschten! Eine Welt, in der man nach seinen eigenen Gesetzen handelte, in der die herkömmlichen Fragen nach Moral keine Rolle spielten. Als er für einen Moment Hans Frank verstehen konnte, erschrak er vor sich selbst.

Seine linke Hand hob das Handy an das Ohr. Ein leises Brummen zeigte an, dass er eine Nachricht erhalten hatte. Seine Finger versuchten, sich langsam auf dem Nummernfeld zu orientieren.

Er schloss die Augen.

Sie haben eine neue Sprachnachricht. Drücken Sie die 1.

Sein Zeigefinger wanderte über die Tasten.

Erste neue Sprachnachricht. Die Stimme hörte sich an, wie die Flugbegleiterin aussah.

Dann seine eigene Stimme: *Udo Jost.* Sie klang heiser und passte dazu, wie er sich unrasiert fühlte.

Schließlich, er konnte es kaum glauben, ging seine Rechnung auf.

Die Nachricht lautete: »Kommen Sie nach Krakau.«

Mehr nicht.

30

Denise bereute schnell, kein Taxi genommen zu haben, um zur Polizeistation in Kazimierz zu kommen. Sie hatte keine Zeit zu verlieren. Der Mut, den sie letzte Nacht empfunden hatte, war aus der Angst geboren und ein Gespenst der Dunkelheit gewesen. Jetzt bei Tageslicht erschien es ihr wieder sinnlos, hierhergekommen zu sein. Automatisch prüfte sie, ob sie eine Nachricht auf dem Handy erhalten hatte. Oliver, ihr Vater und Myriam bombardierten sie auf der Mailbox. Sie war ständig damit beschäftigt, die Nachrichten zu löschen.

Das Gebäude, in dem die Polizei untergebracht war, hatte nur drei Stockwerke und lag auf dem Szerokaplatz nicht weit vom Einkaufszentrum entfernt. Drei blaue Polizeiwagen standen vor der Tür. Das Haus war offenbar erst vor kurzem renoviert worden wie die meisten der Häuser hier. Eine Kneipe reihte sich neben die andere, ein Restaurant neben das andere. Eine Touristengruppe näherte sich ihr, machte jedoch zwanzig Meter vor ihr Halt und folgte, trotz der Kälte, aufmerksam den Erklärungen der Fremdenführerin. Denise verstand, dass sie vor dem ehemaligen jüdischen Friedhof standen, und erst jetzt sah sie die Grabsteine hinter der hohen weißen Mauer.

Sie wandte sich ab. Jeder hatte sein eigenes Unglück.

Im Innern des Polizeigebäudes war es völlig ruhig. Niemand war zu sehen. Die Loge des Pförtners war leer. Nur ein leerer Teller mit Resten von Kuchen stand auf dem Schreibtisch.

Automatisch ging sie die Treppe nach oben.

Hier roch es nach Kaffee, und jetzt waren hinter den Türen auch Stimmen zu hören. Jemand erzählte laut, anschließend setzte Lachen ein.

Sie klopfte, und da niemand sie zu hören schien, öffnete sie die Tür. In dem engen Büro stand eine Gruppe Männer, teilweise uniformiert, um einen Schreibtisch herum. Sie hatten Sektgläser in der Hand, und auf einem weißen Tischtuch standen zahlreiche Platten mit Kuchen.

»Entschuldigen Sie«, sagte Denise in die Unterhaltung hinein. »Ich suche Herrn Matecki. Matecki.«

Alle starrten sie an, bis sich aus der Gruppe ein Mann löste, auf sie zutrat und sie abwartend anblickte.

»Sind Sie Herr Matecki?«

»Tak.«

Der Mann war zwischen fünfundvierzig und fünfzig, vielleicht sogar älter. Er war schwer zu schätzen, denn er wirkte übernächtigt und erschöpft. Er trug die blonden Haare, blass wie seine Haut, streng nach hinten gekämmt, was das schmale Gesicht betonte, das nur aus Knochen zu bestehen schien.

»Sie sprechen Deutsch?«, fragte Denise. Sie hatte gehört, wie Liebler es zu Myriam gesagt hatte.

»Ja.« Die tiefe Stimme klang heiser, als sei er erkältet. »Was kann ich für Sie tun?«

»Kommissar Liebler aus Frankfurt hat mir gesagt, ich kann mich an Sie wenden. Es geht um meinen Sohn.«

Er reagierte nicht, sondern starrte sie lediglich an, was sie verunsicherte. Hatte er sie nicht verstanden?

Seine Kollegen schauten zu ihnen herüber.

»Kommen Sie.« Matecki schob sie auf den Flur und öffnete gegenüber eine Tür. »Hier ist mein Büro. Nehmen Sie Platz.«

Während Denise Platz nahm, wandte Matecki ihr den Rücken zu und trat ans Fenster. Dort verharrte er, starrte einige Minuten schweigend auf den Platz vor dem Gebäude und drehte sich dann plötzlich um. Er lächelte: »Jetzt fällt es mir wieder ein. Firma Winkler, ja? Winklerbau. Der Brand vor einem Jahr. Ich erkenne Sie wieder. Sie waren dort auf der Baustelle. Sie trugen ein weißes Kleid.«

Verwundert nickte Denise. »Waren Sie dort?«

»Natürlich. Die Feuerwehr war dort und die Polizei.«

»Dann können Sie mir helfen. Mein Mann«, Denise zögerte, »er hat mir nie erzählt, was die Brandursache war. Inzwischen ist viel passiert, meine Großmutter … sie wurde ermordet und …«

»Ihr Sohn wurde entführt«, stellte er nüchtern fest. »Ich weiß.«

»Deswegen bin ich hier. Ich glaube, dass alles zusammenhängt, verstehen Sie? Der Brand war kein Zufall.«

Er reagierte nicht, bis sie fast schrie: »Ich weiß, dass mein Sohn hier in Krakau ist.«

»Warum sind Sie sich so sicher?« Matecki drehte sich erneut um und schaute zum Fenster hinaus. Dann hob er eine Hand, um es zu öffnen. Die kalte Luft roch nach Abgasen, nach Kohle, nach Teer.

Er wandte sich wieder Denise zu und beobachtete sie.

Sie begann unter seinen Blicken zu zittern und spürte, dass ihr die Tränen kamen, was nicht sein durfte. Sie musste entschieden wirken, wenn sie Hilfe wollte. Würde er erkennen, dass sie ein Nervenbündel war, könnte der Polizist sie nach Hause schicken und sagen, dass sie sich das Ganze einbildete.

»Es ist eine lange Geschichte«, sagte sie.

Matecki setzte sich, nahm eine Zigarettenschachtel aus der Tasche seines Jacketts und zog eine Zigarette hervor. Er drehte sie zwischen den Fingern. »Ich habe Zeit.«

Als Denise mit der Geschichte fertig war, schwieg er.

Was dachte er?

Dass das Ganze irrsinnig war?

Dass Verbrechen anders abliefen?

Ein Mann ermordet seine Frau aus Liebe, ein Gangster einen anderen aus Habgier, ein Mafioso rächt sich an einem anderen. Doch niemand entführt ein Kind, ohne Lösegeld zu fordern oder um die Geschichte einer Familie nach sechzig Jahren an die Öffentlichkeit zu bringen.

»Und wie soll ich Ihnen helfen?«, fragte er schließlich.

»Erzählen Sie mir alles über den Brand. Nehmen Sie mich ernst. Suchen Sie nach dieser Sophia Fuchs.«

»Sophia Fuchs existiert nicht«, antwortete er und zündete die Zigarette an.

»Sie haben nach ihr gesucht?«

»Ich weiß es.« Er schwieg einige Minuten, zog an der Zigarette, beobachtete sie und fuhr dann fort: »Ja, es war Brandstiftung. Ihr Mann hat Geld angeboten, damit wir der Versicherung nichts sagen. Damit er die, wie heißt das …?«

»Prämie.«

»Ja, die Prämie bekommt.«

»Warum haben Sie nicht gesagt, dass es Brandstiftung war?«

Matecki beugte sich über den Schreibtisch. »Ihr Mann denkt, wir Polen nehmen alle Geld. Wir alle betrügen und stehlen. Denken Sie das auch?«

»Nein.« Sie schüttelte den Kopf.

»Gut.« Er lehnte sich zurück und warf ihr wieder einen dieser unergründlichen Blicke zu.

»Aber ich habe es nicht genommen«, erklärte er. »Ich habe kein Geld genommen.«

»Dann zahlt die Versicherung nicht.«

»Doch.«

»Warum?«

»Sie haben einen Arbeiter gefunden, der gestanden hat, aus Versehen Diesel verschüttet zu haben, der später die Folie in Brand setzte.«

»Ich verstehe nicht, Sie sagten doch, es sei Brandstiftung gewesen.«

»Was meinen Sie, wie viel Ihr Mann von der Versicherung bekommt?«

»Mehrere Millionen?«

»Was sind dann zehntausend Euro für einen Arbeiter?«

»Sie meinen, der Arbeiter hat für ein falsches Geständnis Geld bekommen? Von meinem Mann?«

Matecki nickte.

»Warum macht keiner etwas dagegen, wenn es jeder weiß?«

»Polizeichef, Bürgermeister, alle sagen dasselbe.« Er zuckte mit den Achseln »Wenn ein Geständnis vorliegt, dann gibt es einen Schuldigen. Ihr Mann ist wichtig für Krakau.« Ihm schien es zu gefallen, sie mit dieser Geschichte zu konfrontieren. Er lachte kurz auf. Oder klang sein Lachen bitter?

Sie fröstelte.

Er warf ihr einen kurzen Blick zu. »Ist Ihnen kalt?«

»Sie meinen, der Fall wurde ad acta gelegt, weil der Bürgermeister und Ihr Chef sich eingeschaltet haben?«

Er lachte wieder. »Ich habe kein Geld genommen, und trotzdem ist es keine Brandstiftung. Das ist Polen.«

»Aber das ist doch nicht möglich?«

»Alles ist möglich in Polen wie in Deutschland.«

»Können Sie mir wenigstens sagen, was sie ermittelt haben? Hatten Sie einen Verdacht, wer den Brand gelegt haben könnte?«

»Es gibt einen Plan.« Er nahm den letzten Zug, stand auf und schloss wieder das Fenster.

»Welchen Plan?«

»Fahren Sie nach Hause«, sagte er.

»Das kann ich nicht. Es gibt noch mehr Hinweise auf Polen und Krakau. Ein Foto zum Beispiel. Mein Großvater war hier im Krieg, und was ist mit diesen Bildern? Was ist mit der Anschuldigung, die Gemälde, die seit Jahrzehnten in der Villa meiner Großmutter hängen, seien hier aus dem Historischen Museum gestohlen worden? Wie hängt alles zusammen?«

Matecki schaute sie an. Für einen Moment glaubte sie, so etwas wie Mitleid in seinen Augen zu lesen. »Sie möchten es wirklich wissen, oder?«

»Was?«

»Ob die Gründe für die Entführung Ihres Sohnes und den Mord an Ihrer Großmutter in Ihrer Familiengeschichte liegen. Ob Sie sich das alles selbst zuzuschreiben haben.«

Denise' Herz klopfte vor Erleichterung. »Sie meinen auch, dass alles zusammenhängt. Erst der Brand, der Mord an meiner Großmutter und dass … dass mein Sohn entführt wurde. Dann muss er doch hier in Krakau sein.«

»Aber Sie haben keine Beweise. Solange Sie keine Beweise haben, kann ich Ihnen nicht helfen. Solange ist alles nur Phantasie.«

»Aber Sie müssen mir helfen. Es geht um ein Kind, mein Kind.«

Matecki stand auf und ging zur Tür. »Phantasie reicht nicht, um Frederik zu finden. Bringen Sie mir Beweise. Jede Nacht passiert in Krakau ein Verbrechen. Und wir sind wenig Polizei.«

Denise stand auf.

»Wie kann ich Sie erreichen, wenn ich eine Spur gefunden habe?«

»Sie können jederzeit anrufen.« Er ging an den Schreibtisch und notierte eine Nummer. »Irgendjemand ist immer hier.«

»Danke«, sagte Denise, »dass Sie mir wenigstens die Wahrheit über meinen Mann gesagt haben.«

»Die Wahrheit«, sagte er. »Wenn Sie nach ihr suchen, dann sollten Sie wissen, dass das Grauen nie endet.«

Verwirrt verließ Denise das Polizeigebäude. Sie hatte fest damit gerechnet, dass der Polizist ihr helfen würde, und nun hatte er ihr zu verstehen gegeben, dass der Fall nicht seine Angelegenheit war.

Sie überquerte die Straße. Auf der anderen Seite drehte sie sich um. Matecki stand noch immer am Fenster und schaute zu ihr hinunter. Vielleicht würde er ihr gerne helfen, doch ihm waren die Hände gebunden. Sie nickte ihm zu. Dann machte sie sich auf den Weg. Unterwegs kaufte sie bei einer alten Frau an einem Kiosk einen Stadtplan, um sich zu orientieren.

Was sollte sie jetzt tun?

Was war der nächste Schritt?

31

Daran, dass Henris Stimme höher klang als sonst und er ungewöhnlich schnell sprach, erkannte Myriam, dass die Nachricht, die er ihr mitzuteilen hatte, zur Kategorie positiv gehörte.

»Wir haben das Handy erreicht«, rief er ins Telefon.

»Was?«

»Das Handy, von dem aus der Entführer das erste Mal Jost angerufen hat.«

»Aber wieso ...«

»Du wirst es nicht glauben. Eine Studentin hat es in einem Papierkorb gefunden. Mitten in Krakau. Es fehlte der Akku. Er hat den Akku herausgenommen, genau wie ich dachte.«

»Und wieso funktioniert es dann jetzt?«

»Sie hat es ihrem Bruder mitgebracht. Der hat einen passenden Akku besorgt.«

»Und die Geheimnummer?«

»Das sind Polen«, lachte Henri, »so etwas ist doch für die

kein Problem. Das Mädchen war total happy, dass sie so zu einem Handy kam. Ich habe Matecki vorbeigeschickt.«

»Gut, dass du nicht aufgegeben hast.«

»Ich gebe nie auf, das wirst du noch merken. Ich habe einen langen Atem. In allen Bereichen. Wie geht es dir?«

Myriam griff automatisch ins Haar, um es hinten zu verknoten, doch sie fühlte nur Leere. Erneut lief die Welle der Angst durch ihren Körper. Die Tatsache, dass auch die Exhumierung sie nicht wirklich weitergebracht hatte, dass nur neue Fragen aufgetaucht waren, verstärkte den Schock vom vergangenen Abend. Die Angst war in ihren Körper eingezogen. Mit allem, was dazugehörte. Nicht nur mit Herzrasen und Zittern, sie hatte auch taube Finger, durch die alles rutschte, was sie festhalten wollte. Der Tee schmeckte faulig, und essen konnte sie sowieso nichts.

»Gut«, antwortete sie, »bis später.«

Vor ihr lag die Akte des Albaners, die sie mit einem schlechten Gewissen betrachtete. Sie hatte sich für die Verhandlung am Montag nicht so gründlich vorbereitet, wie es der Fall verlangte.

Zum ersten Mal hatte sie den Wunsch, sich krank zu melden. Einfach nach Hause zu gehen und sich die Decke über den Kopf zu ziehen.

Bevor dieser Wunsch vollständig von ihr Besitz nahm, schlug sie die Akte auf. Die Tatortfotos waren spektakulär. Zwei blutüberströmte Leichen mit zerfetzten Gesichtern in einem Wagen.

Nichts daran hatte etwas mit dem Überfall auf sie zu tun.

Dennoch der Gedanke: Das könnte ich sein.

Ihre Finger schlugen Alarm. Die ganze Hand bewegte sich hin und her. Sie konnte sie nicht mehr kontrollieren. Wie ihr

Vater hielt sie die rechte Hand mit der linken fest und atmete tief durch.

»Reiß dich zusammen!«, sagte sie laut.

Langsam und konzentriert blätterte sie weiter zum Gutachten, das aussagte, Agim Kadare, der Albaner, sei traumatisiert, nachdem er beide Brüder im Krieg verloren hatte. Der Verteidiger würde auf nicht geplanten Totschlag plädieren. Natürlich war er traumatisiert, aber er hatte seiner Exfrau und ihrem Ehemann gezielt in den Kopf geschossen. So etwas war eine Hinrichtung und deutete nicht auf einen Affekt. Verzweiflung funktionierte anders. Er hatte in der Befreiungsarmee des Kosovo gekämpft. Er konnte mit Waffen umgehen. Man hatte für einen Totschlag nicht die Hosentaschen voller Patronen. Verdammt, er hatte das Paar kaltblütig erschossen.

Myriam hatte Dr. Ibrahim Schahadat bestellt, einen muslimischen Psychiater, dessen Gutachten ausführlich und ausschweifend die Frage der Vergeltung erklärte und das Gesetz der Blutrache erläuterte. Nach albanischem Ehrbegriff war der Angeklagte der Geschädigte. Nicht nur, dass die Frau ihn verlassen hatte. Sie hatte ihn auch wegen Vergewaltigung angezeigt. Als Wiedergutmachung hatte die Familie der Frau ihm Geld geboten, wie es die Tradition verlangte, doch der Täter hatte abgelehnt. Im Sinne der alten Tradition könne seine Ehre nur durch die Todesstrafe wiederhergestellt werden.

Sie würde lebenslange Freiheitsstrafe mit anschließender Sicherheitsverwahrung beantragen. Schließlich hatte er zwei Kleinkindern beide Eltern genommen und Zeugen bedroht. Er hatte aus Rache und Hass getötet. Der Rechtsanwalt behauptete, der Angeklagte bedaure die Tat. Doch der Gutachter wies darauf hin, dass auch den Angehörigen der getöteten

Frau weiterhin die Rache des Mannes drohe. Alles war sehr kompliziert.

Sie stand auf. Ihr Knie schmerzte. Es war geschwollen und blau. Henri hatte sie zum Arzt bringen wollen, doch sie hatte sich geweigert.

Sie hätte es tun sollen, denn gleich nachdem sie vom Friedhof zurückgekehrt war, hatte Hillmer sie rufen lassen.

»Wie konnten Sie nur?« Sein Gesicht war rot vor Wut.

»Carl Winkler war einverstanden«, erklärte sie heiser.

»Das ist mir scheißegal.« Sie hatte Hillmer noch nie brüllen hören. »Sie haben eine Exhumierung ohne mein Einverständnis angeordnet. Ich lasse Sie suspendieren.«

»Machen Sie, was Sie wollen. Ich brauche Ihr Einverständnis nicht. Weil es mein Fall ist.«

»Kein Fall gehört Ihnen allein. Hier bestimme immer noch ich. Gegen Henriette Winkler lag nichts vor. Ihre Entscheidung gründet sich auf keinerlei Verdachtsmomente.«

»Es gab den begründeten Verdacht, dass sich Drohbriefe des Täters im Sarg befinden.«

»Haben Sie diese gefunden?«

»Nein.«

»Um so schlimmer. Ihnen droht ein Verfahren wegen Störung der Totenruhe und Rechtsbeugung.«

Sie sagte nichts.

»Sie brauchen nicht länger mit meiner Unterstützung zu rechnen. Ich entziehe Ihnen den Fall.«

»Tun Sie, was Sie nicht lassen können. Wenn ich gehe, dann werde ich dafür sorgen, dass Sie ein paar unruhige Nächte haben. Ich werde erzählen, dass Sie Absprachen getroffen haben mit Conradi, dass Ihnen alles daran gelegen war, den Ruf einer Familie zu schützen, die Zwangsarbeiter beschäftigte, die private Freundschaft zu dem Schlächter von Polen unterhielt und der ein Verfahren wegen Kunstdiebstahls droht.«

»Das ist ungeheuerlich. Damit kommen Sie nicht durch«, sagte Hillmer. Er kochte vor Wut. Nur noch ein paar Worte, und der Schlaganfall, der Herzinfarkt, ein Blutsturz waren vorprogrammiert.

»Ich mache Ihnen tagelang das Leben zu Hölle. Ich bin noch jung«, erklärte sie. »Die Wirtschaft wartet auf Leute wie mich. Ihnen«, ihr Zeigefinger schnellte nach vorne, »Ihnen wird der Arsch auf Grundeis gehen. Sie werden hier nicht mit dem großen Zapfenstreich gehen, wenn Sie endlich pensioniert werden. Sie werden durch die Hintertür kriechen.«

»Sie sind ja hysterisch«, schrie Hillmer. »Verlassen Sie sofort mein Büro. Die Sache wird ein Nachspiel haben.«

Myriam lag nichts daran, das letzte Wort zu haben, denn sie wusste, dass Hillmer eines verstanden hatte. Die Zeiten hatten sich geändert. Heute hackte eine Krähe nur zu gerne der anderen ein Auge aus.

Die Frau, die Myriam und Henri öffnete, atmete schwer. Sie wog an die hundertfünfzig Kilo, und Myriam wunderte sich, dass man mit diesem Gewicht überhaupt so alt werden konnte. Das Gesicht war aufgeschwemmt und bestand aus einer Fleischmasse, in der Augen, Nase und Mund versenkt waren.

Als das Telefon geklingelt und Henri Myriam mitgeteilt hatte, dass sie die Krankenschwester Karla Werner gefunden hatten, die vor sechzig Jahren die Geburtsurkunde als Zeugin unterschrieben hatte, hatte sie sich gerade erst von ihrem Gespräch mit Hillmer erholt. Der Name Karla Werner war bereits in den Ermittlungen aufgetaucht. Auf den Gehaltslisten der Winklerbau AG. Die Krankenschwester hatte, obwohl bereits zweiundachtzig Jahre alt und in der Firma völlig unbekannt, jahrelang Gehalt bezogen.

Henri war es offenbar müde, höflich zu sein, lange Vorgespräche zu führen, oder es lag an der Frau vor ihm, dass er sofort zur Sache kam: »Polizei, wir müssen mit Ihnen über Henriette Winkler sprechen.«

»Ich hab mich schon gewundert«, sagte die Frau, »dass des so lang gedauert hat.«

Sie kehrte ihnen den Rücken zu und schlurfte langsam und schwerfällig den dunklen, muffigen Flur entlang. Sie folgten ihrem Schnaufen. Ihr Atem rasselte, als sei die Lunge bis oben hin mit Wasser gefüllt. Im Wohnzimmer ließ sie sich in einen Sessel fallen. Der Fernseher lief. Auf dem Tisch stand eine Flasche Limonade sowie eine Packung Kekse. In einem Schuhkarton stapelten sich Medikamente. Auf dem Sofa war ein Bett hergerichtet.

»Warum haben Sie sich nicht freiwillig bei uns gemeldet?«, wollte Henri wissen.

»Warum sollte ich? Könnt ja sein, dass Sie mich vergesse. Und ich geh nicht mehr aus dem Haus. Hier gibt's ja kein Aufzug, und wenn ich einmal unten bin, dann komme ich nimmer hoch.«

Die Luft im Raum war so schlecht, dass Myriam unwillkürlich durch den Mund atmete. Die Frau griff nach einem Keks, steckte ihn zwischen die Lippen und begann ihn zu zermahlen. Sie bot ihnen nicht an, sich zu setzen. Sitzgelegenheiten gab es keine.

»Haben Sie irgendwo Stühle?«, fragte Henri. Myriam hatte ihn noch nie so ungeduldig erlebt.

»In der Küche«, antwortete die Frau und drehte den Kopf, um an Henri vorbei auf den Fernseher zu schauen. Es lief eine dieser Gerichtsshows am Nachmittag. Ein schrill gekleidetes Mädchen keifte im Gerichtssaal herum, dass sie mit ihrer Mutter, dieser Hure, nichts zu tun haben wolle, sie könne ihren Anblick nicht ertragen, ohne zu kotzen. Der Fernsehrichter griff nicht ein.

Als Henri mit zwei Stühlen zurückkam, schaltete er den Fernseher aus. Die Frau protestierte nicht, sondern griff nach dem nächsten Keks.

»Also, warum standen Sie auf der Gehaltsliste der Firma Winklerbau?«

»Weil ich für sie gearbeitet habe«, sagte Karla Werner und begann dann plötzlich zu kichern. »Ich habe für sie gearbeitet.«

»Was haben Sie gearbeitet?«

Die Frau grinste ihn an. Die Schneidezähne fehlten sowie einer der Eckzähne. Das Grinsen in ihrem Gesicht wirkte so wie durch eine Lupe vergrößert.

»Ich habe für sie geschwiegen«, antwortete sie schließlich. »Sechzig Jahre lang. Was glauben Sie denn? Wissen Sie immer noch nicht, wer diese Frau war? Was habe ich gelacht, wenn ich sie in der Zeitung gesehen habe. Mit all diesen Leuten. Dem Ministerpräsidenten und so weiter. Ich saß hier in diesem Sessel und habe gelacht. Und jetzt ist sie tot. Ermordet worden. Hat er sie erschlagen? Ich habe alle Berichte gesehen. Auch über den Jungen. Sie haben ihn noch nicht gefunden, oder?«

Sie schien sich tatsächlich darüber zu freuen.

Henri warf Myriam einen Blick zu. »Wissen Sie, wo er ist?«

»Nein.« Sie schüttelte den Kopf. »Ich frag nur so«, antwortete sie, »weil es mich interessiert.« Sie beugte sich nach vorne. »Man nimmt doch Anteil am Schicksal.«

»Also, was haben Sie verschwiegen?«

»Warum soll ich Ihnen das sagen?«

Myriam spürte die Wut in sich hochsteigen. Sie wollte etwas sagen, doch Henri bedeutete ihr mit einem Blick zu schweigen.

»Weil sie jetzt tot ist«, sagte er. »Jetzt können Sie also endlich reden. Geld bekommen Sie sowieso keines mehr.«

»Aber was, wenn ich alles vergessen habe?« Wieder begann sie schrill zu lachen. Das Wasser in ihrer Lunge klang wie ein Whirlpool, der angeworfen wurde. Sie begann zu husten, griff mit sicherer Hand nach der Medikamentenkiste und zog ein Spray hervor, das sie in den Mund sprühte, nicht um Luft zu holen, sondern um noch lauter zu lachen. »Stellen Sie sich das vor, sie hat mich bezahlt all diese Jahre, und ich habe alles vergessen.«

»Sie haben es nicht vergessen.« Henris Stimme wurde laut.

Das Lachen brach ab. »Nein, ich habe nichts vergessen.«

Ihr Blick fiel auf Myriam.

»Haben Sie Kinder?«

»Nein.«

»Warum nicht? Haben Sie keinen Mann, der Ihnen welche macht? Oder werden Sie nicht schwanger? Rutscht das Kind einfach durch Sie hindurch? Zack, und wieder ist es weg. Hat sich aufgelöst in Blut und Schleim, das kleine Würmchen. Haben Sie schon mal abgetrieben?«

Myriam schluckte. Sie konnte der Frau kaum zuhören. Dennoch antwortete sie ruhig: »Nein.«

»Nicht mehr als kleine Pfropfen«, sagte Karla Werner. »Wie man sie auf Bäume setzt.« Sie brach für einen kurzen Moment ab. »Mein Vater war Gärtner«, erklärte sie. »Bei der Stadt. Ich liebe Blumen. Das ist das Einzige, was Freude macht. Er hat immer gesagt: Karla, du hast einen grünen Daumen.«

Myriam schaute sich im Zimmer um. Keine einzige Pflanze war zu sehen.

»Nein«, sagte Karla Werner ungeduldig, »nicht mehr. Ich konnte sie nicht sterben sehen, und mich um sie kümmern auch nicht. Ich habe sie auf den Friedhof gebracht. An die Gräber.«

»Welche Gräber?«, fragte Henri und lehnte sich zurück.

»Welche Gräber? Das wissen Sie nicht?«

Weder Henri noch Myriam reagierten. Je weniger sie wussten und fragten, desto mehr würde sie erzählen. Es schien ihr plötzlich ein Verlangen zu sein. Henriette Winkler hatte das Geld am Ende umsonst gezahlt.

»Zu Beginn des Krieges«, fing sie an, »war ich zwanzig Jahre, und Krankenschwestern wurden gesucht. Ich hatte keine Ausbildung, sondern habe einfach angepackt und alles gelernt. 1942 kam ich in das Lager nach Kelsterbach. Am Anfang waren dort nur wenige Menschen. Erst am Ende wurden es immer mehr. Vor allem Russen und dann natürlich die Frauen.«

»Welche Frauen?«

»Die ihre Beine nicht zusammenhalten konnten«, antwortete sie ungeduldig. »Die hier waren, um zu arbeiten. Stattdessen haben sie sich hingelegt, die Beine breitgemacht und sich dann gewundert, wenn ein Baby aus ihnen flutschte.«

»Was passierte mit diesen Babys?«

Sie schob den Kopf nach vorne. »Die meisten wurden überhaupt nicht geboren.«

»Sie meinen, sie wurden abgetrieben?«

»Wozu diese Kinder? Die Mütter hätten nicht arbeiten können. Hätten wir sie ernähren sollen? Umsonst?«

»Und die anderen, die nicht abgetrieben wurden?«

Karla Werner schwieg. Nur ihr Mund bewegte sich weiter, als zermahle sie ihre Gedanken anstelle des Kekses.

»Was ist mit ihnen passiert?«, fragte Henri. »Wurden sie umgebracht?«

»Was hätte ich denn tun können?« Für einen Moment zeigte Karla Werner ein Gefühl der Reue. »Die Babys lagen in Kisten, in denen Wanzen waren und Würmer. Es war überall dreckig. Die Mütter durften nur wenige Tage bleiben, dann mussten sie wieder zur Arbeit. Der Dreck machte die Kinder krank. Die meisten starben. Kaum eines überlebte. Ich durfte die Diagnose eintragen: *Debilitas vital*, Lebensschwäche.« Es klang stolz. »Und dann kam Frau Winkler und wollte den Jungen mit nach Hause nehmen, weil sie keine Kinder bekommen konnte.«

»Welchen Jungen?«

»Ihren Jungen.«

»Sie meinen … Carl Winkler?«

Myriam warf Henri einen erschrockenen Blick zu. Er verzog keine Miene, als hätte er es die ganze Zeit geahnt.

»Ihr Sohn, ja, ihr Sohn, ihr Erbe.« Das höhnische Lächeln kehrte in das fleischige Gesicht zurück. »Er weiß es nicht, stimmt's? Er weiß nicht, dass er ein Polacke ist.«

Myriam konnte sich kaum beherrschen. Sie hatte viele Menschen vor Gericht erlebt, die ihr unsympathisch waren, deren Kaltblütigkeit sie entsetzte, deren Skrupellosigkeit sie abstieß. Doch noch nie hatte sie sich so vor einem Menschen geekelt. Das war keine Kaltblütigkeit, die diese Krankenschwester in sich trug, es war etwas anderes.

»Was ist mit der Mutter passiert?«, fragte Henri.

»Die Mutter?« Sie zuckte die Schultern. »Keine Ahnung.«

»Hat sie die Geburt überlebt?«

»Die waren alle zäh«, sagte die Frau. »Eine Geburt, das war

damals nicht dasselbe wie heute. Da wurde kein Geschrei gemacht. Ein Kind war nichts anderes als ein Ableger. Man zog es heraus. Aber nicht alle taugten etwas.«

Henri schien völlig unberührt, doch Myriam kannte ihn inzwischen gut genug, dass sie am Zittern seiner Hand, die nach den Zigaretten fasste, sie nur berührte, aus Angst sie könnten verschwunden sein, erkannte, er musste sich beherrschen, um nicht zu brüllen, nicht aufzuspringen und diese Frau vor ihm aus dem Sessel zu prügeln.

»Was ist mit der Mutter passiert?«

»Was weiß ich. Es war im Februar. Wir hatten alle Angst. Die Amerikaner waren in der Nähe. Das war ein Durcheinander. Wahrscheinlich kam sie in ein anderes Arbeitslager. Vielleicht auf den Flughafen. Dort arbeiteten damals viele Frauen. Deswegen haben wir die Kinder ja auch nicht gleich nach der Geburt sterben lassen, sondern sie durften einige Wochen leben. Damit die Mütter beruhigt waren. Sie sollten schließlich arbeiten. Man brauchte sie. Aber die Kinder sind dann doch gestorben. Nicht länger als sechs Wochen haben sie durchgehalten.«

»Doch diesen einen Jungen, den hat Henriette Winkler zu sich genommen?«

»Ja, sie wollte ihn unbedingt.«

»Warum ausgerechnet diesen?«

»Das Mädchen arbeitete bei ihr im Haushalt.«

»War die Mutter damit einverstanden?«

Karla Werner lachte. »Einverstanden? Was weiß ich. Hab nicht danach gefragt. Hat auch keinen interessiert. Die Winkler kam hier an mit ihrem Wagen und Chauffeur. Sie trug einen weißen Pelzmantel.«

»Und hat das Kind mitgenommen?«

»Sie hat mit dem Arzt gesprochen, und der hat eine Bescheinigung ausgestellt, dass es ihr Kind war. Ich war Zeugin und der Arzt auch.«

Sie lachte erneut laut auf.

»Hatten Sie keine Angst, dass die Sache irgendwann ans Tageslicht kommt?«

»Ich war nur Krankenschwester, und der Arzt kam eines Tages nicht mehr ins Lager. Sein Haus wurde bombardiert, und weg war er. Sie hat mir ja das Geld gegeben. Später. Und mir Arbeit besorgt. Ich habe fast zwanzig Jahre als Betriebskrankenschwester bei den Adlerwerken gearbeitet. Bis diese verkauft wurden. Da ging ich wieder zu ihr, und sie hat gesagt, ich bekäme von ihr ein Gehalt und müsse nie mehr arbeiten.«

Ihre Hand griff nach einem Schokoladenkeks. Sie biss hinein. Es krachte.

»Was ist mit dem Vater des Kindes?«

Sie zuckte mit den Schultern. »Darüber hat sie nie gesprochen. Väter spielten zu dieser Zeit keine Rolle.«

Henri bedankte sich nicht, als er aufstand. »Wir müssen Ihre Aussage zu Protokoll nehmen.«

»Ich geh nicht aus dem Haus«, sagte sie.

»Ich schicke jemanden vorbei. Dem erzählen Sie alles, was Sie uns erzählt haben.«

»Ich weiß«, meinte sie, »für die Wahrheit bekommt man nichts.«

Sie gaben ihr nicht die Hand zum Abschied.

»Ich habe Blumen hingebracht«, sagte sie, als Myriam und Henri bereits in der Tür standen.

»Wohin?«

»Auf den Friedhof. Sie haben dort Kreuze aufgestellt.«

Einen kurzen Moment glaubte Myriam Tränen in ihren Augen zu sehen, doch sie hatte sich getäuscht, denn gleich darauf sagte sie: »Mein Gott, Babykörper. Von denen ist doch heute nichts mehr übrig. Nur Staub. Auf Staub können keine Blumen wachsen. Und machen Sie den Fernseher wieder an.«

Henri Liebler saß neben Myriam im Auto, doch er hatte nicht die Absicht loszufahren.

»Sagen wir es ihm?«, brach Myriam das Schweigen.

»Carl Winkler? Das werden wir müssen.«

»Ich kann es nicht glauben. Ich fand sogar, dass eine Familienähnlichkeit besteht.«

»Meine Mutter hat immer behauptet, ich sähe meinem unbekannten Vater ähnlich. Und dann, als ich ihn mit achtzehn zum ersten Mal traf … da saß ein dürres Männchen vor mir. Das sollte mein Vater sein? Er war mindestens zwanzig Zentimeter kleiner als ich, hatte graue Augen und war völlig kahl.«

»Du wolltest ihm auch nicht ähnlich sehen?«

»Nein.«

»Und jetzt?«

»Jetzt hat er mir sein Haus und zwei Lamas vererbt.«

»Lamas?«

»Lamas. Die hat er sich angeschafft, als er sich nicht mehr in der Lage sah, das Grundstück zu pflegen. Sie sollten das Gras kurzhalten.«

Für einen Moment glaubte Myriam, dass Henri einen Scherz machte, doch er verzog keine Miene. Sie lachte kurz auf, so absurd erschien ihr die Vorstellung von den Lamas, doch als er weiter ernst blickte, hörte sie auf.

»Sein Leben lang hat er sich nicht um mich gekümmert«, fuhr er fort, »und plötzlich ein Anruf vom Notar, mein Vater habe gewünscht, ich solle zu seiner Beerdigung kommen und sei sein Alleinerbe. Warum?«

»Im Alter und im Tod wird man seltsam.«

»Was ist mit deinem Vater? Siehst du ihm ähnlich?«

»Ist das so wichtig? Spielt es eine Rolle, wem du ähnlich siehst oder im Charakter gleichst?«

»Fragen wir Carl Winkler, ob es für ihn wichtig ist. Fragen wir Denise.«

»Sie wird vermutlich erleichtert sein, dass ihre Großmutter nicht ihre Großmutter war.«

»Oder das Gegenteil. Diese Dinge lösen Gefühle aus, von denen man nicht wusste, dass man sie hat. Deswegen sollten wir zunächst mit Hannah sprechen. Sie weiß, was in so einem Fall zu tun ist.«

»Carl Winkler ist sechzig Jahre alt.«

»Sechzig Jahre lang belogen zu werden, ist hart. Außerdem: Irgendwo lebt vielleicht seine Mutter und denkt immer noch an ihn.«

»Sophia Fuchs?«

Henri zuckte mit den Schultern.

»Mein Leben steht zwar nur auf einer Säule«, sagte er, »aber seines auf gar keiner. Da bricht man schnell zusammen.«

»Lass mich zusammen mit Hannah zu ihm gehen. Ich möchte dabei sein.«

»Warum bist du Staatsanwältin geworden, wenn du eigentlich lieber die Arbeit der Polizei machst?«

»Es genügt nicht nur, gegen jemanden Beweise zu sammeln. Ich möchte auch sehen, dass er verurteilt wird.«

32

Jost konnte nicht begreifen, weshalb Menschen diese Stadt schön fanden. Die Straßen waren schmutzig und dunkel von der Kohle, mit der im Winter geheizt wurde. Außerdem stank die Luft nach Teer. Schwarze Schneehügel stapelten sich am Rande des Bürgersteiges, machten den Weg schmal. Der Ruß schwärzte die Fassaden. Selbst Gebäude, erst vor kurzem frisch renoviert, in Gelb- und Ockertönen gestrichen, zeigten bereits nach kurzem graue Streifen vom Regen.

Und die Menschen? Sie zogen die Schultern hoch und hielten den Kopf gebeugt. Als ob hier niemand dem anderen ins Gesicht sehen wollte. Auch die Häuser wirkten verschlossen, als hätten sich die Bewohner dahinter verbarrikadiert.

Das Schwarz seiner Kleidung war eine geeignete Tarnfarbe. Allerdings war sein Mantel zu dünn und nicht für diese Temperaturen geeignet, sondern für Frankfurt, wo er jede Strecke mit dem Auto fuhr.

Am Flughafen hatte er ein Zimmer im Hotel Cracovia gebucht, einem sozialistischen Klotz im Stil der sechziger Jahre, dessen Personal nach dem Sozialismus nicht ausgetauscht worden war. Die Dame am Empfang begrüßte ihn freundlich. Als er nach dem Weg zum Wawel fragte, führte sie sich so aufdringlich zuvorkommend auf, dass er Angst hatte, auch ihre Stimme würde nie wieder aus seinem Ohr verschwinden wie all diese Stimmen, die seit Tagen in seinen Kopf krochen und schamlos über ihn sprachen.

Es dauerte circa zwanzig Minuten, bis er endlich an dem Weg stand, der hoch zum Schloss führte. Links erhob sich eine rote Backsteinmauer, was dem Burgkomplex das Aussehen einer Festung verlieh.

Als er durch das erste Tor trat, las er auf einem Schild den Namen *Hans Frank*.

Ein Schauer lief ihm über den Rücken. Die Geschichte war Realität geworden. Hier war der Generalgouverneur entlangmarschiert, seine Frau im weißen Pelz als »Königin von Polen« mit dem Wagen hochgefahren, wenn sie vom Einkaufen zurückkam. Deutsche Soldaten hatten hier Wache gehalten.

Er ging den Weg hinauf, bis er auf den Schlosshof kam, der links von dem Kirchenkomplex beherrscht wurde, rechts von dem ehemaligen Spital. Die Bastei, auf der das Foto mit Hans Frank und Oskar Winkler entstanden war, musste auf der anderen Seite rechts liegen. Er überquerte den Platz. Eine Gruppe von Schülern folgte gelangweilt und frierend der Lehrerin in Richtung der Kirchen.

Vor ihm bot sich ein weiter Ausblick auf den Südwesten der Stadt und die Weichsel, die sich in einem weiten Bogen um die Stadt wand.

Hatten Hans Frank und Oskar Winkler hier gestanden, um Pläne zu schmieden?

Worüber hatten sie gesprochen?

Was Männer immer reden? Die politische Lage, der Krieg. Die besten Restaurants der Stadt und Frauen!

Was war es für ein Gefühl, dass die ganze Stadt einem zu Füßen lag? Jost hatte plötzlich eine Vorstellung davon, wie Macht sich anfühlte. Wirkliche Macht, nicht die läppische Aufregung, die er als Journalist hervorrufen konnte.

Er schaute sich nach einer geeigneten Stelle um, von der aus er den Bericht senden würde. Er hatte sich mit dem Kamerateam gegen vier Uhr am Nachmittag verabredet. Er wollte den Sonnenuntergang in seinem Bericht haben als Symbol für den Untergang einer Familie.

Er wandte sich wieder dem Schlosshof zu und ging in Richtung des Nebengebäudes, in dem sich ein Souvenirladen befand. Jost beschloss, einen Stadtführer zu kaufen. Vielleicht bekam er dort Informationen über die Umbauten auf dem Wawel, die der Schlächter von Polen vorgenommen hatte.

Er wollte gerade die Tür öffnen, als er in der Mitte des Platzes eine Frau auf sich zukommen sah. Sie trug Jeans, schwarze Stiefel und einen braun-grün karierten Wintermantel, der knapp über den Knien endete. Er stand offen. Ein grünes Stirnband schützte sie kaum vor der Kälte. Sie warf keinen Blick auf die Kirchen, die Anlage der Burg, sondern eilte Richtung Brüstung, von der Jost gerade kam.

Er verfolgte sie mit Blicken, doch sie achtete nicht auf ihn. Glück ist die Steigerung von Zufall. Er hatte nicht geglaubt, Denise Winkler so bald zu begegnen. Seine Entscheidung war richtig gewesen, auf die Festungsanlage zu gehen, denn hier begann die Geschichte, die der Entführer erzählen wollte. Sein Instinkt ließ ihn immer noch nicht im Stich. Denise Winkler hatte denselben Gedanken gehabt.

Eine Touristengruppe, die von einer jungen Frau im hellbraunen Pelzmantel und einer Fahne in der Hand angeführt wurde, bewegte sich in Richtung der Brüstung. Er mischte sich darunter. Nicht weit von Denise Winkler blieb die Gruppe stehen, und die Fremdenführerin begann, ihren Vortrag auf Englisch zu halten, mit einem Akzent, der so erotisch auf Jost wirkte, dass er die Kälte vergaß. Er schenkte der Fremdenführerin ein Lächeln, verbeugte sich kurz und tat, als wolle er ihr die Hand küssen. Sie lächelte ihm zu. Er hob das Handy hoch, als wolle er die Gruppe fotografieren, stattdessen nahm er Denise Winkler ins Visier.

Nachdem er ein Bild nach dem anderen aufgenommen

hatte, stellte er sich neben sie, um möglichst unauffällig einen Blick auf sie zu werfen. Er wollte wissen, ob sie litt.

Ihr Gesicht war wie versteinert und schien nichts wahrzunehmen, was außerhalb von ihr geschah.

Gern hätte er ihr erzählt, dass er sein Geld opferte, um ihr ein Lebenszeichen ihres Sohnes zu bringen. Lachen könnte er, so absurd erschien ihm das alles.

Als sie den Kopf zur Seite drehte, um die Stadt in seiner Richtung zu betrachten, wollte er wieder auf den Auslöseknopf drücken, als er plötzlich merkte, dass seine Hand zitterte.

Sein Handy vibrierte. Er fühlte das heftige Pochen seines Herzens, als er auf die Taste drückte.

»Jost.«

»Wo sind Sie?«, fragte die Stimme, deren Kühnheit ihm inzwischen vertraut war.

»In Krakau.«

»In einer Stunde, an der Pilsudskibrücke.«

Jost hatte keine Chance zu antworten. Der Anrufer hatte wieder aufgelegt.

Fast hätte er laut gelacht. Er würde das Lebenszeichen bekommen. Der Zeitpunkt war perfekt. Der Bericht von hier oben würde ein Knüller werden. Dazu die Fotos von Denise Winkler. Ihm war plötzlich heiß, als hätte er Fieber. Er war wahnsinnig, aber seit langem hatte er sich nicht mehr so erregt gefühlt.

33

Erschöpft und völlig hoffnungslos konnte Denise Winkler sich nicht entscheiden, ob sie die Adressen in ihrer Tasche tatsächlich aufsuchen sollte. Die Vorstellung, nach dem Besuch im Polizeirevier, erneut Menschen zu begegnen, die vollkommen verständnislos auf ihr Anliegen reagierten, ging an ihre Grenze. Wie jemandem ihr Unglück begreiflich machen? Konnte man an fremden Haustüren klingeln und sagen: »Mein Sohn wurde entführt. Bitte helfen Sie mir.«

Jeder würde sie zur Polizei schicken, von der sie gerade kam.

Langsam ging sie die Stufen auf der Rückseite der Burg hinunter in die Stadt. Ab und zu traf sie ein Blick von Leuten, die sich wunderten, dass sie bei dieser Kälte mit offenem Mantel durch die Stadt lief. Doch sie fror nicht.

Sie versuchte, sich auf dem Stadtplan zu orientieren. Von hier aus war es nicht weit nach Kazimierz. Sie wandte sich automatisch nach rechts.

Sie würde ein eigenes Gutachten über die Brandursache erstellen lassen. Oliver sollte dafür bezahlen, dass er im Namen ihrer Firma die Versicherung betrogen hatte. Es musste Schluss sein damit, dass der Name Winkler für seine Ambitionen bezahlen musste. Wenn sie Frederik gefunden hatte, würde sie wieder die Leitung des Unternehmens übernehmen. Sie war sicher, dass sie auf ihren Vater zählen konnte. Es gab so viel zu tun, auch hier in der Stadt. Sie würde alles wieder ins Lot bringen.

Der Gedanke, dass es womöglich Oliver gewesen war, der die Ereignisse ausgelöst hatte, ließ die Wut wieder in ihr hochkommen. Die Heftigkeit, mit der die Aggressionen und die Verbitterung an die Oberfläche kamen, erschreckte sie. Sie hätte nicht gedacht, dass sie zu solchem Hass fähig sein könnte.

Das Laufen tat gut. Der Wind, der aufgekommen war, betäubte das Gefühl und nahm den Schmerz. Sie sah die Ruine des Einkaufszentrums schon von weitem. Der Gebäudekomplex lag verlassen da. Eine riesige Ruine. Denise glaubte, noch den Rauch zu riechen, den Funkenregen zu spüren, die gewaltigen Flammen, die das ganze Viertel in ein glühendes Rot getaucht hatten. Die Verglasung der Frontseite war in der Hitze des Feuers vollständig geplatzt. Dahinter waren schwarze Rahmen stehen geblieben. Man hatte versucht, sie notdürftig mit großen Planen abzudecken, doch der Schnee der vergangenen Monate hatte sich hier und da in der Plane festgesetzt, die an diesen Stellen durch das Gewicht abgerissen war. Niemand kümmerte sich darum. Der Rest der Gebäude war schwarz vom Rauch. Das Dach teilweise eingestürzt. Damals hatte sie sich keine Gedanken gemacht, doch jetzt bemerkte sie, dass das riesige Einkaufszentrum wie ein Fremdkörper in dem Viertel wirkte. Es drängte die kleinen Häuser an den Rand, verschluckte sie, erdrückte sie in seiner Monstrosität.

Ihr Handy begann zu klingeln. Sie zog es aus der Tasche und warf einen ungeduldigen Blick auf das Display. Die Nummer war unbekannt. Rief er endlich an? Ihre Hand zitterte, als sie auf Empfang drückte.

»Ja«, schrie sie so laut, dass eine Großmutter, die ihren Enkel spazieren fuhr, sie missbilligend anblickte.

»Hallo«, schrie sie erneut.

»Kadow«, hörte sie eine Stimme.

Kadow?

»Wer?«

»Marek Kadow.«

»Ach ja.«

»Wo sind Sie?«

»An der Galeria Kazimierz.«

»Kommen Sie zur Bibliothek.«

»Wohin?«

»Zur Universitätsbibliothek. Biblioteka Jagiellońska. Nehmen Sie den Eingang von der Oleanderstraße aus.«

»Warum?«

»Ich warte dort auf Sie. Ich habe etwas gefunden.«

Sie schaute sich um. Außer ihr war niemand auf der Straße. Doch, dort, zweihundert Meter hinter ihr ging dieser füllige Mann, der sie auf dem Wawel angestarrt hatte. Folgte er ihr? Er ging langsam, zögerte, aber er starrte immer wieder in ihre Richtung und hob das Handy, um zu fotografieren. Er kam ihr bekannt vor. Sie hatte ihn bereits irgendwo gesehen. Doch ihre Gedanken waren wie gelähmt. Sie bewegten sich nur in eine Richtung.

»Sind Sie noch dran?«, hörte sie Kadow fragen.

»Wie komme ich dorthin?«

»Wo genau sind Sie? Wie heißt die Straße?«

Denise rannte zum nächsten Straßenschild

»In der Podgórska. Ich stehe direkt vor der Galerie.«

»Sehen Sie Richtung Wawel eine Brücke?«

Denise wandete den Blick nach links. Die Brücke mit einer riesigen Eisenkonstruktion lag direkt vor ihr.

»Ja.«

»Das ist die Pilsudskibrücke. Ich schicke Ihnen ein Taxi dorthin. Es ist in wenigen Minuten da.«

»Was haben Sie denn gefunden?«

»Ich warte hier«, antwortete Kadow und beendete das Gespräch.

Ungeduldig rannte Denise zur Brücke, blieb an der Ampel stehen und hielt nervös Ausschau nach dem Taxi.

Auf der anderen Seite kam ihr wieder dieser Mann entgegen, das Gesicht hinter dem Stadtplan versteckt. Er trug über dem schwarzen Mantel einen glänzenden dunkelgrauen Seidenschal. Als er den Kopf hob, sah sie ihm direkt ins Gesicht. Woher kannte sie ihn?

Sie war fast schon so weit, ihn anzusprechen, als das Taxi um die Ecke bog.

Sie hatte Schwierigkeiten, die Beifahrertür zu öffnen. Der Fahrer half ihr von innen. Sie fiel in den Sitz, der unter ihr nachgab. Es roch nach abgestandenem Zigarettenqualm und Diesel, und ihr fiel ein, dass sie nicht genau wusste, wo sie hin wollte.

»Bibliothek«, sagte sie zum Fahrer. »Jagiellonenbibliothek.«

Er nickte und gab Gas.

Sie drehte sich kurz um und sah gerade noch, wie der Mann wieder das Handy hob, um zu fotografieren.

Denise hatte die Hoffnung schon aufgegeben, den richtigen Eingang zur Bibliothek zu finden, als ein Student, der Englisch sprach, ihr den Weg zeigte, der um das alte Gebäude herum zu einem neuen Anbau führte. Dort erwartete sie Kadow bereits.

»Was haben Sie gefunden?«, fragte sie.

»Etwas, von dem ich selbst noch nichts wusste.«

»Wie meinen Sie das?«

»Es war einfach Glück. Nach dem, was Sie mir erzählt haben, habe ich mir alte Pläne vom Wawel und von Kazimierz angeschaut. Die Bibliothek besitzt eine große Sondersammlung.«

»Und?«

»Sie brauchen einen Leseausweis. Haben Sie Ihren Pass dabei?«

»Ja.«

Als sie sich in die lange Schlange reihten, die sich vor dem Bibliotheksschalter gebildet hatte, glaubte Denise, wahnsinnig zu werden. Ihre Fingernägel gruben sich in die Handfläche.

»Weshalb dauert das so lange?« Die Ungeduld kroch in ihr hoch. Sie konnte sie kaum ertragen.

»Es dauert hier eben. Aber ohne Ausweis ist nichts zu machen. Die Bibliothek ist besser bewacht als der Flughafen. Wir Polen schützen unser Wissen, damit es uns keiner wegnimmt. Die Bücher sind uns heilig. Und es ist noch nicht lange her, dass aus der Bibliothek ein Werk von Johannes Kepler gestohlen wurde, eine Erstausgabe von 1604, und bei einer Auktion in Frankfurt auftauchte.«

»Es sind nur Bücher«, sagte Denise. »Aber ich suche nach meinem Sohn. Warum sagen Sie mir nicht gleich, was Sie mir zeigen wollen?«

»Weil ich mir nicht sicher bin.«

Warum vertraute sie ihm? Auch er könnte der Entführer sein und sich deshalb bemühen, ihr zu helfen. Für einen Moment überfiel Denise Angst, und dann war sie erleichtert. Wenn es so wäre, dann war sie froh. Er würde sie zu ihrem Sohn führen.

Minute um Minute verging, und die Schlange kam nur langsam vorwärts. Denise fühlte die Waffe in ihrer Handtasche. Sie verlieh ihr eine überraschende Sicherheit, die sie nicht erklären konnte. Sie war bereits am Flughafen in Frankfurt gewesen, als ihr plötzlich in den Sinn kam, dass man sie von Kopf bis Fuß kontrollieren würde. Sie hätte keine Chance, die Waffe bei sich zu behalten. Kurz entschlossen war sie zum Bahnhof gefahren und hatte sich nach der nächsten Verbindung nach Krakau erkundigt. Sie hatte die Fahrt nur überstanden, weil sie mit Beruhigungsmitteln vollgepumpt war. Fast bewusstlos hatte sie das Rattern des Zuges gehört. Und wenn sie spürte, dass sie vor Ungeduld wahnsinnig wurde, hatte sie den Revolver angefasst. Das kalte Metall hatte sie beruhigt.

»Hans Frank hat damals einige Umbauten auf dem Wawel vorgenommen«, sagte Kadow.

»Ich weiß.«

»Aber seine Pläne gingen weiter.«

»Wie meinen Sie das?«

Sie waren an der Reihe. Die Bibliotheksangestellte sprach mit Kadow, ohne ihn anzusehen. Es brauchte offenbar einige Überzeugungskraft, Denise einen Ausweis auszustellen. Als sie die Anmeldung ausfüllte und die Nummer ihres Passes eintrug, zitterte ihre Hand so stark, dass ihr der Kugelschreiber aus der Hand fiel, den Kadow geduldig für sie aufhob.

Der Weg zum Lesesaal im dritten Stock führte über eine schmale Treppe, die von einem Wachmann mit Headset kontrolliert wurde. Das Ganze hatte etwas von einem Hochsicherheitstrakt, und Denise überlegte, wovor sich die Wissenschaft hier schützte.

Im dritten Stock klingelte Kadow an der Tür. Innen nickte ihm die Bibliothekarin zu, und die Glastür öffnete sich mit leisem Surren.

Er legte den Zeigefinger an die Lippen. »Wir müssen leise sprechen.«

»Aber wir sind hier völlig allein.«

»Die Aufsicht ist hier sehr streng. Hier befinden sich wertvolle Handschriften.«

Sie folgte ihm zu einem Tisch, der mit Papieren bedeckt war.

»Hier«, sagte er.

Der Plan war schlecht gezeichnet und alt. An den Falzstellen hatte er Risse, und die Ränder wiesen Flecken auf. Außerdem war die Schrift kaum zu entziffern. Kadow schaltete eine der grünen Lampen an, von denen auf jedem Tisch eine zur Verfügung stand.

Denise beugte sich hinunter und versuchte, sich zu orientieren. »Der Wawel?«, fragte sie und deutete auf den mächtigen Gebäudekomplex rechts, der über den Fluss ragte.

Kadow nickte.

Denise zog ihren Stadtplan hervor, faltete ihn auseinander und legte ihn daneben.

»Dann müsste hier im Südosten Kazimierz liegen.« Ihr Finger deutete auf das Viertel rechts unten. Sie verglich beide Stadtviertel. »Aber es sieht völlig anders aus.«

»Genau«, sagte Kadow. »Auf Ihrem aktuellen Stadtplan verlaufen alle Straßen von Kazimierz aus in Richtung des Hauptmarktes, also direkt auf das Stadtzentrum zu. Sie laufen am Viertel Stradom vorbei, sehen Sie?«

»Ja, aber in diesem alten Plan gehen sie auf den Wawel zu wie ein Strahlenkranz. Wie mit dem Zirkel gezeichnet. Und Stradom fehlt völlig. Außerdem sind die Straßennamen deutsch.«

»Genau«, erwiderte Kadow »Der Plan stammt aus dem Jahr 1941. Er wurde also zur Zeit der deutschen Besatzung erstellt.«

»Was hat das zu bedeuten?«

»Was wohl? Frank wollte Kazimierz abreißen, um es anschließend nach seinen Plänen neu aufzubauen. Kazimierz, das alte jüdische Viertel, sollte deutsch werden.«

»Aber was hat das mit mir zu tun oder der Entführung meines Sohnes?«

Kadow deutete auf den unteren rechten Rand des alten Planes. »Kennen Sie das?«

Denise erkannte die Signatur sofort. Die beiden Buchstaben *O* und *W* waren ineinanderverschlungen. Ihr Herz begann zu schlagen. Nur ein Gedanke. Ihre Großmutter: unnahbar, unerreichbar, unfassbar. Ihr Großvater: dessen einzige Hand sie festhielt, wenn sie auf seinem Schoß saß, der sie an sich drückte, ihr Geschenke kaufte. Der ihr sagte, sie sei sein Geschenk. Ihre Großmutter hatte sie geschimpft. Sie sei zu alt, um auf dem Schoß zu sitzen. Sie war sofort heruntergerutscht und weggelaufen.

»Mit diesen Initialen hat mein Großvater seine Pläne signiert.« Es fiel Denise schwer, es auszusprechen.

»Ich war mir nicht sicher ...« Kadow brach ab.

»Wie haben Sie das gefunden?«

»Es war nicht schwer«, erklärte Kadow leise. »Vom Hotel aus bin ich direkt hierhergefahren, um im Archiv nach dem Namen Ihres Großvaters zu suchen. So bin ich auf diesen Plan gestoßen. Es gab immer wieder Gerüchte, dass Kazimierz abgerissen werden sollte. Es stand nach der Umsiedlung der jüdischen Bevölkerung ins Ghetto zum größten Teil leer oder wurde von Leuten bewohnt, die kein Geld hatten. Wenn Hans Frank hier oben auf dem Wawel stand und auf das Viertel hinabblickte, war es ihm ein Dorn im Auge. Ein Schandfleck in seinem Krakau. Er wollte es aus den Augen haben. Das ist nicht schwer nachzuvollziehen, oder?«

»Ich kann es nicht glauben.« Ihre Stimme bebte. Das Gefühl, betrogen worden zu sein, war unerträglich.

»Die Pläne wurden nie umgesetzt«, sagte Kadow, als könne er sie damit trösten.

»Aber mein Großvater hat die Pläne entworfen. Er hat für Hans Frank gearbeitet. Er muss gewusst haben, mit wem er es zu tun hatte.«

»Ich habe noch etwas gefunden«, sagte Kadow. Er zog unter dem Plan ein Buch hervor. »Ist das das Foto, von dem Sie mir erzählt haben?«

Sie nickte. Hans Frank und ihr Großvater auf dem Wawel in Krakau.

»Und genau in dieser Richtung, auf die Frank deutet«, erläuterte Kadow, »liegt Kazimierz. Und hören Sie zu. Hier steht ein Zitat von Frank: Die Stadt Krakau müsse die judenfreiste Stadt des Generalgouvernements werden. Nur so werde es möglich sein, saubere deutsche Wohnsiedlungen zu errichten, in denen man eine deutsche Luft atmen kann.«

Eine Minute herrschte Schweigen.

War sie schockiert? Sie horchte in ihr Inneres. Aber sie spürte nichts. Sie musste sich nicht setzen. Ihr Herz schlug im normalen Takt. Es berührte sie nicht. Im Gegenteil.

»Ich weiß jetzt«, sagte sie, »was er von mir will. Ich habe es verstanden. Er zwingt mich, die wahre Geschichte meiner Familie kennen zu lernen. Ich werde tun, was er verlangt. Ich werde alles, was ich weiß, den Medien berichten. In Deutschland und in Polen.« Doch der Moment der Erleichterung dauerte nicht lange. »Aber hat er meine Großmutter umgebracht und Frederik entführt, nur weil mein Großvater Pläne für Hans Frank entworfen hat? Die noch nicht einmal ausgeführt wurden?«

Hinter ihnen öffnete sich die Tür. Eine ältere Frau mit toupierten mahagonifarbenen Haaren betrat den Lesesaal. Ihre Schuhe klackten auf dem Holzboden, als sie nach vorne lief. Sie trug ein dunkelblaues Kostüm und darunter eine weiße Bluse. Zwei Tische hinter ihnen machte sie vor einem Stapel Bücher halt und nickte Kadow zu. Bevor sie sich setzte, strich sie immer wieder den Rock glatt.

»Lassen Sie uns gehen.« Kadow nahm ihren Arm. Sie folgte ihm Richtung Ausgang.

Unten stand noch immer eine Schlange von Studenten, um Bücher abzuholen. Sie drängten sich an ihnen vorbei.

»Was ist mit dieser Sophia Fuchs?«, fragte Denise laut. »Wo könnte ich noch nach ihr suchen?«

»Diese Sophia … wie war ihr Name genau?«

»Sophia Fuchs. Ich habe niemanden mit diesem Namen im Telefonbuch gefunden.«

»Fuchs ist kein polnischer Name«, erklärte Kadow. »Vielleicht hieß sie Lisowska. Lisowska ist die polnische Übersetzung für Fuchs. Und Sophia, das ist Zofia. Die Deutschen haben oft polnische Namen übersetzt.«

»Sie meinen, sie hieß eigentlich Zofia …?«

»Lisowska.«

»Dann muss ich nach diesem Namen suchen.« Denise fühlte die Hoffnung zurückkommen. »Können wir den Plan und das Foto kopieren?«

»Ich werde sehen, was ich tun kann«, sagte Kadow. »Unten ist eine Cafeteria. Dort können Sie einen Kaffee trinken. Warten Sie auf mich. Ich kenne hier jemanden, der mir helfen wird.«

Sie gingen zusammen die Treppe hinunter. Sie nahm den Kaffee mit an den einzigen freien Tisch. Sie war noch immer verwirrt. Nein, nicht verwirrt. Die Fakten waren schließlich klar. Ihre Großeltern waren Nazis gewesen. Ende. Der Entführer hatte sie zu dieser Erkenntnis geführt. Doch es führte sie nicht zu Frederik. Vielleicht war der Zeitpunkt da, Myriam anzurufen. Sie konnte es nicht alleine schaffen.

Und wieder der Gedanke: Das kann nicht alles sein. Ihr Sohn konnte nicht entführt worden sein wegen einiger Pläne. Nein. Es gab noch etwas anderes. Ein Verbrechen, das größer war, und gleichzeitig dachte sie, wie der Wert eines

Verbrechens sank, wenn ein anderes geschah. In ihren Augen war es geradezu harmlos, Menschen aus ihren Häusern zu vertreiben, ein Stadtviertel abzureißen, um eine neue Stadt zu bauen. Was war das gegen die Entführung eines Kindes?

»Kommen Sie.« Eine Hand griff nach ihrer Schulter. Sie erschrak und drehte sich um. Kadow stand vor ihr.

»Haben Sie die Pläne?«

»Später«, sagte er. »Mir ist etwas eingefallen.«

»Was?«

»Kommen Sie.«

Sie sprang auf, um ihm ins Foyer zu folgen. Er ging zu einer Tafel rechts und blieb davor stehen. Zahlreiche Namen mit Geburts- und Sterbedaten waren dort in den Marmor geritzt.

»Ich habe es gewusst.« Kadows Hand deutete auf einen Namen in der Mitte. »Ich habe den Namen schon einmal gehört, Lisowski, Henryk, 1901 bis 1942. Er war an der Universität beschäftigt. Er arbeitete im Museum Czartoryjski. Vor dem Krieg.«

»Er muss nichts mit Zofia Lisowska zu tun haben«, sagte Denise, obwohl sie es besser wusste. Sie dachte an die Chopinbilder im Salon ihrer Großmutter, mit denen sie aufgewachsen war.

»Lassen Sie uns zurück in den Lesesaal gehen. Dort gibt es ein biographisches Lexikon von Krakau. Vielleicht finden wir etwas.«

Denise folgte Marek Kadow. Er ging mit einer Selbstverständlichkeit mit der Geschichte um, die sie überforderte. Als sei der Krieg für ihn noch lebendig. Es war eine Geschichte der Menschen, nicht der Daten, nicht der Schlachten, wie sie es gelernt hatte. All diese Verknüpfungen, die ihr Schwierigkeiten machten, schienen für ihn sinnvoll zu sein.

Geradezu logisch. Als sei er es gewohnt, in diesen Bahnen zu denken.

Der Eintrag im Lexikon, den Kadow übersetzte, war ausführlich. Danach stammte Henryk Lisowski aus Lwów, das vor über sechzig Jahren zu Polen gehörte und am Ende des Krieges der Sowjetunion zufiel. Lisowski war für die Kunstsammlung im Czatoryjski-Palast verantwortlich gewesen. Am 6. November 1939 wurde er mit 189 Mitarbeitern der Universität verhaftet und nach Buchenwald verschleppt. Im März 1941 kehrte er zurück und leistete Widerstand bei der Verschleppung von polnischen Kunstwerken unter Hans Frank. Im November 1941 wurde er auf dem Hauptmarkt vor dem Museum erschossen. Auf offener Straße.

Sie hörte bereits nicht mehr, was er sagte, sondern zog das Handy hervor und suchte in ihrem Geldbeutel nach der Nummer von Matecki.

Es dauerte, bis endlich jemand abnahm. Eine unbekannte Stimme sagte: »Hallo.«

»Matecki?«

»Nie.«

»Wo ist er?«

Der Mann antwortete auf Polnisch. Denise reichte Kadow das Telefon. »Fragen Sie, wo Matecki ist.«

Kadow unterhielt sich lange. Schließlich reichte er Denise das Handy. »Matecki ist nicht in seinem Büro.«

»Wann kommt er wieder?«

Kadow gab die Frage weiter. »Das weiß keiner. Offenbar ist er früher nach Hause gegangen. Soweit ich den Kollegen verstanden habe, ist seine Mutter krank.«

Denise schaute auf die Uhr. Sie war sicher, dass sie den Polizisten jetzt überzeugen konnte, dass Frederik in Krakau sein musste.

Gespenster, dachte Denise, was soll ich mit all diesen Gespenstern aus der Vergangenheit?

Die Bilder im Haus ihrer Großmutter, auf die sie immer stolz gewesen war: Lüge.

Die großartige Vergangenheit ihrer Familie: Lüge.

Der Erfolg nach dem Krieg: Lüge.

Das Ansehen: Lüge.

Wie schnell man sich daran gewöhnte, dass das eigene Leben aus den Fugen geriet. Nein, sie sollte es nicht Gewöhnung nennen. Es war eine Gleichschaltung mit dem Schicksal, und Denise hatte das Gefühl, dass sie es immer gespürt hatte. Marathon zu laufen, war der Versuch gewesen zu fliehen.

»Lassen Sie uns ein paar Schritte gehen«, sagte sie zu Kadow. »Irgendwohin, wo ich diese Stadt nicht länger ertragen muss.«

Sie gingen die Weichsel entlang. Inzwischen war es dunkel geworden, und nur wenige Menschen, zumeist Spaziergänger mit Hunden, waren unterwegs.

Der Frost hatte Löcher in die Wege gesprengt, in denen sich Pfützen und das restliche Laub des Herbstes sammelten. Auf dem Weg gefrorene Eisschollen. Sie sprachen kein Wort. Denise starrte auf den Fluss, um nicht auf die Stadt blicken zu müssen.

»Warum helfen Sie mir?«, fragte sie schließlich. »Sie haben keinen Grund!«

»Braucht man immer einen Grund?«, antwortete Kadow. »Wir Polen leben von einem Tag auf den anderen, wir denken maximal einen Monat voraus. Solange wir Geld haben, geben wir es aus, weil es übermorgen sowieso weg sein könnte. Wenn wir jemandem helfen, fragen wir nicht, warum.«

Sie gingen weiter nebeneinander her, ohne miteinander zu sprechen.

Als sie das Martinshorn hörte, erinnerte sie sich wieder an den Brand. Zweihundert Meter vor ihnen stand ein Krankenwagen am Ufer. Ein großes Polizeiaufgebot war zu sehen.

Sie konnten sich bis auf zwanzig Meter nähern, dann wurden sie von einem Polizisten gestoppt.

Marek Kadow unterhielt sich lange mit einem der Polizisten an der Absperrung.

Eine unerklärliche Aufregung breitete sich in Denise aus. Ihr Körper war plötzlich angespannt. Sie konnte ihre Hände und ihre Füße nicht mehr spüren. Ihr war eiskalt.

»Was ist los?«, fragte sie, als Kadow zu ihr zurückgekehrt war.

»Sie haben jemanden aus dem Wasser gezogen.«

Für einen kurzen Moment war Denise sicher, dass es Frederik war.

»Wen?«

»Einen Mann. Vielleicht war er betrunken. Bei diesen Temperaturen überlebt das keiner.«

»Wie schrecklich«, antwortete Denise. »Lassen Sie uns umkehren.«

»Kommen Sie«, sagte Kadow. »Ich bringe Sie ins Hotel zurück. Sie sind völlig durchgefroren und erschöpft. So können Sie Ihrem Sohn nicht helfen.«

Zurück im Hotel rief sie sich die Ereignisse des Tages noch einmal ins Gedächtnis. Alles hatte mit dem Brand in dem Einkaufszentrum angefangen. War es der erste Racheakt des Mannes gewesen, der sich entschlossen hatte, ihre Familie zu quälen? War der Brand in dem Zentrum nur das Symbol für die Zerstörung des Lügengebäudes, das sie um sich errichtet hatte? Und was musste er denken, wenn er erfuhr, dass Oliver Winkler die Lügen weitergeführt hatte? Um Geld zu verdienen?

Sie griff nach dem Telefon.

»Denise, verdammt! Wo bist du? Was hast du dir …«

»Hat er wieder angerufen?«, unterbrach sie Oliver.

»Nein. Ich möchte, dass du sofort zurückkommst.«

»Ich komme nicht wieder zurück.«

»Verflucht, was soll das denn heißen? Drehst du jetzt völlig durch?«

»Ich weiß, dass du Geld gezahlt hast, um die Brandstiftung zu vertuschen. Du bist schuld«, schrie sie. »Du, du bist schuld. Hättest du die Polizei hier nach dem Täter suchen lassen, wäre Frederik nie entführt worden, und meine Großmutter würde noch leben. Du hast uns verkauft. Ich hasse dich. Verlasse mein Leben. Ich werde dich anzeigen, und du wirst Frederik nie wieder sehen. Nie wieder.«

Als sie auflegte, zitterte sie am ganzen Körper. Wenigstens eine Sache hatte sie zu Ende gebracht.

Wieder griff sie zum Telefon. Weder ihr Vater noch Myriam nahmen ab.

Doch was sie zu erzählen hatte, waren keine Dinge, die man auf Band sprach.

34

»Nein.« Carl Winklers Stimme hatte noch nie so entschieden geklungen. »Sie können nicht einfach hierherkommen und mir meine Eltern nehmen.«

Hier ging die Illusion eines Lebens zugrunde. Nicht nur die Illusion. Die Existenz wurde Carl Winkler unter den Füßen weggezogen. Er fand keinen Halt mehr.

»Beruhige dich.« Josefa Hirschbach saß nervös neben Carl Winkler. Sie versuchte, ihn zu trösten, indem sie ihm unaufhörlich über den Arm strich.

»Beruhigen? Wir reden hier nicht von einem Autounfall. Es ist auch keine Naturkatastrophe. Das wäre Schicksal. Ein Ereignis, das ich akzeptieren könnte. Doch Sie behaupten …«, sein Finger zeigte auf Myriam, »mein ganzes Leben sei ein einziger Betrug.«

Myriam hatte Denise' Vater noch nie so lange an einem Stück reden hören. Er sprang auf und ging im Zimmer auf und ab.

»Können Sie sich überhaupt vorstellen, wie ich mich fühle? Ich sehe hinter mir nur ein schwarzes Loch. Meine Welt hat sich aufgelöst. Es gibt keinen Zusammenhang mehr zwischen gestern und morgen. Das Heute steht nämlich still, verstehen Sie? Sie sagen, ich habe mich geirrt, nichts sei so gewesen, wie ich dachte. Ich soll mir alles nur eingebildet haben. Familie, Erfolg, Arbeit, Beziehungen, Gefühle. Alles soll Betrug sein. Wie kann ich weiterleben?«

»Ihre Reaktion ist völlig normal«, versuchte Hannah Roosen ihn zu beruhigen.

Myriam schaute sich unauffällig um, ob sie irgendwo eine Flasche Alkohol sah. Hatte er getrunken, oder stürzte einen die Nachricht, dass die eigenen Eltern nicht die waren, für die man sie gehalten hatte, tatsächlich in diese Verzweiflung?

Carl Winkler saß in einem Raum voller Regale, in denen Bücher standen. Er hat sich jahrelang hinter diesen Büchern versteckt, dachte sie, sich geradezu in eine Bücherhöhle verkrochen, sich geistig verbarrikadiert. Keine einzige Wand war ohne Bücher. Niemand kann so viel lesen in einem Leben.

»Ihre Mutter hat der Krankenschwester viel Geld dafür gezahlt, dass sie geschwiegen hat«, erklärte sie.

»Es war Krieg. Frankfurt wurde bombardiert. Die Straße, auf der meine Mutter fuhr, als die Wehen einsetzten, wurde bombardiert. Oder meinen Sie, ich hätte von dem Geld nichts gewusst? Natürlich wusste ich es. Meine Mutter hatte viele Fehlgeburten. Sie hat sich ein Kind gewünscht. Sie war Karla Werner dankbar, dass sie ihr geholfen hat. Sie hätte es sonst nicht überlebt. Ich hätte es sonst nicht überlebt.«

»Das hat Ihre Mutter erzählt?« Myriam konnte den Spott in ihrer Stimme nicht verhindern.

Hannah Roosen ließ sich nicht aus der Ruhe bringen. Sie stand auf und legte ihre Hand auf seine Schulter. »Setzen Sie sich doch.«

Er gab nach und nahm auf einem der Ledersessel Platz.

»Wenn Sie Frau Singer nicht glauben, dann sollten Sie selbst mit Frau Werner sprechen«, erklärte Hannah.

»Jeder sagt doch –« Seine Stimme stockte. »Jeder sagt, dass ich meinem Vater ähnlich sehe.«

»Und das stimmt auch«, betonte die Haushälterin, die Myriam langsam auf die Nerven ging.

»Sie wissen doch, wie das ist«, erklärte Hannah. »Familienähnlichkeiten konstatiert man allzu schnell. Aber Tatsache ist, dass wir nicht wissen, wer Ihr Vater ist.«

»Aber ich weiß es.« Carl Winkler sprang auf. »Der Mann, der meine Mutter umgebracht und Frederik entführt hat, will sich rächen. Er hat sich das alles nur ausgedacht, weil er uns ruinieren will.«

»Warum wollte Ihre Mutter dann diese Geburtsurkunde mit ins Grab nehmen?«, fragte Myriam. »Was hätte das für einen Sinn?«

»Aber es hat für Sie einen Sinn, dass sie mich belogen hat? Sechzig Jahre lang? Niemand kann so lange lügen.«

»Herr Winkler, setzen Sie sich«, sagte Hannah. »Sie bleibt

Ihre Mutter. Wenn Ihre Beziehung intakt war, kann sie keiner zerstören. Keiner kann Ihnen diese Jahre wegnehmen. Eltern, das ist mehr ein Gefühl als nur biologische Abstammung.«

Hannah hatte den Mann damit beruhigen wollen, doch sie erreichte das Gegenteil. Carl Winkler konnte sich nicht länger beherrschen. Tränen liefen das Gesicht herunter. Auch Frau Hirschbach brach in Tränen aus.

Myriam und Hannah saßen da und warteten. Warum war sie mitgegangen? Warum dieser Drang, alles selbst erledigen zu müssen? Für alles die Verantwortung zu übernehmen? Sie sehnte sich nach ihren Akten. Akten vergossen keine Tränen, und Daten behaupteten auch nicht das Gegenteil von der Realität. Ihnen war es egal, wer wessen Vater war. Der Drucker erzeugte Realitäten ohne Gefühle. Schwarz auf weiß.

»Sie werden damit fertig werden«, sagte Hannah Roosen schließlich. »Lassen Sie sich Zeit, solange Sie brauchen. Doch es hat keinen Sinn, die Wahrheit zu leugnen.«

»Ich kann sie nicht mehr fragen.« Carl Winkler wischte die Brille mit dem Jackenärmel sauber. »Ich werde nie die Wahrheit erfahren. Ich werde immer das Gefühl haben, belogen worden zu sein. Mein ganzes Leben lang.«

»Ihr Leben gehört Ihnen immer noch«, erklärte Hannah. »Ihre Tochter ist Ihre Tochter. Ihr Enkel bleibt Ihr Enkel.«

»Warum habe ich zugestimmt, dass Sie das Grab öffnen? Sie sind schuld«, wandte er sich an Myriam. »Sie haben mir versprochen, dass wir Frederik finden, stattdessen haben Sie mir meine Vergangenheit genommen.«

Myriam schwieg.

Hannah kam ihr zu Hilfe. »Er will Sie quälen.«

»Wer?«, schrie er. »Wer ist er?«

»Wir wissen es nicht«, sagte Myriam.

»Wer ist meine richtige Mutter? Diese Sophia Fuchs, die ich nicht kenne, deren Namen ich nie gehört habe?«

»Davon gehen wir aus.«

»Möchten Sie mit so einem Gefühl leben? Mit dieser Unsicherheit? Dass ich mir etwas angeeignet habe, das mir nicht zusteht?«

»Es steht dir zu«, sagte Josefa Hirschbach plötzlich bestimmt. »Die Firma gehört dir.«

Myriam kam plötzlich ein Gedanke. »Sie haben es gewusst«, sagte sie. »Sie haben gewusst, dass Henriette Winkler das Kind aus dem Lager geholt hat.«

Carl Winkler starrte die Haushälterin an.

Sie nickte.

»Woher?«

»Ich habe gehört, dass Carls Vater sie danach gefragt hat. Er war aus der Gefangenschaft zurück.«

»Welche Gefangenschaft?«

»Man hatte ihn …« Sie schluckte. »Die Amerikaner hatten ihn nach dem Krieg inhaftiert. Sie wissen schon, wegen der Entnazifizierung.«

Myriam nickte »Und weiter?«

»Noch an demselben Abend – ich stand im Flur – fragte er sie: ›Woher kommt das Kind? Woher hast du es?‹ Sie können verstehen, dass ich erschrocken bin. Warum fragt er nach seinem eigenen Kind? Ich blieb stehen, und er fuhr fort: ›Es ist nicht dein Kind. Du hast deines verloren. Wie immer. Sie wollen nicht bei dir bleiben, genauso wenig wie ich. Ich will kein fremdes Blut in meinem Haus.‹«

Carl Winkler vergrub das Gesicht in seinen Händen.

Frau Hirschbach flüsterte jetzt nur noch: »Sie schrie: ›Fremdes Blut? Es ist kein fremdes Blut, sondern dein eigenes. Oder hast du gedacht, ich hätte nicht gemerkt, wie du sie mit deinen Blicken verschlungen hast, dieses dreckige Dienstmädchen, wie du Nacht für Nacht nach oben geschlichen bist in ihre Dachkammer? Es ist dein Kind. Ich werde deinen Sohn für dich aufziehen, obwohl es nicht mein eigener ist. Sag mir, dass du mich verlassen willst. Ich kann dich jederzeit anzeigen. Nicht nur wegen Vergewaltigung.‹«

Wieder brach Frau Hirschbach in Tränen aus. »Ich bin geblieben, all die Jahre. Ich konnte Carl doch nicht im Stich lassen. Er war so ein sensibles Kind.«

Und Myriam dachte, sie sei in einem schlechten Film. Zwei Dinge gab es, die sie tun musste, wenn das hier vorbei war. Sie würde sich Schuhe kaufen und ins Theater gehen. In irgendein modernes Stück, das einem die Absurdität des Lebens nicht in den ewig alten Konflikten und Familienfehden erzählte, die sich seit der Antike nicht verändert hatten. Nichts schien sich zu ändern. Die Menschheit wälzte sich durch die Jahrhunderte wie eine Lawine, die immer mehr anschwoll. Am Ende würden sie darin ersticken.

Nachdem sie das Haus von Carl Winkler verlassen hatte, beschloss Myriam, ihren Vater zu besuchen. Es war nicht wie sonst das schlechte Gewissen, das sie zu ihm führte, sondern ein Gefühl der Unsicherheit. Sie musste sich überzeugen, dass ihr Vater der war, für den sie ihn hielt. Dass er sich nicht in Luft aufgelöst hatte. Dass sie seine Augen hatte, wie immer alle behaupteten, und seinen Charakter. Dass ihre Vergangenheit keine Lüge war.

Der Anflug von Sentimentalität war so groß, dass sie sofort nach der Ankunft seine Hand ergriff.

»Kalt«, stellte er fest und schaute verwundert aus.

»Ja, es ist kalt. Sehr kalt.«

»Ist etwas nicht in Ordnung?« Misstrauisch schaute er sie an.

Nichts war in Ordnung, aber es betraf nicht ihn.

»Alles ist wunderbar«, sagte sie. »Ich bin nur durchgefroren. Aber deine Hände sind warm.«

Er lächelte. »Hast du gegessen?«

»Nein.«

Halina kam bereits mit einem Tablett zur Tür herein. »Hunger?«, fragte sie.

»Ja.« Myriam setzte sich an den Tisch und nahm sich von den Nudeln. Sie wusste nicht, wann sie das letzte Mal etwas Richtiges gegessen hatte.

»Deine Haare«, sagte ihr Vater plötzlich. »Was ist mit deinen Haaren?«

Automatisch griff Myriam an ihren Kopf. Die letzten Stunden hatte sie den Überfall verdrängt. Aber jetzt fuhr sie nach Hause. Ihre Wohnung war zu einer Bedrohung geworden.

»Ach ja.« Sie bemühte sich, ruhig und beiläufig zu klingen, doch ihre Stimme schwankte. »Ich war nur beim Friseur.«

Halinas Blick ruhte einige Sekunden auf ihr. Sie war auch jemand, der Verantwortung übernahm. Offenbar spürte sie, dass etwas nicht in Ordnung war. Daher griff Myriam zur Gabel und sagte laut: »Guten Appetit.«

Als Myriam bei leichtem Schneefall die Friedensbrücke überquerte und sich den Bankentürmen der City näherte, wünschte sie sich, was sich alle Frankfurter irgendwann einmal auf dieser Brücke wünschten: Dass sie in New York wäre, um im Getriebe einer Großstadt mit über sieben Millionen Menschen unterzutauchen.

Unter den Angeklagten vor ihr auf der Bank gab es Versager, Machos, Weichlinge, Mitläufer. Egoisten, die nach Geld gierten und nach Macht. Andere, die von ihren Trieben beherrscht wurden. Egal, was auch immer sie zu dem Verbrechen trieb, Myriam hatte sich ihnen gegenüber nie unterlegen gefühlt. Immer war sie in die Verhandlung gegangen mit dem Gefühl zu wissen, was richtig war und was falsch. Doch nun sah sie sich mit einem Täter konfrontiert, der undurchschaubar war. Er war unsichtbar und hinterließ dennoch überall Spuren. Er hatte Henriette Winkler getötet, um vor aller Welt mit dem Finger auf sie zu zeigen. Sie verstand nach dem Gespräch mit Carl auch, warum. Ihm genügte der Tod nicht. Er hatte Frederik entführt. Etwas sagte ihr, dass Frederik ein Pfand war, ein Faustpfand. Nicht für Geld, sondern für die Wahrheit. Der Entführer erpresste um der Wahrheit willen. Das Kind bürgte dafür, dass die Vergangenheit ans Licht kam. Wenn Frederik starb, starb auch die Wahrheit.

Ihre Hand griff nach dem Fotoalbum, das sie aus dem Wohnzimmerschrank ihres Vaters genommen hatte. Halina war dazugekommen. Myriam hatte das Gefühl gehabt, etwas zu stehlen, auf das sie eigentlich Anspruch hatte.

Schneegestöber trieb über den Fluss.

Nein, kein wirkliches Schneegestöber, sondern Schneeflocken, die um sich selbst kreisten. Wie die Menschen in dieser Stadt.

Eine Sekunde später war New York bereits wieder vergessen, und ihre Gedanken schweiften zurück. Sie war nach der Trennung von Thomas nach Frankfurt zurückgekehrt, weil sie sich nach dem Vertrauten sehnte, nach der Sicherheit des Bekannten. Doch nun war nichts mehr sicher, nicht einmal die Erinnerungen. Ihre Vergangenheit beruhte nicht wie die von Denise auf einer Lüge, sie war nicht auf einem Betrug aufgebaut, doch auch ihr Gedächtnis schrieb eine falsche Lebensgeschichte.

Die Wahrheit lautete: Sie hatte den Krankenwagen für Mike gerufen, weil sie wollte, dass endlich Schluss war zwischen ihm und Denise und dass diese ihn fallen ließ, weil sie seine Schwäche erkannte.

Als sie an ihrer Haustür vorbeifuhr, sah sie wieder Lichter eines Wagens hinter sich. Ihre Hände am Lenkrad begannen zu zittern. Sie spürte die Panik. Sie war plötzlich da. Als würde jemand ihren Körper mit einem Ruck vom Boden lösen und durch die Luft werfen. Es schmerzte nicht. Nur dieses Gefühl, dass sie gleich auf Asphalt aufschlug, dass ihr Kopf gegen eine Mauer prallte, dass ihr ganzer Körper zusammengepresst wurde. Sie war gefangen. Jemand saugte ihr die Luft aus den Lungen. Sie befand sich in einem Vakuum und konnte plötzlich nicht mehr atmen.

Sie riss das Lenkrad zur Seite. Die Reifen quietschten, und auf der nassen Straße schleuderte der Wagen. Sie verlor fast die Kontrolle, bis der Chrysler sich fing und die Straße weiterrollte. Der Wagen hinter ihr hupte, schoss an ihr vorbei. Es war ein dunkelgrauer BMW mit Münchner Kennzeichen. Im Vorbeifahren sah sie gerade noch ein Pärchen darin sitzen.

Sie fuhr einfach weiter. Es war ihr nicht bewusst gewesen, wie nah Henri wohnte. Es waren nur wenige Straßen. Sie wollte nicht allein sein. Sie sehnte sich nach der Sicherheit, die er ausstrahlte. Er hatte sie in der Nacht fest im Arm gehalten. Er hatte tief und fest geschlafen, ohne sie loszulassen. Die Härte, die man ihr nachsagte, ihre Konsequenz, erschien ihr jetzt nur noch als Verkleidung, die sie morgens mit den Schuhen anzog. Auf ihren Absätzen erhob sie sich über andere.

Sie parkte den Wagen direkt vor dem Senckenbergmuseum. Dann sprang sie aus dem Wagen und rannte über die Straße. Was, wenn er nicht zu Hause war?

Sie hatte kaum die Klingel gedrückt, als der Türöffner summte. Sie rannte die Treppen hoch. Im Laufen fiel ihr ein, dass heute Freitag war, dass das Wochenende begann.

Henri stand oben in der Tür und sagte kein Wort, als sie an ihm vorbeistürmte.

»Ich muss zu ihr«, sagte Myriam, »zu Denise. Ich muss zu ihr fahren. Ihr helfen. Ich darf sie diesmal nicht im Stich lassen. Ich fliege nach Krakau.«

»Das passt gut, ich auch«, antwortete er. »Zwei gute und eine schlechte Nachricht.«

»Fang an.«

»Wir haben Magda Urban gefunden, die Sophia Fuchs kannte. Sie haben beide als Zwangsarbeiterinnen in derselben Straße im Haushalt gearbeitet.«

»Wo wohnt sie?«

»In Krakau. Ich habe ihre Adresse und Telefonnummer.«

»Was noch?«

»Du erinnerst dich an die polnischen Texte aus der Kassette im Grab?«

»Ja, was ist mit ihnen?«

»Es handelt sich um die Expertisen für die Chopinbilder.«

»Nach denen Matecki gefragt hat?«

»Ja, und laut den Papieren stammen die Bilder aus dem Besitz des Czartoryjski Palastes in Krakau. Sie stehen seit Kriegsende auf der Liste der *Lost Paintings* und stammen alle von demselben Maler Ambrozy Mieroszewski. Sie sind Anfang des 19. Jahrunderts entstanden.«

»Lost Paintings?«

»Gemälde, die die Deutschen aus Polen und anderen besetzten Ländern nach Deutschland gebracht haben. Hans Frank hat das im großen Stil gemacht. Ich habe die Texte George gefaxt, wie du wolltest.«

»Und?«

»Du hattest Recht. Es ist dieselbe Schreibmaschine, mit der auch der Zettel in Henriette Winklers Hand geschrieben wurde. Für George gibt es keinen Zweifel.«

»Wie sind die Bilder zu den Winklers gekommen?«

»Vielleicht waren sie ein Geschenk«, sagte er, »ein Geschenk des Schlächters von Polen an die Winklers.«

»Wofür?«

Er zuckte mit den Schultern.

Die Dinge verkomplizierten sich. Gehörte alles zusammen? War alles ein einziges Motiv?

»Hast du das Matecki mitgeteilt?«

»Er war nicht da.«

»Was noch?«, fragte Myriam schließlich.

»Sie haben unterhalb des Wawels eine Leiche aus der Weichsel gezogen.«

Zofia

Montag, 1. Oktober 1945, Krakau

Am Hauptbahnhof steige ich aus dem Zug wie früher, wenn ich aus den Ferien zurückkam, die wir bei den Großeltern in Lwów verbrachten. Als ich sehe, dass der Bahnhof noch steht, schießen mir vor Aufregung die Tränen in die Augen. Ich bin seit drei Tagen unterwegs und habe nicht eine Stunde geschlafen. Zu aufgeregt war ich, zu eng saßen wir in den Abteilen, und zu viele Geschichten musste ich hören. Dazu die Angst und die Freude, was wird mich zu Hause erwarten, und diese quälende Sehnsucht danach, was ich zurücklasse. Im Zug saß einer, der hatte eine Kugel im Kopf, die nicht entfernt werden kann. Ich habe eine in meinem Herzen.

Ich habe Angst, daher gehe ich vom Bahnhof aus nicht direkt nach Hause, sondern durch die Planty entlang in Richtung der Pijarskastraße. Der Weg ist ganz goldfarben in der Abendsonne. Die Bäume stehen noch, der Kies knirscht unter den Stiefeln, die ich im Lager auf einem Haufen gefunden habe, das Gras ist grün, und Tauben sitzen auf den Fenstersimsen. Auf der Straße fahren Pferdefuhrwerke, auf denen alte Männer sitzen. Mein Krakau ist unverändert, als hätte nie ein Krieg stattgefunden. Als ich vor dem Czartoryjski Museum stehe, stelle ich mir vor, dass ich wieder meinen Vater abhole wie damals.

Ich hatte ihn begleitet. Er war zum Museum gegangen, um die Schreibmaschine, seine Papiere und Bücher zu holen. Die Soldaten kamen vom Hauptmarkt. Es waren nicht viele. Sobald sie den

Palast betraten, begann ich zu zittern. Auf der Straße war es plötzlich still. Menschen, die vorher vorbeigingen, waren auf einmal nicht mehr da. Sie hatten sich in Luft aufgelöst. Ich stand dort völlig allein. Dann öffnete sich die Tür, und die Soldaten trieben meinen Vater auf die Straße. Hinter ihnen Männer, die Bilder aus dem Museum trugen. Mein Vater schaute zu mir herüber und machte eine Handbewegung, dass ich weglaufen sollte. Doch ich konnte nicht.

Der Schuss war nicht laut. Nur ein Moment. Dann fiel mein Vater zu Boden.

Ich rannte nach Hause, bekam keine Luft mehr vom Weinen. Ich konnte nicht sprechen. Meine Mutter packte mich an den Schultern, schüttelte mich und fragte, wo mein Vater sei. Ich konnte keine Antwort geben. Ihre Ohrfeige war so heftig, dass ich gegen die Tür flog. Erst dann konnte ich schreien: »Sie haben ihn erschossen. Er ist tot.«

Meine Zehen sind bei der Arbeit am Flughafen abgefroren. Sie schmerzen. Aber was ist dieser Schmerz gegen die Angst, die für immer bleiben wird.

Über die Grodzkastraße kommen mir Menschen entgegen mit Paketen, Taschen und Koffern. Alle haben diesen Ausdruck im Gesicht, für den es keine Beschreibung gibt. Gehetzt sehen sie aus. Als wollten sie davonlaufen, und gleichzeitig erinnern sie sich wieder, dass es dafür keinen Grund mehr gibt.

Auch ich laufe automatisch schneller und kann es kaum glauben, dass auf dem Wawel die polnische Flagge weht. Jetzt kann ich es mir nicht anders vorstellen, als dass meine Mutter mit Leszek auf mich wartet.

Die Frauen im Lager haben immer gesagt, dass ich vergessen soll. »Nur so kannst du überleben.«

Also, weiter. Bis nach Hause ist es nicht mehr weit.

Wie groß wird Leszek jetzt sein? Mein Vater war groß, meine Mutter auch. Nur ich habe das Gefühl, dass ich aufgehört habe zu wachsen.

Da ist die Bäckerei von Herrn Adamski. Die Rollos sind geschlossen. Und die Fenster mit Holzlatten zugenagelt.

Doch vor unserem Haus spielen Kinder unter den Kastanienbäumen wie früher. Das Haus gegenüber, in dem ich Wasser holte, steht noch immer leer. Die Besitzer sind irgendwann ausgewandert.

»Mit Sack und Pack«, sagte meine Mutter, und dann: »Mehr Pack als Sack.«

Auch die Haustür steht offen wie vor dem Krieg. Gleich wird meine Mutter herauskommen und rufen, dass es Zeit zum Abendessen ist. Ich blicke nach oben in den zweiten Stock, wo die Fenster des großen Zimmers zur Straße hingehen. Es sind unsere Gardinen, die dort hängen. Ich erkenne sie sofort wieder und renne jetzt die Treppen hoch. Automatisch werde ich langsamer, denn ich kann meine eigenen Schritte nicht ertragen. Ich habe gelernt zu schleichen, seit ich seine Schritte fürchtete. Drei Monate kam er Abend für Abend in die Dachkammer. Bis er eines Tages in die Firma ging. Die Amerikaner waren nicht mehr weit. Er hatte nicht mehr mit diesem letzten Bombenangriff gerechnet. Als er nicht zurückkam, dachten wir, er sei umgekommen. Ich weinte vor Freude. Doch dann erfuhren wir, er lag im Krankenhaus, und man hatte ihm den rechten Arm amputiert. Mehr nicht. Das war die ganze Strafe.

Im ersten Stock höre ich aus der Wohnung Geschrei wie früher. Ein Kind weint.

Ich kann es nicht ertragen und renne die Treppe hoch.

Dann stehe ich vor unserer Wohnungstür. Der alten braunen Tür. Die Klingel ist noch dieselbe. Meine Hand zittert, als ich sie berühre. Ich habe ein Zuhause.

Aus der Wohnung riecht es nach Bigos. Vielleicht wünsche ich es mir auch nur. Wenn mir jetzt meine Mutter oder Leszek öffnet, dann kann ich vergessen. Dann werde ich vergessen. Es könnte sein, als sei nie etwas geschehen.

Ich klingele und trete, während ich warte, von einem Fuß auf den anderen.

Meine Papiere habe ich aus dem Zug geworfen. Die Leute haben gesagt, es sei besser. Außerdem, wer frei ist, braucht keine Papiere.

Jemand kommt an die Tür. Die Schritte klingen nach einem Mann. Wieder Schritte. Ich drücke meine Hände an die Ohren. Vielleicht ist mein Großvater hier. Natürlich, so muss es sein.

Doch es ist ein fremder Mann, der mir öffnet. Er trägt die Hausschuhe meines Vaters. Ich erkenne sie sofort wieder. Auch im Flur hat sich nichts verändert.

»Was willst du?«, fragt er in einem Polnisch, das mir fremd ist.

»Meine Mutter«, beginne ich zu stammeln. »Das ist unser Haus, unsere Wohnung. Wo ist sie? Sie heißt Danuta Lisowska.«

»Nie ma«, ist seine Antwort, wie früher Herr Adamski sagte, wenn ich Torte kaufen wollte »Nie ma. Gibt es nicht.«

Schockiert stehe ich vor der Tür. Weiß nicht, was ich tun soll, bis mir Frau Lipska einfällt. Ich renne hinunter ins Erdgeschoss und schlage gegen ihre Tür.

»Ich bin's«, rufe ich. »Frau Lipska, ich bin's. Ich bin zurück aus Deutschland.«

Einen Moment Stille, und dann höre ich sie schwer atmen. Es dauert eine Weile, bis sie versteht, wer ich bin. Als ich öffne, steht vor mir tatsächlich die alte Frau Lipska. Ihre Haare zittern, wenn sie spricht, wie früher. Nur ist sie jetzt kleiner als ich.

Sie zieht mich in die Wohnung.

»Zosia«, sagt sie. »Zosia Lisowska.«

»Wo ist meine Mutter? Wo ist Leszek?«

Sie fängt an zu weinen. Ihre weißen Locken zittern noch stärker als sonst.

»Weg«, schluchzt sie. »Weg. Sie haben wochenlang auf dich gewartet, aber nichts gehört. Leszek war so krank, und sie ist trotz der Russen mit ihm nach Lwów zu deinen Großeltern gefahren. Seitdem habe ich nichts mehr von ihnen gehört.«

Ein Tag

35

Es war kurz vor drei Uhr nachts, als Henri an der Grenze in Görlitz, polnisch Zgorzelec, wieder das Steuer übernahm, nachdem er die letzten drei Stunden auf dem Beifahrersitz geschlafen hatte ohne die ängstliche Unruhe, die Thomas stets überkommen hatte, wenn Myriam seinen BMW lenkte. Was jedoch der Hauptkommissar Henri Liebler vermittelte, war uneingeschränktes Urvertrauen in ihre Fahrkünste.

Sie waren seit zwölf Uhr in der Nacht unterwegs, und Myriam hatte kaum Zeit gehabt, Pass, Geld sowie einige Kleider zusammenzupacken.

Die Landschaft, die an ihr vorbeilief, war öde und trostlos. Die Dörfer, an denen sie vorbeifuhren, machten einen verlassenen Eindruck. Die Dunkelheit wurde nur unterbrochen von den Scheinwerfern anderer Autos, vor allem der großen Trucks, die sich seit Görlitz aneinanderreihten.

»Du solltest schlafen.« Henri warf ihr einen kurzen Blick aus den Augenwinkeln zu. Er fuhr sich mit der Hand über die Bartstoppel, die sich am Kinn zeigten und die Myriam attraktiv fand.

»Ich kann nicht schlafen. Nicht, solange wir Denise nicht gefunden haben. Sie muss doch in irgendeinem Hotel in Krakau abgestiegen sein.«

»Wir werden sie finden.«

»Wie Jost?« Den Sarkasmus in ihrer Stimme konnte Myriam nicht verhindern. Schließlich war gegen siebzehn Uhr gestern Abend eine Leiche aus der Weichsel gezogen worden, die einen deutschen Pass bei sich trug, der auf den Namen Udo Jost ausgestellt war. Mehr wussten sie nicht. Die Kommunikation war schwierig gewesen. Die deutschen Sprachkenntnisse des polnischen Kollegen waren nicht mehr als rudimentär. Auf seine Frage, ob man Matecki holen könne, hatte Henri die Antwort erhalten, dieser sei nicht mehr im Büro.

Anstelle einer Antwort scherte Henri nach links aus, um einen Laster mit russischem Kennzeichen zu überholen. Der Dieselmotor des VW Busses dröhnte bei einer Geschwindigkeit von hundertsechzig Stundenkilometern. Sie beobachtete Henri, doch es war keine Anspannung in seinem Gesicht zu erkennen, sodass sie sich langsam fragte, womit man ihn überhaupt aus der Fassung bringen könnte. Er war ein schwerer Brocken, nicht nur gewichtsmäßig.

Dagegen hatte Josts Tod sie, Myriam, vollkommen aus dem Gleichgewicht gebracht. Ihr war nicht klar, ob es ihr dabei wirklich um Jost ging oder ob nicht einfach die Sorge um Denise und ihren Sohn dieses Gefühl der Lähmung in ihr auslöste. Auf der anderen Seite standen die kribbelnde Nervosität vor dieser Reise und die Frage, was sie in Krakau erwartete? Würden sie Sophia Fuchs dort finden? Wusste diese Magda tatsächlich etwas über sie? Sie hatte sich geweigert, irgendwelche Fragen am Telefon zu beantworten oder zur polnischen Polizei zu gehen.

Laut der Geburtsurkunde war Sophia Fuchs im Februar 1945 gerade einmal sechzehn Jahre alt gewesen.

Henriette Winkler hatte Carl aufgezogen. Hatte sie sich nicht als großzügig erwiesen? Vielleicht war Sophia froh gewesen, dass jemand sich um ihren Sohn kümmerte. Wer wusste schon, was in einer Mutter vor sich ging, die ein Kind geboren hat, das das Ergebnis einer Vergewaltigung war.

Doch das minderte die Schuld nicht. Henriette Winkler hatte toleriert, dass ihr Mann über das Mädchen herfiel, sie vergewaltigte. Hatte Sophia später nach ihrem Sohn gesucht? Hatte sie den Winklers geschrieben, ihnen gedroht? Und Henriette Winkler war hart geblieben? Hatte sie die Bitten und später die Drohungen ignoriert?

Myriam streckte die Beine aus und versuchte sich zu konzentrieren. Die gleichförmigen Geräusche der Autobahn waren einschläfernd. Die flache Landschaft wirkte kalt und abweisend. Sie hatte nichts Einladendes an sich. Myriam kam sich vor wie der Zug, der nachts um vier im Fernsehen durch öde Gegenden raste, ziellos und dennoch stur. Die Wegweiser, Schilder und Reklametafeln sagten ihr nichts. Nur der Rauch, der hier und da aus Kaminen stieg, ließ erkennen, dass dieses Gebiet von Menschen bewohnt war.

Seit einer Woche war sie nicht mehr zur Ruhe gekommen. Die wenigen Stunden Schlaf der letzten Woche waren mehr eine kurze Bewusstlosigkeit gewesen als eine Erholung. Und nach dem Überfall … sie schob den Gedanken zur Seite und konzentrierte sich wieder auf das, was vor ihr lag.

Sie gingen immer wieder davon aus, dass Sophia Fuchs noch am Leben war, obwohl sie jetzt sechsundsiebzig oder siebenundsiebzig Jahre alt sein musste. Dabei hatte Matecki keine Spur von ihr in Krakau gefunden. Wen hatte Jost getroffen? Myriam war sich jetzt sicher, dass er sein eigenes Spiel gespielt hatte, und konnte nicht verstehen, was in dem Journalisten vorgegangen war.

Nachdem Henri von seinem Tod erfahren hatte, war er in die Redaktion gefahren, um mit Ramona Neuberger und Tobler zu sprechen. Beide hatten den Eindruck gehabt, Jost sei aufgekratzt gewesen, ja geradezu euphorisch. Die Neuberger hatte es auf den Alkohol geschoben. Tobler hatte davon gesprochen, dass er gegen sechzehn Uhr ein Treffen mit einem polnischen Kameramann verabredet hatte, doch Jost war nie eingetroffen. Warum nicht? Wo war er vorher gewesen?

Sie wussten so viel, und doch hatten sie noch immer keine Ahnung.

Sie hatten Hunderte von Spuren, die ihnen nichts nutzten, solange diese nicht zum Täter führten.

Sie hatten noch immer ein entführtes Kind, doch weder ein Lebenszeichen noch eine Lösegeldforderung.

Jost war der Einzige gewesen, der zu dem Entführer Kontakt gehabt, der mit ihm gesprochen hatte. Hatten sie ein Treffen vereinbart? War Jost deshalb nach Krakau gefahren oder weil er, wie Tobler sagte, Denise treffen wollte? Nach Tobler war es darum gegangen, eine Mutter auf der verzweifelten Suche nach ihrem Kind zu begleiten. Er zeigte Henri Fotos, auf denen Denise Winkler zu sehen war, wie sie auf dem Wawel stand. Diese Fotos hatte Jost gegen dreizehn Uhr dreißig an Tobler geschickt.

Kinder, dachte Myriam. Es geht immer wieder um Kinder.

Ihre Gedanken nahmen das Wort auf und spannten es weiter wie einen langen Faden. Sie fühlte, dass sie ein Ende in der Hand hielt. Sie musste daran festhalten. Sie durfte den Gedanken nicht verlieren, der sich plötzlich in ihrem Kopf abspulte. Die Idee war nur verschwommen, sie versuchte, sich darauf zu konzentrieren, doch es gelang ihr nicht. Es hatte etwas mit Kindern zu tun …

Jemand rüttelte sie an der Schulter. Henri.

»Wach auf.«

Sie schlug die Augen auf.

»Was ist los?«

»Wir sind da.«

Er deutete auf ein Ortsschild. *Kraków.*

Im Osten ging hinter einem Hügel, der die Form eines künstlichen Vulkans hatte, die Sonne auf. Langsam, Zentimeter für Zentimeter, schob sie sich nach oben, bis sie hinter dem schwarzen Nebelstreifen scheinbar zum Stehen kam.

Es war sieben Uhr siebzehn, und der Bus rollte in einem langen Stau auf die Stadtmitte zu.

»Derselbe Berufsverkehr wie in Frankfurt«, sagte Myriam.

»Willkommen in Europa«, antwortete Henri.

Der Kaffee, den ihnen die polnische Polizei anbot, entsprach nicht dem europäischen Standard. Er bestand aus Kaffeepulver, das man in der Tasse mit heißem Wasser übergossen hatte. Es war eine Kunst, ihn zu trinken, ohne sich einzubilden, Sand zwischen den Zähnen zu haben. Doch das Koffein entfaltete seine Wirkung schnell. Myriam spürte, wie ihr Blutdruck stieg und die Zeit sich zusammenzog.

»Das hier ist Jarek Maj«, erklärte der Inspektor mit dem komplizierten Namen Kazimierz Halecki. Er war Leiter der Kriminalabteilung in Krakau und konnte sich lediglich in unbeholfenem Englisch und wenigen Brocken Deutsch verständigen. »Spricht Deutsch.«

Maj war nicht älter als vierundzwanzig. Trotz seiner guten Deutschkenntnisse war die Kommunikation schwierig. Es dauerte, bis er die Ausführungen des Inspektors übersetzt hatte. Am Ende wussten sie nicht viel mehr als vorher. Tatsache war, man hatte Udo Jost aus der Weichsel gezogen. Myriam warf nur einen kurzen Blick auf das Foto der Leiche.

Die polnischen Beamten gingen davon aus, dass er in dem Wasser mit einer Temperatur von minus vier Grad innerhalb weniger Minuten ertrunken war. Er war alkoholisiert gewesen, und es gab keinen Hinweis auf Fremdeinwirkung.

»Er hatte fünfzigtausend Euro bei sich«, erklärte Maj.

»Was?« Myriams Puls beschleunigte sich.

Der Inspektor nickte und wiederholte den Geldbetrag auf Englisch. »Fiftythousand Euro.«

»Wozu so viel Geld?«, wunderte sich Myriam. »Woher hatte er es?«

»Einkaufen wollte er kaum«, bemerkte Henri.

»Wo hat er gewohnt?«, fragte Myriam.

»Im Hotel Cracovia, in dem er zuletzt gegen vierzehn Uhr gesehen wurde. Von dort hat er offenbar ein Taxi genommen, mit dem er an die Weichsel gebracht wurde.«

»Hat dort jemand auf ihn gewartet?«

Maj schüttelte den Kopf. »Der Taxifahrer sagt, dass er allein war.«

»Und er hatte fünfzigtausend Euro in der Tasche.« Henri stand auf. »Was hatte er damit vor?«

»Er wollte sich mit dem Entführer treffen«, erwiderte Myriam. »Eine andere Möglichkeit gibt es nicht.«

»Aber warum hatte er dann das Geld noch bei sich? Warum hat er es ihm nicht abgenommen?«

»Vielleicht war er tatsächlich so stark betrunken, dass er ausrutschte und ins Wasser fiel.«

»Wie viel Promille hatte er?«

»Nicht mehr als 1,0 Promille«, antwortete Maj.

»Was hatte er sonst noch bei sich?«

»Geldbeutel und Reisepass.«

»Ein Handy?«

»Nein.«

»Warum hat niemand hier schon vorher nach Denise Winkler gesucht?«, fragte Henri. »Matecki hatte mir versprochen, dass er sich darum kümmert.«

Sowohl Maj als auch der Inspektor schwiegen.

»Was ist?« Myriam spürte, dass etwas nicht stimmte.

»Matecki hat keine Suchmeldung herausgegeben«, erklärte schließlich Maj. »Wir wussten nichts von der Entführung.«

»Aber Matecki war die ganze Zeit kooperativ. Er hat immer wieder angerufen und sich erkundigt«, betonte Henri.

Plötzlich herrschte Schweigen im Raum.

»Wo ist Matecki?«, fragte schließlich Myriam.

»Er ist gestern gegen vierzehn Uhr gegangen. Eine Familienangelegenheit.«

»Wo wohnt er?«

»In Nowa Huta.«

»Und Sie wussten tatsächlich nichts von der Entführung? Und dass Denise Winkler nach Krakau gekommen ist, um nach ihrem Sohn zu suchen?«

»Nein.«

»Wie bist du zu Matecki gekommen?«, fragte Myriam.

»Durch die Sache mit den Bildern.«

»Die Gemälde?«

»Ja, einen Tag nach der Entführung hat Matecki angerufen.«

»Dann hat er selbst den Kontakt hergestellt«, stellte Myriam fest, und eine leise Ahnung tauchte in ihr auf.

»Ja, er hat mir seine Handynummer gegeben und danach immer wieder angerufen, um sich nach dem Stand der Ermittlungen zu erkundigen.«

Alle waren jetzt alarmiert. Matecki hatte dafür gesorgt, dass der Kontakt ausschließlich über ihn lief.

»Dann hat er auch nie wirklich nach Sophia Fuchs gesucht«, sagte Myriam resigniert.

»Who is Sophia Fuchs?«, wollte der Inspektor wissen.

Nachdem Maj Henris Ausführungen übersetzt hatte, zuckte der Inspektor mit den Schultern und sagte etwas auf Polnisch.

»Der Inspektor«, übersetzte Maj, »hat den Namen noch nie gehört. Außerdem meint er, dass Fuchs sicher nur die deutsche Übersetzung für Lisowska ist.«

Matecki hatte sie alle getäuscht.

»Er hat sich doch um den Brand gekümmert«, sagte Henri verzweifelt. »Er wusste darüber Bescheid.«

Myriam hatte ihn noch nie so aufgelöst gesehen. Er hatte Matecki vertraut.

»Damit hatte er nichts zu tun«, antwortete Maj und schüttelte den Kopf. »Das ist nicht sein Gebiet.«

»Was ist mit seiner Familie?«

»Er hat eine Tochter. Von seiner Frau lebt er seit Jahren getrennt.«

»Wie können wir seine Tochter erreichen?«

Maj wandte sich an den Inspektor. Der kratzte sich am Kopf und sagte irgendetwas.

»Das wissen wir nicht«, übersetzte Maj. »Nur dass sie offenbar in Deutschland als Altenpflegerin arbeitet. Matecki war vor kurzem zwei Wochen bei ihr zu Besuch.«

»Illegal?«

Er zuckte mit den Schultern.

»Und wo?«

Wieder wandte sich Maj an den Inspektor.

»Frankfurt«, erwiderte dieser. Nach einigen Sekunden riss er plötzlich die Augen auf. Er kam zu demselben Ergebnis wie Myriam.

Myriam erinnerte sich, dass sie mit Fischer darüber gesprochen hatte, ob ein Feuerwehrmann für den Brand in Frage käme. Sie hatten die Geschichte hinter der Geschichte gesucht und sich nicht an ihren Erfahrungen orientiert. Schließlich verging kein Jahr, in dem nicht Feuerwehrleute als Brandstifter ermittelt wurden. Die Motive waren immer ähnlich. Geltungssucht, private Probleme, Alkoholprobleme. Profilierungssucht. Es galt vermutlich auch für Polizisten.

»Ist er ein guter Polizist?«, fragte Henri.

»Absolut zuverlässig«, übersetzte Maj. »Er war nie auffällig, war ein, wie sagen Sie, absoluter Profi.«

Der absolute Profi, dachte Myriam.

»Was war seine Aufgabe?«, wollte Henri wissen.

»Fahndung nach Kunstgegenständen.«

»Daher die Bilder«, stellte Myriam fest.

»Es war seine Eintrittskarte, um uns in die Irre zu führen«, meinte Henri resigniert. »Ich bin ihm voll auf den Leim gegangen.«

Seine Hand fuhr durch das blonde Haar, und er erhob sich: »Können wir sein Büro sehen?«

In dem kleinen Büro standen zwei Schreibtische. Nur einer von ihnen war besetzt. Offenbar war seit sozialistischen Zeiten nichts mehr verändert worden bis auf den Computer, der seitlich an der Wand stand. Tatsache war, hier hatte sich viel angesammelt. Nicht nur Akten, sondern Kalenderbilder an den Wänden, Maskottchen auf dem Schreibtisch, Fotos. Ganz offenbar trennten polnische Beamte Privatleben und Dienst nicht so streng wie deutsche.

Myriam dachte an das Rundschreiben, das Hillmer vor einem Jahr durch das Haus geschickt hatte, indem er Privatgegenstände in den Büros untersagte. In einigen Büros war es zu Grenzfällen gekommen. Von der Topfpflanze bis zu einem Aquarium war alles vertreten gewesen, was Hillmer ein Dorn im Auge war.

Hier hingen überall an der Wand Fotos, die Myriam sich anschaute, während Henri und Maj versuchten, die Schreibtischtür von Matecki zu öffnen.

Der Inspektor nickte, als Henri ihm einen fragenden Blick zuwarf. Henri griff nach einer Schere, um die Schranktüre aufzuhebeln. Die klassische Arbeitsaufteilung. Während die drei Männer mit roher Gewalt versuchten, an Mateckis Geheimnisse zu kommen, schaute sie Fotos an.

Auf einem war offenbar Matecki mit seiner Tochter abgebildet. Das Kind fütterte Enten an einem Flussufer.

Die Weichsel, dachte sie, in der Jost ertrunken war. Sie hatte ihn nicht gemocht. Ja, vielleicht hatte sie ihn auch verabscheut, verachtet. Sie versuchte zu vergessen, dass sie ihn vor kurzem noch als Parasit und Piranha bezeichnet hatte. Sollte man wirklich über Tote nichts Schlechtes sagen, auch wenn es die Wahrheit war? Jost war ein Egomane gewesen, vermutlich ein Trinker.

Warum hatte er sich auf dieses Spiel eingelassen? Was war in ihm vorgegangen? Es würde sich erst vollständig aufklären, wenn die Ermittlungen abgeschlossen waren. An irgendeinem Punkt war etwas in Jost außer Kontrolle geraten. Myriam hatte den Verdacht, dass er einen eigenen Plan verfolgt hatte. Aus Geltungssucht, aus einem inneren Machtbedürfnis heraus und um sich an ihr zu rächen, wofür auch immer. Gern hätte sie nach Entlastung für ihn gesucht, doch es gelang ihr nicht, obwohl sich das Bild, wie Josts dicker, aufgeschwemmter Körper in der eiskalten Weichsel trieb, sich nicht verdrängen ließ.

Ein lautes Krachen, und die Tür stand offen.

Henri setzte sich auf den Holzstuhl und begann den Inhalt zu untersuchen. Myriam wandte sich wieder den Fotos zu.

Auf dem zweiten Foto war Matecki circa fünfzig Jahre alt. Ein schlanker Mann, nicht besonders groß und eher unscheinbar. Er wirkte nicht wie jemand, der fähig war, eine alte Frau zu ermorden und ein Kind zu entführen. Hatte er tatsächlich etwas damit zu tun? Vielleicht sehnten sie sich einfach nur danach, endlich jemanden gefunden zu haben, der als Täter in Frage kam. Es gab immer noch die Möglichkeit, dass er, ähnlich wie Jost, bei seinen Ermittlungen auf jemanden gestoßen war, der ihn ausgeschaltet hatte. Alles war möglich.

Auf dem dritten Bild stand Matecki, mindestens zehn Jahre jünger, neben einer alten Frau. Die Ähnlichkeit war unverkennbar. Beide hatten dieselbe schmale Gesichtsform. Seine Mutter, vermutete sie. Er hatte den Arm um ihre Schultern gelegt. Beide schauten in die Kamera. Rechts unten im Bilderrahmen steckte die alte Aufnahme eines Mädchens mit Zöpfen.

»Schau her«, hörte sie Henri sagen. Er beugte sich nach unten, und als er wieder zum Vorschein kam, hatte er eine alte schwarze Schreibmaschine in der Hand.

»Ich bin ihm auf den Leim gegangen«, sagte er und schlug mit der Faust auf den Schreibtisch. »Ich Idiot.«

Sie hätte nie gedacht, dass er so wütend werden konnte. Seine Beherrschung war eher etwas gewesen, was sie verunsicherte, sie aggressiv machte. Wenn man selbst perfekt sein will, dann kam die Perfektion anderer einem Affront und einem persönlichen Angriff gleich. Aber es war so einfach gewesen, Matecki zu vertrauen. Er hatte sich geradezu aufgedrängt.

Sie nahm das Foto in die Hand und zeigte es dem Inspektor.

»Seine Mutter?«

»Sie lebt seit Jahren in einem Pflegeheim«, übersetzte Maj weiter. »Deswegen hat er sich gestern auch abgemeldet. Irgendetwas war mit ihr.«

»Wie alt ist sie?«, fragte Myriam, und etwas in ihrem Kopf schlug Alarm.

»Mitte siebzig.«

Sophia Fuchs wäre jetzt sechsundsiebzig oder siebenundsiebzig. Irgendetwas fügte sich zusammen, rastete in ihrem Kopf ein. Aus einzelnen Fakten wurde eine Geschichte.

Da will jemand eine Geschichte erzählen.

Henri hatte es gesagt, als sie vor Henriette Winklers Leiche gestanden waren.

»Bringen Sie seine Personalakte, wenn es hier so etwas gibt«, befahl Myriam. Ohne daran zu denken, dass dies hier nicht ihr Hoheitsgebiet war. Doch der Inspektor nickte und fügte sich ihren Anordnungen.

Zehn Minuten später legte er den Telefonhörer auf. Maj übersetzte. Matecki hatte seine Mutter vor fünf Tagen ohne Begründung aus dem Altersheim geholt.

Es dauerte nur wenige Minuten, bis die Personalakte von Matecki vor ihnen lag.

Leszek Matecki, geboren am 03.06.1957 in Krakau.

Vater – Albert Matecki, geboren am 6.11.1929, Polizist.

Mutter – Zofia Matecki, geborene Lisowska.

Sie alle schauten sich an. Es war so einfach.

36

Die Siedlung Osiedle Sportowe in Nowa Huta, in der Mateckis Wohnung lag, bot ein Bild der Trostlosigkeit und Armut. Das Arbeiterviertel vor den Toren des Eisenhüttenkombinats im Osten Krakaus mit etwa zweihundertfünfzigtausend Einwohnern war in den fünfziger Jahren auf dem Reißbrett konstruiert worden. Hier sollte ein Arbeiterzentrum entstehen, eine Planstadt nach den Vorstellungen des Großen Bruders aus Moskau. Nach dem Fall der Mauer hatten hier

Arbeitslosigkeit und Resignation Einzug gehalten. Hier schien die Mauer nicht gefallen, der eiserne Vorhang hatte sich nicht gehoben. Die Zeit war in den achtziger Jahren des vorigen Jahrhunderts stehen geblieben. Hoffnungslosigkeit und der Wunsch, irgendwie zu überleben, waren vorherrschend.

Nachdem sie vergeblich versucht hatten, Matecki telefonisch zu erreichen, waren sie in einem Zivilfahrzeug losgefahren, gefolgt von vier Einsatzwagen der Polizei. Verstärkung eines Einsatzkommandos war unterwegs für den Fall, dass sie hier Frederik Winkler fanden. Sie hatten sich entschieden zu agieren, ohne Aufsehen zu erregen. Die Menschen hier gehörten zu den Verlierern der Gesellschaft. Die Polizei war ihr natürlicher Feind, der Stadtteil war zu ihrer Festung und die Hinterhöfe waren zu ihren Fluchtwegen geworden.

»Und dennoch wohnt hier ein Polizist?«, fragte Henri.

»Sein Vater hat im Kombinat gearbeitet, bevor er Polizist wurde. Die meisten Menschen finden keine andere Wohnung in der Stadt, außer sie haben Geld«, erklärte Maj. »Natürlich will jeder hier raus, aber den meisten bleibt nichts anderes übrig als zu bleiben.«

Der Wagen hielt auf dem Parkplatz vor dem Haus, der Ähnlichkeit mit einem deutschen Gebrauchtwagenmarkt hatte. Auch ein altes Wohnmobil, völlig schneebedeckt, parkte vor dem Eingang.

Sie gingen schweigend über den Parkplatz zur Eingangstür. Mateckis Wohnung lag im vierten Stock. Ein Blick auf die Klingelschilder zeigte Myriam, dass bei der Wohnung Nummer 68 das Namensschild fehlte. Der Briefkasten war offensichtlich erst geleert worden. Doch als sie die Klingel drückte, öffnete niemand.

»Ich gehe hoch«, sagte Myriam.

»Nein«, antwortete Henri, »wir wissen nicht, was uns erwartet, ob er Frederik hierhergebracht hat.«

»Wenn ihr zu viert vor seiner Tür steht, wird er Verdacht schöpfen. Eine Frau allein ist nicht verdächtig.«

»Eine deutsche schon.«

»Ich könnte Englisch sprechen und nach jemandem suchen, der angeblich hier wohnt.«

Henri schüttelte den Kopf, doch Halecki, der den Einsatz leitete, zuckte die Schultern und sagte etwas zu Maj, der übersetzte: »Es ist keine schlechte Idee.«

»Nein.«

»Ich schaue nur, ob er da ist. Mehr nicht.« Sie wandte sich um. In Deutschland leitete sie die Ermittlungen, hier war das Hoheitsgebiet von Halecki. Er hatte zu entscheiden. Sie sah ihn abwartend an. Er nickte.

Die Eingangstür war nicht verschlossen. Sie betraten den Wohnblock. Maj drückte auf den Aufzugknopf. Die Türen öffneten sich.

»Wir gehen zusammen«, sagte Henri.

»Er kennt deine Stimme, außerdem siehst du aus wie ein Deutscher. Er wird Verdacht schöpfen.« Sie betrat den Lift und drückte auf das vierte Stockwerk. Die Türen schlossen sich, und der Aufzug setzte sich langsam und quietschend in Bewegung. Erst jetzt hatte Myriam Zeit, darüber nachzudenken, was sie hier machte. Sie wusste, dass Henri Recht hatte, aber sie dachte auch an Denise, an Frederik. Es gab Momente, da waren Bedenken und Vorschriften einfach fehl am Platz.

Als sie den Aufzug verließ, befand sie sich in einem schmalen, lang gezogenen Flur, in dem sich eine Wohnung an die andere reihte. Der Verputz blätterte von den Wänden, und offenbar gab es hier keinen Hausmeister, der für die Reinigung von gemeinsamen Fluren, Treppen und Fenstern verantwortlich war.

Ihr Handy klingelte laut. Sie sah an der Nummer, dass es Henri war. »Fünf Minuten«, sagte er. »Länger lasse ich dich nicht allein.«

Sie antwortete nicht, sondern wandte sich nach rechts, wo die Wohnungen mit den geraden Nummern lagen. Zögernd ging sie den schmalen Flur nach hinten, der wie eine Falle wirkte. Hinter den Türen waren keine Geräusche zu hören, als hätten sich die Bewohner verbarrikadiert. Die Wohnung mit der Nummer 68 lag am Ende. Auch hier war kein Namensschild vorhanden.

Sie drückte die Klingel und wartete.

Nichts war zu hören.

Die Wohnung war leer.

Myriam spürte es, sobald sie hinter den Polizisten und Henri den Flur betrat. Hier war niemand. Auch Frederik nicht. Sofort begannen die Beamten damit, die winzige Wohnung zu durchsuchen. Sie betrat die Küche. Das war der Raum, der am meisten über einen Menschen aussagte. Matecki war ordentlich. Kein Geschirr im Spülbecken, kein Fleck auf der Arbeitsplatte. In den Schränken waren Teller und Tassen ordentlich gestapelt. Der Mülleimer war geleert, und auf den Möbeln war kein Staubkorn zu erkennen. In einem Obstkorb lagen drei Äpfel, die zwar nicht mehr frisch, aber auch nicht verdorben waren. Als sie den Kühlschrank öffnete, empfand Myriam sowohl Erleichterung als auch Panik. Matecki war noch vor kurzem hier gewesen. Der Kühlschrank war mit Vorräten gefüllt, wie sie für eine Person ausreichend waren. Doch die Produkte, die hier standen, stammten nicht aus polnischen Läden. Milch, Käse, Wurst. Alles Waren, die in deutschen Aldifilialen angeboten wurden.

Myriam sank auf den Stuhl. Matecki war vor kurzem in Deutschland gewesen. So viel war sicher. Was das zu bedeuten hatte, wurde ihr schlagartig klar. Sie waren ihm auf der Spur und damit Frederik.

»Ich glaube, wir wissen jetzt, wie er Frederik nach Krakau gebracht hat«, hörte sie Henri sagen. Er reichte ihr eine braune Brieftasche.

Sie nahm sie entgegen. Als sie sie öffnete, sah sie ein polnisches Dokument.

»Was ist das?«

»Du erinnerst dich an das Wohnmobil auf dem Parkplatz?«

Sie nickte.

»Das hier sind die dazugehörigen Fahrzeugpapiere.«

Es passte alles zusammen. In einem Wohnmobil konnte man leicht ein Kind verstecken. Die Grenzen waren offen. Man brauchte nicht viel Glück, damit man nicht kontrolliert wurde. Und Matecki war Polizist.

»Hat er Freunde oder Bekannte, zu denen er gehen könnte?«

»Matecki ist ein Einzelgänger«, ließ Inspektor Halecki übersetzen.

»Aber wir haben eine wirkliche Spur«, erwiderte Henri. »Frederik ist hier in Krakau. Irgendwo in der Stadt hat Matecki ihn versteckt. Vermutlich dort, wo er auch seine Mutter hingebracht hat, nachdem er sie aus dem Altersheim geholt hat. Seine Mutter ist schwer krank. Sie kann sich nicht mehr alleine versorgen. Irgendwo muss es noch eine Wohnung oder ein Haus geben.«

»Aber wo? Die Stadt ist groß.«

»Dennoch sind wir einen großen Schritt weitergekommen.«

»Nicht weit genug. Ich verstehe nicht, woher du die Geduld nimmst.«

»Ungeduld kann ich mir nicht leisten.«

»Und was jetzt?«

Henri zog einen Zettel aus der Tasche.

»Was ist das?«

»Die Telefonnummer von Magda Urban.«

Magda Urban weigerte sich, Myriam und Henri, eine deutsche Staatsanwältin, einen deutschen Hauptkommissar, auf der Polizeistation zu treffen oder in irgendeinem anderen Gebäude. Doch sie war bereit, auf dem Hauptplatz vor dem Café in den Tuchhallen auf sie zu warten.

Ihre Stimme klang heiser wie die von Zarah Leander, als sie Myriam auf Deutsch begrüßte. Ihr Gesicht war nicht nur kräftig geschminkt, sondern besaß eine Lebendigkeit, die für ihr Alter erstaunlich war. Unaufhörlich bewegten sich die Hände, wenn sie erzählte.

Sie versuchten, sie zu überreden, das Café zu betreten, doch sie weigerte sich beharrlich. »Wände haben Ohren«, sagte sie. »Über den Krieg spreche ich nie in geschlossenen Räumen.«

Gemeinsam begannen sie, über den Platz zu gehen.

»Was können Sie uns über Zofia Lisowska sagen?«, fragte Myriam und zog ihren Mantel fest unter dem Kinn zusammen.

»Zofia Lisowska«, begann Magda zu erzählen, »war im Januar 1942 dreizehn Jahre alt. Ich lernte sie auf dem Transport nach Deutschland kennen. Sie wurde am Neujahrsmorgen vor ihrem Haus verschleppt. Ich dachte immer, dass es

Zufall war wie bei mir. Ich war gerade mit der Straßenbahn auf dem Weg zur Arbeit, als man alle Mädchen ab sechzehn aufforderte, die Straßenbahn zu verlassen und auf den Lastwagen zu steigen. Aber mit Zofia war es etwas anderes. Sie kannten ihren Namen. Sie wussten, wer sie war. Erst sechs Wochen vorher hatte man ihren Vater auf der Straße erschossen.«

»Man hat ihn erschossen?«

»Ja, seine Mörder wurden nie gefunden, sagte Zofia. Aber wie auch. Sie haben ja nie nach ihnen gesucht. Sie haben ihn umgebracht, weil er immer wieder Briefe an die Deutsche Verwaltung schrieb, in denen er gegen die Verschleppung von Kunstwerken aus dem Historischen Museum, dem Wawel und dem Czartoryjski-Palast nach Deutschland protestierte.«

»Wussten Sie von ihrer Schwangerschaft?«, fragte Henri.

»Was meinen Sie?« Magda Urban blieb abrupt stehen.

»Zofia hat ein Kind zur Welt gebracht. Einen Jungen.«

Die alte Frau schüttelte den Kopf. »Davon weiß ich nichts. Zofia war schwanger? Deshalb war sie plötzlich verschwunden.«

»Wann haben Sie sie zum letzten Mal gesehen?«

»Im August 1944. Danach hat sich Zofia nicht mehr blicken lassen. Wir haben uns immer im Kohlenkeller getroffen, wissen Sie. Sie durfte ja nicht aus dem Haus. Die Familie hat sie wie eine Gefangene behandelt. Wenn die Frau wegging, hat sie sie eingeschlossen. Ich habe sie dann später hier in Krakau wiedergetroffen. Hier auf dem Platz standen wir uns plötzlich gegenüber.«

»Und auch da hat sie nichts erzählt?«, fragte Myriam und warf Henri einen Blick zu.

»Nein. Sie hat mir nie von einer Schwangerschaft erzählt, nur dass man sie zur Arbeit auf den Flughafen Frankfurt geschickt hatte, wo sie zusammen mit ungarischen Frauen eine neue Rollbahn planieren musste.« Sie schwieg einen Moment, bevor sie fortfuhr: »Das alles hat sie kaputtgemacht.:Sie haben sie gebrochen, verstehen Sie. Sie war krank. Bekannte ihres Vaters haben sie schließlich im Historischen Museum als Aufsicht arbeiten lassen. Diese Arbeit hat sie auch nicht aufgegeben, als sie diesen Polizisten geheiratet hat. Er war so jähzornig. Ich weiß nicht, warum sie ihn geheiratet hat. Das Einzige, was sie hatte, war ihr Sohn Leszek. Zum letzten Mal habe ich sie getroffen, als ich 1998 einen Antrag auf Entschädigung gestellt habe. Ich habe sie ebenfalls dazu überredet, obwohl sie keine Papiere und keinen Nachweis hatte. Sie hat sich geweigert. Leszek, ihr Sohn, hat, soweit ich weiß, an die Familie Winkler geschrieben, doch nie eine Antwort erhalten. Danach hat sie ihn angefleht aufzuhören. Sie hatte Angst, furchtbare Angst. Das habe ich damals nicht verstanden. Sie konnten uns doch nichts mehr tun, aber wir ihnen.«

»Wohin ist sie nach ihrer Rückkehr aus Deutschland gegangen?«

»Ihrer Familie gehörte ein Haus in der Starowiślnastraße. Als sie zurückkam, war niemand mehr da. Ihre Mutter ist ein Jahr, nachdem Zofia verschwunden ist, nach Lwów gezogen. Dort ist ihr Bruder an Tuberkulose gestorben. Sie haben sich nie wieder gesehen.«

Als sie sich von Magda Urban verabschiedeten, sagte sie: »Ich wusste nicht, dass Zofia noch lebt. So viele sind schon gestorben, aber ich möchte sie noch einmal sehen.«

Henryk Lisowski hatte ein Haus besessen, das Zofia, seine Tochter, geerbt hatte. Inspektor Halecki erklärte ihnen, dass sie vermutlich in den Jahren des Sozialismus nicht mehr als ein Wohnrecht hatte. Aber jetzt gehörte es wieder ihr.

Dort mussten sie sein. Es gab keine andere Möglichkeit. Matecki hatte seine Mutter und Frederik in die alte Wohnung gebracht.

Begleitet von mehreren Polizeifahrzeugen machten sie sich auf den Weg. Doch die Straßen waren verstopft. Sie kamen nicht voran.

37

Denise Winkler versuchte, irgendeinen Hinweis darauf zu finden, dass jemand in dem völlig heruntergekommenen Gebäude wohnte.

Nicht nur der Putz war abgeblättert, auch das rote Dach war von grauem Moos überwuchert, und die Eingangsschwelle hatte sich verschoben. Alle Häuser der Straße schienen verwahrlost und verwaist, bis auf die wenigen, vor denen neue Autos standen. Doch die Adresse stimmte, die Matecki ihr genannt hatte.

Unaufhörlich raste der Verkehr die Straße entlang, verstärkt durch das Rattern der Straßenbahn, die im Abstand von nur wenigen Minuten an der Haltestelle zum Stehen kam.

Ich muss Sie dringend sprechen. Kommen Sie in die Starowiślnastraße. Matecki.

Das war die Nachricht gewesen. Sie hatte am Abend zuvor immer wieder vergeblich versucht, ihn zu erreichen. Warum wollte er sich jetzt mit ihr treffen? Es konnte nichts anderes bedeuten, als dass er sich entschieden hatte. Er wollte ihr helfen und er hatte Neuigkeiten.

Er hatte keine Uhrzeit genannt. Sie konnte nur hoffen, dass es nicht zu spät war.

Denise streckte den Kopf nach oben. Dem Haus war anzusehen, dass es einst bessere Zeiten gesehen hatte. Jetzt war die Fassade schwarz und rußig. Im ersten Stock erkannte sie graue Gardinen hinter den Fenstern. Sie fand keine Klingel. Doch die Tür ließ sich ohne Probleme öffnen. Sie betrat einen Durchgang. Links führte eine breite Treppe nach oben zu einer Gittertür, geradeaus ging der Weg direkt in einen Hinterhof. Denise ging weiter, rechts an der Wand entlang, wo eine Reihe Briefkästen hing. Die Namensschilder waren nicht lesbar oder verschwunden. Alles wirkte unbewohnt und verwahrlost. Warum wollte sich Matecki hier mit ihr treffen? Sie hatte erwartet, ihn auf der Straße vor dem Haus anzutreffen.

Der Hinterhof wurde von Häusern rundum eingeschlossen. Ein typisches Bürgerhaus, wie es sie auch vor dem Krieg in Frankfurt gegeben hatte. Eine Wäscheleine spannte sich über den Hof, der einst mit Steinplatten ausgelegt war, die jetzt fast vollständig von Gras überwuchert waren.

Sie drehte sich um und schaute das Hinterhaus hoch. Auch hier dasselbe wie vorne. Alles lag völlig still da. Sie kehrte zu der Treppe zurück, die an der Gittertür endete. Oben waren Klingeln angebracht. Wie an den Briefkästen waren auch hier keine Namen zu finden.

Kurz entschlossen drückte sie auf eine von ihnen und starrte das Gitter an.

Aber nichts geschah.

Sie versuchte es noch einmal, drückte schließlich eine Klingel nach der anderen.

Warum war Matecki nicht hier?

Sie griff nach dem Handy und wollte ihn schon im Büro

anrufen, als ein automatischer Türöffner summte. Das Metall klirrte, als sie sich dagegenwarf. Das Gitter gab nach.

Sie stieg fünf Stufen hoch bis zu einer großen Flügeltür, die in das Treppenhaus führte. Es sah nicht aus, als ob hier jemand wohnte.

»Herr Matecki?«, rief sie durch den kalten Flur. Als niemand antwortete, kam ihr das Haus noch leerer vor. Eine ausgetretene Holztreppe mit einem schön geschwungenen Geländer führte in das nächste Stockwerk. Sie bewegte sich eine Stufe nach der anderen nach oben. Langsam und leise, damit sie nichts überhörte. Im ersten Stock gab es drei Wohnungstüren. Niemand war zu sehen, nichts war zu hören. Sie klopfte an die ersteTür. Nichts. Es gelang ihr nicht, sie zu öffnen.

Sie versuchte dasselbe bei der Wohnung gegenüber. Zu ihrer Überraschung war sie nicht abgeschlossen. Sie stieß sie auf und rief: »Hallo.«

Wieder antwortete ihr niemand.

Sie versuchte das Gefühl der Unruhe beiseitezuschieben. Sie durfte nicht weglaufen. Nicht schon wieder. Ihr schlug Verlassenheit und Trostlosigkeit entgegen. Als unten die Straßenbahn anfuhr, zitterte der Holzboden, und die Fensterscheiben klirrten.

Sie betrat das erste Zimmer. Die Fensterläden waren geschlossen, doch das Licht reichte aus, um zu erkennen, dass lange niemand mehr hier gewesen war. Nur eine alte Spüle erinnerte daran, dass es eine ehemalige Küche war. Nicht einmal ein Wasserhahn tropfte. Sie verstand auch, warum, der letzte Tropfen war am Hahn festgefroren.

Wo war Matecki?

Sie überlegte kurz, jemanden anzurufen.

Myriam.

Ihr fehlte die Geduld für Erklärungen, Bitten, Fragen. Es trieb sie weiter. Egal, ob Matecki hier war oder nicht. Das Haus hatte etwas mit ihr zu tun. Sie spürte es.

Dieser Gedanke vertrieb die Angst. Nein, nicht wirklich. Etwas anderes war stärker. Es war wieder dieses Gefühl, sich aufzulösen. Mike hatte ihr erklärt, dass wir alle eigentlich nur Projektionen seien. Wir könnten nur in drei Dimensionen denken. Die vierte läge in uns selbst, und dahin könnten wir fliehen, wann immer wir wollten. Sie hatte nicht wirklich verstanden, was er damit meinte, doch sie hatte es fühlen können. In ihr gab es einen Bereich, den andere nicht sehen konnten. Das war ihre vierte Dimension, in die sie jahrelang geflüchtet war.

Sie betrat das Badezimmer. Die Toiletten waren schon lange nicht mehr benutzt worden. Kein Geruch nach abgestandenem Urin oder Kot.

Etwas huschte an ihr vorbei.

Mäuse.

Dass es etwas Größeres aus dieser Gattung gewesen sein könnte, diesen Gedanken vermied sie.

Jemand musste in diesem Haus sein, jemand hatte ihr geöffnet.

Das nächste Zimmer war ein großer, hoher Raum, in dem ein dunkelbrauner Kachelofen in der Ecke stand. Von der Decke baumelte ein verrosteter Kronleuchter. Er begann, in der Zugluft leicht zu schwanken.

Als ihr Handy klingelte, schreckte sie zusammen. In der Hoffnung, es sei Matecki, nahm sie das Gespräch an. Doch es war Kadow.

»Wo sind Sie?«, fragte er.

»In einem Haus in der Starowiślnastraße«, antwortete sie. »Matecki, der Polizist, wollte sich hier mit mir treffen.«

Sie hielt inne, als sie glaubte, Stimmen zu hören.

Kadow hatte etwas gesagt.

»Was ist los?«

»Wie heißt der Polizist?«

»Matecki«, antwortete sie ungeduldig. »Aber ich habe keine Zeit.«

»Hören Sie«, schrie Kadow ins Telefon. »Verlassen Sie das Haus. Ich weiß jetzt, wer Zofia Lisowska …«

Sie hörte den Rest nicht mehr, denn sie hatte aufgelegt, weil sie wieder glaubte, Stimmen zu hören. Sie verließ das Zimmer und horchte draußen auf dem Flur.

Das Handy begann erneut zu klingeln. Als es keine Ruhe gab, schaltete sie es ab.

Hier war das Geräusch nur schwach. Sie kehrte ins Wohnzimmer zurück.

Ganz deutlich. Gedämpfte Stimmen.

War es eine Kinderstimme?

Ihre Hände zitterten. Sie hielt die Ungewissheit nicht aus. War Frederik in diesem Haus? War er nur wenige Meter von ihr entfernt? Ihr wurde zum ersten Mal wirklich bewusst, dass sie sich in einem fremden Land befand, in einem leer stehenden Haus auf der Suche nach ihrem Sohn. Niemand wusste, wo sie war.

Angestrengt lauschte sie. Die Stimmen kamen aus dem Kamin. Doch ihr Herz hämmerte so laut, dass das Geräusch wieder verschwand.

Sie legte das Ohr an die Wand.

Stille.

Hatte sie sich getäuscht?

Wieder dieses Raunen von oben.

Vielleicht der Wind.

Kamine in alten Häusern zogen den Wind an.

Tatsache war, dass sich vor dem Fenster kein Ast bewegte, kein Zweig. Es war völlig windstill.

Sie verließ die leer stehende Wohnung und eilte die Treppe hoch.

Die Steintreppe verschluckte ihre Schritte.

Im obersten Stockwerk gab es nur eine Wohnungstür.

Sie stand offen, und jetzt hörte sie es wieder. Jemand sang oder sprach? Sie konnte es nicht wirklich unterscheiden.

»Herr Matecki, sind Sie das?« Und als niemand antwortete: »Hallo.«

Ihre Stimme klang heiser.

Sie war wie eine Marionette, die von einer starken Kraft gelenkt wurde.

Unwillkürlich griff ihre Hand nach der Waffe in ihrer Tasche. Das Denken war ausgeschaltet – was blieb, war der Instinkt und die Hoffnung. Sie brachte sie dazu, Frederiks Namen zu rufen. Nein, sie rief nicht, sie flüsterte. Tagelang hatte sie vermieden, ihn zu nennen. Sie hatte von ihrem Sohn, ihrem Kind gesprochen, doch jetzt konnte sie sich nicht mehr zurückhalten und schrie seinen Namen wieder und immer wieder. »Frederik! Frederik, bist du hier?«

Plötzlich stand Matecki vor ihr.

»Gott sei Dank«, sagte sie. »Sie haben ihn gefunden.«

Sie war sicher, dass es Frederiks Stimme war, die sie aus dem hinteren Teil der Wohnung hörte. Sie drängte sich an Matecki vorbei in die Wohnung, aus der ihr eine feuchte Wärme entgegenschlug. Ihre Augen begannen zu tränen.

Sie riss eine Tür nach der anderen auf, bis sie plötzlich eine kleine Gestalt in der Ecke eines dunklen Zimmers sitzen sah.

»Frederik?«

»Mama!«

O Gott, ja. Es war Frederik. Sie hatte ihn gefunden.

Er wollte aufspringen, doch sie fiel vor ihm auf die Knie und riss ihn an sich. Ihre Hände krallten sich in seinen Pullover. Ihre Arme umklammerten ihn.

Sie würde ihn nie wieder loslassen.

Sie könnte sich nie wieder von ihm lösen.

Sie wiederholte immer wieder seinen Namen.

Frederiks schmaler Körper wurde in ihren Armen leicht. Ein kleines Bündel hing an ihrem Hals und weinte. »Endlich bist du da. Er hat es mir immer wieder versprochen, aber ich habe nicht mehr daran geglaubt.«

»Geht es dir gut?«, fragte Denise. »Geht es dir wirklich gut?«

Sie löste sich kurz von ihm. Ihre Hände tasteten sein Gesicht ab, strichen durch seine Haare.

»Ja«, antwortete er. »Aber ich habe dich vermisst. Ich habe nicht mehr geglaubt, dass du kommst.«

»Du weißt doch, ich gehe für dich bis ans Ende der Welt.«

Sie küsste ihn.

»Lass uns nach Hause gehen«, sagte sie, nahm ihn wieder in die Arme und hielt ihn fest, bis er vor Schmerz aufschrie.

Er machte sich los, und sie schaute sich im Zimmer um.

Das Erste, was ihr auffiel, war der süßliche Geruch nach Urin, der sich in der Hitze des Zimmers ausbreitete. Die Wärme kam aus einem Holzofen, der auf der linken Seite stand, dort, wo Frederik gesessen hatte. Dann hörte sie jemanden laut atmen. Sie drehte sich in Richtung des Bettes, das in der Mitte des Raums stand und in dem jemand lag, der die Augen nicht von ihr ließ.

Sie erhob sich und trat an das Bett.

»Sind Sie Sophia Fuchs?«

»Zofia Lisowska.« Die Worte quälten sich aus dem Mund, als würde jeder Laut, den sie erzeugte, ihr Schmerzen bereiten.

Ein altes Gesicht. Eingefallen und krank. Nur die Augen schienen noch lebendig zu sein.

Es ist ein Irrtum, dachte Denise, dass du aus den Linien der Hand das Schicksal lesen kannst. Es ist das Gesicht, das Gewinn und Verlust aufzeichnet.

Matecki kam von hinten und trat an das Bett. Mit geübten Handgriffen begann er, die alte Frau umzulagern. An seinen Bewegungen erkannte sie, dass er diese Arbeit gewohnt war. Dann nahm er den Becher vom Tisch, tauchte ein Tuch hinein und kühlte die Stirn der Frau.

Dass er auch das nicht zum ersten Mal machte, diese Erkenntnis traf sie wie ein Schlag.

Er sah ihren Augen an, dass sie es wusste.

Matecki.

Der Name brannte sich in ihr Gehirn.

Der Polizist.

Dem jeder vertraut hatte. Sie erkannte es an seinen Augen, dem zufriedenen Lächeln in seinem Gesicht: Er war der Mann, der in ihr Leben eingedrungen war, der die Vergangenheit hervorgezerrt, der ihre Familie bedroht, der ihr Frederik genommen hatte. Denise begriff, dass alles sein Plan gewesen war.

»Du hast deine Aufgabe gut gemacht.« Dieses Lächeln. Sie wollte es ihm aus dem Gesicht schlagen. »Besser als dieser Journalist. Ich hätte doch dich anrufen sollen, nicht ihn.«

Seine Hand tauchte das Tuch erneut ins Wasser.

»Von wem sprechen Sie?«

»Das wissen Sie nicht? Dass einer den Helden spielen wollte? Nicht für mich oder meine Mutter. Nur für sich. Für seinen eigenen kleinen Erfolg. Widerlich«, sagte er und nahm die Haarbürste vom Tisch. »Einfach widerlich.«

Langsam und sorgfältig kämmte er die Haare seiner Mutter.

Denise schloss die Augen.

»Frederik«, sagte Matecki bestimmt, »hol Wasser.«

Denise sah, wie ihr Sohn aufsprang. »Nein!« Sie hielt ihn an der Schulter zurück.

»Aber sie hat Durst, Mama«, antwortete Frederik, machte sich los und verschwand aus dem Zimmer.

»Warum?«, fragte sie.

»Manchmal muss man selbst für Gerechtigkeit sorgen«, antwortete er.

»Welche Gerechtigkeit? Was hat Frederik getan, dass er büßen muss, was habe ich getan, dass ich schuld sein soll?«

»Manchmal heißt, nichts zu tun, sich schuldig machen.«

»Das ist nicht wahr«, schrie Denise. »Es ist nicht wahr.«

Er schaute sie nur an.

»Warum haben Sie so lange gewartet?«, fragte Denise. »Warum nach so vielen Jahren? Was hilft es Ihrer Mutter jetzt noch, dass Sie mein Leben zerstören?«

»Jedes Leben hat das Recht auf einen Abschluss. Ein Leben wie das meiner Mutter sollte nicht ungehört zu Ende gehen. Ich habe deiner Großmutter immer wieder die Gelegenheit gegeben, Wiedergutmachung zu leisten. Doch sie hat sich geweigert. Aber die Geschichte muss irgendwann unterbrochen werden.«

»Was meinen Sie damit?«

»Warum seid ihr nach Krakau zurückgekehrt? Warum konntet ihr nicht aufhören?«

»Ich verstehe Sie nicht.«

»Ist das wirklich so schwer zu verstehen? Als ich damals in

der Zeitung das Foto gesehen habe von dir, deinem Mann und Frederik, wie ihr alle mit dem Bürgermeister auf dem Wawel standet, was glaubst du, was ich da dachte? Dass das in Ordnung ist? Dass ihr hierher zurückkehren könnt, als sei nichts gewesen? Dass ihr hier in meine Stadt kommt und euer Siegel hinterlasst?«

»Haben Sie es deshalb angezündet?«

»Was hätte ich sonst tun sollen? Es schweigend erdulden? So hättet ihr uns gerne, oder? Doch mit euch Geschäfte zu machen, heißt immer, den Pakt mit einem Teufel zu schließen. Es wurde Zeit, ihn zu beenden, diesen Kreislauf aus Lügen, Macht, Unterdrückung und Verbrechen.«

»Hätten Sie mir Ihre Geschichte erzählt, ich hätte bezahlt.«

In seinen Ausdruck stand ein Ausdruck, den sie nicht interpretieren konnte. Trauer? Verbitterung? Zorn?

»Geld. Geld. Es geht nicht um Geld. Und meine Mutter hätte es auch nicht genommen, dein …« Er stockte. »Sie wollte kein *Blutgeld*, wie sie es nannte. Kein Geld könne wiedergutmachen, dass man ihr das Leben gestohlen hatte. Stattdessen hoffte sie, dass *die Frau*, so nannte sie deine Großmutter, dass die Frau in ihrem Innersten zerfressen wurde. Wenn ich Hass empfand, dann sagte sie: ›Stell dir Maden in ihrem Innern vor. Läuse. Kakerlaken. Sie sitzen in ihr und fressen sie auf.‹ ›Aber sie lebt‹, habe ich dann immer geantwortet. Aber meine Mutter war der Überzeugung, dass solche Menschen nur existieren.«

»Aber warum ist das dann alles geschehen?«

Sein Blick wurde hart.

»Verstehst du das nicht? Weißt du nicht, wie das ist, wenn alles zusammenkommt? Meine Tochter arbeitet in Frankfurt und wischt alten Nazis den Hintern ab, und meine Mutter soll in einem Altersheim dahinvegetieren? Immer wieder hat sie von diesem Kind geredet.«

Sie wollte nichts mehr hören, nichts mehr fragen, weil sie nicht noch mehr erfahren wollte. Es war genug.

»Es ist nicht Frederiks Schuld«, sagte Denise.

»Meine auch nicht«, antwortete er. »Aber meine Mutter wollte ihn sehen.«

Diese alte Frau in ihrem Bett sollte ihren Willen dazu geäußert haben? Sie sollte gewollt haben, dass Frederik vor der Haustür verschleppt wurde? Wie sehr musste sie hassen, dass sie das einem Kind antat. Einer Mutter. Ihr, Denise. Ja, sie hatte immer geahnt, dass ihre Großeltern es mit den Nazis gehalten hatten. Nichts, was sich auf Tatsachen stützte. Einfach nur eine Ahnung. Ein Gefühl. Doch seit wann war Schuld vererbbar? Seit wann durfte man ein Kind für die Fehler seiner Großeltern, ach was, Urgroßeltern leiden lassen? Es gab keine Gerechtigkeit. Das war es, was der Mann vor ihr nicht kapierte, die alte Frau in dem Bett einfach nicht verstand.

»Das ist nicht gerecht!«, rief sie. »Nicht gerecht. Das ist Rache!«

»Nenne es, wie du willst«, antwortete er ruhig. »Es ist der letzte Wunsch meiner Mutter, seit ich ihr von Frederik erzählt habe.«

»Nehmen Sie nicht seinen Namen in den Mund!«, brüllte Denise. »Sie haben nicht das Recht.«

»Es gibt kein Recht, das die Dinge sonst in Ordnung bringt. In dieser Welt muss man manchmal das Recht selbst in die Hand nehmen.«

Was? Was hatte er gesagt?

Es gab nur einen Weg, das Ganze zu beenden. Zum Abschluss zu bringen. Das Unrecht auszulöschen.

Ihre Hand griff nach der Handtasche, in der die Waffe steckte.

Sie umschloss sie fest und zog sie hervor.

Er hatte ihr Frederik genommen. Ihn von der Straße weggeholt.

Er hatte ihre Großmutter umgebracht. Die Dinge hörten nicht auf. Es ging immer so weiter. Nein, sie wollte nichts mehr davon wissen. Wenn er das Recht aufhob, dann konnte sie das auch. Ihr Leben würde sowieso nie wieder so sein wie vorher.

Ihr Finger hielt den Abzug des Revolvers. Er fühlte sich kühl an und leicht. Was hatte Mike in seinem Abschiedsbrief geschrieben?

Der Tod ist die einzige Freiheit, die wir haben.

Mateckis Mund bewegte sich. Er sagte etwas zu ihr. Er war ruhig. So vollkommen überzeugt, dass er im Recht war. Dass sein Wahnsinn Gerechtigkeit bedeutete. Sie hörte nicht mehr zu. Und es genügte nicht, sich nur vorzustellen, wie es war, wenn die Kugel in seinen Kopf drang. Sie wollte, dass Ruhe war. Sie wollte nicht mehr, dass jemand die Macht hatte, in ihr Leben einzugreifen.

Sie hörte ihn und hörte ihn nicht. Die Worte wurden zum bloßen Klang seiner Stimme. Denise schloss die Augen und rannte. Sie rannte, rannte, rannte. Ihre Muskeln spannten sich. Jeder Zentimeter brachte sie vorwärts.

Dann ein Knall, der in ihren Ohren ein Dröhnen hinterließ.

Matecki hörte auf zu sprechen. Von einem Moment zum anderen fiel er zu Boden.

Es war so einfach.

Ruhe, Ruhe, Ruhe war das Gefühl, das sich in Denise ausbreitete.

Die Pistole glitt ihr aus der Hand und fiel mit einem dumpfen Schlag nach unten. Erst jetzt bemerkte sie, dass Frederik in der Tür stand. Was sagte er?

»Er hat gesagt, er sei mein Großonkel und er würde mich zu meiner Urgroßmutter bringen. Sie sei krank und möchte mich kennen lernen. Und da bin ich mitgegangen. Oma Henriette hat immer gesagt, die Familie ist das Wichtigste. Vergiss das nie, Frederik. Man darf sie nie im Stich lassen.«

Er deutete auf Zofia. »Sie ist meine Urgroßmutter.« Sein Oberkörper wankte hin und her. »Sie ist meine Urgroßmutter, meine babcia.«

In der Ferne heulte eine Sirene.

Schritte, Türen schlugen, Stiefel.

Laute Befehle.

Als sie wieder zu sich kam, stand Myriam über sie gebeugt und weinte. »Du hättest das nicht tun dürfen.«

Epilog

Der Wind wehte ihnen Schneeflocken ins Gesicht und zerrte an ihren Mänteln, als Myriam Singer und Henri Liebler nebeneinander den Weg hinauf zum Wawel gingen. Sie hatten beschlossen, die Zeit bis zur ihrer Abreise am nächsten Morgen dazu zu nutzen, sich die Stadt von oben aus anzusehen. Es war vier Uhr am Nachmittag und dämmerte bereits. Die Burg war hell erleuchtet und die Touristen längst in ihren Hotels oder in einer der vielen Kneipen, die rund um den Hauptplatz junge Leute anzogen.

Der Platz auf dem Wawel lag schweigend unter dem abnehmenden Mond. Die Aussicht war herrlich. Ein stiller Abend, die Stadt verschneit, das beleuchtete Krakau mit der Silhouette der unzähligen Kirchtürme.

Am Vormittag hatten sie Denise und Frederik zum Flughafen begleitet. Als die Tür sich hinter ihnen schloss, wusste Myriam, dass Denise diese Stadt nicht für immer verließ, denn sie ließ einen Menschen zurück, der Teil ihres Lebens war. Auch wenn sie es noch nicht wahrhaben wollte.

An den Prozess, der Denise bevorstand, dachte sie lieber nicht. Es war ein Wunder, dass sie überhaupt ausreisen durfte. Nein, kein Wunder. Berechnung. Das polnische Gericht hatte sich auf eine Kaution eingelassen. Sie hatten die Summe auf fünfzigtausend Euro hochgehandelt, die Summe, die sie bei Udo Jost gefunden hatten und die nun dem Gericht endgültig gehörte. Am Ende mussten die Winklers doch noch ein Lösegeld zahlen.

Mit der Maschine, in der Denise nach Frankfurt zurückkehrte, war Karolina Matecki zusammen mit Carl Winkler angekommen. Karolina hatte Denise nicht begegnen wollen.

Als Carl Winkler das Zimmer betrat und zum ersten Mal der Frau begegnete, die seine leibliche Mutter war, nahm Frederik seine Hand und führte ihn zum Bett. Sie nannte ihn Karol und Frederik Leszek, bevor sie wieder in ihre eigene Welt verschwand.

Karolina Matecki würde sich um ihre Großmutter Zofia kümmern. Carl hatte die volle Verantwortung übernommen. Er würde das Lösegeld zahlen, das Leszek Matecki nie gefordert hatte.

Weder Myriam noch Henri sprachen ein Wort. Es war alles gesagt. Mit dem Rest musste jeder für sich klarkommen. Sie wusste, dass er sich noch immer mit Gewissensbissen herumschlug, weil er Matecki vertraut hatte. Er war nicht den offiziellen Weg gegangen.

»Was macht das schon?«, hatte sie ihn beruhigt. »Das ist nun einmal nicht immer möglich.«

»Das sagst ausgerechnet du? Du hast uns doch immer wieder gepredigt, dass es später in einem Prozess wichtig ist, sich an die Vorschriften gehalten zu haben. Keine Verfahrensfehler in Kauf genommen zu haben.«

»Man kann sich nicht immer an die Regeln halten«, hatte sie geantwortet.

Was sie selbst betraf, so hatten die Ereignisse der letzten Tage etwas in ihr verändert. Vielleicht wartete nach ihrer Rückkehr vor ihrem Haus der weiße Opel auf sie. Die Erkenntnis, dass die Menschheit den Dschungel nie verlassen hat, machte Angst, doch gleichzeitig war Myriam bereit, nicht nachzugeben. Ihr Leben lang hatte sie gekämpft, und sie würde es weiter tun. Um Anerkennung, um Liebe, um Erfolg, um

Selbstständigkeit, um Gerechtigkeit. Das war es, was ihr Leben ausmachte.

Als sie den Wawel auf der Rückseite verließen, schreckte Myriam zusammen, als etwas aufflatterte. Erst jetzt bemerkte sie, dass Hunderte von Vögeln eng nebeneinander in den Bäumen saßen, den Kopf im schwarzen Gefieder verborgen.

»Was sind das für Vögel?«, fragte Myriam.

»Krähen«, antwortete Henri.

»Was machen die dort in den Bäumen?«

»Sie warten«, sagte er und hielt sie fest.

Glück, dachte Myriam. Jetzt endlich verstehe ich es. Auf Glück gab es keinen Anspruch und würde es auch nie geben. Man konnte es sich nicht verdienen. Denn zu leben bedeutete nicht gleichzeitig, ein Naturrecht auf Unversehrtheit zu haben. Um zu überleben, musste man einfach nur Glück haben.